De wetten van mijn lichaam

Siba al-Harez

De wetten van mijn lichaam

Vertaald uit het Arabisch door
Aafke S. Heuvink

DE GEUS

Oorspronkelijke titel *Al Akharoun*, verschenen bij AL SAQI/ Saqi Books

Omslagontwerp Mijke Wondergem

Dit boek is gedrukt op FSC-gecertificeerd papier

ISBN 978 90 445 1282 3
NUR 302

De hel, dat zijn de anderen.

JEAN-PAUL SARTRE

I

En daarom vormen ze een rij, die ik laat binnenkomen door mijn voordeur. Zo verander ik op mijn beurt in een bron van vreugde. Een museum met enkele fraai opgehangen schilderijen, duizelingwekkende wenteltrappen, her en der verspreid liggende puzzelstukjes ... Alles wat een mooie indruk achterlaat, maar eentonig zou worden als het allemaal zo zou blijven. Langdradig, eentonig, vluchtig en gemakkelijk te vergeten.

Waar het om gaat is dat de rij bij de deur aan de overkant ophoudt, daar waar geen nuttig bordje met 'uitgang' hangt. De deur die zijn rol onberispelijk vervult en slechts één richting kent: naar buiten.

Ze zijn met weinig, minder dan weinig, de mensen die mijn persoonlijke wetten hebben geschonden. Toch zijn ze er met het verstrijken van de tijd in geslaagd mijn benedenverdiepingen in een verwarde menselijke kluwen te veranderen. Wanneer de anderen zijn doodgegaan en langzaam in me wegrotten, weigeren ze te vertrekken. Ze weigeren me met rust te laten. Ze vergeten de rol die ze spelen. Misschien hebben ze zich meer met hun rol geïdentificeerd dan nodig is, of misschien hebben ze hun rol van het begin af aan niet goed begrepen.

's Nachts wordt de toestand hier ondraaglijk: het geschreeuw, de jeuk, het gedrang, iedereen die steeds opnieuw de grenzen van zijn territorium afbakent ten koste van het beetje ruimte dat ik hier heb. Ik zou heel wat liever stof en spinnenwebben hebben dan die ratten, die zonder enige consideratie aan mijn hart knagen en overal in mijn lichaam houtsplinters achterlaten.

Dai was een van de wonderen op mijn pad, of beter gezegd: ze was wat ik beschouwde als een wonder. Ze kwam niet naar binnen door een deur, wat zou hebben betekend dat ik haar via een andere deur naar buiten had moeten loodsen. Misschien kwam ze wel van boven en gleed ze langs de trapleuning naar beneden. Het kan ook zijn dat ze aan het plafond hing. Hoe dan ook, iets dwong me om mijn blik op één bepaald punt te richten: naar boven. En toen ik dat deed raakte mijn kompas uit balans. De val die daarop volgde kwam hard aan. Misschien was ik uitgeput geraakt, misschien bewaakte ik mijn rode lijnen minder goed. Maar misschien was het ook Dai die alle grenzen overschreed. Misschien zat er iets verborgen in dat spel wat ik niet zag, en was ik me alleen bewust van het intense genot en de mateloze opwinding. De twee schalen van de weegschaal die ik in mijn handen hield waren volledig in balans, en dat terwijl Dai ze zo goed in beweging kon houden. Zij wist hoe ze de dingen op hun kop moest zetten, hoe ze een lange keten van reacties teweeg moest brengen in één zwakke schakel, en dat was ik.

In de korte tijd waarin onze relatie serieus genoeg was geworden om haar te vertellen dat ze maar beter kon vertrekken, maakte ze plotseling een intrieste indruk, bedoeld om mijn medelijden te wekken. Daarna werd het verschil tussen ons minder groot. En daarom bleef ze, tot ze me ziek maakte – totdat ze mijn ziekte werd.

Ja, ik ben ziek geworden van een wezen met de naam Dai.

Dai, mijn talisman en amulet. Wat was ik bang dat de geheime tekens zouden worden gelezen, waardoor ze niet meer zouden werken, of dat het amulet zou worden aangeraakt en in duizend stukjes uiteen zou vallen. Ik was zo broos en transparant dat ik een uitvergroot negatief werd waarvan zij het origineel, de kern was. Meer dan eens raakte ik op drift, en uiteindelijk belandde ik in de schaduw. Wanneer je eenmaal in de schaduw bent beland, is het uiterst lachwekkend om te moeten ontdekken hoe bang je voor het donker bent – het donker dat je eigen, persoonlijke maalstroom is waaruit je met geen mogelijkheid kunt ontsnappen.

2

In mijn kindertijd was de ventilator mijn persoonlijke held. De twee ronde bedieningsknoppen waren amberkleurige ogen, de roterende bladen lange, wapperende haren. De ventilator maakte een verrukkelijk, licht schurend geluid, bijna de echo van de tinteling van je huid bij het ontwaken. De ventilator was mijn nachtelijke krijger. Hij nam het op tegen mijn nachtmerries, mijn angsten en de vochtigheid van mijn bed.

Het plafond van Dais kamer heeft hetzelfde effect op me, al kan ik geen enkel bewegend beeld uit zijn stille aanwezigheid scheppen. Verder reken ik er niet al te zeer op dat het als deelnemer wil functioneren in ons verhaal. Het is een stomme getuige die er misschien zelfs, op een of andere manier, bewust voor heeft gekozen om zijn ogen te sluiten en de slaap te zoeken. Ik vestig mijn ogen op het plafond en begin de contouren van het woord in mijn geest te etsen. Steeds opnieuw zeg ik het, ik moet in staat zijn om het woord uit te spreken, zonder stotteren, kalm en vol vertrouwen.

Aan een paar ontmoetingen met Dai had ik genoeg om haar temperament en karakter te leren kennen. Inmiddels weet ik wanneer ze uit is op een wapenstilstand of zich opmaakt voor een woedende uitval. Ik weet wanneer ze op mijn slimheid gokt, wanneer ze me probeert in te pakken of wanneer de kleffe lach komt die mij zo tegenstaat. De lach van de nachtelijke kwelgeest.

Ik kan de tekenen nu lezen. Wanneer ze haar hemelsblauwe blouse draagt, is ze in een serene stemming. Draagt ze haar haren in vlechten, dan is ze in een vrolijke bui. Bewegen haar vingers over de naden van mijn spijkerbroek, zoals nu, dan betekent het dat ze zich een weg baant in mijn richting. Ik moet iets zeggen, het is aan mij om de bestemming te bepalen. Ik wijs in de richting van de spiegel. 'Laten we daarheen gaan.'

Ze draait zich naar me toe, een weifelende blik in haar ogen. 'Weet je het zeker?'

Voordat ze de vraag kan stellen, heb ik haar al bij de hand gepakt en meegetrokken naar de spiegel. Ik heb iets nodig wat me van mezelf kan bevrijden. Ik wil met een positief saldo uit deze ervaring komen. Het begint erg afgezaagd te worden, dit spelletje van kat en muis waarin we elkaar tot aan de laatste grens drijven om op het laatste moment te stoppen. Ik maak een knoopje los. De rest laat ik over aan Dai.

Plotseling gebeurt het – dat wat eindeloos leek te gaan duren. Volkomen overdonderd klamp ik me aan de spiegel vast. Mijn schreeuwende naaktheid prikkelt me tot een ongekende extase. In vervoering voel ik hoe ik word begeerd, hoe ik eindelijk ontsnap aan de wetten van mijn lichaam.

Ik raak bevrijd van mezelf. Ik keer mijn gezicht naar de kastdeuren die Dai heeft geopend om de spiegels aan de binnenkant de ruimte te geven. Ik voel me volslagen hulpeloos. Ja, ik ben bevrijd. Maar ik heb mezelf niet meer in bedwang, ik heb geen enkele controle meer over wat me altijd heeft toebehoord. Mijn lichaam, dat onder haar wegsmelt en tot een vloeibare massa oplost, is niet langer van mij.

Niet ik, maar Dai heeft de touwtjes nu in handen. Ik word een organisme dat door zijn lichaam is achtergelaten en zich schuilhoudt op een duistere, afgelegen plek. Van daaruit kan ik alles als een buitenstaander observeren, zonder te worden meegesleept. Ik ben niet betrokken, ik voel niets, ik volsta met kijken. Aan mijn gezichtsuitdrukking verandert niets, ik staar naar iets wat me op geen enkele manier lijkt aan te gaan. Toch ontgaat me niets en ben ik me maar al te bewust van het bestaan ervan.

Na afloop is mijn mond vertrokken in een verwrongen glimlach. Ondertussen bedekt ze mijn gezicht overdadig met kussen die, zoals gewoonlijk, vochtig zijn. Een moment bijt ze op haar lip. Dan pakt ze een wattenbolletje. Ze zegt dingen waarvan de betekenis me ontgaat, maar uit het wattenbolletje en het bijten op haar lip maak ik op dat ze tijdens haar reis over mijn lichaam sporen heeft achtergelaten in mijn hals.

Dai lijkt te vervagen. Mijn lichaam laat me alleen en beweegt zich in de richting van een punt dat niet te zien is vanaf de plek waar ik ben achtergebleven. Het begint zijn eigen wetten op te stellen en zijn eigen tactieken te bedenken, het begint in kaart te brengen welke oogst het in de komende dagen nog meer zal kunnen binnenhalen. Zijn bedoelingen, zo duister en onvoorwaardelijk, maken me bang. Ik voel me gruwelijk eenzaam en verlaten. Niet alleen maak ik geen deel meer uit van de wereld – ik behoor mezelf niet eens meer toe.

Zo kalm als ik eerst was, zo bang word ik nu. Dan slaat mijn angst om in een blinde, woedende energie. Het is niet dat ik wakker word uit een roes. Hoe zou dat ook kunnen? Ik ben immers niet in een roes geraakt. Ik heb alleen van mijn drie overgebleven vingers de derde verloren, die waarop ik het antwoord had geschreven op mijn brandende vraag: Wat zal ik doen? Ik ging naar Dai, ik wilde tegen haar zeggen: 'Neem mij.' Dat heb ik gedaan. Daarna wilde ik samen met haar op ontdekkingsreis gaan door mijn lichaam. Ook dat heb ik gedaan. Daarna ... Ik wil alle details bijeensprokkelen van wat er daarna is gebeurd. Ik wil niet opstaan met het gevoel dat ik volledig door elkaar ben geschud, dat ik niet in staat ben om een besluit te nemen.

Langzamerhand begin ik mijn gevoel wat terug te krijgen. Ik begin me los te maken uit de geleiachtige bubbel die me zo lang omsloten heeft gehouden. Alles om me heen stoort me. Dai stoort me, met haar geur, haar adem, haar naakte lichaam, haar gewicht op mijn ribben, de losse haartjes rond haar wenkbrauwen, haar wijsvinger die in mijn mond ronddartelt, haar stem, haar lach, alles wat deel uitmaakt van haar, alles wat haar maakt tot de persoon die ze is. De lieflijke details van haar lichaam die me altijd weer opnieuw deden duizelen, lijken nu alledaags en onbeduidend. Ik kan ze niet meer zien en dat geeft me de mogelijkheid om haar kleiner te maken dan ze is, terwijl dat wat overblijft – een lange lijst met meningsverschillen, scheldwoorden en breuken – steeds groter wordt en mijn ogen tot in het oneindige vult.

Ik kan het huiveren niet stoppen. Ze bedekt mijn lichaam met het hare en begint mijn handen warm te wrijven tussen de hare, maar dat baat niet. Het is niet de kou die me doet huiveren, het is iets anders, iets wat in een bodemloze diepte ligt verzonken, iets waarvan ik de essentie niet kan vatten. Ik kan niet ophouden, ik heb geen enkele controle meer over mijn ledematen. Ik probeer me te concentreren, ik probeer me vast te grijpen aan een gedachte, iets om me uit deze verontrustende impasse te halen, maar vind niets wat me kan verlossen. Ik wil aan Dai ontsnappen, en daarom keer ik me van haar af en rol ik me op door mijn benen tegen mijn borst te duwen en mijn armen kruiselings om mijn hoofd te vouwen.

Ze begint de wondjes op mijn rug te likken. Ik weet niet of het de schrammen zijn die ze met haar nagels in mijn vlees heeft getrokken of de lichte schaafwonden die ontstaan zijn door het schuren van mijn huid over de ruwe vezels van het tapijt. Ik stel me voor dat ik een poel ben van speeksel en adem. Zij is een kat, mijn wonden zullen niet genezen.

Haar vingertoppen spelen met mijn oor. 'Heb je spijt?'

Ik schud mijn hoofd. Nee, spijt heb ik niet. Ik kan naar waarheid zeggen dat spijt nooit een belangrijke plek heeft gehad in mijn leven. Ik doe iets of ik doe het niet. In beide gevallen heb ik weinig te verliezen. Alles is een ervaring waar ik me in stort om ervan te leren. Spijt zou betekenen dat ik afstand neem van wat ik heb gedaan, dat ik de ervaring probeer uit te wissen. Daarmee zou ik een steen uit mijn bouwwerk lichten. Geen bouwwerk blijft overeind staan wanneer zijn fundamenten worden aangetast. Nee, ik heb nergens spijt van. Ik voel alleen een misselijkmakende afkeer. Ik heb opeens een inkijkje gekregen in het vermogen van mijn lichaam om dierlijke dimensies aan te nemen, om zich totaal over te geven aan zijn meest basale instincten. Het wil spelen, het wil zich amuseren. Wie ben ik om het af te houden van zijn spel?

Ik ben er de persoon niet naar om de verlangens van mijn lichaam in te tomen. Toch zou ik ze graag willen begrijpen. Ik zou ze zo graag helemaal willen bevatten. Was mijn lichaam maar bereid om er kort met mij over te praten en de kwestie tot een paar duidelijke hoofdpunten te beperken. Ik ben geen engel, ik beweer niet dat ik een absolute vorm van deugdzaamheid bezit. Dit is trouwens ook niet mijn eerste schrede op weg naar de hel. Het enige is dat ik het zo graag zou willen begrijpen. Deze duistere chaos is slopend, ik word voortgedreven in een blinde nacht en nergens doemt een glimp daglicht op.

Ik moet hier weg. Ik stik. Mijn borst drijft in een bed van modder, mijn adem wordt afgeknepen door Dais kussen en de lucht in de kamer ruikt bedorven. Dit gebeurt niet echt. Dit is niet gebeurd. Ik loop nu naar buiten en laat me in de put der vergetelheid zakken. Met een beetje moeite moet het me lukken om alles te vergeten en weg te glippen naar een wereld zonder Dai. Zodra ik de deur open, zal niet alleen de kamer maar ook mijn borst zich vullen met frisse lucht. Ik kan hard weglopen. Het geheugen zal me niet kunnen bijhouden, het heeft geen voeten die de herinneringen tegen de wind in kunnen meevoeren. Ik kan gaan bidden. God zal edelmoedig zijn en de zoveelste schandvlek van mijn lijst met zonden schrappen. Ook kan ik mijn moeder een kus geven. Als ik dat allemaal heb gedaan, zal de bittere smaak van mijn brandende hartstocht voor Dai voor altijd zijn verdwenen.

3

Mijn onreinheid is niet van het soort dat je met water en zeep kunt wegwassen. Steeds opnieuw was ik mijn handen en spoel ik mijn mond, steeds weer stap ik onder de douche. Ik durf niet eens meer op mijn rug te slapen, en telkens wanneer ik mijn benen spreid voel ik angst opkomen. Het maakt me doodmoe. Ik kan geen reusachtige gum over mijn lichaam en door mijn geheugen halen, zodat beide weer maagdelijk wit worden. Dai heeft me in tweeën gespleten: mijn lichaam, dat prat gaat op zijn zoete schoonheid, en mijn wezen, dat ernaar snakt om zijn zonden uit te drijven. Wat is mijn zonde onvoorstelbaar groot, wanneer je haar afzet tegen de invloed van de morele waarden die zich gedurende al die jaren in mij hebben opgestapeld. Een van de eerste wetten van een meisjesleven luidt immers dat haar de maat wordt genomen aan de hand van haar lichaam. Op grond daarvan kan ze in twee categorieën worden ingedeeld: maagd of hoer.

Ik ben dus een hoer. Door eigen toedoen ben ik in de hel terechtgekomen. Nu heb ik twee manieren om mijn innerlijk evenwicht te herstellen, om de dualiteit in balans te brengen van het wezen dat ik ben: gedetermineerd en toevallig, lichaam en ziel. Ik kan vergiffenis vragen voor mijn zonde, doorgaan met mijn leven en doen alsof er nooit iets is gebeurd. Ik moet dan niet alleen mijn daad verloochenen maar ook de pijnlijke notie die daarachter schuilgaat, die me vertelt dat ik mezelf buiten de natuurlijke orde der dingen heb geplaatst; ik moet alles verloochenen totdat de gebeurtenissen in vergetelheid zijn geraakt. De tweede oplossing is om te blijven rondzwalken totdat de zonde haar puur zondeachtige uiterlijk heeft verloren, om op die manier oud en bedorven bloed te worden voor de guillotine, die ook wel 'geweten' wordt genoemd. Elke valbijl komt een keer omhoog. Wanneer dat gebeurt, zal ook mijn schuldgevoel verdwijnen.

Toch maak ik geen keuze. Geen enkele keuze lijkt helder in mijn ogen, die te blind zijn om iets anders te kunnen zien dan de enorme zonde die ik heb begaan. Alleen en overgelaten aan mezelf zoek ik tastend naar een oplossing. Door de geleidelijke manier waarop alles zich vanaf onze eerste kus in heimelijke verstandhouding heeft ontwikkeld, moet bij mij de gedachte zijn ontstaan dat we het bij voorbaat eens waren over het vervolg, met alle bijbehorende details, van klein tot groot: van de vorm van de kus tot de manier waarop we elkaar kusten, beginnend met timide pogingen om elkaar uit te dagen en eindigend met het moment waarop ik helemaal loskwam van mezelf en me volledig aan haar gaf. Het ging zo ver, dat ik in de afgelopen twee maanden van oorlogen en schrale triomfen niet eens heb beseft in wat voor slagveld ik was veranderd. Geen moment dacht ik na over de volgende stap. Je kunt het nog het beste vergelijken met een houten paneel dat met tientallen spijkers aan de wand wordt bevestigd. Iedere spijker die wordt toegevoegd blijft zijn werk doen en uiteindelijk begint het paneel te splijten, uiterst langzaam, totdat het, zonder dat iemand er erg in heeft, in twee gelijke stukken breekt.

Had mijn moeder niet beter kunnen opletten? Moest mijn broer Hasan echt zo wreed van ons worden weggenomen? Had ik maar niet zo'n hekel aan Dai gehad en was ik tegelijkertijd maar niet zo krankzinnig verliefd op haar geworden. Was er niemand – wie dan ook – die had kunnen ingrijpen?

Waarom is God zo hardvochtig? Wat als het lot onverwacht anders had beschikt – als het toentertijd een kleine koerswijziging had aangebracht in een simpele, onbeduidende gebeurtenis, zodat mijn leven totaal anders was verlopen? Had ik toen, op dat moment, ook maar eindexamen gedaan. Was er maar geen nieuw millennium aangebroken. Waarom moet ik zo veeleisend zijn en ook nog eens worden getroffen door een virus, experiment genaamd? Gelukkig kan ik vaststellen dat er geen Freud is om mijn nieuwste fixatie te linken aan het feit dat mijn moeder me niet lang genoeg aan de borst heeft gehouden. Ook heb ik geen klaagmuur of kapstok om mijn problemen aan op te hangen. Ik wilde opgaan in de ervaring, maar heb mijn rekening nooit gecontroleerd om te zien of ik de prijs wel kon betalen. Nu het teken van de zonde in mijn rechterhandpalm is gekerfd, merk ik dat ik de prijs niet meer kan opbrengen. De kosten zijn te hoog geworden en mijn portemonnee is leeg.

Doortastend probeer ik een breuk tussen ons te forceren. Ik wil mijn denken een nieuwe impuls geven, ik wil bewijzen dat het onherroepelijk voorbij is, dat het geen zin heeft om alles op te rakelen. Ik stort me in een eindeloze reeks van activiteiten en haal meer of minder gecompliceerde banden aan met vriendinnen in wie ik niet echt geïnteresseerd ben. Zo vul ik de lege bladzijden in mijn agenda. Verder is er nog het overvolle vergaderschema van de Hoeseiniyya, het sjiitische gemeenschapscentrum. Ik ben actief betrokken bij de organisatie van verschillende activiteiten, en nu staan we aan de vooravond van de slotfestiviteiten van de vastenmaand ramadan.

Maar het helpt niet. Ik mag dan druk bezig zijn, de tijd mag uit mijn handen stromen in het overvolle verkeer van afspraken waardoor ik nauwelijks tijd voor mezelf heb – mijn geest houdt steeds maar dat ene draaiende als een waterrad, om halt te houden bij die nacht met Dai. Geen moment gaat mijn geest aan die nacht voorbij, alsof tijd en plaats daar, op dat moment, zijn bevroren.

We zijn net klaar met de voorbereidingen voor het programma 'de liefdadigheidsschotel', dat op de avond van de zevenentwintigste ramadan, de avond waarop ooit de eerste koranverzen zijn geopenbaard, zal worden gepresenteerd. Nu moeten we een begin gaan maken met het organiseren van de feestelijkheden ter ere van de meisjes die geslaagd zijn voor een van de drie cursussen die in de Hoeseiniyya worden gegeven: Bidden, Ethiek en Dogmatiek. Ook zullen we de vrijwilligsters fêteren die bij het onderwijs hebben geassisteerd. Dat betekent dat we een budget moeten vaststellen. We moeten bekijken wat we minimaal nodig hebben en een datum voor het feest prikken. Verder moeten we uitzoeken of anderen op dezelfde avond geen activiteiten hebben gepland. We moeten ons aan de afspraken zien te houden, de taken verdelen, een thema kiezen voor het feest en de verschillende onderdelen op elkaar afstemmen. Ook moeten we spreeksters van de Hoeseiniyya en vrouwen die artikelen over religieuze kwesties hebben geschreven, vragen om mee te doen. Dan moeten we nog symbolische cadeautjes uitkiezen voor de vrijwilligsters en ervoor zorgen dat een kantoorboekhandel het benodigde aantal diploma's aanlevert. We zouden een groepje studentes kunnen vragen verzen voor te dragen, een inleiding voor het feest te schrijven, de verschillende onderdelen aan te kondigen en een slotpresentatie te verzorgen. Ten slotte moeten er nog posters voor het feest op etalageruiten van minimarkten worden geplakt en moeten er flyers op de markt worden uitgedeeld. Via forums op internet moeten uitnodigingen worden verstuurd. In de laatste twee dagen voor het feest moeten we de muren en het plafond van de Hoeseiniyya versieren, de afspraken met de deelneemsters herbevestigen en een generale repetitie op het podium houden, voor het geval we een theatervoorstelling gaan geven. Dat betekent dat we af en toe hoofdpijn zullen krijgen van de onvermijdelijke wijzigingen die op het laatste moment zullen worden doorgevoerd en de alternatieve plannen die op het laatste moment moeten worden opgesteld, van de onenigheid die tussen deelneemsters ontstaat en van het geklaag over het feit dat al het werk op bepaalde schouders neerkomt.

Bijna elke dag zal ik Dai te zien krijgen. Dat wordt voor mij de grootste uitdaging. Het gaat er niet alleen om dat ik haar voorbij zal zien lopen of dat we ons in hetzelfde gebouw zullen bevinden: omdat ze lid is van ons groepje, zal ik gedwongen zijn lange gesprekken met haar te voeren. Zij moet immers impliciet haar handtekening zetten onder alle besluiten die we nemen.

Iedereen om ons heen heeft het idee dat we niet meer dan hechte collega's zijn die efficiënt samenwerken om de gemeenschappelijke uitgangspunten van het programma te verwezenlijken. Voor de buitenwereld zijn we twee individuen tussen wie, sinds we hier bijna drie jaar geleden aan de slag zijn gegaan, niets is veranderd. We zijn twee mensen die een relatie met elkaar onderhouden die al die tijd niets eigens heeft gekregen.

We hebben nooit afgesproken dat we onze relatie geheimhouden. Dat was niet nodig, het gebeurde spontaan en dat was het beste wat ons kon overkomen, in een relatie die in een paar maanden tijd zo vaak is verbroken en weer is opgebloeid. Ik ben haar werkelijk dankbaar dat ze daar nooit een punt van heeft gemaakt.

Ik mag dan een bijdrage hebben geleverd aan succesvolle programma's om de maand ramadan uit te luiden, voor mijn zielenrust is het niet genoeg. Geen moment heb ik het gevoel dat ik God – of mezelf – voldoende berouw heb getoond, ik blijf ondergedompeld in schaamte en word geplaagd door het knagende gevoel dat mijn schuld uit al mijn poriën druppelt. Al bij voorbaat wist ik dat ik me op de activiteiten stortte om de tijd te verdrijven, zodat ik mezelf niet onder ogen hoefde te komen en niet opnieuw in tweestrijd zou geraken, om de scherpe kantjes van mijn gevoel van wroeging voor mezelf enigszins weg te nemen en genoeg tijd te hebben om overtuigende argumenten te bedenken of een vorm van vergetelheid te bewerkstelligen, zodat de beelden die in mijn geheugen waren gekrast konden worden uitgewist.

Mijn afschuw voor mezelf verandert van reusachtige uitroeptekens in een serie vraagtekens die tegen de binnenkant van mijn borst schuren. Een van de vreemdste fases uit mijn leven breekt aan. Hoewel de portals naar sekssites goed zijn afgeschermd, ga ik op internet op zoek naar seks. Via wat vreemde omwegen kom ik terecht op de mailinglijsten van Yahoo. Die waren me nooit eerder opgevallen. Ik kom erachter dat mailinglijsten voor lesbische groepen door Aramco, een provider van gratis diensten, ontoegankelijk zijn gemaakt. De mailinglijsten voor mannelijke homoseksuelen zijn daarentegen wel legaal. Daarom stort ik me op die laatste. Ik sluit me bij de ene na de andere groep aan en krijg dagelijks bijdragen van twintig groepen binnen. Mijn postvak loopt over van de foto's en de verhalen. Toch vind ik er niets van de dingen waarnaar ik op zoek ben. Ik ben op zoek naar het begin. Ik wil weten waarom iemand een eerste stap zet. Ik wil weten wat de reden voor zo'n transformatie kan zijn, hoe lichamelijke verlangens vorm krijgen, hoe lichamen die ooit rein waren zo bezoedeld kunnen raken.

Ik sluit me aan bij chatgroepen, iets waar ik eerder alleen mee heb geëxperimenteerd. Het wordt een gewoonte die de grootste wanklank uit mijn bestaan zal opleveren. Overdag worden de groepen permanent gecontroleerd en gaat het er rustig en gedisciplineerd aan toe, maar aan het einde van de nacht veranderen de groepen in een seksbazaar. De deelnemers lanceren hun meest duistere fantasieën en wachten tot iemand zich met dezelfde soort neigingen presenteert en de uitdaging aanneemt. Ik gedraag me niet veel beter. Ik trek de aandacht van een paar anderen, homoseksuelen uiteraard, van beide seksen. Bij de mannen speel ik de rol van verlegen jongen. Hoewel het een rol is die weinig voorstelt, laten ze zich er snel door in de luren leggen. Ik leer bij en groei zo in mijn rol dat ik de ervaringen waarover ik hoor praten aan anderen doorgeef alsof het mijn eigen ervaringen zijn. Ik maak me de details eigen en roep een personage op dat bij de rol past. Zo verzamel ik een onwaarschijnlijk aantal bizarre praktijken en ongebreidelde fantasieën. Ondertussen ontdekken de meisjes al snel hoe weinig ervaring ik heb, of dat het onmogelijk is om met mij in contact te komen. Ook spreken ze hun twijfels uit over mijn ware seksuele identiteit. De een na de ander maakt haar ergernis kenbaar, om vervolgens af te haken.

Dan start ik een serieuzer onderzoek. Ik bekijk alle pagina's die Google me geeft wanneer ik de zoekwoorden *bisexual* en *homosexual* intyp. Ze bezorgen me hoofdpijn. Ik heb het gevoel dat ze me ervan willen doordringen dat dit een richting is die niet de mijne is. Wanneer de resultaten die het scherm geeft wanneer ik in het Arabisch de zoekopdracht 'homoseksualiteit' intyp ook nog eens variëren van taboe tot strafbaar, voel ik me gedwongen om het venster te sluiten voordat ik klaar ben met lezen. Alles schreeuwt me toe dat ik aan de poten van Gods troon in de hemel zit te morrelen. Ten slotte bedenk ik: misschien zijn alle antwoorden wel hier te vinden, in mijn lichaam. Maar mijn lichaam heeft daar geen boodschap aan. Het sluit alle deuren en trekt zich in zichzelf terug.

Om kort te gaan: ik kan de schaamte niet van me afschudden. Voor de spiegel sla ik mijn ogen neer. Ik hang doeken over de spiegel in de badkamer om mezelf niet naakt te hoeven zien wanneer ik me was. Ik houd zelfs mijn ondergoed aan wanneer ik in bad ga, een gewoonte die ik een paar jaar geleden al heb afgezworen. Ik schaam me zo dat ik niet eens meer een hand op mijn lichaam kan leggen, zelfs niet bij toeval. Ook krijg ik het niet meer voor elkaar om een stuk zeep over mijn huid te halen. De schaamte klimt als een reusachtige stalen schoen van mijn borst naar mijn keel.

Zo sleep ik me voort, vervreemd van mezelf, terwijl mijn lichaam zijn verlangens steeds meer aan me opdringt. Ik begin door te krijgen wanneer ik op de rem moet trappen en wanneer ik mijn verlangens serieus moet nemen. Wat mijn lichaam wil, is doorslaggevend. Het wil geen zoetigheid, het wenst zich geen twee uur extra slaap. Het wil nog een misstap, zodat het waterniveau weer zal dalen. Het wil een ervaring die een tweede bot zal breken en de huid erboven zal laten verkleuren. Het cruciale punt is dat mijn lichaam nu zelf een vergrijp is geworden, een vergrijp dat ik zo snel mogelijk moet zien te begraven. Als ik dat niet doe, zal mijn lichaam zegevieren en opnieuw aan mijn greep ontsnappen.

4

Ik zit boordevol tegenstrijdige gevoelens en voel me futloos. Ik slaap twee uur per dag en in mijn hoofd vermengen de paar dromen die ik heb zich met de dingen die zich daarbuiten afspelen. Andere mensen treed ik tegemoet op basis van dromen waaraan zij geen deel hebben gehad. Ik bestook ze met uitspraken die ze zelf in hun stoutste fantasieën niet zouden kunnen bedenken. Ik ga gebukt onder een veel te grote last van schuld, schaamte en argwaan over mijn eigen motieven. Ik sta op het punt om in te storten.

Ik had Omar zojuist aan de lijn. 'Kom je met me spelen?' vroeg ik op onschuldige toon. 'Zullen we elkaar eens gaan liefhebben?'

We bleven nog lang nalachen. Op het moment zelf dacht ik niet aan de verborgen betekenis van het spelletje dat ik had voorgesteld, maar toen ik het gesprek had verbroken dacht ik: wie weet is dit de enige manier om te voorkomen dat ik helemaal de fout inga met Dai. Misschien zal dit me als enige kunnen beschermen tegen de zonden van mijn ziel.

Er zit maar één ding op: ik moet afleiding zoeken. Bestaat er een veiliger plek dan bij Hiba? 'Kun je me een kussen lenen?' vraag ik.

Sinds die nacht met Dai heb ik niemand meer aangeraakt, op de verplichte terloopse handdrukken in de Hoeseiniyya na met de vrouwen en meisjes die ik daar ontmoet.

Vriendinnen die ik al een paar weken of maanden niet heb gezien, kus ik niet; ik keer hen alleen mijn wang toe zodat ze er een kus op kunnen drukken. Zelfs mijn eigen lichaam raak ik niet meer aan. Wanneer ik een vrouwenlichaam in mijn buurt bespeur of wanneer een vrouw me passeert, sla ik mijn ogen neer. Ik word verteerd door angst. Mijn zintuigen heb ik stevig afgegrendeld. Ik raak in paniek wanneer ik denk aan wat ik nog meer in mijn lichaam zou kunnen ontdekken, buiten de dingen die Dai al aan het licht heeft gebracht.

Ik voel de behoefte om dicht bij Hiba te zijn, om haar aan te raken. Ze moet me laten zien dat er een plek in mij is die nog niet is aangetast, ze moet me laten zien dat de steeds weer kort opflakkerende lustgevoelens niet duiden op een hormonale onevenwichtigheid die me ertoe zal drijven nog een tweede en een derde keer de fout in te gaan. Ik wil Hiba's lichaam naast me weten, zodat ik kan ervaren dat er niets in mijn gevoelens is veranderd, dat ik nog steeds in staat ben om op een niet-zinnelijke manier naar haar lichaam te kijken, dat ik haar kan beroeren zonder dat lust de kop opsteekt.

Ze is erg opgewonden. Luidruchtig prijst ze haar nieuwste aankopen aan en ze vergeet helemaal antwoord te geven op mijn vraag. Uiteindelijk weet ze een lach te produceren. 'Neem je eigen kussen maar mee. Anders zul je een vooruitbetaling moeten doen. Niets in deze wereld is gratis, lekker dier.'

Ik produceer eenzelfde lach. 'Je bent zelf een lekker dier. Je wilt het kussen niet verhuren maar verkopen!'

Ik bezit geen kader om aan te geven wat Hiba – of wie dan ook – voor me betekent. Dat is niet zozeer een kwestie van onkunde als wel van kennis, of beter gezegd: mijn opvatting van kennis. Zo vallen me bij andere mensen vaak de details op die het minst in het oog springen en die hoogstwaarschijnlijk niets te betekenen hebben, zoals dat een jongen van Europacupwedstrijden houdt en een supporter is van Liverpool, of dat een meisje haar kamer heeft geverfd in de kleur van cappuccinoschuim. Ondertussen weet ik niets af van Liverpool en ken ik van die kamer alleen de kleur. In andere details, dingen die voor de anderen blijkbaar zo belangrijk zijn dat ze hun best doen ze te onthouden en er met graagte over kletsen, stel ik geen enkel belang: hoeveel broers en zussen ze hebben, wat voor werk hun vader doet, wat voor iemand hun moeder is, wat voor teint ze hebben en hoe de namen van hun vrienden luiden. Dat betekent dat ik zelden in staat ben om het juiste antwoord te geven wanneer me vragen over een van mijn vriendinnen worden gesteld, zoals: 'Hoe zou je haar gezicht beschrijven?' 'Stamt ze uit een rijke familie?' 'Haar zus studeert toch geneeskunde in Bahrein?' 'Ze is beloofd aan haar neef. Zodra hij is afgestudeerd gaat hij met haar trouwen. Zo zit het toch?' Ik begrijp niet waarom ik zo selectief ben als het om details gaat. Ik kan ook niet vatten waarom de kennis die ik van anderen heb me zo abstract en pointillistisch toeschijnt, als je dat zo kunt noemen. Wanneer ik zulke vragen krijg, beperk ik me tot nietszeggende antwoorden. Zo hoef ik niet te laten merken dat ik het niet weet. In ieder geval is het onbelangrijk voor me dat ik het niet weet. Ik heb nooit iemand echt goed gezien, dat is de simpele waarheid.

Mijn relatie met Hiba bestaat uit een kakofonie van herinneringen aan kletspartijen, afspraken op de markt op donderdag, wandelingen langs het water, samen opblijven in de vakanties en de weekends, en de wandelstok van een grootvader van wie we beiden afstammen. We koken gerechten die alleen wij durven te proeven. We hangen een stuk karton op de deur waarop we onze namen schrijven om de wereld te laten weten dat wij de eigenaren van de kamer zijn, of beter gezegd: de eigenares en haar permanente kamergenote.

De eerste ben ik uiteraard. Ik steek de draak met een paar van haar obsessies. Ik ken op zijn minst één menselijk wezen, zeg ik, dat er gewoon uitziet maar dat oude thee drinkt, de krant van achteren naar voren leest en zich tot op de laatste avond van de winter met koud water wast, alleen om de kou dwars te zitten.

We zijn parallelle lijnen en het gebeurt maar heel zelden dat we een wondertje tot stand brengen waardoor we elkaar werkelijk kunnen ontmoeten. Ik ben traag, zorgelijk en sceptisch, terwijl Hiba een explosie vormt van vuurwerk dat geen rust kan vinden voordat de vonken in het rond zijn gevlogen. Ze zit boordevol energie en maakt speelse bokkensprongen. Twee keer nadenken over dezelfde stap beschouwt ze als onvergeeflijke tijdverspilling. Ze heeft waardering voor haar leven, dat zowel leeg als overvol is, zoals ze zelf zegt. Voor haar doet het er niet toe of dat leven een opgaande of een dalende lijn vertoont. Elke ademtocht, zo zegt ze, is een gezegende daad van God. Waarom zouden we onze adem mopperend de wereld in sturen?

Uiteraard verschillen we vaak van mening. Onze levens kennen geen enkel raakpunt. Mijn familie beoordeelt me maar zelden aan de hand van mijn studie, mijn vrijwilligerswerk, mijn gedrag en mijn geestelijke stabiliteit. Hiba's ouders, mijn oom en tante, beoordelen Hiba daarentegen op grond van alles wat haar kansen in het leven kan vergroten. Het leven bestaat volgens hen maar uit één ding: dat een meisje trouwt en 'onder Gods hoede' komt. Daarom daalt Hiba's marktwaarde in hun ogen zodra ze een paar kilo aankomt of te vaak huwelijksaanzoeken afwijst en uitnodigingen voor feestjes afslaat. Ze heeft ook nog eens het ongelukkige besluit genomen om aan het eind van de vierde klas de middelbare school te verlaten. Aanvankelijk maakte dat haar ouders niet veel uit. Toen werd een universitaire studie in een paar jaar tijd een vrijwel onmisbare voorwaarde en kwam een bachelorbul op het wensenlijstje voor elk respectabel huwelijk te staan. Alle drie probeerden we haar – hoewel ik andere motieven had dan zij – over te halen om naar de schoolbanken terug te keren. Maar Hiba wilde er niet van horen. Ze verzon allerlei uitvluchten en beweerde dat ze niet met kleine kinderen aan een en hetzelfde tafeltje kon zitten. Verder had ze gewoon te weinig hersens om wiskundige puzzels op te kunnen lossen en grammaticale raadsels te doorgronden.

We vormen geen echte tegenstelling, maar lijken ook in niets op elkaar. We zijn twee afzonderlijke werelden die weinig kenmerken met elkaar gemeen hebben. Het resultaat: wanneer je onze overeenkomsten op een koersindex van nul tot tien beoordeelt, kom je in het gunstigste geval uit op een aandelenkoers van één. Toch schenkt Hiba me, getrouw aan haar naam die 'geschenk' betekent, iets wat geen gelijkenis en geen bondgenootschap op de hele wereld me zouden kunnen schenken: veiligheid die in overvloed uit een zachte, geopende handpalm stroomt – die zich de ene keer aandient in de vorm van een verrukkelijke reep chocola en andere keren in de vorm van een boodschap die oplicht op een scherm van warme, golvende kleuren.

'Waarom ben je zo somber?' vraagt ze.

'We zien allemaal asgrauw in deze tijd van het jaar.'

Aan de vooravond van het nieuwe jaar hult de wereld zich in een donkere regenjas om te gaan jammeren en klagen. In willekeurige patronen trekt de kou horizontale en verticale sporen over mijn botten. Voordat Hiba kwam, heb ik een cd van Fairouz opgezet. Met mijn krakende stem zong ik mee: 'Wat waren er veel mensen. Op het kruispunt stonden ze elkaar op te wachten. En het regende maar en het regende maar, en ze droegen paraplu's. Wanneer het mooi weer is, staat niemand mij op te wachten ...' Hoewel ik met mijn raspende stem, die uit een keel leek te komen waarin voortdurend ijs werd fijngestampt, jaloers was op de stem van Fairouz, durfde ik haar muzikale paradijs niet echt te betreden om mezelf te vergeten of juist terug te vinden.

Zorgelijke wolken verduisteren Hiba's gezicht. Haar gezicht vormt een vraag met wel twintig uitroeptekens. 'Wat is er met je aan de hand? Gaat het niet goed met je?'

Snel ga ik over op een ander onderwerp. Ik wil me niet door haar gezichtsuitdrukking van de wijs laten brengen. Ik vraag haar waarop ik in de niet al te lange periode tussen nu en het einde van het jaar nog mag hopen en geef zelf meteen het antwoord. 'Als God het goed met me voorheeft, houdt hij Hidaya uit mijn buurt.'

'Maakt ze het je erg lastig?'

'Ik heb er genoeg van. Het leidt allemaal nergens toe.'

Eigenlijk is dat te zacht uitgedrukt. Het is eerder oververmoeidheid, veroorzaakt door alle moeite die ik heb gedaan en die nog altijd niets heeft opgeleverd. Voor elk feestje, voor elke sociale bijeenkomst, treffen we dezelfde voorbereidingen: glitter op feestjes en rouwkleding bij herdenkingen, intro's waar niemand naar luistert en die niemand echt begrijpt, gezichten die nooit veranderen, het gesloten milieu waar je nooit een nieuw gezicht ziet, de vergaderingen die volgens een vast stramien verlopen. Zodra Hidaya het thema van het feest heeft bepaald en de rollen heeft verdeeld, beginnen we ons te gedragen alsof we het enorm druk hebben met uiterst serieuze zaken. Elk nieuw idee is verdacht en alles wat te ver gaat eindigt in de prullenbak. Ik begrijp niet wat we nog in de Hoeseiniyya doen. De mensen zullen het niet accepteren, wordt er gezegd – woorden die om zich heen grijpen en beginnen te woekeren op het aftandse houten podium waarop we onze onschuldige, breed uitgemeten ideeën vormgeven. 'Moge God vrees vinden in zijn dienaren', zeggen ze, waarmee ze onze stemmen verpulveren, nog voordat die hun bestemming hebben bereikt. De woorden trillen na in ons geweten, alsof het de hel zelf is. 'Pas op voor de plaatsen van het kwaad.' Nog zo'n zinnetje. Het maakt mijn ogen blind en mijn hart onzeker.

Hidaya haalt me werkelijk het bloed onder de nagels vandaan. Op een keer las ik haar een artikel uit de krant voor. Daarin stond dat het aantal zelfmoorden in ons land was opgelopen tot vijfhonderd. Een derde deel was gepleegd in Al-Qatif; driekwart daarvan door meisjes, die voor het merendeel minderjarig waren en in slechte financiële omstandigheden verkeerden. Ik vroeg of het niet eens tijd werd dat iemand zich met dit probleem ging bezighouden. En wat zei Hidaya? Dat het de Hoeseiniyya was en geen centrum voor sociale dienstverlening of een gratis telefonische hulpdienst. De minachting die uit haar antwoord sprak schokte me diep. Omdat het bepaald niet haar gewoonte was om zo te praten, zweeg ik. Maar ze maakte het nog erger. Twee dagen later vertelde mijn moeder me dat Hidaya haar had gebeld om te klagen over mijn onbezonnenheid en mijn verlangen om de wereld met één vingerknip te veranderen.

Hiba weet dat ik, wanneer ik zo begin te ratelen en er een wrokkige toon in mijn stem komt, driftig probeer te ontsnappen aan een of andere vorm van onrust, in plaats van mijn onrust geduldig onder ogen te zien. Omdat ze dat weet, vertrouw ik erop dat ze mee zal gaan in mijn gekwebbel. Tot mijn teleurstelling doet ze dat niet. 'Je bent niet moedig genoeg om ermee te kappen', zegt ze.

'Denk je dat?'

Ik benijd Hiba om haar zorgeloze manier van doen. Wat niet twee keer zo veel voldoening als inspanning oplevert, is het niet waard om je hoofd over te breken. Op grond van die stelregel is Hiba van mening dat ik mijn tijd niet goed besteed. Tijd is leven, en het leven dat voorbijgaat is geen horlogewijzer die steeds weer terugkeert naar het begin. Toch, ondanks haar felle kritiek op alles wat te maken heeft met tijdverspilling, veroordeelt ze mij niet. Ze begint niet op me te mopperen wanneer ik weer eens klaag dat ik genoeg heb van die doofstomme plek waar niemand iets zegt en niemand iets hoort. Ook schrijft ze geen goed geformuleerd, kritisch essay over de dingen waar ik me mee bezighoud en die, vanuit haar oogpunt bezien, nogal ongezond zijn. Ik ken haar eindoordeel, ik weet met welke oplossing ze altijd weer zal aankomen: 'Wen eraan of kap ermee.'

Ik heb haar instantantwoord voor mezelf altijd goedgepraat door mezelf voor te houden dat ze nooit heeft ervaren hoe het is om je in te zetten voor een activiteit, iets waarin je gelooft – zoals ik indertijd geloofde dat de wereld een mooiere plek zou worden als we een stukje van de buitenste schil zouden afkrabben en onze hand met een speels gebaar naar binnen zouden steken om de ordening van de dingen te veranderen. De weg naar God ligt open. Waarom boren we daar steeds weer gaten in en vullen we andere gaten op met aarde? Zo krijgt een individu toch nooit de kans om zijn eigen weg te vinden? Staat niet in de Koran geschreven: 'Waarheen jullie je ook wenden, overal is Gods aangezicht'?

In antwoord op mijn bespiegelingen beklopt ze mijn lege hoofd alsof het een watermeloen is. In mijn brein komen beelden op van fata morgana's en fantasieën die lang uitgesponnen willen worden.

'Word wakker, meisje', zegt ze. 'Nog even, en je bent net als die stoffige wezens die je probeert uit te kloppen. Dat gaat je niet lukken. Je zult alleen maar een nieuwe Hidaya worden.'

Ik heb me nooit laten ontmoedigen door dit soort uitspraken van Hiba. Toch vraag ik deze keer: 'Denk je dat echt?'

Ik heb serieus mijn best gedaan om het aangezicht van de wereld te veranderen. Toch lijkt het erop dat alleen mijn eigen gezicht veranderd is. Op dit moment besta ik uit niet veel meer dan vragen, die met een windsnelheid van tweehonderdzestig mijl per uur zo dicht langs me razen dat ze niets van me overlaten. Wie geeft mij het recht om zo losgeslagen te zijn, zo opstandig en hoerig, en ook nog eens op te staan als een profeet die geen enkel wonder op zijn conto heeft geschreven, de microfoon te grijpen en met een half kunstmatige onderworpenheid en volstrekt wankele overtuigingen tegen de anderen over God te preken?

Ik staar lange tijd naar de muur en probeer aan te haken bij de stem van Fairouz, maar haar stem sterft langzaam weg zonder dat mijn armzalige stem ook maar een moment greep heeft gekregen op de hare. Ik bevind me in het grensgebied van woorden. Iets vertelt me – en dat jaagt me enorme angst aan – dat ik Hiba niet de ruimte mag laten om mijn hel te betreden en dat ik mijn bescherming moet verdubbelen in plaats van het doek op te halen, waardoor mijn innerlijke verscheurdheid zichtbaar zou worden. Engelen laten zich niet voor een enkele zonde uit zeven hemelen naar beneden vallen. Ben ik niet Hiba's engel?

Terwijl ik haastig naar de badkamer loop, probeer ik mezelf bij elkaar te rapen. Ik wil maar één ding: een sigaret. Eén sigaret, die uitdooft in mijn keel en de dringende behoefte smoort om me van alle smerigheid te ontdoen door alles in de vorm van een verhaal te gieten waaruit alle details zijn weggeknipt. Als ik aan die behoefte zou toegeven en Hiba zou vertellen over de dingen die ik heb gedaan, zou haar hart worden aangevreten door een bijtend zuur. Zelfs voor iemand die zelf veel misstappen begaat, moet mijn zonde onvergeeflijk zijn. Verder loop ik het risico dat ik geen dak meer vind om onder te schuilen, of een kussen waarop ik rust kan vinden. Als het zo ver komt zal ik niet alleen uit Gods heiligdom zijn verdreven, maar ook uit Hiba's wereld.

Er is niets aan de hand. Ik ben nog steeds niet echt aan

het stikken, ik moet gewoon diep, heel diep ademhalen. Vroeger of later zal de nicotinebehoefte in mijn bloed afnemen. Van een nacht zonder sigaretten zal de wereld niet vergaan. Sterker nog, het is goed dat er geen sigaretten zijn. Zo zal die vervloekte behoefte aan nicotine niet langer tegen mijn schedel blijven bonzen. Het gaat goed met me. Ja, het gaat goed, heel goed. Ik ben misselijk, maar het is geen probleem dat die misselijkheid na de twaalfde nacht sinds Dai nog steeds niet is verdwenen. Mijn lichaam is het vuil aan het opruimen, mijn oog drijft de viezigheid uit en over een tijdje zal ik weer helder kunnen zien.

Dai heeft me ergere dingen nagelaten dan sigaretten. Ze bood me voor het eerst een sigaret aan toen ik op de rand van het bad zat, in de badkamer die aan haar slaapkamer grenst. Ik voelde me enorm geblokkeerd door hoe ze met me omging en nam de sigaret aan. Ondertussen deed ik mijn uiterste best om niet te laten merken hoe woedend ik op haar was. Ik wilde de resterende uren van onze ontmoeting niet verknoeien met stompzinnige ruzies en wederzijdse verbale bombardementen. Ik was er nog steeds niet van overtuigd dat ik haar meer wilde schenken dan de paar centimeter die ze van me had gekregen toen ze mijn blouse een stukje omhoog had getrokken. Ze wilde meer, ze wilde altijd meer. Daarom liet ik de slaapkamer aan haar en trok ik me terug in de badkamer. Ze kwam naar me toe en begon met haar vingers door mijn haren te woelen. Ik duwde haar weg. Ik wil niet worden gestreeld wanneer ik boos ben, dat irriteert me, dat wist ze best. Maar ze hield niet op en stak me haar sigaret toe. Het was duidelijk dat ze mijn woede wilde temperen, en ik nam de sigaret aan. Hoewel het niet mijn eerste sigaret was moest ik hoesten. Ik had het gevoel dat ik stikte en er verscheen een waas voor mijn ogen. Gelukkig bracht de sigaret mijn bloed binnen een paar seconden tot rust. Met een klein beetje nicotine wist hij mijn nerveuze gebaren om te kopen en ze hun gebruikelijke kalmte te laten hervinden. Weer vond ik in de sigaretten en op de badrand een veilige plek waar Dai me niet kon bereiken en geen pijn kon doen.

De sigaretten van mijn broer Faysal vind ik niet lekker. Bovendien is het moeilijk om sigaretten te pikken van een incidentele roker zoals hij, die niet meer dan twee sigaretten per week rookt. Daarom nam ik in het begin genoegen met de sigaretten die ik van Dai kreeg. Daarna wist ik Salaam, onze chauffeur, over te halen om, naast het bier dat hij stiekem voor me meebracht, ook sigaretten mee te nemen.

Mijn moeder hanteert de regel dat bier taboe is. Het thuis drinken van een biertje staat gelijk aan het drinken van een hele fles sterkedrank. Voor haar bestaat er geen onderscheid. Ik zie het zo: mijn verslaving heeft niets van doen met de smaak van sigaretten of met het feit dat ze mijn bloed tot rust brengen. Het gaat om het gevoel dat me overvalt wanneer ik een peuk in het toilet gooi. Wanneer ik doortrek, verdwijnen ook mijn hersens onder water. Plotseling ben ik me nergens anders meer van bewust. Ik volg het onstuimig kolkende water waarin mijn sigaret wordt meegevoerd, samen met mijn gevoel van benauwdheid, de restjes van mijn duistere gedachten en de schimmige nachtvogels die in mijn hoofd naar hun dagelijkse portie onrust, angst en achterdocht pikken.

Ik zit in de badkamer, misselijk en zonder sigaretten. Ik hoef alleen maar twee vingers achter in mijn keel te steken. Er wordt wel gezegd dat onze psychische gewoonten erfelijk zijn. In dat geval heb ik de misselijkheid van mijn moeder geërfd. Wanneer het tussen ons wat minder lekker loopt, worden we allebei overvallen door misselijkheid. Toch los ik het beter op dan zij: ik steek een vinger in mijn keel. In alle eigenschappen die ik heb geërfd, ben ik beter. Dat lijkt de enige rechtvaardige opbrengst te zijn van de kruising van mijn ouders genen in mijn DNA, gezien de rest van het mengelmoes dat het heeft opgeleverd: zo verdraag ik geen bonen en kan ik op elk moment stuiptrekkingen krijgen, waardoor ik op een eendenkuiken lijk dat op een koude dag nat is geworden en niet kan ophouden met rillen. In elk geval waren mijn ouders royaal, dat kan ik niet ontkennen. Ze hebben me geen misvormde bloedlichaampjes geschonken of een niet-werkende pancreas.

Uitgeput, met een beneveld zicht en een duizelig hoofd, kom ik naar buiten. Ik pak Hiba's hand stevig in de mijne en glimlach spottend. 'Hiba, schat, heb ik je al verteld dat ik ben gezakt?'

Vol ongeloof schudt ze haar hoofd. Haar mond hangt open. Dat ik nu voor een tentamen moet zakken, terwijl ik nog een jaar te gaan heb en een periode achter de rug heb waarin me het ene na het andere certificaat voor de beste leerling is overhandigd en ik in de zesde klas van de middelbare school een gemiddeld cijfer van 9,4 had! Ik wist dat dit nieuws Hiba met stomheid zou slaan. Ze heeft me voortdurend op de huid gezeten, ze wilde per se dat ik me op mijn studie concentreerde. In mijn tentamentijd belt ze me altijd na middernacht op om te horen of ik nog wakker ben en me streng te vragen: 'Op welke bladzijde ben je?' Al haar moedergevoelens stort ze in één keer uit over mij, het meisje dat een jaar jonger is dan zij maar vijf studiejaren op haar voorligt. Ik klamp me aan haar moederlijkheid vast alsof die het laatste bastion vormt waar nooit een bres in is geschoten.

Toen ik voor het eerste jaar op de universiteit was geslaagd, begon ik de gewoonte te ontwikkelen om mijn cijfers pas later, in het daaropvolgende semester, op te vragen. De vrouw die op het bureau Studentenzaken verantwoordelijk was voor mijn vakgroep, wierp me elke keer weer bevreemde blikken toe. Ik denk dat ze zich afvroeg hoe ik zo onaangedaan kon zijn, hoe ik zo lang kon blijven doorlopen zonder te weten of ik geslaagd was of gezakt. Ik bewaarde de enveloppe met het resultaat ook nog eens ongeopend. Ongetwijfeld zou er een periode aanbreken waarin ik behoefte zou hebben aan goed nieuws. Met de uitslag kon ik dan mijn moreel opvijzelen. Alleen heeft het geluk me deze keer in de steek gelaten. Het is echt een enorme teleurstelling.

'Je zult me uitlachen', zeg ik, 'wanneer ik je vertel dat ik voor het onbelangrijkste vak ben gezakt. Ik heb een stomme keuze gemaakt. Ik heb alle hoofdvakken, waarvoor je tenminste nog eervol kunt zakken, laten vallen en heb een onvoldoende gehaald voor een bijvak.'

Die nacht kunnen we geen van beiden de slaap vatten. We draaien ons niet om, we willen elkaar niet laten merken dat we wakker zijn. Allebei proberen we de duisternis te verdrijven door de schaapjes van de slaap of de schapen van de onrust te tellen.

5

Ik heb het zwarte opschrijfboekje tevoorschijn gehaald uit een schaars verlicht hoekje in mijn borst en teken er een volgend punt in op, net zoals ik dat ooit met mijn allereerste zonden deed: het eerste liedje dat ik beluisterde, het eerste gebed dat ik oversloeg, de eerste rituele wassing die ik uitstelde, het eerste verlangen waarmee ik speelde, de eerste vastendag die ik had verbroken, de eerste kus ... En nu de eerste keer dat de naaktheid van mijn lichaam volledig is onthuld. Ik heb alles vastgelegd, met bijbehorende data en details.

Als data kunnen spotten, extreem sadistisch kunnen zijn en met uiterste zorg kunnen worden geselecteerd, dan geldt dat helemaal voor mijn geschiedenis met Dai. Halverwege de maand shaban: onze eerste kus, zoet als het Qirqianfeest met zijn smaak van snoep en pinda's. Vervolgens het einde van de maand ramadan: het gebed van het lichaam en mijn eigen goddelijke openbaring – een paar dagen voor de datum van de traditionele openbaring. Ik weet niet of ze besefte wat ze deed, maar met een meesterhand pakte ze mijn voorbije jaren tussen haar duim en wijsvinger en wreef ze fijn, waarna ze als stof opgingen in de lucht. Vervolgens ging ze zitten en sloeg haar benen over elkaar als een tevreden, gekroonde koningin.

In de afgelopen jaren heb ik een dubbelleven geleid. Ik bereid intensieve zomercursussen voor in religieus recht, theologie, ethiek en logica. Ik doe vrijwilligerswerk en schrijf artikelen in een tijdschrift dat zich op de geestelijke ontwikkeling van jonge, opgroeiende mensen richt. Ik ga frustrerende gevechten aan, die gedoemd zijn om te mislukken, om mijn stem de ruimte te geven en mijn voeten een plek waar ze vrijelijk kunnen bewegen. In de ene helft van mijn antwoorden verschuil ik mezelf, de andere helft probeer ik zo vaag mogelijk te houden, zodat niemand erachter komt wat ik buiten het gezichtsveld van anderen in mijn leven laat gebeuren – of mijn gedachten leest, die ongetwijfeld het stigma 'krankzinnig en ontaard' opgeplakt zouden krijgen.

Uit wat roddelverhalen en intriges heb ik geleerd dat mijn leven, net als het leven van ieder ander – waarmee ik de mensen bedoel die onder het kopje 'dienstbaar aan God' kunnen worden gerangschikt – onder een vergrootglas wordt gelegd. Mijn fouten, mislukkingen en uitglijders zijn geen kwesties die alleen mijzelf aangaan. Ze vormen het domein van de gemeenschap, die iedere mogelijke misstap scherp in de gaten houdt. Hoe vaker we de microfoon pakken of, om naamsbekendheid te krijgen, een duidelijk leesbare handtekening onder een artikel zetten, hoe harder we worden veroordeeld in de weerzinwekkende verhalen die aan het einde van de avond gretig over ons worden rondverteld.

We zijn geen heiligen en worden niet beschermd door de naam van God. We zijn uitschot, derderangs arbeiders, gemakkelijk af te pellen schillen waarmee je mag doen wat je wilt. Omdat wij de gaten in een lange verdedigingslinie zijn – en bijna niemand durft op te treden tegen iemand die langs ons heen naar het begin van die heilige linie kruipt – worden we altijd en overal als enigen ter verantwoording geroepen. Zo kunnen ze lekker tegen onze achterwerken blijven schoppen en al onze kleine hebbelijkheden, fouten en tekortkomingen opblazen tot uiterst serieuze kwesties, waarover onder geen beding mag worden gezwegen. Zo krijgen we, op grond van ongeschreven wetten, de onmogelijke taak opgelegd om onder alle omstandigheden een solide whiteboard te blijven met prachtig afgewerkte details, zonder een enkel krasje, waardig en fonkelend, boven de gewone wereld uitstijgend als profeten en wit als engelen, zodat niemand in staat is om het bouwwerk met de duizend verdiepingen dat tot in de hemel reikt en waarvan wij de meest breekbare bouwstenen vormen, te slopen. Vaststaat dat dit ons, met uitzondering van wat valse roem, kwaadaardige vleierij en misschien een beetje goedkeuring, niets zal opleveren. Tegelijkertijd worden ons tussen de coulissen en achter stevig gesloten deuren – of we het nu weten of niet – fikse stoten onder de gordel toegediend.

Daarom ben ik me er pijnlijk van bewust dat mijn tweede, geheime leven een erg gevaarlijk en uiterst schadelijk gokspel is. Dat maakt het voor een deel ook zo genotvol. Ik ben het spel met open vizier aangegaan en besef maar al te goed hoe diep ik ben gezonken. In ruil voor een adrenalinestoot ben ik ondergedompeld in pure angst voor God, lijd ik onder een schuldcomplex, ben ik bang geworden voor de hel en de anderen, en sta ik doodsangsten uit dat mijn geheim ooit aan het licht komt. Uit alle macht zoek ik naar verlossing, maar hoe harder ik het probeer, hoe verder ik tegelijkertijd in beide werelden afdrijf.

Ik ben nooit weggegaan. Hoe ziek alles me ook maakte, ik ben niet weggegaan. Ik ben altijd blijven uitkijken naar Hasan en ik ben ervan uit blijven gaan dat hij me vanaf de andere oever in het oog houdt, hoewel ik nooit heb gewild dat hij zou zien hoe overhaast ik na zijn overlijden heb gereageerd. Als ik had geweten dat hij me zou achterlaten om voor altijd weg te gaan, had ik nooit onderhandeld over twee seconden en had ik ze nooit aan deze ravage verspild.

Alles is begonnen toen een meisje van zestien, voortgestuwd door hormonen, zichzelf zo wanhopig graag wilde zien groeien in de ogen van de anderen. Hasan stimuleerde me om trots te zijn op mezelf, om mijn vleugels uit te slaan onder de zon. Wanneer hij tevreden over me was, steeg ik op; ik werd een zeemeeuw die niet ophield de hemel te omhelzen. Hasan is mijn oog – het oog dat mij ziet. Hij is al mijn spiegelbeelden, hij is het oog dat uitdoofde en mij achterliet in een blinde nacht waarin niemand mij zag, waarin niemand mijn aanwezigheid bespeurde.

Van daaruit ben ik met grote passen verder gelopen. Dat kan ik niet ongedaan maken; ik kan niet op mijn schreden terugkeren. In helderrode letters schrijf ik de naam Dai op in mijn opschrijfboekje. Naast haar naam teken ik de kronieken van mijn lichaam op. Dan klap ik het boekje dicht. Wat er verder ook mag gebeuren, zo besluit ik, kan niet erger worden dan wat er al is gebeurd. Als ze mijn lichaam maar vaak genoeg verkent, zullen mijn lichamelijke verlangens geleidelijk verdwijnen. Zo zal ik uiteindelijk worden verlost van mijn verlangen om van haar te houden – sterker nog, ik zou haar best eens kunnen gaan haten wanneer ik eenmaal ga beseffen hoe gruwelijk ze mij heeft misvormd. Samen met haar zal ik afglijden naar het laagste punt waar ze ons heen kan brengen. Wanneer we eenmaal zo ver zijn gekomen zal ze me niets meer kunnen aandoen, want daar en dan zal ik de moed hebben om haar te verlaten.

Meer argumenten heb ik niet nodig om naar Dai terug te keren. Eén gebaar van haar en een telefoontje van vijf minuten volstaan. Verlangen, vermengd met begeerte, is genoeg om me tot een gijzelaar van haar wil te maken. En wanneer ze mijn naderende verjaardag ook nog eens als excuus gebruikt om me te kunnen ontmoeten, heb ik geen verdere aansporing nodig om de blaadjes van de kalender snel af te scheuren, zo hard kijk ik plotseling uit naar de woensdag van mijn verjaardag die, om me dwars te zitten, veel te langzaam dichterbij komt.

6

Mijn volgende taak: mijn moeder overhalen om me naar de oude kamer van Mohammed te laten verhuizen. Een jaar geleden is hij getrouwd. Rond dezelfde tijd ging Faysal op de campus van de universiteit wonen. Sindsdien slaapt hij alleen nog in de weekenden thuis. Na de dood van Hasan was ons huis al weggekwijnd, maar sinds die dubbele klap heerst er een angstwekkende, dodelijke stilte. Daarom heeft mijn moeder haar blik verlegd naar de buik van Maryam, de vrouw van Mohammed. Misschien hoopt ze dat Maryams buik op die manier gaat opzwellen en ze ons een kind zal schenken dat iets van de oude levendigheid in het huis zal terugbrengen. Ze heeft namelijk niet genoeg aan de drie kinderen van Fatima, mijn zus, die acht jaar ouder is dan ik en, zo lijkt het, altijd al getrouwd is geweest, hoewel mijn moeder haar nog steeds verwijt dat ze bij ons is weggegaan. Door dit alles heeft ons huis, dat het grootste deel van de tijd leeg is, mijn moeder een weeklacht geschonken die ze ostentatief blijft herhalen: 'Alleen het dienstmeisje is er nog.'

De helft van de aanvaringen die ik met mijn moeder heb, gaat over het feit dat ik me volgens haar overdreven vaak terugtrek – dat ik me voor lange periodes afzonder in mijn kamer en mijn kamer alleen verlaat om naar buiten te gaan, naar de wc te lopen of om eten uit de keuken te halen, dat ik vervolgens op mijn kamer opeet. Ook verwijt ze me telkens weer dat ik mijn deur de hele tijd op slot houd en de muziek te hard zet, zodat je de liedjes door de muren heen kunt horen.

De kamer van Mohammed ligt bijna volledig afgezonderd van de andere slaapkamers en heeft een eigen badkamer. Juist daarom is het zo ongelooflijk moeilijk om toestemming van mijn moeder voor de verhuizing te krijgen. Ik ken een aantal trucjes en foefjes waarmee ik mijn moeder zou kunnen overhalen, maar daar ga ik deze keer geen gebruik van maken. Ze heeft het al zwaar genoeg: door de last die ik haar telkens weer bezorg, komt er geen einde aan haar ongerustheid.

Ten slotte zie ik me gedwongen om toe te geven aan haar eisen: 'In het weekend en tijdens de vakanties lunch je met mij. Je houdt de deur niet al te lang achter elkaar op slot. Ik wil je kunnen controleren, helemaal wanneer je in bad gaat. Dan moet je de deur openlaten. 's Avonds mag je niet meer zo lang achter de computer blijven zitten. Hetzelfde geldt voor de televisie. Laat het licht aan wanneer je televisie kijkt, je bederft je ogen.'

'Nog meer orders?'

'Pas alsjeblieft goed op jezelf.' Nu streelt ze mijn wang. Ik ken de klaaglijke, ingehouden toon die in haar stem ligt sinds Hasan ons heeft verlaten. Zo bang als ik er voor ben, zo graag zou ik tegelijkertijd tegen haar willen zeggen: 'Mama, je bent niet de enige die hem mist. Ik mis hem ook!'

Ik heb nooit om Hasan gehuild. Ik bleef maar gillen: 'Hasan gaat niet bij me weg. Hasan gaat niet dood. Voel dan. Hij heeft het gewoon een beetje koud. Zijn lichaam is niet echt koud. Hij houdt ons voor de gek. Geloof me, dit is een stompzinnige grap. Straks doet hij zijn ogen open en zegt 'boe'. Dan gaan jullie niet lachen. Ik maak jullie af als jullie daarom gaan lachen. Niemand lacht om zulke stomme grappen. Daar ligt hij, onder het laken, en probeert zijn lachen in te houden, zodat niemand erachter komt dat het een grap is. Laat iemand dat wit weghalen. Jullie zullen het zien, geloof me. Nee, wacht. Laat niemand het laken weghalen. Gisteren zei hij tegen me dat hij het koud heeft. Het is een rotwinter. Deze winter weet niet dat Hasan het koud heeft. Hou op met huilen. Jullie laten zijn hand los. Jullie laten hem gaan. Daar moeten jullie allemaal mee ophouden. Hasan gaat niet bij me weg. Luister, hij heeft tegen me gezegd dat hij een held is. Hij gaat beter worden. Hoe vaak heeft hij niet gezegd dat er in ziekenhuizen wordt gelogen, dat ze daar geld verdienen aan zijn ziekte? Hij zei ook nog – en hij keek me recht in de ogen – dat hij me een groot cadeau gaat geven voor het volgende feest. Hij gaat me zo veel geld geven dat mijn portemonnee zal ontploffen. We gaan samen naar zee, we gaan samen naar het pretpark. We gaan een ritje maken in de achtbaan. Ik heb hem verteld dat ik bang ben. Hij zei dat hij me goed zal vasthouden en me hard gaat uitlachen, mocht ik het uitschreeuwen van angst. Die kans krijg je niet, zei ik. Nooit. Nee, nooit zal ik je die geven. Nooit. Nooit. Nooit.'

Ik schreeuwde lang, zonder dat het geluid mijn hoofd verliet. Ik veegde de tranen weg die maar uit mijn ogen bleven stromen. Ik veegde ze met afgrijzen weg. Ik mocht niet huilen. Als ik huilde, zou ik Hasans dood erkennen en zou hij echt doodgaan. Hij was niet dood. Nooit zou hij zijn belofte verbreken. Ik kon hem toch mijn bloed geven? Ach, Hasan, mijn bloed is niet zuiver genoeg. Toch zien mijn bloedcellen er beter uit dan de jouwe. Mijn cellen zijn mooi rond, ik voed ze al achttien jaar met suiker en cola. Met welke stoffen heb jij je bloed gevoed, dat ze je cellen hebben kunnen binnendringen om ze daar met de kracht van een zeis aan te vallen, om je dromen weg te maaien, liefste broer? Kom, vertel me op die sarcastische toon van je dat ik niet bepaald elegant ben. Zeg dat mijn bloed naar oude suiker smaakt. Zeg dat je bang was dat je maandsalaris niet hoog genoeg was, dat je er vandoor bent gegaan om mij geen geld voor het feest te hoeven geven. Denk je dat je er zo gemakkelijk van afkomt? Natuurlijk niet. Je hebt me nog iets uit te leggen. Kom, dan kun je je schuld voldoen. Je denkt toch niet dat je zomaar kunt doen wat er in je hoofd opkomt, dat je zo gemakkelijk wegkomt met die opzichtige bedoelingen? Kom nou maar. Weet je wat? Ik neem mijn medicijnen niet meer in. Ik ga ze pas weer innemen wanneer jij je hebt bedacht. Ik zal ziek worden. Je weet hoe koppig ik ben. Ik ga echt heel erg ziek worden en mama gaat jou de schuld geven. Mama zal zich van je afkeren. Echt, ze moet er niets van hebben dat je haar zo de stuipen op het lijf jaagt. Ze huilt, ze zegt tegen iedereen: 'Blaas Hasans kaars niet uit.' Ze zegt dat het niet gemakkelijk voor haar is om jou daar met je lange lichaam zo te zien liggen, onder een wit laken – je lichaam dat na vandaag nog maar één rustplaats zal kennen: onder de grond. Dat is wat zij denkt. Zeg haar dat ze het bij het verkeerde eind heeft. Mama, je hebt het helemaal mis.

Maar Hasan zei niets. De doden hebben niets te zeggen. Hun slotwoord is de dood. Doden spreken niet. Met grote stappen vertrekken ze naar werelden die wij nooit hebben betreden, om nooit terug te keren. Ze zijn veel te stil, ze laten ons veel te veel ruimte om te praten, te klagen, te schreeuwen en te huilen, om God te vervloeken en op allerlei manieren te ontkennen wat hij heeft gedaan. Wat heeft het voor zin? De doden staren in de leegte, in de oneindige ruimte, terwijl ze zich stevig vasthouden aan alles wat wij nog niet kennen. Ze zijn niet bereid om met ons samen te werken, om ons vanuit hun wereld ook maar een sprankje licht of de oplossing van een enkel raadsel door te spelen. Hooghartig vergrendelen ze de deur, ze slaan hem dicht met al hun levenskracht – alles liever dan de engel des doods de kans te geven om hun levenskracht op te zuigen. Voor ons is er geen sleutelgat of een kier onder de deur om het grote geheim te onthullen waarvan niemand de details met ons wil delen.

Het pijnlijkst vind ik de details die doof zijn voor vergetelheid. Nog steeds kan ik me duidelijk het timbre van zijn stem herinneren. Ik herinner me hoe zijn pupillen heen en weer schoten wanneer hij praatte. Ik herinner me zijn handgebaren en de bewegingen van zijn vingers, de manier waarop hij liep en bleef stilstaan, hoe hij zijn gebedsketting of zijn autosleutels vasthield. Hoe hij aan zijn haar plukte wanneer hij iets was vergeten. Hoe hij met de deur sloeg wanneer hij geërgerd was, hoe hij zijn lepel met vijf vingers vasthield en als een kind zijn bord leeg at. Ik herinner me de moedervlek bij zijn haarinplant, vlak bij zijn linkerslaap. Ik herinner me hoe zijn slapen begonnen te kloppen wanneer hij hoofdpijn kreeg of boos werd. En hoewel hij zelden echt boos werd, herinner ik me nog heel goed hoe hij altijd 'Kijk uit!' zei wanneer iemand hem voor de voeten liep. Ik herinner me hoe hij rustig en volkomen onbezorgd zat te bidden. Ik herinner me dat hij ziek werd en dat zijn oogwit geel werd. Ik herinner me hoe hij jacht voor me maakte op de kikkervisjes bij de nabijgelegen dam, zodat ik ze groot kon brengen in de goudkleurige Aboe Koersiboterblikken, waar ze algauw het leven lieten. Wat was ik toen bang om in huilen uit te barsten. Ik dacht dat zijn gezicht zou wegstromen uit mijn ogen, dat zijn gezicht met al zijn prachtige details zou verdwijnen om me alleen achter te laten in mijn troosteloze eenzaamheid.

Ik zet het schrijven nog steeds in als remedie tegen Hasans afwezigheid. Tegelijkertijd zorg ik ervoor dat ik zelf net zo afwezig blijf als hij wanneer ik zit te schrijven. Die afwezigheid handhaaf ik door een breekbare aanwezigheid op te roepen die in niets op me lijkt. Ik zou elk wezen kunnen zijn dat geen duidelijk omschreven gelaatstrekken of opvallende kenmerken heeft. Ik heb zelfs geen eigen ik, in een wereld waarin ik een raam heb opengezet om erdoor naar binnen te kunnen klimmen – een wereld waarin ik mijn trekken kan opvullen met het stof van woorden, waarin ik met behulp van digitale icoontjes mijn lach en mijn tranen vang.

Ondertussen ben ik verdergegaan met de dingen die ik voor zijn dood ook deed en ik heb daar flinke afstanden in afgelegd: mijn studie, wat vrijwilligerswerk, schrijven, mijn vrienden en mijn moeder. Maar dat alles is niets meer dan een geduldige poging om mezelf te conserveren in de vorm waarin Hasan me heeft achtergelaten: een beeld dat met een spijker is vastgenageld aan de muur, met daaronder de woorden 'Hasan was hier'. Het idee dat hij ooit terug zal keren in de vorm van een hagelbui of een witte zeemeeuw en een meisje aantreft wier kern in zijn afwezigheid is vervaagd, blijft me verontrusten. Wat kan hij doen als hij vanuit het hiernamaals op me neerkijkt en in paniek raakt omdat hij me hier alleen, verlaten en uitgemergeld ziet ronddolen? Van binnen ben ik nog steeds het meisje van vroeger. Daarom bestrooi ik mezelf rijkelijk met poeder en tooi ik mezelf met gekunstelde lachjes, waardoor niemand opmerkt hoe naakt ik me in wezen voel. In drie jaar tijd ben ik langzaam weggekwijnd en nu sta ik op het punt om in te storten. Als ik het toen voor het zeggen had gehad, was ik naar de kamer van Hasan verhuisd. In zijn bed had ik zijn aanwezigheid kunnen indrinken en in zijn kussen had ik zijn dromen teruggevonden. Uit zijn laken zou de etherische warmte zijn opgestegen die ooit op twee voeten tussen de mensen heeft rondgelopen.

Had ik dat maar gedaan. Dan zou ik me nooit aan al die krankzinnige acties hebben durven overgeven. Ik had hem niet om de tuin kunnen leiden met zinnetjes als: 'Echt, ik heb net gebeden', of: 'Dai en ik gingen helemaal op in de film die op de televisie was. Daarom hebben we niet gemerkt dat er op de deur werd geklopt.' Zijn nog altijd aanwezige gezicht zou genoeg zijn geweest om God te laten terugkeren in mijn hart. Als zijn kompas, waarvan de wijzer zo strak op het noorden stond gericht, mijn leugens had gehoord, zou het op tilt zijn geslagen.

Zodra mijn moeder me het groene licht geeft, verhuis ik naar Mohammeds kamer. Omdat ik wist dat mijn moeder zich uiteindelijk zou laten vermurwen, had ik mijn her en der verspreide spullen al bij elkaar gezocht. De meubelstukken laat ik staan; van de grote dingen neem ik alleen de televisie en de computer mee, samen met de bijbehorende tafeltjes. Verder neem ik een paar fotolijstjes mee, die zonder uitzondering het gezicht van Hasan omlijsten. Ik heb zo veel boeken, dat ik ze niet in één keer kan meenemen. Dat brengt me op een idee. Zou het niet prettig zijn om twee aparte kamers te hebben, met verschillende meubelstukken en allerlei uiteenlopende mogelijkheden? In de ene kamer ga ik zitten lezen, in de andere kijk ik televisie. Ik zou zelfs de ene nacht in de ene kamer kunnen slapen en de volgende nacht in de andere.

Mohammeds kamer, met zijn serieuze en praktische uitstraling, past goed bij me. De sobere inrichting biedt me alle ruimte om mijn stemmingen volledig uit te leven. Ik zou rustig een paar nachten op de vloer kunnen slapen. Ik kan voor de televisie liggen, met mijn voeten op de rand van het tafeltje, of heen en weer lopen wanneer ik mijn telefoongesprekken voer. Zo kan ik het hele oppervlak van de kamer benutten. In de nissen, waar ik alleen de muren en de hoeken als buren heb, kan ik gaan zitten studeren. Achter de deur van mijn kamer kan ik me aan mijn depressies overgeven. Ik zou ook een heleboel kussens op de grond kunnen gooien en ze verspreid door de kamer laten liggen, zodat je er nauwelijks nog een voet kunt zetten.

De badkamer vind ik nog de allerfijnste plek. In de late uurtjes van de nacht doe ik het licht aan en ga ik op de drempel zitten om na te denken, plannen te maken, te schrijven en mijn studieopdrachten af te maken. Als het niet zo hard zou doorklinken, zou ik de telefoon pakken en de hele nacht met Omar of Hiba kletsen. Wanneer ik klaar ben, doe ik de deur van de badkamer op slot en ga ik met mijn rug tegen de deur aan zitten om mijn dagelijkse sigaret te roken – beter gezegd, mijn nachtelijke sigaret. De weerzinwekkende verrukking van de nicotine die zich door mijn bloed verspreidt en zich met de intimiteit van mijn isolement vermengt brengt, in combinatie met de bescherming van de nacht en de diepe stilte van ons huis, een zware vorm van verdoving in me teweeg.

Ik verplaats me naar een hogere wereld, ik verdwijn uit het zicht om een stelsel van hallen, galerijen en geheime gangen in mijn geest te volgen. Ik laat me meevoeren naar schuilhoeken en door kronkelende gangen en probeer ze zo goed mogelijk te volgen. Ondertussen wrijf ik met mijn vingers over de muren, om op die manier de glans van de waarheid te onthullen. Zelfs in mijn eerste levensjaren had ik geen ontembare fantasie. Alleen de aarde en concrete dingen konden mijn nieuwsgierigheid zo prikkelen dat ik ze van dichtbij wilde bekijken. Maar hier, in mijn hoofd – alleen in mijn hoofd – heb ik het gevoel dat ik mezelf opnieuw, steen voor steen, kan opbouwen. Ik maak uit wat ik laat binnenkomen, ik bepaal wat ik buiten me houd. Door me aan de wereld te onttrekken houd ik mijn verlangen om de wereld op te slokken onder controle. Ik zeg tegen mezelf dat ik me er onmiddellijk in zou verslikken; de wereld is hard en ik moet leren hoe ik hem van me kan laten afglijden, zodat hij niet met veel vertoon bij me binnenkomt. Daar zijn de anderen, altijd weer de anderen. Ze vormen mijn eerste zorg, zij zijn de oorzaak van mijn angsten. Ik wil niet dat iemand me aanraakt. Niemand en niets mag mij aanraken.

Het alleen-zijn is geruststellend, het geeft me genoeg ruimte om zo dichtbij te komen als ik wil of zo veel afstand te houden als ik wil. Kiezen voor alleen-zijn betekent niet dat je je buiten het hart van de wereld plaatst. Het is veel simpeler: je gaat uit vrije wil ergens naartoe en past de mate waarin je aanwezig bent altijd en overal aan je eigen grenzen aan. Zo krijgt niemand genoeg ruimte om ongemerkt iets van je wezen te stelen, je gezicht te vormen naar zijn eigen wens, je kwaad te berokkenen of je innerlijke kompas kapot te maken.

Tot nu toe was mijn kamer de enige plek die me stevig afschermde van alles wat buiten me lag. Nu is de badkamer mijn laatste toevluchtsoord geworden. Het is een plek waar niemand me kan verwonden, maar waar ook niemand mijn schrammen opmerkt – niet de diepe en niet de lichte. Ik hoef alleen de deur maar te sluiten om zeker te weten dat niemand me kan zien. De deur is mijn trouwe wachter, de toegangspoort naar mijn privéwereld, waarin geen plaats voor anderen is. Mijn hersenen zijn mijn schoolbord, mijn gedachten zijn smetteloos witte krijtjes. Wat verlang ik ernaar om de wereld te kleuren met het licht van God, mijn eigen wereld niet uitgezonderd.

7

Op woensdag, de dag van mijn verjaardag, staat Dai voor de deur en wanneer de wijzers van de klok elkaar in het cijfer vier ontmoeten, kust ze me. Daarmee bezegelt ze de laatste ogenblikken van mijn eerste jaar als volwassene, waarna ze me aan haar hand meevoert naar het nieuwe jaar.

Een jaar lang ben ik, met elke stap die ik zette, naar een nieuw vak op het schaakbord van mijn leven gesprongen. Ik weet niet hoe ik met het nieuwe jaar moet omgaan of wat ik word geacht te doen. Mijn achttiende levensjaar heb ik jarenlang voor me gezien als een heldere lamp. Ik was klaar om ervoor te springen, zodat ze mijn gelaat kon verlichten. Natuurlijk was het enige aanlokkelijke aan de hele zaak dat ik geen schoolkind meer was en naar de universiteit mocht, waardoor ik eindelijk als een pauw met mijn veren kon gaan pronken en mijn wijsvinger naar de wereld kon opsteken en zeggen: Behandel me niet langer als een klein kind dat haar voet kan verstuiken wanneer ze met een bal speelt of kan verdwalen wanneer ze in haar eentje naar de winkel gaat.

Mijn achttiende levensjaar, mijn adolescententijd en de eerste jaren van mijn universitaire studie gingen voorbij zonder dat er veel veranderde. Ik bleef zakgeld houden, ik bleef toestemming nodig hebben om het huis te verlaten en moest weinig minder dan een officiële vergunning aanvragen voor elke nieuwe vriendin in mijn leven.

Op mijn eenentwintigste hing ik mijn tweede lamp op, met daarnaast een grote rode ster waarop geschreven stond:

Nu word ik eindelijk serieus genomen.

Maar dat gebeurde niet. In de ogen van Hidaya, die voor mij de autoriteit van de wereld van de volwassenen vertegenwoordigt, ben ik en blijf ik een meisje dat nog steeds niet genoeg van het leven heeft begrepen. Toch is er iets veranderd in de periode tussen de twee lampen. Ik kan niet precies zeggen waar het beginpunt ligt of in welke vorm de eerste ontwikkelingen zich hebben gemanifesteerd. Eigenlijk was het ook niet één ding. Het waren er meer, en ze namen zo veel nieuwe kleuren, vormen en eigenschappen aan dat ik de veranderingen niet meer volgen kon.

Zo begon ik make-up te gebruiken en overtollige haartjes weg te halen. Wanneer ik uitging liet ik alleen een berichtje voor mijn moeder achter om haar te laten weten dat ik er niet was. Wanneer ze zelf weg was liet ik geen berichtje achter. Ik was een verstandig meisje, dat ging waar de chauffeur haar heen bracht. Ik voerde nachtelijke telefoongesprekken, kocht een mobieltje en liet me meesleuren in de draaikolk van de uiterst verwarrende wereld die internet heet. Op internet kon ik iedereen aanspreken met 'lieve', terwijl ik toch deel uitmaak van een maatschappelijke klasse waarin het ondenkbaar is of zelfs als een vorm van prostitutie wordt beschouwd wanneer een meisje om het even welk onberispelijk lid van het mannelijk geslacht aanspreekt – tenzij het misschien om een mannelijke papegaai gaat.

Van de helft van mijn vriendinnen kende mijn moeder alleen de voornaam en met een kwart mocht ik niet omgaan. Mijn moeder heeft de neiging om snel te oordelen. Die oordelen kun je niet afzwakken. Zo zei ze weleens dat ik niet met een bepaalde vriendin mocht omgaan omdat ze zich bij dat meisje niet op haar gemak voelde. Dan moest ik het doen met de ruimte die ik op school kreeg om de relatie met het meisje dat door haar was afgewezen te voeden en te laten groeien.

Heeft de wereld haar oude huid afgelegd, heeft ze net als ik zware jaren doorgemaakt en is ze nu in een ruimte terechtgekomen die ze nog niet eerder heeft betreden? Of is mijn moeder zo oud geworden dat het te vermoeiend voor haar is geworden om onze gangen nog langer na te gaan? Of was het een geschenk voor mijn achttiende verjaardag, dat niet tegelijk met de andere cadeaus is gekomen? Ik zou het werkelijk niet kunnen zeggen.

Dai doet uit zichzelf het licht uit. Ik vraag of dit deel uitmaakt van mijn cadeau. Ze dwingt me anders immers altijd tot het opstellen van een smeekschrift van wel duizend zinnen voordat ik het licht mag uitdoen. Ze antwoordt met een flauwe glimlach. Ik ken deze stemming van Dai. Ze is ergens door uit haar humeur geraakt maar gaat me er niets over vertellen, op wat voor manier ik ook probeer om haar te slim af te zijn.

Anders dan ik verwachtte komt ze naar me toe en draait mijn gezicht naar de muur. Ze gaat achter me liggen, drukt haar voorhoofd tegen mijn naakte rug en begint met haar vingertoppen in het wilde weg lijnen over mijn huid te trekken. Dan barst ze in huilen uit. Ik ben zo verward dat ik niet weet hoe ik moet reageren. Nooit eerder heeft ze in mijn bijzijn gehuild. Ik probeer me om te draaien, maar ze houdt me tegen door haar hand stevig tegen mijn heup te drukken. Wanneer ze haar mond opendoet en begint te praten, klinkt ze als iemand die door hevige angst is overvallen. 'Waarom ben je zo lang weggebleven?'

'Ik was in de war. Ik had wat tijd nodig.'

'Wat tijd! Weet je hoelang het geleden is?'

'Sorry, dat was niet mijn bedoeling. Ik ben nu toch bij je?'

'Je zult me in de steek laten. Niets kan maken dat je bij me blijft. Zelfs Balqies is bij me weggegaan.'

Om een aanknopingspunt te vinden – al is het nog zo klein – neem ik in stilte de lijst met namen van onze gemeenschappelijke kennissen door van de middelbare school, de universiteit en de Hoeseiniyya. Ik heb geen enkele associatie bij deze naam. (Later, op een van de vele intieme momenten die nog zullen volgen, zal ze me vertellen over Balqies, het meisje dat een monster van haar heeft gemaakt, zoals zij het noemt.) Ze trilt over haar hele lichaam. Uit de manier waarop ze huilt blijkt duidelijk dat ze lijdt. Ze staat toe dat ik me omdraai en haar in mijn armen neem. 'Ik ben bij je', zeg ik. 'Ik zal altijd bij je blijven. Ik laat je niet in de steek.'

'Ha!' Haar uitroep houdt het wankele midden tussen sarcasme en achterdocht. Het is alsof ze zeggen wil: Kun je alsjeblieft je pistool trekken en me het genadeschot geven? Zeg gewoon dat je niet bij me blijft in plaats van me zulk dodelijk, traag werkend gif toe te dienen door te zeggen dat je me niet in de steek zult laten. Alsjeblieft, geef me geen valse hoop.

Ze staat op van het bed en doet een flauwe poging om een grapje over haar huilbui te maken, door te zeggen dat ze zich voelt als een kind dat door een straatjongen in elkaar is geslagen en van haar inkopen is beroofd. Ze doet het licht aan, komt terug, laat zich op me vallen en begint me koortsachtig te kussen. Ik ben gewend aan haar onberekenbare buien, waarvoor ik zelden een rationele verklaring kan vinden. Haar gedrag is even tegenstrijdig als zijzelf en is altijd voor meerdere uitleg vatbaar. Het ene moment is ze zwak en onderworpen, een seconde later heeft ze haar overwicht en scherpte herwonnen. Soms duikt ze op als een ijle lenteochtend, een andere keer verbrijzelt ze mijn botten als een orkaan. Vanaf het begin was ik ervan overtuigd dat ik haar nooit helemaal zou kunnen begrijpen, dat ze te ondoorgrondelijk voor me was. Daarom breek ik me het hoofd niet langer over haar en probeer ik de puzzel niet langer op te lossen. Zo is Dai mooier. Ze is een geheim dat ik nooit zal kunnen ontrafelen omdat ik de essentie niet begrijp.

Ik laat me wegzinken in Dais lichaam. Plotseling wordt er op de deur geklopt. Mijn hart slaat over, gedachten razen door mijn hoofd, angst racet door mijn aderen. In een fractie van een seconde sta ik naast mijn bed. Twee pogingen om mijn blouse dicht te knopen leveren niets op, maar de derde keer lukt het, met Dais hulp. Dai zelf staat in alle rust op en kleedt zich op haar gemak aan, zonder dat aan haar gezichtsuitdrukking iets verandert.

Ik doe de deur open. Het dienstmeisje staat voor me. Ik kan me niet inhouden en wijs naar het rode stopbord dat aan de buitenkant van mijn deur hangt. Niemand mag me storen, al is de reden nog zo ernstig. Ik lig te slapen, sta onder de douche of ben naar de hel gegaan. Wat er ook aan de hand is, niemand heeft het recht om op mijn deur te kloppen. Hakkelend probeert Edna me iets duidelijk te maken. Het gaat over Hiba en de telefoon. Ik ken Hiba. Wanneer zij zich iets in haar hoofd heeft gezet, is er niets wat haar ervan af kan brengen. Waarschijnlijk heeft ze ons huis zo vaak gebeld dat ze Edna uiteindelijk zover heeft gekregen dat ze op mijn deur ging kloppen. Ik bedank haar op verontschuldigende toon en doe de deur dicht. Dan loop ik de kamer weer in.

Op Dais gezicht is een uitdrukking van intense spot verschenen. Ze geeft geen commentaar, ze vraagt niets, maar haar gezicht spreekt boekdelen. Ze staart me aan zoals je naar een clown staart die zich niet goed heeft geschminkt en zijn rode neus in de kleedkamer is vergeten. Terwijl hij denkt dat iedereen om zijn grappen lacht, lachen ze in werkelijkheid om zijn onnozelheid.

Ze doet alsof ik een kind van vijf ben dat nergens iets van begrijpt. Wanneer ik haar kus laat ze een honend lachje horen, maar dan beantwoordt ze mijn kus krachtig en liefdevol. Zonder een moment te verliezen begint ze me aan een strenge training te onderwerpen. Ze laat me huiswerk maken in vijf of zes vakken en geeft me strafwerk voor elke fout, hoe klein ook. Aan het eind van het jaar geeft ze me een diploma dat door haar, in haar rol van docente, is ondertekend. Het diploma bestaat uit één zin, die ze in zwarte, vloeiende letters op mijn lichaam schrijft. 'Jij bent van mij alleen.' Ze zegt dat het moeilijk is de betekenis van de handtekening te begrijpen als ik er geen gevoel bij heb. Als om dat te onderstrepen word ik overvallen door twee tegenstrijdige gevoelens. Iets wil dat ik mijn lichaam uit Dais greep bevrijd, maar tegelijkertijd hunkert mijn lichaam ernaar om in haar macht te blijven.

Ik bel Hiba. Als ik dat nu niet doe, zullen de duivels in haar hoofd geen rust vinden. Ze is net bezig om het nummer van ons huis weer te bellen en neemt het me hoogst kwalijk dat ik de deur op slot heb gedaan, mijn mobieltje heb uitgezet en het dienstmeisje de stuipen op het lijf heb gejaagd. 'Dankzij jou word ik nog iemand die opkomt voor de onderdrukten', zegt ze. Ongeduldig vraag ik wat ze wil. Ze zou graag zien dat ik bij haar kom slapen. Haar stem klinkt duidelijk enthousiast. Toch word ik bekropen door een licht gevoel van ongerustheid. Het is niet haar gewoonte me op woensdagavond nog zo laat te bellen om te vragen of ik die nacht bij haar kom logeren. Het gebeurt trouwens zelden dat ik buiten de zomervakantie of tijdens de ramadan bij iemand ga logeren. Ik leg de telefoon neer, tik met mijn wijsvinger tegen mijn voorhoofd en glimlach met rollende ogen naar Dai, die plotseling stopt met zappen. 'Hoe denk jij over Soendoes?' vraagt ze.

Ze overvalt me met haar vraag. Een paar jaar geleden, toen ik met de religieuze zomerlessen was begonnen, was Soendoes het enige bekende gezicht dat ik jaar na jaar bleef tegenkomen. Eerst glimlachten we alleen verlegen naar elkaar, maar daarna begonnen we elkaar te groeten – eerst vanuit de verte, toen met een handdruk. Nog later werden we zelfs goede vriendinnen. Ten slotte stelde ze me voor om samen met haar artikelen te gaan schrijven voor het tijdschrift *De Dageraad*. Aangemoedigd door Hasan stemde ik na enig aarzelen toe. Ze werd de verbindingspersoon tussen mij en haar broer Aqiel, die samen met een paar anderen de leiding over het tijdschrift had.

Een jaar later hadden we ons door 'het jaar van de terreur' heen geslagen, dat wil zeggen door de zesde klas van de middelbare school. Aan het eind werden we allebei toegelaten tot de Faculteit der Natuurwetenschappen in Al-Dammam. Nu was het mijn beurt om het initiatief te nemen. Ik nodigde haar uit om samen met mij lid te worden van de Hoeseiniyya. Ook voor mij was alles daar nieuw, en in Soendoes zag ik een beschermend pantser. De plek waar zij haar voeten zette zou zo veilig zijn dat ik mijn onzekere voetstappen op dezelfde plek kon laten neerkomen. Toen ik hetzelfde voorstel deed aan Hiba, die toch mijn beste vriendin was, begon zij luid te grinniken.

De Hoeseiniyya is een vrome stichting, die door Hidaya's familie is opgericht. Omdat mijn moeder familie van haar is behandelde ze mij als haar troetelkindje, helemaal omdat ik de jongste was. Ze maakte geen bezwaar tegen Soendoes' lidmaatschap – sterker nog, ze verwelkomde haar allerhartelijkst, misschien omdat Soendoes' reputatie als schrijfster voor een religieus tijdschrift haar vooruit was gesneld.

We vormden een kleine cocon en hielden ons afzijdig van de andere meisjes. Misschien kwam dat door het grote leeftijdsverschil tussen ons en de rest. Alleen Dai was even oud als wij, maar in die tijd zocht ze geen toenadering tot ons. Hoewel mijn relatie met Soendoes nooit intiem is geworden, heb ik haar leren kennen als een warme vrouw, die zo veel menselijkheid bezit dat je er vaak verlegen van wordt. We houden er dezelfde ideeën op na. Ik hoef hetzelfde nooit twee keer aan Soendoes uit te leggen. Ze begrijpt me altijd, al geven we niet op dezelfde manier uitdrukking aan onze ideeën. Soendoes vindt dat je de dingen weloverwogen en geduldig moet benaderen en dat je jezelf bij het nastreven van je doelen geen termijn moet stellen. Het soort zaken waarmee wij ons bezighouden heeft tijd nodig. Ik daarentegen vind dat zo'n zachte aanpak niets oplevert. We moeten duidelijk en onverbiddelijk zijn en mogen de dingen niet verder laten rotten.

Dais vraag bevreemdt me. De vraag is niet alleen ongerechtvaardigd, maar komt ook uit de lucht vallen, helemaal omat Dai nooit blijk heeft gegeven van enige sympathie jegens Soendoes.

'Soendoes is echt een geweldig meisje', zeg ik enigszins achterdochtig.

'En mooi is ze ook. Toch?'

'Heel mooi. Zeker.'

'Alleen maar mooi?'

'Ik begrijp niet wat je zeggen wilt.'

'Hebben jullie nooit ...'

Dai hoeft de vraag niet af te maken. Uit haar opgetrokken wenkbrauwen begrijp ik waar ze op doelt. Afkeurend onderbreek ik haar. 'Soendoes doet zulke dingen niet.'

'Maar wij wel.' Ze grinnikt luid.

Ze betrapt me nu al voor de tweede keer met mijn gezicht vol goedkope make-up, terwijl ik mijn rode neus in de kleedkamer ben vergeten. Al haar trekken zeggen hetzelfde: 'Ik heb je door.' Ik heb het gevoel dat ik verschrompel, terwijl zij opzwelt en steeds groter wordt. Ze raakt aan het punt waar mijn innerlijke tweestrijd het grootst is. Ze hoeft niet eens het laken weg te nemen, ik ben volkomen naakt.

'Je weet dat ik je vermoord als je mij verraadt.'

Ik probeer de indruk te wekken dat de dreigende toon in haar stem me niet aangaat en begin spottend te lachen. 'En dan ga je mijn bloed zeker drinken', zeg ik. Ik sta op. Vanuit plekken waar de zon niet schijnt lijken allerlei onaangename geuren de kamer binnen te stromen, daarom wil ik de deur op slot doen. Ze pakt me bij mijn arm. Ik probeer me aan haar greep te ontworstelen maar ze duwt me op het bed. Binnen een seconde zit ze boven op me. In haar ogen ligt een blik die alleen van de duivel afkomstig kan zijn. 'Ben ik de eerste die je heeft aangeraakt?'

Ik zwijg.

'Geef antwoord.'

'Hou op.'

'Geef eerst antwoord.'

'Hou op met die kinderachtige spelletjes.'

Ik haat haar wanneer ze me stapjes laat zetten als een pop die nooit kapotgaat, hoe vaak je haar ook aan haar ledematen heen en weer zwaait door de lucht. Ik wend mijn gezicht af. Ze pakt me bij mijn kin en draait mijn gezicht naar zich toe. Ik houd mijn ogen op een punt naast haar gericht. Gespannen herhaalt ze: 'Geef antwoord.'

Ik zeg niets. Ze legt haar linkerhand in mijn nek. Met haar rechterhand houdt ze mijn haar vast. Ondertussen smoort ze me met kleffe, dwingende kussen. Het lijkt meer op bijten dan op kussen.

Ik weet dat ze haar krankzinnige gedrag pas zal staken als ik antwoord heb gegeven. Afwijzingen maken de drang om over mij te willen zegevieren, om haar vlag te planten in de maagdelijke aarde die ze op mij heeft veroverd, alleen maar groter. Dai mag er dan breekbaar uitzien en ze mag overvloeien van vrouwelijke zachtheid, in lichamelijke kracht is ze mij verreweg de baas. Daardoor is ze altijd in het voordeel en hoeft ze zich, als ik verzet bied, nooit echt in te spannen om mij eronder te krijgen.

Ik trek me in mezelf terug en geef haar het omgekeerde van wat ze wil: ik word koud onder haar, koud als een koelcel in een mortuarium. Daarmee verleg ik het doel naar het midden van haar slagveld. Ik schenk haar alle vlaggen die ze kan planten, maar het zijn waardeloze vlaggen; ze plant ze immers in aarde waarvoor ze niet heeft gevochten en die ze dus ook niet heeft verdiend. Ten slotte laat ze me los, gedreven door wanhoop omdat ik op geen enkele manier de neiging vertoon een andere positie in te nemen. Wanneer ze begrijpt dat ik veranderd ben in een ijsklomp en dat haar warmte niet in staat zal zijn om mij te laten smelten, zet ze zich boos op de bedrand. Een drukkende stilte vult de kamer. Algauw wordt de stilte mistig en grauw, zodat we elkaar nauwelijks meer kunnen zien.

De vraag die door de stille kamer zweeft en door ons hoofd speelt, luidt: wie zal zich deze keer als eerste gewonnen geven? Ik kies ervoor dat ik het word. Wees verstandig en gebruik je hersens, zeg ik tegen mezelf. Deze stilte zal ons nergens brengen.

Ik doe mijn uiterste best om in de vruchteloze stilte een deur of een venster te vinden dat ik kan openzetten. Dais ogen staren in de verte. Ze ziet er geteisterd uit, als iemand die eindelijk achter de waarheid is gekomen. Ik leg mijn hand op haar schouder, maar ze duwt hem weg. Smekend vraag ik: 'Wat heb ik misdaan?'

'Zo doe je altijd. Je maakt me boos om niets. Vind je het soms fijn om te zien hoe ik als een bedelares aan je voeten lig te kronkelen?'

Ik druk haar tegen me aan en vouw mijn armen om haar middel. 'Er is nooit iemand anders geweest dan jij. Ben je nu tevreden?'

Ze kiest ervoor om haar antwoord alleen te laten horen aan de lakens en de poten van het bed. Zoals gewoonlijk mondt het uit in een hoop gekibbel dat in niets lijkt op 'het bedrijven van de liefde' waarover ze in films altijd zo gepassioneerd weten te praten.

Ik heb de moeilijke weg naar rijping en wasdom nog niet afgelegd. Ik blijf onderweg een scala aan blauwe plekken oplopen en nog steeds wordt mijn lichaam vermorzeld onder de wielen van een trein die de last van een miljoen ton draagt, Dai genaamd. Het is nog te vroeg voor mij om te beseffen hoe wild en agressief ze worden kan.

Laat ik me leiden door liefde? Door lust? Of door slaafse onderworpenheid? Hoe meer kaarsen ze dooft, hoe meer hete tranen ik inslik, terwijl zij boven op mij vlam vat, oplaait en tot as vergaat, als een meteoor die op weg is naar zijn einde. Om haar tevreden te stellen bied ik haar het brood van mijn lichaam aan als zoenoffer. Ondertussen onttrekt zij het vuur aan mijn diepste wezen, tot er geen spoor meer van over is.

8

'Fadil heeft me een aanzoek gedaan.'

Ze zegt het met een blik vol aanbidding. Haar ogen glanzen. 'Ik heb mijn familie nog niet verteld wat ik ga antwoorden,' gaat ze verder, 'maar ik denk dat ik "ja" ga zeggen.'

Het stemt me werkelijk treurig dat ze geen grapje maakt. Noch op haar gezicht, dat op dat van een vrouw lijkt die in een klap de hele wereld in bezit heeft genomen, noch in de verlegen trilling in haar stem is iets van humor te bespeuren. Er strijkt iets fijns langs mijn hart dat zegt: Niet verdrietig worden. Het is niet gezegd dat je haar ook zult verliezen. Ondertussen blijft een andere stem – ruw en bazig – grinnikend in mijn oren toeteren: Snap je nu waarom ze je wilde spreken? Ze zegt je netjes de wacht aan, dat meisje dat eindelijk voor een man is gevallen.

Ik kan me niet meer herinneren wat ik tegen haar heb gezegd. Ik moet iets van blijdschap hebben geveinsd, ik moet haar hebben gefeliciteerd. Misschien heb ik haar enthousiast omhelsd en haar een stevige kus gegeven. Ik heb vast veel gepraat, en samen zullen we een nestje en twee vogels hebben getekend: Kijk, dit is Hiba en dat is Fadil. Maar waar ben ik? Dat nest is te klein, lieve vriendin. Na vandaag zul je geen plaats meer voor mij inruimen. Je zult me achterlaten en ik zal op één schoen verder moeten rennen in het luchtledige van mijn eenzaamheid. Niet langer zul jij de weg zijn die ik bewandel.

Wij vrouwen maken vanaf het begin der tijden altijd weer

dezelfde fout. We beknotten ons leven en beperken het tot dat van de man die ons zijn achternaam heeft gegeven. We laten onze familie, onze vriendschappen, onze diploma's, onze dromen en al onze kleine dingetjes en trivialiteiten die ons dagelijks leven vormen achter om een man te aanbidden. Een man die zelf niet veel doet: hij houdt zijn eigen wereld in beweging, zodat die steeds groter wordt, terwijl van ons niet meer dan een stipje overblijft. We zijn zo ongelooflijk naïef!

Ik raak Hiba's gezicht aan, dat zo ver weg en tegelijk zo expressief is. In gedachten turf ik de dingen die me zullen worden afgenomen: de nachtelijke telefoongesprekken, de logeerpartijen in de zomervakantie, onze nieuwste projecten, onze wandelingen langs de boulevard, onze sportschoenen. En dan is er nog haar hart. God, er zal niets overblijven. Mijn gloeiende vingers volstaan niet om al mijn verliezen te tellen. Ongetwijfeld is zij in gedachten net zo'n lijstje aan het opstellen, zij het met een andere held in de hoofdrol. Want alleen voor Fadil zal haar loket nog open zijn en ik zal in de rij moeten staan, samen met het gepeupel en de zwoegende massa's, in afwachting van mijn beurt die wellicht nooit meer komen zal.

Sinds mijn kindertijd begint mijn keel te branden van jaloezie wanneer ik aan Fadil denk. Als klein meisje adoreerde Hiba hem al en nu, als groot meisje, laat ze me in de steek om met hem te gaan trouwen – haar neef met zijn groene ogen en zijn lichtbruine haar. Als kind was er niemand die ik erger haatte dan hij. Het maakte me razend dat hij zo goed kon fietsen, iets wat ik zelf nooit heb gekund. Geen jongen op de hele wereld had het recht om mij de baas te zijn, alleen omdat hij vond dat ik me verwend en kinderachtig gedroeg – laat staan een jongen die zo arrogant en verwaand was als hij. Ik probeerde hem op stang te jagen door hem voor 'Amerikaan' uit te maken. Voor kinderen die wakker worden met en inslapen op het refrein ‘Dood aan Amerika’ dat elke dag op Radio Iran wordt gescandeerd, is het smadelijk en totaal onaanvaardbaar om voor Amerikaan te worden uitgemaakt. Maar voor Fadil was het een scheldwoord dat hij niet kon weerleggen. De bewijzen waren overduidelijk en konden met geen mogelijkheid worden weggepoetst.

Ze gaat vast met hem mee wanneer hij voor zaken naar het buitenland moet. Ze gaat autorijden, vier kinderen baren, de wereld overtrekken en de zomers in Parijs doorbrengen, waar ze uitgebreid naar de glimlach van de Mona Lisa zal staan staren. Ze zal een sneeuwpop maken met een hoedje en een rode neus. Wat nog meer, Hiba? Zul je je mij nog herinneren als je oude vriendin, of alleen als nichtje? Zul je mij uit het stof trekken en me een kaartje sturen vanuit de laatste hoofdstad waar je doorheen bent gereisd?

Het doet me pijn om haar smachtende gezicht te zien. Het doet me pijn om te zien hoe zij, die bijna nooit zwijgt, zo stil tegenover me zit. Zei ze maar iets. Hoe kan Fadil haar zo veranderd hebben? Hij is nooit in haar buurt geweest, hij heeft haar nooit laten zien wie hij is en hij heeft zich nooit om haar bestaan bekommerd. Hij heeft zelfs nog geen verlovingsring om haar vinger geschoven. Hoe kan ze opeens zo volwassen zijn geworden en ineens haar geheimen, privézaken en spulletjes hebben die ik niet mag zien, terwijl ik gisteren nog met de laatjes van haar hart mocht spelen? Als ze me vanaf het begin had geleerd hoe ik heimelijk, als een insluiper, te werk kon gaan, zou ik nu weten waar ze aan denkt, waarom ze zwijgt als het graf en evenveel geheimzinnigheid uitstraalt als een kluizenaarshol. Ik ben een vreemdelinge in deze kamer. Ik zou overal liever willen zijn dan hier, en dat terwijl ik haar tot nu toe maar hoefde te bellen om het gevoel te hebben dat ik leefde. Zeg iets, Hiba. Het maakt niet uit wat.

Nee, beter van niet. Had ze maar nooit iets gezegd.

Ze legt haar hoofd op mijn schouder. Ik hoor niets anders dan het gemurmel van twee lippen die iets willen zeggen, maar over de woorden struikelen. Ik sla mijn armen om haar heen. Ik hoor een stampend geluid achter haar ribben. Ze grijpt mijn hand en houdt hem stevig vast. 'Ik wil hem bellen', zegt ze. 'We moeten een aantal dingen met elkaar bespreken. En ik wil ook ... Mijn familie mag niet weten dat ik hem bel. Ik wil hem niet in de problemen brengen als het op niets uitloopt. Wil je me helpen? Mag ik je mobieltje gebruiken? Je moet hier blijven. Wanneer ik met hem praat, bedoel ik. Ik wil niet het gevoel hebben dat ik iets verkeerds doe.'

Halve minuten, kwartminuten verstrijken tussen de ene zin en de volgende. Zwaar drukt de tijd op mijn lichaam. Een mengeling van bitterheid en droefenis prikt in mijn keel. Ik geef me over aan een gevoel van verdriet, een verdriet waar ik niets van begrijp en dat aanvoelt als oud verraad. Ik duw haar van me af, zodat ik haar in de ogen kan kijken. Ik leg haar uit dat ik op zo'n intiem moment onmogelijk de derde persoon kan zijn en beloof mijn telefoon bij haar achter te laten.

'Ik zal niet in je adreslijst snuffelen', zegt ze. 'Ik ga geen telefoontjes beantwoorden en zal je sms'jes ook niet lezen.'

'*It's not a big deal*', antwoord ik.

Ze zegt nog dat ik Salaam de volgende dag naar haar huis moet sturen. Ze zal hem de telefoon meegeven en wat andere dingen, zodat het niet opvalt dat het om de telefoon gaat. Dan vertrek ik.

9

Ik ben geen huilebalk. Huilen zie ik niet als een intieme bezigheid waarop ik kan vertrouwen. Ja, het klopt, ik ben een watermeisje en aan mijn voeten kleeft de smaak van zilt zand. Ik lijk nog het meest op een schaaldier dat over de grond kruipt en de stem van de Golf in zijn handpalm verbergt. Als je mijn geheugen openbreekt zul je daar alleen oogverblindend blauw, boten, de opspattende vloed en eilanden vinden. Het is ook waar dat ik een massa tranen heb geërfd, die teruggaan tot lang vervlogen tijden. Sinds Hoesein als martelaar in Karbalaa is gestorven, kun je ons sjiieten horen huilen. Sindsdien zijn onze tranen niet meer opgedroogd. Sinds Karbalaa hebben we geleerd dat ons huilen een dagelijkse bezigheid is en niet seizoensgebonden; het is niet iets wat ons zijn spullen verkoopt en dan weer verder trekt. In mij ligt een reservoir aan tranen, die avond aan avond mijn keel dichtsnoeren. Toch huil ik nooit.

Toen ik nog een halve jongen was, of anders gezegd een kind zonder seksualiteit, dacht ik dat kinderen pas na het huwelijk geslachtelijke wezens werden – wanneer meisjes kinderen krijgen en jongens naar hun werk gaan. Omdat ik erg ondeugend was en altijd met een groepje jongens omging dat veel kattenkwaad uithaalde, huilde ik nooit. Wie huilde werd uitgelachen, maar dat niet alleen: het leidde tot nieuwe, nog hartverscheurender plagerijen, wat alles uiteraard nog pijnlijker maakte. Ik had geen enkele behoefte aan een brandmerk dat als een zoemend insect aan me zou blijven kleven. Toen ik wat ouder was geworden, zei ik tegen mezelf dat ik mijn ascetische leven maar het beste kon voortzetten en niet meer dan een paar witte tranen op zwarte dagen mocht vergieten. Tot op dat moment had ik nog nooit een zwarte dag gekend. Het was Hasan die mijn huilgewoonten veranderde. Hij liet me een verbleekte plattegrond en een kompas na en zei: 'Je moet verder.'

Ik word wakker met een zwaar gemoed. Ik heb me voorgenomen om mijn tranen niet meer de vrije teugel te laten, zodat ik niet de hele dag slechtgehumeurd en lichtgeraakt rondloop. Steeds meer deuren blijven gesloten: van mijn mond, van mijn telefoon en nu ook nog van mijn kamer. Het is zaterdag en ik vraag me af: waar haal ik de kracht vandaan om de dag door te komen, zodat ik straks weer kan gaan slapen?

Het drukkende gevoel van het verlies van Hiba weegt zwaarder op me dan mijn deken. Mijn hart is koud. Twee avonden geleden heeft iemand een lange speer in mijn zij gestoken. Toch kan ik de vervelende gedachte niet van me afzetten dat ik egoïstisch ben. Waarom ben ik niet het gelukkigste meisje van de wereld? Dat is zij toch ook? Hebben we onze gevoelens niet altijd met elkaar gedeeld? Maar ik ga niet met Fadil de Amerikaan trouwen. Ik laat hem geen verlovingsring om mijn rechterringvinger schuiven. Voor mij zijn er ook geen vreugdekreten. Ik ben op geen van hen kwaad, echt niet. Het is alleen dat ik me voor het eerst eenzaam voel. En Hiba is zo met zichzelf bezig dat ze het niet eens merkt. Ze heeft nu iemand die haar helemaal vervult. Waarvoor heeft ze mij nog nodig? Nee, ik heb geen probleem met Hiba's verloving. Waar ik problemen mee heb, is dat ze mij zo gemakkelijk voor iemand anders heeft kunnen inwisselen en zich totaal niet om mijn gevoelens heeft bekommerd. Anders zou ze me wel genoeg tijd hebben gegund om afscheid van haar te nemen, om aan haar afwezigheid gewend te raken of te leren hoe ik net kan doen alsof ik haar ben vergeten – of me zelfs vrijwillig bij mijn verlies neer te leggen. Alles is zo snel gegaan. Verder had ik er zo weinig oog voor, dat de gedachte niet eens in me is opgekomen dat zoiets zou kunnen gebeuren. Daarom zit ik nu met een dubbel gevoel van verlies.

Ik houd mezelf voor dat er een moeilijke dag voor me ligt, maar dat ik erop kan rekenen dat ook aan deze dag een einde komt. Omdat het warme water in de boiler op is, moet ik me met koud water wassen. Dat moet dan maar. Als ik niet onder de douche ga, zal ik de verdoving en de geur van slaap nooit van me kunnen afschudden. Om alles nog erger te maken kan ik nergens een gestreken blouse of schone sokken vinden. Edna slaapt nog en het loopt erop uit dat ik de chauffeur die me naar de universiteit zal brengen, vijf hele minuten laat wachten. Toch zijn de echte problemen nog niet begonnen.

Het is begin februari en het regent. De hemel is asgrijs en de straten staan vol water. Het valt niet mee om de universiteit op tijd te bereiken; de afstand waar we normaal gesproken een half uur over doen, neemt een uur in beslag. Ik kom te laat aan, om twee minuten over acht, en de toegangspoort voor meisjes die gebruikmaken van een privéauto kan elk moment sluiten. Als ik een minuut later was aangekomen had ik mijn collegekaart, die ik alleen tijdens de eindejaarstentamens in mijn portefeuille bewaar, moeten laten zien en had ik langs de bewaking moeten gaan. Dat ik de kaart niet bij me heb, heeft niets te maken met onnadenkendheid. Het is een list die we van ouderejaars hebben overgenomen. Draag nooit een collegekaart bij je. Als je buiten de collegezaal voor een of andere overtreding door een bewaakster wordt aangehouden, kun je net doen alsof je je kaart vergeten bent. Zo kun je een valse naam opgeven en de boete van vijftig riyal ontduiken.

Het is een list die ik nog niet heb hoeven toe te passen. In tegenstelling tot de strenge, onbuigzame regels van de letterenfaculteit gelden bij ons op natuurwetenschappen soepele regels. Alleen tijdens de eerste dagen van de maand moeharram is alles anders. Dan worden de toegangspoorten gesloten en worden op de wegen een soort controleposten ingericht. Tijdens de maand moeharram wordt het dragen van zwarte overhemdblouses – dat bij ons, sjiieten, in deze tijd van het jaar (en op een paar andere vaste dagen) een vaste traditie is – als een zware overtreding beschouwd. Op onze beurt blijven we die zwarte kleding halsstarrig dragen, als een vorm van stilzwijgend verzet, lijkt het wel, tegen de effectieve pogingen om de verschillen tussen ons uit te bannen – al is het niet meer dan een verschil in kleur.

We geven de kwestie niet meer aandacht dan ze verdient en begaan de overtredingen met een licht gevoel van geamuseerdheid. Verder kijken we het grootste deel van de tijd de andere kant op. We laten ons niet intimideren door de beperkingen die ons worden opgelegd. De microscoop waaronder we worden bestudeerd mag dan steeds scherper worden ingesteld, voor ons blijft het eenvoudig om er onderdoor te glippen. We zijn niet uit op nieuwe confrontaties. Om niet op te vallen trekken we onze gewone overhemdblouses over de zwarte aan of doen we aangifte van onze overtredingen voordat we naar college gaan. We vragen God de bewaaksters een handje te helpen, die plotseling de taak krijgen opgelegd om minstens een derde deel van de studentes als overtreders te registreren. Doen alsof je van niets weet is een geslaagde, doeltreffende strategie. Ze is niet bedoeld om je tegenstander te kleineren, maar om diens vijandschap te neutraliseren. Toch, als ons andere oplossingen ter beschikking zouden staan, zouden we ver boven zulke vijandigheden verheven zijn.

En plotseling zijn we daar, als een menselijke vloedstroom, voorzien van het teken van ons anders-zijn. Dat we anders zijn heeft opeens niet meer alleen te maken met ons uiterlijk en onze namen, of dat we vervagen en in elkaar opgaan waardoor we als het ware een blok worden binnen een groter geheel, waar we niet werkelijk in passen – nu blijkt ons anders-zijn plotseling overduidelijk uit de zwarte overhemdblouses die we met opmerkelijke volharding blijven dragen. Opgewekt doen we afstand van onze premies voor de maand moeharram, die in plaats van naar ons naar onze tegenstandsters gaan, en van de vrede die we zouden kunnen oogsten als we wat inschikkelijker zouden zijn. Binnen onze groep worden we een grote vraag, die als een sneeuwbal verder rolt en steeds groter wordt. Wat zijn dat voor mensen? Waarin zijn ze anders dan de anderen?

Wat is er eigenlijk zo beangstigend aan het feit dat we anders zijn dan zij? Is het omdat we een orkaan van vraagtekens vormen, die zich voortbewegen in een onbekende ruimte die nooit heeft ervaren dat iemand zich vragen over haar stelt, die nooit heeft ervaren dat ze anders is? Of maken we iets zichtbaar wat nooit is erkend – een compacte aanwezigheid die nooit manifest is geworden op de wereldkaart of in stamgenealogieën? Of overtreden we een ongeschreven wet die eist dat elke vorm van heterogeniteit wordt uitgevlakt ten gunste van de enige openbare orde die de anderen kennen en ten gunste van alles wat volgens de anderen waar en juist is?

Het feit dat ik te laat ben levert gelukkig een flauwe glimlach op. Ik hoef dus niet langs het binnenplein tussen de gebouwen G1 en G2 van natuurwetenschappen te lopen, waar de lokale meisjes, zoals wij de meisjes uit Al-Qatif noemen, zich verzamelen. Daardoor ben ik het kleine beetje energie dat ik nog heb godzijdank niet kwijt aan beleefdheden, eindeloos handjes schudden en antwoorden op vragen over het afgelopen weekend, en al helemaal niet aan antwoorden op vragen over Hiba's verlovingsfeest. Ik hoef ook niet op zoek te gaan naar een plek en hoef geen stoel uit een andere collegezaal achter me aan te slepen, want een groepje medestudentes heeft een stoel voor me vrijgehouden. Onze docente is er ook nog niet. Het interesseert haar trouwens toch niet of er een half uur van het college opgaat aan geklets en of studentes, al dan niet voorzien van toestemming, te laat via de achterdeur binnenkomen.

Ik benut mijn tijd goed en loop naar de kantine om een kop koffie te halen. De kantinejuffrouw die achter de toonbank staat trekt haar wenkbrauwen op als ik haar om twee eetlepels instantkoffie en drie lepels suiker vraag. Ik begrijp niet waarom ze zo verbaasd is. Is het om de koffie of de hoeveelheid suiker? Ik heb geen kleingeld bij me en zij heeft geen wisselgeld, dus koop ik een kaascroissant en een reep chocola, om haar vervolgens tien riyal te geven.

Ik ga aan een van de witmarmeren tafeltjes zitten en vis mijn mobieltje uit mijn tas om Dais antwoordapparaat in te spreken. Als ze maar even kan zal ze me bellen, dat weet ik zeker. Ik moet haar stem horen, die zacht is als gelei en stroperig als honing. Wanneer Dai begint te lachen heb ik het gevoel dat alles wat de lucht bijeenhoudt loslaat, waardoor de lucht plotseling intens zuiver wordt. Op zulke momenten heb ik echt het gevoel dat ze mij kan genezen.

Ze beantwoordt mijn telefoontje inderdaad. Haar woorden zijn als warme handen die de pijnlijke plekken in mijn nek losmaken, terwijl ze ingehouden zuchten van genot slaken. Ik vertel haar dat ik speciaal voor haar een croissantje heb gekocht. Ze begint zachtjes te lachen. 'Liegbeest.' Een minuut later al ben ik verlost van het vervelende zaterdaggevoel. Samen zingen we: 'Zaterdag zambarrebag, rinne rinne zondag, en maandag ...' een onzinliedje dat mijn moeder altijd zingt wanneer ik op vrijdagavond met een boos gezicht rondloop omdat mijn vrije dag voorbij is en ik de volgende ochtend vroeg moet opstaan om een zaterdag onder ogen te zien die als een lange, zware weg voor me ligt. De glimlach op mijn gezicht weet niet van wijken. Dan wordt de verbinding plotseling verbroken. Misschien heeft het netwerk te lijden onder het slechte weer of is haar telefoon leeg. Wat de reden ook is, het maakt niet uit. Het is absoluut geen probleem.

Ik wacht een minuut. Wanneer ze dan nog niet heeft gebeld, loop ik terug naar de collegezaal. Daar gaat mijn telefoon over. Het geluid lijkt meer op korte, zachte tikjes dan op aaneengesloten gerinkel. De docente, die iets aan het uitleggen is, wordt uit haar concentratie gehaald. Iedereen draait zich om en kijkt naar achteren, waar ik zit. Om niet te laten merken dat het geluid uit mijn tas komt probeer ik uit alle macht mijn consternatie te verhullen. De docente tikt met haar krijtje op het bord. Een lichte glimlach speelt om haar mond. Verstomd kijk ik voor me uit. Nooit eerder ben ik vergeten mijn mobieltje op de trilstand te zetten. Ik ben veel te bang om uit de collegezaal gezet te worden, wat de gebruikelijke – en nogal vernederende – straf is voor meisjes die zo'n overtreding begaan.

Behoedzaam zet ik mijn tas op schoot. Ik pak mijn mobieltje. Het is een boodschap van Dai: 'Sorry dat ik het gesprek afbrak. Onze hemelse poortwachters Malik en Ridwaan kwamen langs en ik was bang dat ze me mijn mobieltje zouden afpakken.'

Wat maakt het uit? Het college gaat nergens over en ik verveel me. De docente kan trouwens niet zien wat ik uitvoer in het hoekje waar ik zit. 'Wat is dat toch voor een cultuur bij jullie', schrijf ik terug. 'Weet je welke namen we hier op onze faculteit eren? Shanqal en Manqal. Ken je die tekenfilm? Die twee figuurtjes die doen alsof ze een identieke tweeling zijn?'

Tussen ons, de meisjes van natuurwetenschappen en de meisjes van letteren, heerst een cultuur van rivaliteit. Wat maakt dat deze cultuur zo wijdverbreid is en telkens weer de kop opsteekt? Ik heb geen idee wie ermee is begonnen. Ik weet ook niet van wie ik haar heb overgenomen. Het ging gewoon zo. Zoals ik op een dag mijn collegekaart kreeg overhandigd, zo kreeg ik het concept van rivaliteit aangereikt, en op mijn beurt bouw ik het verder uit. De meisjes van natuurwetenschappen zeggen van de meisjes van letteren dat ze oppervlakkig zijn, dat ze een bekrompen manier van denken hebben en al hun tijd besteden aan nagels lakken en het opbrengen van neptatoeages. Je kunt aan het uiterlijk van een meisje, aan de snit van haar blouse en aan de zorg die ze aan haar make-up besteedt, zien dat ze letteren studeert. Daarvoor hoef je niet eens naar de zwarte rok te kijken die ze aantrekt om zich te onderscheiden van het officiële donkerblauwe uniform van de meisjes van natuurwetenschappen. Over ons hebben ze ook van alles te zeggen. We zijn onnozel en opschepperig. We zijn onze vrouwelijkheid uit het oog verloren. Verder kun je ons altijd en overal herkennen aan onze smoezelige laboratoriumjassen, die even onafscheidelijk bij ons horen als onze zware brillen.

Als een soort vrijetijdsbesteding en om geen tijd verloren te laten gaan, blijven we elkaar de bal toespelen. Bij natuurwetenschappen haal je een doelpunt wanneer je mikt op ernst en praktisch denken; bij letteren kun je prijsschieten op plezier en alles uit het leven halen wat erin zit. Uiteraard is de werkelijkheid geen kopie van onze vooroordelen. Hoewel het onmogelijk is onze hersenen tegen elkaar af te wegen, zie ik toch onmiskenbare verschillen. De een denkt na over het Pauli-principe, de ander over de zegetochten van Saladin. Zo kun je ook de relativiteitstheorie van Einstein en de grammatica van al-Farahidi niet met elkaar vergelijken.

Hoewel het verschil tussen ons niet zo ver gaat dat wij de vergelijking a + b = c gebruiken voor jij + ik = liefde (wat zij doen), valt het me op dat het de eerstejaars geografiestudentes wel erg veel moeite kost om de berekeningen te maken die ze voor hun studie moeten uitvoeren, en dat terwijl ze hooguit twee jaar van school zijn. Ze vinden nota bene dat rekenen bij wiskunde hoort!

'Shanqal zei, Shanqal zei ... God, wie zijn die beveiligsters, dat ze ons overal mogen terroriseren?'

Onze Shanqal en Manqal zijn geen heldinnen uit de animatieserie op Space Tune. Ze zijn verantwoordelijk voor de veiligheid op de faculteit. Een jaar geleden zijn ze aangetreden in een bijna militair uitziend groen uniform. Voor die tijd waren er nooit beveiligsters op de faculteit. Uiteraard werd er veel over hen gepraat en deden allerlei geruchten de ronde. Er werd gezegd dat het iets te maken had met een netwerk van drugsdealers. Verder werd er met een knipoog gezegd dat het iets te maken had met kortemouwenrelaties. Wij wisten wel wat dat betekende, korte mouwen. Er werd ook gezegd dat het te maken had met de ongeregeldheden die een jaar eerder waren uitgebroken. Twee studentes hadden ruzie gekregen over religie, waarna een van hen van de universiteit was verwijderd.

Er is inderdaad onenigheid over religie ontstaan. Sindsdien is het restrictiebeleid binnen de universiteit duidelijk strenger geworden. Op elk moment kun je nu worden gefouilleerd. We mogen ook geen religieuze boeken meer aan elkaar doorgeven, zelfs geen eenvoudige compilaties met teksten om onze gebeden af te sluiten. Ook mogen we geen bidsnoer van speciale klei meer gebruiken bij het gebed. Voor mij persoonlijk betekent dit dat ik het tijdschrift niet meer mag uitdelen. Nu verspreid ik een beperkt aantal kopieën op diskette. Ik deel ze op de terugweg uit in de bus, zodat niemand door mijn schuld wordt gepakt. Van het computeronderwijs in het tweede jaar heb ik zo veel opgestoken dat de kans dat ik word ontdekt zo goed als nihil is. Daar vertrouw ik dan ook op. Overigens is het niet zeker dat de verwijdering van een aantal studentes en de komst van de twee beveiligsters iets met elkaar te maken heeft. In de brief op het mededelingenbord tegenover het bureau Studentenzaken stond dat ze waren weggestuurd vanwege examenfraude of vanwege onzedelijke handelingen buiten de universiteit, op het plein waar de studentes altijd op hun privévervoer staan te wachten.

De beveiligsters zijn best aardig en hulpvaardig. De eerste periode van voorzichtigheid en elkaar afwachtend in de gaten houden is voorbij. Toch weten we nog steeds niet wat hun taak is. De studentes hebben op allerlei manieren geprobeerd Malik en Ridwaan, zoals Dai hen noemt, aan de praat te krijgen, maar kregen nul op het rekest. Ze wisten niet waarom ze waren aangesteld, zeiden ze. Ze hoefden alleen maar door de faculteit te wandelen en te letten op alles wat verdacht was of in strijd met de regels op de faculteit. Er geldt hier eigenlijk maar één regel: mobiele telefoons zijn verboden. Zo vreemd is het dus niet dat ze weleens vragen waarom iemand een stuk cake heeft meegenomen, of dat ze willen weten waarom twee meisjes zich in een hoekje afzonderen. Ze verwachten zelden antwoord op hun vragen, maar volstaan met het verzoek om ergens anders te gaan zitten of iets dergelijks, zo veel is me duidelijk geworden uit de paar kleine aanvaringen die ik met hen heb gehad.

Het blijkt heerlijk te zijn om mijn oren te sluiten voor het college en sms'jes te versturen. Nu begrijp ik, die altijd zo gedisciplineerd ben, pas waarom veel studentes het college doorbrengen in het gezelschap van hun mobiele telefoon. 'Heb jij geen college?' sms ik.

'Nee, ik ben de rest van de dag vrij. Zullen we ergens afspreken?'

'Goed ideeeee! Ik heb college van 11–12. Dat sla ik over. Ik zie je dan.'

'Het wordt toch bijgehouden?'

'Dat geeft niets. Ik mag in totaal 13 uur wegblijven. Ik heb er nog maar 2 uur van gebruikt.'

'Schiet op dan. Zal ik je komen halen?'

'Nee, ik zie je bij de letterenbibliotheek. Dan gaan we lekker in de regen lopen en mag jij een Baskinijsje voor me kopen.'

'Vergeet mijn croissantje niet.'

Eindelijk is het college afgelopen. Ik heb niet meer dan tien woorden opgevangen. Aan het eind begon ik ongeduldig te worden. Waarom ga ik altijd op de laatste rij zitten? Nu moet ik weer eens honderd studentes laten voorgaan voordat ik de presentielijst kan tekenen. Ik word bekaf van het wachten en in gedachten ben ik bij Dai. Ik trek Salma's aandacht, die op de eerste rij zit, en vraag haar met een handgebaar: Heb je voor mij getekend? Ze antwoordt met het gebaar dat ik meestal te zien krijg: De anderen hebben het register van me afgepakt voordat ik kon tekenen.

Het duurt vijf hele minuten. Al die tijd sta ik tegen de muur geleund totdat ook ik mijn handtekening kan zetten.

Ik heb een verschrikkelijke hekel aan in de rij staan. Dat geldt hier op de universiteit en hetzelfde gold vroeger op school. Op school vond ik het, misschien ten onrechte, een vorm van overdreven aanstellerij als iemand vooraan in de rij ging staan. De leerlingen die deden alsof ze het meest dienstbaar waren werden voorgetrokken en kregen een speciale behandeling. Omdat ik niet automatisch van ieders goede bedoelingen uitga, hield ik hen voortdurend in de gaten. Misschien zou het me ooit lukken om de echt goede meisjes van de slechte te onderscheiden. Maar ook als ik daar niet in slaagde, hoefde ik hun bitsheid of overdreven lievigheid nog niet voor zoete koek te slikken.

Het is tien over elf. Eindelijk kan ik naar mijn afspraak met Dai. Ik heb een goed excuus voorbereid, of laat ik zeggen een brutaal excuus – bot en platvloers, precies zoals ze dat graag van me ziet. Ik drentel heen en weer langs de trap van het theater dat aan de letterenbibliotheek grenst. Omdat het onze eerste afspraak op zo'n in het oog springende plaats is, heb ik de plek zorgvuldig uitgekozen. Voor de anderen is Dai niet meer dan een medestudente. Wat voor reden kan ik mijn vriendinnen geven voor het feit dat ik niet naar college ga en mijn tijd in afzondering met haar, een doodgewone medestudente, wil doorbrengen? Uiteraard zou ik in recordtijd een leugen kunnen verzinnen – een heel goede zelfs – maar ik wil Dai er niet langer dan nodig aan herinneren dat onze relatie, die zich tot nu toe in het geheim heeft afgespeeld, beter zo kan blijven – dat ik daar zo op gebrand ben dat ik er zelfs voor zou willen liegen. Deze plek, naast de bibliotheek van letteren, biedt me een territorium dat ver uit de buurt van de anderen ligt.

Als je een luchtfoto zou maken van onze universiteit, zou je zien dat ze als het ware uit twee nederzettingen bestaat die niet dichter tegen elkaar aan kunnen staan dan ze doen. Toch delen ze verder weinig. Elke nederzetting heeft een eigen kantine, een eigen studiezaal met bibliotheek en een eigen boekhandel. Het gaat zelfs zo ver dat de kopieerwinkels van de letterenfaculteit verboden zijn voor studentes van natuurwetenschappen en dat het bij natuurwetenschappen verboden is om teksten te kopiëren die afkomstig zijn uit het lesmateriaal van letteren. Bij ons zie je overal blauwe rokken, terwijl je bij letteren zwarte rokken ziet. Ondertussen grenzen alle gebouwen aan hetzelfde binnenplein. Uiteraard zie je op sommige plekken dat studentes zich mengen, maar het blijft binnen de grenzen van de statistische verwachtingen: hoe groot is de kans dat ik een van de twintig meisjes die ik goed ken tegenkom te midden van vierduizend meisjes? Die kans is uiteraard verwaarloosbaar.

Het idee van twee nederzettingen zou je kunnen doortrekken naar andere gebieden. Tot welke groep behoor jij? Tot welke geloofsrichting? Tot welke geloofsgemeenschap? Uit welk gebied ben jij afkomstig? Wanneer iemand een blik in de collegezalen zou werpen, zou hij zien dat onze groep de ene helft van de zaal bezet en de andere groep de andere, of vice versa. Uiteraard zijn 'onze groep' en 'de andere groep' vriendelijke termen voor Snorkels en Smurfen: sjiieten en soennieten.

Vier lange studiejaren delen we dezelfde plek. Toch gebeurt het zelden dat iemand deze gelegenheid aangrijpt om betrekkingen aan te gaan die minder groepsgericht zijn en minder op grenzen en verdeeldheid zijn gebaseerd. Zo was het al toen we hier kwamen. Een plek verander je niet zomaar. Verandering roept angst op en kan in een officiële instelling als deze juist nadelige reacties en contraproductieve gevolgen hebben. Hoe vaak worden we niet heimelijk bekropen door het gevoel dat onze aanwezigheid en de continuïteit van ons verblijf hier aan een aantal niet met name genoemde voorwaarden zijn verbonden – bijvoorbeeld dat we ons stil moeten houden, omdat enkel het gerucht dat een van ons betrokken zou zijn bij een geloofsconflict volstaat om onze inschrijvingsdossiers in ons gezicht te gooien en ons zonder pardon weg te sturen van de universiteit? In wezen is het zo dat bepaalde mensen onze inschrijving op zich al zien als een gunst aan mensen die daar geen recht op hebben, als een gulle handreiking aan lieden die nog minder zijn dan aanhangers van dwaalleren, op wie Gods volle toorn rust.

En omdat we landelijk een minderheid vormen – terwijl we op de universiteit nooit een minderheid zijn geweest

– zou het vreemd worden gevonden en enorm veel achterdocht wekken als iemand van een andere groep zich bij een van onze groepjes zou aansluiten, hoe klein dat groepje ook mag zijn. Door de angst waarvan we zijn doordrenkt en de vooroordelen waarmee we zonder onderscheid zijn geïnfecteerd, zijn we allemaal geneigd tot behoedzaamheid en zelfbescherming. Elke vorm van toenadering kan een vijandige overname betekenen. Andersom is de kans dat wij door de anderen worden geaccepteerd veel groter. Zij worden immers beschermd door het gegeven dat ze een meerderheid vormen, waardoor wij in vergelijking met hen altijd de zwakkeren zijn en waardoor alles vanuit hun oogpunt bezien redelijk soepel verloopt. Toch heb ik in al die tijd – en ik ben nu vierdejaars – nooit meegemaakt dat iemand een echte toenaderingspoging deed. Meestal is het nieuwe element al ontdaan van haar inhoud en haar uiterlijke vorm en kan ze worden opgenomen als een postzegel die identiek is aan alle andere. Er is dan ook geen sprake van daadwerkelijk samenleven of van doelbewuste integratie. Er is zelfs geen begin van een fundamentele onderlinge acceptatie, laat staan van aanvaarding van elkaars anders-zijn of elkaars afwijkende geschiedenis.

Er zijn alweer tien minuten voorbij. Nog steeds is er geen spoor te bekennen van Dai. Ze komt te laat om mij te straffen voor het feit dat ík te laat ben, houd ik mezelf voor. Ik pak mijn mobieltje en toets het cijfer vijf in, haar sneltoets. Teleurgesteld luister ik naar de boodschap. 'Het nummer dat u hebt gebeld, is nu niet bereikbaar.' Ik loop naar de plek waar ze de tas met haar abaya altijd neerzet. Ze is nergens te bekennen en ik zie ook geen bekend gezicht. Ik leg het croissantje in haar tas ten teken dat ik haar heb gezocht. Ik begin ongerust te worden. Er is niet veel nodig om mij ongerust te maken. Ongerustheid is in mijn geval een existentieel gegeven, een karaktereigenschap die eigen is aan mijn wezen, een ontembare kracht waar ik de instructies uit het boek *Laat je onrust varen en begin te leven* niet op kan toepassen. Misschien is het niet eens een gegeven, maar een reactie op de beperkte keuzes die ik heb.

Ik begin me zo gespannen en onbehaaglijk te voelen dat ik, zelfs al zou ik het willen, niet in staat zou zijn om met iemand een praatje aan te knopen. Als iemand me naar de tijd zou vragen, zou ik geen antwoord kunnen geven. Op dit moment ergert alles me, zelfs dingen die me niets aangaan en waar ik op andere momenten geen last van zou hebben: een meisje dat haar arm om het middel van een ander meisje legt, een meisje dat grijze lenzen draagt, een harde, ongegeneerde lach. Als ik nu bij een kapotte chocoladeautomaat zou staan en ik zou van meisjes die geld in de automaat hebben gegooid telkens opnieuw de vraag krijgen of hij kapot is, zou ik volstrekt onverschillig antwoorden: 'Wat heb ik ermee te maken of hij werkt of niet? Er lopen hier vierduizend studentes rond. Hebben die zich allemaal verstopt en moet je daarom bij mij zijn? Verder erger ik me kapot aan die zoetsappige glimlach van je. Hou die alsjeblieft bij je!'

Er zijn veertig minuten voorbijgegaan en nog steeds is ze niet verschenen. Het heeft geen zin om nog langer te wachten. Het begint op te vallen dat ik hier alleen sta. Het binnenplein wordt steeds voller, niet alleen omdat het bijna tijd is voor het gebed maar ook omdat het sinds gisteren onophoudelijk regent. Met slepende tred loop ik naar mijn kluisje. Daar zie ik een stukje papier, dat zorgvuldig tussen het kluisdeurtje en de muur is gestoken. Blijdschap welt in me op – alsof Dai tot nu toe geen goede redenen kon hebben om onze afspraak, per ongeluk of gedwongen, uit haar agenda te schrappen en ze nu stuk voor stuk worden opgesomd op het velletje papier dat ik nog niet eens heb opengevouwen.

Ik trek het papiertje uit de nauwe kier. Dais geur komt me tegemoet – de intense geur van aarde, een vochtig mengsel van klei en suiker. Hoe kun je de geur van een mens beschrijven? Hoe kun je hem in je tot rijping laten komen? Hoe kun je hem veilig opbergen in je geheugen? Waar kun je hem verstoppen zodat hij niet slijt, in vergetelheid raakt of door de geur van anderen wordt verdrongen? Dais geur is een verhaal op zich. Altijd wanneer ik haar kus probeer ik haar geur te vinden onder de huid van haar keel. Ik heb het gevoel dat daar de kern van haar geur is gelokaliseerd – volledig ingesloten, zuiver en ongerept. Zelfs de lucht bezit niet het vermogen om Dais geur te veranderen, want de lucht wordt net als ik dronken zodra ze hem ruikt.

Met trillende vingers vouw ik het briefje open. Ook mijn hart beeft, het beeft altijd wanneer ik nieuwe dingen meemaak – omdat ze zo fris zijn en omdat ze een eigen plekje van het geheugen innemen waar ze nooit naar de tweede plaats worden verdrongen, laat staan dat ze in vergetelheid raken. Ik hou van het gevoel dat er iets aan het ontstaan is, dat de dingen om me heen embryonale vormen aannemen en beginnen te groeien. Op zulke momenten word ik bevangen door moederliefde en kan het me niet schelen of het een vroeggeboorte of een volmaakt kind wordt. In mijn relatie met Dai kijk ik met wijd opengesperde ogen toe hoe de dingen zich ontwikkelen, volkomen bereid om me te laten verblinden door de kleinste en meest simpele details. Ik zie hoe alles in de wordingsfase tot stand komt, hoe beide elementen van de relatie zich vermengen tot een heterogeen geheel, om zich ten slotte in al hun verscheidenheid met elkaar te verstrengelen.

Haastig laat ik mijn blik over de woorden glijden. Aanvankelijk lukt het me niet om de betekenis te vatten. Het ronde handschrift met de vele gebogen lijnen brengt me in verrukking. De punten tussen de woorden zijn perfecte, rijpe cirkels, de beginletters en eindletters zijn schitterend gepolijst en worden nergens onderbroken. Een en al curven en welvingen, een samenspel waarin het ene woord niet zonder het andere kan en ieder woord perfect op zijn plaats staat, alsof de woorden maar één ding willen zeggen: Kijk naar mij.

Ik kan mijn ogen nauwelijks van de eerste regels afhouden. Dan begin ik te lezen.

Liefste,

Ik schrijf je deze brief omdat ik niet kan komen. Ik schrijf je in haast. Sorry dat ik je heb laten wachten. Ik was bang dat ik me zou bedenken. Het kost me altijd moeite om te zeggen wat ik wil wanneer ik je gezicht zie. Vergeet me. Doe alsof er nooit iets tussen ons is gebeurd. Ik ben het niet waard. Vergeef me. Het spijt me enorm.

Vaarwel. Je Dai.

Soms, nu bijvoorbeeld, zou ik willen dat iemand me vertelt wat ik moet doen. Wat hoor ik te voelen als mens? Wat voor gezicht moet ik trekken? Moet ik huilen? Lachen? Het papier verscheuren? Dai vervloeken? Laat iemand me raad geven, dan ga ik er het bijbehorende gezicht bij trekken.

Mijn vingers vouwen zich om het briefje. Pas wanneer mijn handpalm pijn begint te doen, merk ik hoe hard mijn nagels zich in mijn vlees drukken. Ik loop naar buiten. Ik moet ademen, ik wil niet overgeven, want dan moet ik naar de toiletruimte en die is altijd overvol op dit moment van de dag. Ik moet trouwens ook nog een half uur in de bus zitten. Ik word kletsnat, maar voel geen enkele behoefte om te zingen: *Hallelujah, it's raining man,* of: Het regent, het zegent, de daken worden nat.

Ik heb geen dak. Mijn huis is de openlucht en de zegen bestaat uit duivels van bedorven water. De regen die op me neervalt is niet weldadig of barmhartig, hij bestaat niet uit lange, rustgevende stralen. Het is regen, meer valt er niet over te zeggen. Deze regen is niet onpartijdig, hij mist het vermogen om mee te doen. Dit is niet de regen van Al-Qatif. God, hebben wij prikkeldraad in uw hemel geplant om op die manier de grenzen aan te geven?

Ik ben te laat bij de bus en kan geen zitplaats vinden. Een groepje meisjes is uit protest uit de overvolle bus gestapt en staat nu voor de deur. Ze wachten op de opzichter van het busstation, ze willen dat hij een andere bus laat komen. Ik heb geen zin in het gebruikelijke geharrewar: 'Probeer die bus. Nee, die. Ja, die daar', daarom blijf ik binnen en ga ik op de eerste trede van het trapje zitten. De regen klettert zo hard tegen de voorruit dat het water niet naar beneden glijdt, maar direct terugspat. Het is alsof de regen me constant aan zijn aanwezigheid wil herinneren, uit woede omdat ik over het vermogen beschik om hem te negeren.

Bij de eerste halte stappen een paar studentes uit. Ik ga op de voorste stoel zitten, naast de deur, leg mijn handen op de stang en laat mijn hoofd op mijn handen rusten. De bus hobbelt door de straten. Mijn ziel volgt zijn bewegingen en deint op en neer. Samen met de lucht adem ik mijn ziel in en ik adem niet meer uit. Ik ben volkomen doorweekt. Het water stroomt uit mijn haren en mijn kleren, en de kou doet pijn aan mijn huid. Een hand, ik weet niet uit welke hel of uit welk paradijs ze komt, wordt op de mijne gelegd en trekt zich, zonder dat ik het merk, na een minuut – ik denk dat het een minuut is – weer terug. Het is niet uit nieuwsgierigheid naar de hand dat ik mijn hoofd ophef en naar buiten kijk om te zien wie er uitstappen. Ik heb niet geteld hoe vaak de bus is gestopt. Ik weet dus niet waar ik ben en hoeveel haltes er nog komen voordat ik moet uitstappen.

Het is de halte waar Dai altijd uitstapt. Ik zie hoe ze de lichtblauwe tas van haar abaya ontrolt en als een paraplu boven haar hoofd houdt.

10

Soad Hosni zingt in '*Ya Wad Ya Teqeel*' (Hé jij daar, jongen, die *hard to get* speelt): 'Zegen hem, die mysterieuze man die zich achter een zonnebril verschuilt.'

Dat is precies wat de doden doen: ze verschuilen zich achter hun afwezigheid en veranderen in onzichtbare schaduwen die brutaal hun weerschijn werpen op alle wendingen van ons leven. Tijdens de eerste dagen van rouw zeiden de vrouwen die mijn moeder kwamen troosten: 'Wees lijdzaam en geduldig. Verlangen heeft een lange adem.' Nu begrijp ik pas wat ze bedoelden. Ik dacht dat de tijd onze wonden zou helen – niet door te vergeten, maar doordat het leven zijn loop zou hervatten en we het verdriet van het gemis achter ons konden laten. Maar de tijd heeft anders uitgewezen. Hasan is nog steeds net zo aanwezig als hij afwezig is. Zou het niet zo kunnen zijn dat een verwarrende paradox als deze de enige oplossing biedt?

Hasan maskeert zich met zijn afwezigheid, waardoor zijn aanwezigheid alleen nog maar meer scherpte krijgt in mijn leven. Zo deelt hij in al mijn problemen en keuzes, in mijn dagelijkse bekommernissen, mijn magere successen en pijnlijke vergissingen. Vaak zie ik hoe hij tegen zichzelf of tegen de spiegel, de trapleuning, zijn autosleutel of de krant staat te praten. Wanneer ik hem daarmee plaag, zegt hij: 'Er is altijd wel iemand die het hoort.'

Sprak Hasan vroeger met zijn afwezige geliefden, net zoals ik nu met hem praat – de grote afwezige in mijn leven?

Ik argumenteer met hem, bekvecht met hem, maak ruzie en scherp mijn rudimentaire filosofieën aan. Ik vertel hem over kleine, onbeduidende gebeurtenissen en dingen die telkens weer gebeuren. Ik vertel hem het laatste nieuws en probeer alles wat hem diep zou kunnen raken verborgen te houden, maar dat gaat niet, ik moet hem deelgenoot maken van de schandalige geheimen die mijn moeder niet mag weten. Soms moet ik hem echt een nieuwe mop vertellen, totdat ik me realiseer dat hij deze rol altijd heeft vervuld en dat zijn afwezigheid me niet het recht geeft die rol van hem over te nemen.

Langgeleden, toen ik nog niet eens tot zijn schouders reikte wanneer ik op mijn tenen ging staan, heb ik op een keer een boek uit zijn boekenkast gepakt dat *Onze filosofie* heette. Het had een blauwe kunstleren kaft en was geschreven door de martelaar Mohammed Baqir Al-Sadr, die door het regime van Saddam Hoessein was vermoord. Het voelde zo lekker koel aan in die hete zomermaand dat ik het uit de boekenkast pakte en meenam. Hij zei niet dat ik er niets van zou snappen of dat ik wel twee of drie jaar en tien centimeter extra nodig zou hebben, of dat er andere boeken waren die beter pasten bij mijn jonge verstand. Hij glimlachte alleen en zei: 'Morgen kom je hier om te discussiëren over wat je hebt gelezen. Oké?'

Met een grote glimlach antwoordde ik: 'Oké.'

Ik struikelde over woorden die niet in mijn woordenschat voorkwamen en deed een hele dag over de betekenis van een paar zinnen. Het kostte me zeven maanden om het boek uit te lezen. Elke week besprak hij twee uur lang duistere passages met me. Af en toe ergerde hij zich aan me omdat ik een zinloze wedstrijd met hem aanging. Toen ik het boek uit had, gaf ik het met een vastberaden overwinnaarsblik en een brandende vraag aan hem terug: 'Zie je hoe groot ik ben geworden?'

Hij streelde me kort over mijn wang. Mijn moeder en hij lijken op elkaar in de manier waarop ze mijn wang strelen met hun lange, slanke vingers. 'Je bent angstaanjagend', zei hij.

'*Sort of*', antwoordde ik. Dat waren de laatste woorden die ik in het Engels had geleerd. Ik was er niet helemaal zeker van of ze hier wel pasten.

Ik heb nooit naar Egyptische programma's gekeken of Egyptische boeken gelezen. Ook keek ik, toen ik klein was, nooit naar de soapseries die 's avonds op de Egyptische zender werden uitgezonden. De quiz van Nelly en Sjarihaan, de poppen Bogy en Tamtam – ik heb ze nooit gezien. Ik heb me nooit laten meeslepen door de charmes van Omar Sharif of me laten verleiden door de dromerige, romantische stem van Abdel-Halim Hafiz. Ik ben niet verpest door *De School van de onruststokers* en *Kleine meisjes worden groot*. Ik ken het Fishawi Café in Oud-Cairo niet, waar alle schrijvers bij elkaar komen, en weet niet waar het beroemde Hilmiya ligt. Ik heb weinig gelezen van Al-Siba'i, Joesoef Idries, Nagieb Mahfoez en Tawfik Al-Hakim. Pas toen ik veel ouder was hoorde ik over het Arabische nationalisme, Sadat, Abdel-Nasser, Haikal, Sayyid Qutb, de Moslimbroeders, de pan-Arabische eenheid en de Camp Davidakkoorden.

Ik heb die cultuur altijd met een sceptische blik bekeken. Het is de cultuur van de vorige generatie, een generatie die tegenover mij een paternalistische houding aannam en me met bestudeerde hooghartigheid tegemoet trad. Een generatie van mensen die op hun zestiende posters van Soad Hosni in haar rol van Cinderella op hun kamermuren en kastdeuren plakten, hun eerste liefde bij de stem van Abdel-Halim Hafiz beleefden, deel hadden aan de gebeurtenissen van november 1979, toen de Grote Moskee in Mekka werd bezet, en van dichtbij hebben meegemaakt hoe Al-Qatif van een plattelandsdorp dat in een azuurblauwe jurk was gehuld, veranderde in een halve stad wier heupen van water werden opgeslokt, hoe het veranderde in trottoirs met gele en zwarte randen, straten van asfalt, huizen van gewapend beton, een stad met bronnen waarin het water opdroogde.

Mijn kindertijd werd gekenmerkt door de zender Zahran van Aramco, de oliemaatschappij. Het was dezelfde zender die in mijn puberteit zo veel onrust in me teweegbracht. Die zender heeft me gevormd. Ik keek naar Amerikaans basketbal, volgde trage, vervelende reportages over golfkampioenschappen en keek naar tennistoernooien. O, tennis! Wimbledon, met die knappe, blonde Boris Becker en die gereserveerde, ondoorgrondelijke Pete Sampras – zenuwslopende gevechten op het groene gras of het rode gravel. En dan al die bananen. Waarom juist bananen? In die tijd had ik geen idee. De films vormen een ander verhaal. *Rain Man*, met Dustin Hoffman in de rol van een autistische man die over buitengewone, wiskundige gaven beschikt. *Edward Scissorhands*, met die verduivelde Johnny Depp, met zijn zilveren scharenvingers en zijn hart van goud. *Scent of a Woman*, waarin Al Pacino in tweestrijd raakt en uitroept: '*I am in the dark*.' We hadden niet in betere tijden kunnen leven. Helaas werd de zender van mijn lijst met beschikbare zenders afgevoerd. Dat gebeurde uit het oogpunt van kostenbesparing, zo zei men. Het was een zwaar verlies, dat niet werd goedgemaakt door het Bahreinse Kanaal 55 of Kanaal 33 uit de Verenigde Arabische Emiraten.

Het is dan ook louter toeval dat de film *Cinderella* in mijn herinnering aan Hasan is verbonden. Hiba was gek op die film en Soad Hosni stond op nummer 1 in haar toptien. Ze kende al haar liedjes uit het hoofd en had al haar films op video. Hiba kon de gedichten van Salah Gahin voordragen zoals Soad Hosni dat deed. Ze sprak de woorden en de uitgangen van de letters net zo uit, nam haar timbre en haar tremolo's over en imiteerde de zachte snik die in haar stem verborgen lag. Ik hoorde Hiba zingen, en zo werden de gedichten in mijn hoofd gestanst. Toen Hasan net op dat moment een nieuwe zonnebril kocht, waar hij als een rijke, verwende jongeman mee paradeerde, wat hij altijd deed wanneer hij iets had gekocht wat hij mooi vond, zong ik het liedje van Soad Hosni dan ook, op de manier waarop Hiba het altijd zong: 'Ik werp hem vurige blikken toe maar hij antwoordt me kortaf, de man, God zegene hem, die zich achter zijn zonnebril verschuilt. En hoe groet hij? Zo doet hij dat, zo. En hoe roept hij andere mensen? Zo doet hij dat, zo. En hoe loopt hij je straal voorbij? Zo doet hij dat, zo. En nu staat hij daar en zegt: Hier ben ik, dit ben ik. In deze wijk ben ik de langste man.'

Hiba is verdwenen. Of beter gezegd, ik heb haar vrijwillig laten verdwijnen. Soms moet je proactief te werk gaan, orde aanbrengen in je verdriet en zijn nagels knippen, in plaats van je passief over te geven aan pijn die je door anderen wordt aangedaan. Hiba moest hoe dan ook verdwijnen. Het enige wat ik heb gedaan, is de dag van haar verdwijning bespoedigen. Zo moest het Soad ook vergaan. Ook zij zou ooit verdwijnen: door zelfmoord, door een dodelijke ziekte, door onder haar roem te bezwijken, door het verraad van haar vriendin, door het heengaan van Salah Gahin of door de Egyptische of de Britse inlichtingendienst. En dat gebeurde ook, want nu is ze dood. Maar de herinnering aan Hasan zal nooit sterven.

Hasans heengaan is iets waar ik niet overheen kan komen. Het is een plafond van pijn, waaronder niets anders nog betekenis heeft. Pijn, verlies, gemis, folterend verdriet, ontkenning, zenuwinstortingen, de ontbinding van de ziel, het bezwijkende lichaam, het gevoel van afwezigheid dat je niet van je kunt afschudden, de vloek van de angst en de wreedheid van de dood die de nabestaanden moeten ondergaan maken al het andere zo alledaags en triviaal, dat ik het leven sindsdien als iets onbelangrijks beschouw. De helft van mijn vragen heb ik tot één antwoord gereduceerd. Neem vragen als: wat betekent het? Wat betekent het dat Hiba verdwijnt? Wat betekent het dat Dai afscheid van me neemt? Wat betekent het dat ik fouten maak en zonden bega? Wat betekent het dat ik het jaar moet overdoen? Wat betekent het dat het in de winter koud is? Wat betekent het dat Omar mijn telefoontjes niet beantwoordt? Wat betekent het? Het antwoord is: het betekent niets, helemaal niets. Het komt erop neer dat mijn overtuigingen en mijn standpunten er niet toe doen, dat mijn bestaan er niet toe doet en dat het bestaan van de anderen er niet toe doet. In wezen is er niets anders dan de non-existentie van een wezen dat is verdwenen. Wat hij of de anderen ook mogen voelen, het is niet meer dan een oud hittespoor waarvan de kern door vrieskou is aangetast.

Dan is er nog een derde venster dat niet oplicht: wanneer Omar mijn naam op zijn display ziet neemt hij de telefoon niet op. Ik heb hem dringend nodig om mijn lege batterijen op te laden. Op momenten als deze steekt de aloude gedachte de kop op: wat is de liefde toch uitputtend, in welke vorm ze zich ook aandient en in welk hokje je haar ook plaatst. Menselijke relaties zijn net fabrieken die energie opwekken en er tegelijkertijd voor zorgen dat onze energie raakt uitgeput. Ik word verteerd door verlangens, en dat terwijl ik er een hekel aan heb om me gewillig aan mijn verlangens over te geven. Ik heb een complex: ik denk dat ik heel goed in staat zou zijn om alleen, zonder iemand anders, te leven – tevreden en voldaan – als ik mijn behoeftes en verlangens zou kunnen indammen en de winst en andere inkomsten van mijn behoeftes stevig onder controle zou kunnen houden.

Mijn verlangen naar onafhankelijkheid is diepgeworteld. Het manifesteerde zich voor het eerst toen ik mijn sokken probeerde aan te trekken en mijn schoenveters probeerde te strikken, toen ik probeerde in te slapen zonder dat mijn moeder me eerst had gewiegd. Omdat ik me niet langer door haar wilde laten helpen, kwam mijn gezicht onder het eten te zitten. Ik kreeg prikkende ogen van de shampoo toen ik niet langer onder haar toezicht wilde douchen. Ik was altijd bereid om nog beter mijn best te doen en het steeds opnieuw te proberen, zonder haar helpende hand en zonder dat ze me eerst liet zien hoe het moest. Mijn ziekte versterkte mijn angst dat ik zou vallen, dat ik weer afhankelijk zou worden als een kind en dat mijn lichaam weer onder het gezag van iemand anders zou komen te staan. Voor de ouderdom ben ik even bang. Ik ben bang om verlamd te raken of om dement te worden, ik ben bang dat iemand anders mijn boodschappen moet doen en me moet verzorgen. Ik bid altijd tot God dat ik mag sterven voordat dit gruwelijke visioen werkelijkheid wordt.

Nu is het te laat, ik kan niet meer terug. Voor Omar is het ook te laat om mij terug te bellen. Een paar dagen geleden heb ik voor Dai een liedje opgenomen van de Iraakse zanger Kazim: *Ik ben bang dat het gaat regenen terwijl jij niet bij me bent.* Op het hoesje heb ik geschreven: Ben ik je echt kwijt? Ik heb de cassette in de tas van Dais abaya gestopt. Eén poging kan geen kwaad, hield ik mezelf voor.

Ik kon geen keuze maken voor een liedje. Wanneer het over Fairouz gaat zit ik nog steeds in de eerste klas, zoals Dai altijd spottend zegt. Dai houdt van Kazim. Toch luisteren we ook wel naar buitenlandse liedjes, zelfs als we er geen woord van verstaan. Het enige wat ons op muzikaal gebied bindt, is onze afkeer van rockmuziek. We hebben zelfs een hekel aan U2. Ik hou van pop en zij houdt van rap. Ze luistert de hele tijd naar Eminem en moet altijd lachen wanneer we het over zijn obscene lichaamstaal hebben.

Ze kwam naast me zitten in de bus waarmee we naar huis terugreden. Ze kwam na mij binnen, tilde haar gezichtssluier op en staarde iedereen aan. Toen ze mij ontdekte, kwam ze naar me toe en vroeg: 'Is deze stoel bezet?' Ik pakte mijn tas van de stoel. 'Nee, ga zitten', zei ik.

Nu zijn we een hele tijd verder en hebben we geen woord meer tegen elkaar gesproken. Heb ik echt gezegd dat de liefde uitputtend is? Laten we het eens over verlangen hebben! Met één oog staar ik uit het venster, het andere is op Dai gericht. Mijn verlangens zijn al even tegenstrijdig: ik zou willen dat de bus ons naar het oneindige voert, waar nooit iemand aankomt, zelfs niet veel te laat, of dat hij me er direct voor de deur van ons huis uit gooit. Ik snak ernaar om haar aan te raken en door haar te worden aangeraakt. Ik wil dat ze met haar vingertoppen – per ongeluk of toevallig – paden kerft in mijn hand, maar tegelijkertijd zouden mijn zenuwen het volledig begeven en zouden mijn hormonen alle kanten op schieten als er zo'n simpele aanraking zou volgen.

We zijn bij haar halte aangekomen. Terwijl ze aanstalten maakt om op te staan, grijpt ze mijn hand. 'Stap je niet uit?'

'Maar ...'

'Blijf je vanavond bij me eten?'

'En mijn moeder dan?'

'Je kunt haar straks opbellen. Schiet op, anders wordt de chauffeur boos en laat hij ons er niet meer uit.'

Ik weet niet wie van ons tweeën het krankzinnigst is. Ik voel me uiterst ongemakkelijk wanneer haar moeder me, als ik hun huis binnenstap, warm welkom heet. Haastig bedenk ik een smoesje. 'Ik ben aan het vasten', zeg ik en heimelijk gebaar ik naar Dai dat ze me niet mag verraden. Ik wil hen niet in verlegenheid brengen door onaangekondigd bij hen aan tafel te komen zitten. Haar moeder heeft niet op me gerekend en niet genoeg eten kunnen klaarmaken. Volgens de regels van onze gastvrijheid krijgt een gast de helft van de maaltijd; de rest van het gezin moet toekijken en zijn honger zien te stillen met een half bord eten.

'Als de oproep voor het middaggebed niet had geklonken, had ik je absoluut iets te eten gegeven', geeft ze als commentaar.

Verlegen antwoord ik: 'Een andere keer, hoop ik.'

Ik bel mijn moeder om door te geven waar ik ben. Hoewel ze nogal achterdochtig is wat Dai aangaat, maak ik me niet echt bezorgd. Zolang ik mijn telefoontjes buitenshuis en in het gezelschap van anderen pleeg, vraagt ze me uit gewoonte nooit om uitleg. Die bereidheid van mijn moeder om oog te hebben voor de grenzen van haar kinderen en ze niet te overschrijden, komt voort uit haar verlangen hun imago voor hun vrienden in stand te houden. Het kan ook zijn dat ze ervan overtuigd is dat ze genoeg trots in hun bloed heeft geplant.

Wat moet ik zeggen? Dat de harten van onze moeders getuige zijn van alles wat we doen en zijn? Een plek van openbaring en inspiratie? Dat daar de stem van God klinkt in een van zijn meest glansrijke manifestaties op aarde? Ik heb haar de razendsnelle ontwikkeling van mijn relatie met Dai uitgelegd als een door God gewenste, gunstige voorbeschikking. Is het niet fantastisch dat ik een vriendin heb gevonden in wier ziel ik zo soepel en moeiteloos kan oplossen, alsof mijn waterwegen samenvloeien in haar delta – een vriendin die mijn angsten doet vervagen en samen met mij op een harde, stevige bodem staat?

Hoe zou ik mijn tegenstrijdige en moeizame relatie met Dai ooit kunnen verklaren? Hoe kun je bescherming verwachten van iemand van wie je weet hoe goed ze je kan kwetsen? Is het genoeg dat je het weet, om goed voorbereid te zijn? Kun je je wapenen wanneer je ervan uitgaat dat iemand je zal kwetsen, zodat het minder hard aankomt? Is het genoeg om te weten van welke kant de pijl je zal doorboren, zodat je je kalmte kunt bewaren wanneer je de bron van pijn dicht nadert? Werden we maar met een gebruiksaanwijzing geboren, voorzien van schematische tekeningen, dan hoefden we die alleen maar open te slaan om erachter te komen hoe we moeten worden bediend, hoe we moeten worden uitgeschakeld en hoe we kunnen worden opgeladen. Ook zouden we erin kunnen lezen hoe onze functionaliteit kan worden verbeterd en hoe we het beste kunnen worden onderhouden. Als er zoiets bestond, zou ik mijn gebruiksaanwijzing op dit moment met die van Dai vergelijken. Wellicht zou ik dan iets hebben begrepen van de leegte die ze in mij heeft gevuld, waardoor ze mijn circuits van angst nu volledig kan opendraaien. Dan kon ik het hinderlijke gezoem in mijn oren stopzetten als ik iemand een hand geef en mijn onrustige geest me influistert dat de situatie onveilig is en me aanspoort om zo ver mogelijk weg te kruipen in mijn hart, waar ik de deuren achter me kan sluiten. Wat heeft Dai met me gedaan? Wat is er zo wonderbaarlijk en uitzonderlijk aan haar dat ik op haar leun, dat ik de tekenen van een naderende ramp en de aandrang om in paniek te raken kan onderdrukken?

Ik ga er blind van uit dat we de afgelopen negen dagen kunnen schrappen en dat Dais afscheidsbriefje in de prullenbak kan. We hebben het overleefd en geen van ons is onderweg gestruikeld. Nadat we samen hebben gebeden, brengt ze een schaal die tot de rand gevuld is met eten. We eten met één lepel en luisteren naar Kazim. Ze zegt dat ik een goede smaak heb. We kletsen over de universiteit en ontleden de docentes tot op het bot. We klagen over de tentamenperiode die net is begonnen en nog tot het einde van het jaar duurt. We lopen vooruit op het naderende offerfeest en bespreken een paar observaties die ze in haar notitieboekje heeft genoteerd over de Hoeseiniyya. Dan lees ik ook nog de eerste versie van het artikel dat ze aan het schrijven is.

Ik heb echt het idee dat er geen onoverbrugbare kloof tussen ons is ontstaan. Tot we naar bed gaan. Ze trekt haar en mijn kleren uit en gaat op me liggen. Ze kust me. Dan trekt ze zich terug en kijkt me met een bedroefde blik aan. Ik strijk over de kuiltjes in haar wangen. Op dat moment zie ik pas goed hoe hol haar ogen staan. Ze draait zich om, zodat ik de blauwe plekken op haar rug kan zien. Sommige zijn zo opvallend dat ik bijna kan raden waar ze vandaan komen. Toch kan ik me geen voorstelling maken van de razernij waarmee ze haar zo in het wilde weg zijn toegebracht. Hoe kan een mens een ander mens zo verminken? Nu word ik ook bedroefd. Iets in me spoort me aan om alle plekken, een voor een, met mijn lippen na te tekenen. Maar ik trek me terug. Sinds wanneer is het aan mij om andermans sporen te volgen?

Eigenlijk ben ik niet verbaasd de ontsierende plekken aan te treffen. Dai heeft vaak geprobeerd mij boos of jaloers te maken door me te vertellen over haar onstuimige lichamelijke ontmoetingen met haar andere vriendinnen. Ze houdt het altijd zo beknopt dat ik met allerlei vragen en schaamteloze fantasieën blijf zitten. En hoewel ik zeker weet dat ze de waarheid weleens geweld aandoet, is het overduidelijk dat ze er veel relaties op na houdt. Nu krijg ik de blauwe plekken voor het eerst te zien, voor het eerst doet ze geen poging om ze te verbergen. Het is alsof ze zeggen wil: Kijk eens wat voor goede player ik ben.

Ik druk een kusje op een blauwe plek boven aan haar ellepijp. Het is een klein, teder kusje, want ik ben bang om haar pijn te doen. Zodra ze begint te kreunen houd ik op. Uit het gekreun kan ik niet opmaken of het mijn nabijheid is die haar pijn doet of de plek waar ik haar heb gekust.

‘Ik wil dat je van mij bent’, pleit ik. ‘Ik bedoel ... van mij alleen.’

Het duurt lang voor ze reageert, zo lang dat ik niet weet of ze me wel heeft gehoord. Misschien wil ze geen antwoord geven. Uiteindelijk zegt ze: ‘Dat kan ik niet.’

Plotseling word ik gekweld door het gevoel dat ik de laatste plaats inneem op haar gastenlijst. Ze heeft meer vriendinnen dan ze op de vingers van beide handen kan tellen. Waarom zou ze genoegen nemen met één enkel meisje? En dan nog wel een meisje als ik, argeloos en naïef, dat zich geen raad weet met haar lichaam? Wat ook verschrikkelijk pijn doet, is het sterke vermoeden dat haar andere uitverkorenen er beter uitzien dan ik en dat ze talentvoller en ervarener zijn. Dat kan toch niet anders? Wat zich tussen de lakens afspeelt is toch een soort ruilhandel?

Op mijn beurt draai ik haar mijn rug toe. Allebei zijn we in gedachten verzonken. De schaduw van een onpeilbare stilte daalt op ons neer en ik voel hoe ik van binnen verkil. Plotseling kan ik geen enkele interesse meer voor haar opbrengen. Alle vragen zijn verdwenen en ik zie geen enkele uitweg. Ik heb al mijn eieren in één mand gelegd en Dai heeft mijn mand een schop gegeven, waardoor de eieren tegen de muur kapot zijn geslagen. Daarmee heeft ze al mijn mogelijkheden uitgeput. Ze heeft me geen alternatief geboden, ze heeft geen enkel compromis bedacht. Het zou belachelijk zijn haar te vragen de anderen aan de kant te zetten. Een paar dagen geleden heeft ze míj immers aan de kant gezet. Tot nu toe heb ik haar niet eens naar de reden gevraagd.

Opeens moet ik zomaar lachen. Iemand anders zou ons hier eens moeten zien liggen, naakt, met de ruggen naar elkaar toe gekeerd. Soms kan lachen een venster zijn waardoor alles wat niets met grapjes en vrolijkheid te maken heeft, wegwaait: pijn, een shock, gevoelens van onbehagen, verbijstering, fascinatie, zwartgallige spot en bekentenissen die te laat zijn. Ik ga rechtop zitten. Ik heb zin om op te staan en mijn kleren aan te trekken. Op hetzelfde moment kom ik tot de ontdekking dat ik er niet genoeg energie voor heb, dat zo'n simpele handeling te veel inspanning kost. Ik blijf dus maar zitten, alsof ik vergeten ben wat ik van plan was. Zij gaat ook rechtop zitten en legt haar hoofd tegen mijn rug. Ik vermoed dat haar ogen gesloten zijn, want haar wimpers bewegen niet tegen mijn huid en uit de manier waarop ze ademhaalt maak ik op dat ze moe is. Een nauwelijks waarneembaar gevoel van genegenheid, van mededogen begint zich in me te roeren. Ik wou dat ik haar erin kon onderdompelen, ik wou dat mijn handen de plek konden vinden waar haar angst huist. Ik wil de kranen van de energie die zich in de hitte van haar ademhaling schuilhoudt wijd opendraaien, maar ik kan de kracht niet vinden.

'Ik ben bang dat ik je pijn ga doen', zegt ze plotseling. 'Jij bent zo fris, zo fijngevoelig en fragiel. Ik ben bang dat ik iets breek wanneer ik mijn handen op je lichaam leg. Ik wil je niet beschadigen, maar dat zal gebeuren als ik te dicht bij je kom. Ik zal je verminken, ik zal je tot een kloon van mezelf maken. Ik ben een monster, zie je dat niet? Ik kan het niet uitleggen. Jij kunt dit niet begrijpen.'

'Dat geeft niet', zeg ik, waarmee ik een dikke punt zet achter elke verdere conversatie, want er valt niets meer te zeggen en ik wil dat ze haar mond houdt. Mijn keel zit vol branderig aanvoelend speeksel. Het zijn geen tranen, het lijkt er niet eens op. Ik lijd gewoon aan een tijdelijke toestand van sprakeloosheid. Haar woorden hebben me niet nieuwsgierig gemaakt, ze wekken geen enkel verlangen in me om alles te willen begrijpen. Zo lang al zegt ze zulke dingen, zwevend in het luchtledige, zonder dat ze ergens toe leiden. Het is alsof ze de oorzaken van alle fouten die we hebben gemaakt op een geheime muur plakt en mij met de lastige taak opzadelt ze te beoordelen. Ik wil niet langer meedoen aan dit spelletje, waarin ik maar moet raden wat er nu precies zo lastig uit te leggen is dat het mijn verstand te boven gaat. Ik heb helemaal geen zin om met haar te onderhandelen over alles wat ze zo graag geheim wil houden.

Ik stap uit bed en trek mijn kleren aan. Ik geef Dai haar kleren en gebaar dat ze hetzelfde moet doen. Zodra ze zich heeft aangekleed, trek ik de gordijnen open. Ik ga op de rand van haar bed zitten en staar naar buiten. Dais huis ligt aan de rand van de stad, in een agrarisch gebied waar het epidemische asfalt nog niet is opgerukt. Het is heerlijk om hier naar buiten te kijken. De blauwe lucht waarin de zon schittert, prachtige groene velden zover het oog reikt – het is alsof God dit deel van het land heeft uitgezonderd van de asfaltplaag door het ongerept te houden.

Ze komt naar me toe, ze wil dat ik haar een kus geef. Nee, gebaar ik. Hoewel haar kamer spiegelende ramen heeft geeft het feit dat ik de straat, de voorbijgangers en de kinderen op hun fietsen kan zien, dat ik naar binnen kan kijken in de huizen van de buren, me het gevoel dat ze mij ook kunnen zien. Ik zou het gevoel hebben dat ik haar voor het oog van de wereld kuste. Dai glimlacht. Perfect. Ze vat mijn weigering niet als een afwijzing op.

'Waarom niet?' vraagt ze.

'Dat weet ik niet.'

Ze kan een glimlach niet onderdrukken. Ik voel me naakt onder haar nieuwsgierige blikken. 'Zie het als een parachutesprong', zegt ze. 'Wanneer je het eerste moment hebt gehad, kun je de rest ook aan.'

'Maar ...'

'Kom hier.' Ze weet me een lange kus te ontfutselen. Steeds opnieuw fluister ik 'nee', waarop zij iets harder fluistert dat ze daar niets van wil weten. Ik probeer haar van me af te duwen maar dan ontspan ik me, om ten slotte haar vurige kus te beantwoorden. Na een tijdje laat ze me los. 'En nu?' vraagt ze.

Ik geef geen antwoord. Mijn hart bonst, ik ben volledig buiten adem. Ze geeft me een knipoog. 'Laten we dan maar doorgaan met geopende gordijnen.' Ze barst in lachen uit. Hoewel ik me afvraag of het wel een grapje is, lach ik met haar mee. Ik druk mijn wijsvinger tegen het puntje van haar neus. 'Je bent echt gek geworden', zeg ik.

De verdrietige blik keert terug op haar gezicht. Zouden mijn vingers een ziekte hebben die haar met triestheid besmetten? Misschien moet ik een geluksamulet op haar huid tekenen of iets anders, om de chemie van haar lichaam te herstellen. 'En wat nu?' vraag ik gemaakt spottend. Of begint mijn geduld eindelijk op te raken?

'Je bent boos op mij. Toch?'

'Helemaal niet.'

'Is dat de waarheid?'

'Ik ben niet boos. Dat zei ik toch?'

'Zul je echt geen hekel aan me krijgen? Wat er ook gebeurt?'

Ik begin genoeg te krijgen van het gesprek. We blijven in dezelfde cirkeltjes ronddraaien. Dan word ik gered door Batoel, die tegen de deur schopt. Snikkend roept ze: 'Mama, je moet komen. Ze willen niet met me spelen. Laat ze oprotten.'

Dai doet de deur open en neemt het meisje in haar armen. Batoels gezicht is rood aangelopen. Haar wangen gloeien en tranen stromen uit haar ogen. Dai zet haar naast me op het bed. Het meisje nestelt zich in haar schoot met haar kleine lichaampje – een vogel die nog maar net vleugels heeft gekregen. Dai droogt Batoels tranen en veegt haar neus af met een zakdoek. 'Nog een keer. Kom op, harder snuiten.' Ze spreekt het laatste woord extra langzaam uit en maakt er een snuivend geluid bij. Gewillig doet Batoel wat Dai vraagt.

'Ik maak ze voor je af. Nu ophouden, liefje. Genoeg, niet weer gaan schreeuwen.' Ze kijkt me aan. 'Het is elke dag hetzelfde liedje.' Ze trekt de la van het nachtkastje open en haalt er een Snickers uit. Batoel grijpt hem stevig vast met haar kleine handjes. Dai wiegt haar in haar armen. Batoels trillende oogleden ontspannen zich.

'Waarom noemt ze jou mama?'

'Je zou kunnen zeggen dat ik haar in mijn eentje opvoed.'

'En je moeder dan?'

'Die heeft het te druk.'

We glimlachen op hetzelfde moment – ik, omdat ik zo'n stomme, indiscrete vraag heb gesteld, zij om me te laten weten dat we het stadium zijn gepasseerd waarin we elkaar aarzelend vragen stellen, dat we ons niet langer aan de regels van de privacy hoeven te houden.

'Zou je jezelf als onderwijzeres kunnen zien?'

'Bedoel je of ik mezelf in de rol van mijn moeder kan zien?' Ze geeft me niet de tijd om te zeggen dat ze de vraag verkeerd heeft opgevat. 'Onmogelijk.'

'En je diploma dan?'

'Mijn hoofdvak is Engels. Dat geeft me veel mogelijkheden, dat weet je best. Aramco, een bank, een ziekenhuis ...'

Zonder omwegen en zonder haar gebruikelijke terughoudendheid begint ze uitgebreid over haar moeder te praten – over wat het betekent om te moeten leven met de onzekerheid of onze moeders wel van ons houden. Als kind was ze zo gespannen en koppig dat ze niet meer een moeder-dochter relatie hadden, maar die van een meisje dat van pure woede met haar hoofd tegen de vloer bonkt en een moeder die ervoor kiest om haar dochter op te sluiten en haar een flink pak slaag te geven als ze zich niet gedraagt. Toen Dai opgroeide werd ze een rustig en uiterst gewetensvol meisje, dat te oud was voor haar leeftijd. Haar grootmoeder spoorde haar aan om de weg van haar moeder en haar tantes te volgen, die gebeden in de Hoeseiniyya reciteerden, klaagliederen zongen bij rouwceremonies en de vrouwen in het zwart aan het huilen maakten. Elke ashoeramaand herdachten ze Hoesein, dorstig in zijn eenzame strijd.

Maar Dai ging haar eigen weg. Met de roekeloosheid en arrogantie van de jeugd stortte ze zich op het schrijven, om op dat vlak haar talenten te ontplooien. Ze schreef een novelle in de stijl van Khawla Al-Qazwini, een Koeweitse schrijfster die in die tijd erg in de mode was in onze maatschappij, die zo behoudend stond tegenover alles wat niet door orthodoxe gelovigen was geschreven en geen islamitische sentimenten weergaf. Dais novelle ging van hand tot hand onder haar vriendinnen en kon op een warm onthaal rekenen in haar omgeving. Van haar moeder kreeg ze alleen een koude blik en zinnen vol openlijk sarcasme als: 'Verdoe je tijd toch niet met die onzin, concentreer je liever op je studie.' Ten slotte reikte Hidaya haar de helpende hand – Hidaya 'die de creativiteit van de getalenteerde vrouwen in het land probeerde te nationaliseren', zoals Dai het uitdrukt. Dat gaf Dai de kans haar moeder een rake klap toe te dienen. Haar moeder kreeg op haar beurt de kans om de takken van haar boom, die Dai met haar eerdere gedrag leek te hebben omgehakt, nog verder uit te spreiden.

Wanneer Dai en ik het over Hidaya hebben, loopt het er vaak op uit dat ik op een gegeven moment niets meer zeg. Ik ben niet sterk genoeg om me steeds weer te moeten verdedigen in de eindeloze strijd over Hidaya, die Dai telkens opnieuw aanzwengelt.

'Al zou iedereen, echt iedereen van me houden, dan nog zou ik zeker weten dat er één persoon is die niet van me houdt.' Terwijl ze dit zegt, pakt ze Batoel op en legt haar in haar eigen bedje. Het liefst zou ik haar hand willen pakken en tegen haar willen zeggen: 'Nee, blijf zoals je bent, een mythologische godin, een vrouw die volledig vervuld is van het moederschap.' Als ik fotograaf of tekenaar zou zijn, zou dit beeld pas uit mijn hoofd verdwijnen als ik het volledig had herschapen: een schoot die zich om het kleine lichaam plooit dat zo veel warmte en licht uitstraalt, met twee handen die zijn broosheid omvatten. Dit is niet de Dai die ik ken. Dit is niet de sociale, elegante Dai van de universiteit, dit is niet de creatieve, scherpzinnige Dai van de Hoeseiniyya, en ook niet de Dai die ik in bed heb leren kennen: vurig en hardhandig. Dit is een andere Dai, een Dai die ik nooit heb gekend, een Dai in wie ik nooit eerder, zoals nu, de geur van het paradijs heb bespeurd. O god, is dit wat het moederschap met ons doet?

Batoel wordt wakker van haar eigen gesnurk en weigert opnieuw te gaan slapen. Dai haalt het zilverpapier van een reep chocola. Batoel bijt een stukje af. 'Jammie jammie', zegt ze.

Samen gaan ze de kamer uit. Ik hoor hoe Dai haar broers een uitbrander geeft omdat ze met hun Playstation zitten te spelen. Ze dreigt dat ze geen televisie meer mogen kijken. Haar stem weergalmt door het huis, dat nog niet zo lang geleden is gebouwd. Ze moet van boven aan de trap tegen hen staan te schreeuwen.

Even later is ze terug. 'Je kunt je niet voorstellen hoeveel herrie en troep die ellendelingen maken', zegt ze.

Ik kan het me inderdaad niet voorstellen. Ik heb immers altijd in een huis gewoond waar praktisch geen andere kinderen leefden.

'Vier kleine duivels die het allemaal op Batoels chocola hebben gemunt. Moge God haar bijstaan', voegt ze er sarcastisch aan toe. Ze begint te lachen en ik lach met haar mee. Ik vind het heerlijk als ze in zo'n goed humeur is. Tegelijkertijd ben ik, zoals altijd, verbijsterd en gefascineerd door haar wispelturigheid. Deze keer brengt die wispelturigheid me in verrukking. Ik wijs naar mijn lippen en trek een wenkbrauw op om te beduiden dat er chocola aan haar lippen kleeft. Ze schudt haar hoofd. 'Wanneer ga je je lesje nu eens echt leren?' is haar commentaar. 'En wanneer begin je het eens toe te passen?'

Ze wil me een kus geven maar als ze ziet dat ik op de nagel van mijn duim begin te bijten, concludeert ze dat iets me dwarszit. 'Wat is er?' vraagt ze. 'Waar zit je over te piekeren?'

'Zullen we een eindje gaan wandelen?'

11

Het is een heel gewone dag. De vroege ochtendschittering doet op geen enkele manier vermoeden dat het anders zal worden. Niets wijst op een breuk, niets geeft me de indruk dat ik de schoonheid van deze dag verkeerd heb ingeschat.

Ik ben vroeg klaar met het doorkijken van mijn tentamenstof. Ik kleed me aan, wacht op de auto, stap in en arriveer op het gebruikelijke tijdstip, om even voor tien voor acht. De zaal lijkt op een bijenkorf, met het gebruikelijke gezoem dat rond tentamens hangt. Ik kan de vragen redelijk goed beantwoorden en vertrek voor het einde. Zoals altijd heb ik geen al te hoge verwachtingen, maar ik ga ook niet uit van het slechtste. Ik loop naar buiten en ga op zoek naar Soendoes, maar kan haar nergens vinden en besluit dat ze in de zaal moet zitten waar ze 's woensdags haar laatste college heeft – zaal 7 in gebouw 3, de folterkamer van wiskunde, zoals Soendoes de zaal noemt. Ongetwijfeld zal ik haar daar aan het eind van het college vinden.

Aqiel heeft me een deadline van twee dagen gegeven om mijn artikel in te leveren. Als ik het niet op tijd klaar heb zal hij het tijdschrift moeten uitbrengen zonder mijn artikel, dat normaal gesproken op de voorlaatste bladzijde komt te staan. Dat is nog nooit gebeurd en hij is er ook niet op gebrand om het te laten gebeuren. Ik haat deze promotie, zoals Aqiel het noemt. Hij heeft me afgevoerd van de lijst met mensen die journalistieke research verrichten en mijn naam bij de auteurs gezet. Dat heb ik hem erg kwalijk genomen, maar hij zei dat hij wist wat het beste voor me is. Wat een arrogant mannetje! Toen ik talmde met het bedenken van een naam voor mijn rubriek, heeft hij er zelf een voor me verzonnen: *Ik hoor je wel!* En toen ik niet begreep wat hij daarmee bedoelde – iets wat ik volgens mij met het merendeel van de lezers gemeen had – gaf hij me een platonische verklaring: 'Alles wat je schrijft draait maar om één ding: dat we naar elkaar moeten luisteren in plaats van schreeuwen, in die wanhopige en zinloze poging om mensen die ouder en wijzer zijn dan wij en die over meer ervaring en visie beschikken, naar ons te laten luisteren.'

Gisteren heb ik het artikel afgemaakt. Toen ik mijn computer aanzette om het uit te typen en te mailen, wilde hij niet starten. Het leek erop dat hij gecrasht was. Het enige wat ik nu nog kan doen, is het artikel aan Soendoes geven.

Ik riskeer de gang naar de kantine om mijn honger te stillen, maar het is er zo verschrikkelijk druk dat ik snel weer wegga. Ik loop terug naar de plek waar de meisjes uit Al-Qatif bijeenkomen. Ik heb mijn artikel haastig geschreven en heb nog steeds niet de moeite genomen om het in het net over te schrijven. Omdat de letters op hiëroglyfen lijken en ik de enige ben die ze kan ontcijferen, begin ik het artikel over te schrijven, nu in een leesbaar handschrift. Dat moet ik wel doen, anders gaat Aqiel er met zijn scherpe tong een grap over maken die vervolgens de ronde gaat doen, waardoor ik ten overstaan van iedereen voor schut kom te staan. Ik word de hele tijd afgeleid door meisjes die uit de zaal komen waar ik net tentamen heb gedaan. Een paar van hen willen antwoorden met me uitwisselen. Ook willen ze weten hoe ik de verschillende vragen heb geïnterpreteerd. Wanneer de pauze voorbij is, heb ik nog maar drie zinnen overgeschreven. Wat geeft het? De volgende twee colleges worden door mannelijke docenten via een videoverbinding verzorgd. Tijdens het college heb ik alle tijd om het af te maken.

Twintig minuten later heeft de docent nog niets belangwekkends gezegd. Ik proef een bittere smaak in mijn mond en mijn tong voelt verdoofd, alsof er een kriebelende massa mieren met dunne pootjes van mijn tongpunt naar mijn huig beweegt. Dit zijn de gebruikelijke voortekenen van een aanval. Ik haal diep adem. Ik wil niet in paniek raken, ik wil geen opschudding veroorzaken. Ik heb tussen de twee seconden en een minuut respijt voordat de aanval losbarst en de stuiptrekkingen beginnen. En inderdaad, zodra ik opsta en de surveillante om toestemming vraag om naar het toilet te gaan, merk ik dat mijn tong zwaar wordt. De woorden komen uit mijn mond alsof ik een spraakgebrek heb. Godzijdank wordt het college gegeven in zaal 24, die recht tegenover de toiletten ligt, en lukt het me om het toilet te bereiken en de deur achter me te sluiten voordat ik door de aanval word gevloerd. Het is een lichte aanval en hij is even snel voorbij als hij is begonnen. Ik sta voor de spiegel die boven de wastafels hangt. Mijn ogen zijn bloeddoorlopen. Een vloed van tranen maakt dat ik alles als door een mist zie. Ik was mijn gezicht en adem een tijdje diep in en uit, dan loop ik terug naar de zaal.

Het is niet de aanval, die minder dan een minuut heeft geduurd, die me totaal heeft uitgeput. Het is de angst. Ik heb nog maar één keer eerder een aanval in het openbaar gehad en dat is zo lang geleden, dat ik het was vergeten. Het gebeurde op het huwelijksfeest van een neef. Ik kreeg een aanval terwijl ik naast mijn moeder zat. Ze nam me in haar armen en verborg mijn betraande gezicht onder haar *mishmaar*, de ouderwetse sluier die vrouwen in die tijd op feesten droegen waar oudere mannelijke verwanten aanwezig waren. Toen een tante vroeg: 'Wat is er met haar aan de hand?' begon mijn moeder haar omstandig over mijn ziekte te vertellen. Ik begreep er niets van. Waarom zette ze mij op zo'n simpele en goedkope manier te kijk, waarom vertelde ze ons geheim, dat ik nota bene van haar met alle geweld moest bewaren – sterker nog, dat we samen als familie moesten bewaren – zomaar door aan andere mensen? Wat haatte ik mijn moeder die dag. Sindsdien bid ik elke avond voordat ik mijn ogen sluit dat mijn toestand nooit meer zichtbaar mag worden, dat ik nooit meer medelijdende blikken hoef te verduren en dat mijn aanval me nooit meer naar een labyrint van verstikkende sympathie zal voeren. God heeft zich al die tijd edelmoedig betoond, zo edelmoedig dat al mijn gebeden niet volstaan om hem te danken.

Dat was negen jaar geleden. Nu, na negen jaar, blijven mijn gebeden in de hemel steken en bereiken ze God niet meer. Opeens verhoort hij ze niet meer. Waarom? Waarom heeft hij me nu verlaten, terwijl ik negen jaar lang zo zeker wist dat hij dat nooit zou doen? Waarom laat hij me achter nu ik op het punt sta om een nieuwe aanval te krijgen, vijf minuten nadat de eerste is verstreken? Als mijn moeder Hasans dood altijd heeft kunnen uitleggen als een daad van barmhartigheid, waarom toont de dood zich dan niet barmhartig jegens mij, waarom neemt hij me niet mee naar de plaats waar Hasan is?

De tweede aanval maakt dat mijn blikveld zich zo vernauwt dat ik alleen nog kan zien wat vlak voor me gebeurt. En omdat de aanval van de soort is waarbij ik volledig bij bewustzijn blijf en niet weg raak, kan ik iedereen zien die om me heen dromt en vang ik alle reacties op. Mijn paniek is dan ook niet minder groot dan die van de andere meisjes die zich, in een wanhopige poging om mijn aanval te verzachten, over me heen buigen. Dit is geen aanval, dit is mijn ergste nachtmerrie. Beter gezegd: dit is mijn persoonlijke hel. Hoewel ik weet dat het geen zin heeft, probeer ik de stuiptrekkingen uit alle macht te stoppen. Hier moet een einde aan komen, en wel zo snel mogelijk. Maar de aanval neemt in kracht toe en ook de stuiptrekkingen worden erger. Kon ik mijn ogen maar sluiten, schonk God me de handen maar van dat meisje uit die buitenlandse televisieserie dat voor de helft afkomstig is van de aarde en voor de andere helft van Mars, en dat de wereld met een knip van haar vingers kan stilzetten. Dekte hij me maar toe, sloeg hij ons allen maar tijdelijk met blindheid, zodat we niets meer konden zien.

Ik heb de gewoonte om mijn aanvallen te krijgen 'bij de keizer zonder kleren', zoals Omar het uitdrukt. Toen hij dat in het begin zei, kon ik alleen maar een langgerekt 'aha' uitbrengen. Toen vroeg ik: 'Wat betekent dat?' Vreemd dat ik het zinnetje niet begreep. De betekenis was zo duidelijk, helemaal binnen de context van ons gesprek. Ik had hem immers net verteld dat ik de aanvallen alleen kreeg wanneer mijn moeder in de buurt was.

Is het ooit iemand gelukt om eraan te wennen dat hij dagelijks in een duistere afgrond valt? Hier en nu mis ik haar hand. Ik mis het dat ze mijn rechterhand stevig in de hare neemt, ik mis haar stem die tijdens de aanval naar me blijft roepen, alsof ze me terug probeert te halen uit die eenzame, verre plek waar de aanval me mee naartoe heeft genomen. Misschien kwam het door haar hand dat ik de rechterhelft van mijn lichaam altijd onder controle wist te krijgen en de bewegingen rechts veel beter voelde dan links.

Mijn gezicht is net een kogel die geen doel heeft getroffen en rondzweeft in een lege, verlaten ruimte. De gezichten van de anderen lijken een weerspiegeling van het Russische roulettespel, dat als een grap is begonnen en is geëindigd met een muur vol bloedspatten. Zo veel gezichten waaruit ogen op me neerstaren. Op de meeste is verbijstering te lezen. Andere meisjes lijken met stomheid te zijn geslagen. Zelfs ziektes die niet besmettelijk zijn veroorzaken angst in het menselijk hart. Ze tonen de anderen in levendige beelden wat hun in een vergelijkbare situatie zou kunnen overkomen en maken zichtbaar hoe fragiel de basis van het menselijk ras is. Toch kan ik met honderd procent zekerheid zeggen dat de glimpen en de afschaduwingen die de anderen van de ziekte opvangen in geen verhouding staan tot de daadwerkelijke verwoesting die de ziekte in het lichaam, de ziel en de geest van een mens achterlaat.

Nooit eerder heb ik me voor een aanval geschaamd. Mijn lichaam vertoont een defect dat je ernstig mag noemen wanneer je mijn lichaam tegen een perfect lichaam afzet, maar het is een draaglijk defect dat iedereen kan oplopen. Nu schaam ik me verschrikkelijk voor het straaltje speeksel dat uit mijn mondhoeken loopt. Een paar druppels vallen zelfs op de kraag van mijn blouse. Vol walging veeg ik mijn mond af. Mijn andere hand leg ik op mijn voorhoofd, zodat mijn hoofd, dat opzij is gegleden, enigszins wordt afgedekt en niemand de paar tranen opmerkt die uit mijn ogen lopen en niemand mijn verstikte ademhaling hoort. Wat is het toch, dat ik mijn aanval met alles erop en eraan als een persoonlijke schandvlek zou moeten zien? Geen enkele menstruerende vrouw kan toch begrijpen waarom ze zich zou moeten schamen voor bloedvlekken in haar ondergoed of op haar beddenlakens? Misschien zou ik het aan Omar kunnen uitleggen door hem te vragen wat hij voelt wanneer hij wakker wordt uit een natte droom. Ik denk dat hij gaat zeggen: 'Gelukzaligheid', of: 'Dat kan me echt niet boeien.'

De surveillante knikt dat ik weer naar buiten mag gaan. Met moeite sta ik op. In de toiletruimte word ik overvallen door de miserabele drang om in huilen uit te barsten – zo'n onstuitbare stortvloed die alles op zijn weg meesleurt en vernietigt. Maar ik mag de tranen niet de vrije loop laten, dat zou mijn voorraad nodeloze schandalen hier en nu alleen maar groter maken. Ik word verscheurd door zulke chaotische en tegenstrijdige gevoelens dat mijn benen me nauwelijks kunnen dragen. Ze zijn eenvoudigweg te moe en te zwak. Mijn hart slaat over, mijn hoofd suist en doet enorm pijn, iets wat normaal gesproken pas na een derde aanval gebeurt, die dan ook nog heftig moet zijn geweest. En zoals altijd is daar die smaak in mijn mond die ik zo verafschuw. Hij doet me denken aan een chemische substantie met een onbekende samenstelling, of aan een medicijnflesje dat gevuld is met tabletten die een ondraaglijke stank verspreiden.

Ik moet terugdenken aan de kleine Cole in de film *The Sixth Sense*, die midden in de nacht wakker wordt en een heftige aandrang voelt om naar het toilet te gaan. Wanneer hij voor de toiletpot staat, komt plotseling een van de doden die hem achtervolgen op hem af. Cole verbergt zich in zijn tent en stamelt met een stem waarin alle schaduwen trillen: 'Dit gebeurt niet echt, dit gebeurt niet echt ... Dit gebeurt niet echt.' Hij voelt hoe de hand van de geest zwaar op zijn schouder valt en wanneer hij zich omdraait, ziet hij een dode achter zich staan. Schreeuwend vlucht hij naar buiten. In een andere scène zet hij zijn poppen in militaire slagorde neer. Heel langzaam en zorgvuldig spreekt hij een magische formule uit in het Latijn, iets als: 'Schenk me verlossing, God.'

In gedachten klem ik me vast aan het geruststellende gezicht van mijn moeder en ik herhaal de letters die zij altijd uitspreekt wanneer ik een aanval heb: '*Kaf ha ya ain saad*', de letters die op zo'n mysterieuze manier in de Koran zijn verschenen, aan het begin van de soera van Maryam. Men zegt dat die letters helende krachten hebben. Ik herhaal ze totdat ik helemaal tot rust ben gekomen, dan was ik mijn gezicht en ga naar buiten. Ik mag er niet te lang over doen, anders komt er weer iemand achter me aan om te zien of het goed met me gaat.

De surveillante komt glimlachend op me af. 'Wil je naar de kliniek?' fluistert ze.

'Nee.'

Een paar van mijn medestudentes zijn in een kring om me heen komen staan en doen welgemeende pogingen om hulp te bieden: de kliniek, zakdoekjes, water. Ze willen zelfs voor me gaan vragen of ik de faculteit vóór twaalf uur mag verlaten, dus voordat de hekken opengaan. Ik zeg resoluut 'nee' en schenk iedereen een vriendelijk glimlachje. De surveillante klopt op de deur. De studentes moeten hun aandacht weer op het college richten. Dat doet ze twee of drie keer. Hun hulpbetoon wordt minder en uiteindelijk wordt het stil. In mijn hart ben ik de surveillante innig dankbaar dat ze de zware last van medelijden van me wegneemt.

De eerste sirenes die ten tijde van de Tweede Golfoorlog loeiden waren bedoeld als oefening, om de mensen te leren hoe ze de straten en dakterrassen zo snel mogelijk konden verlaten en hoe ze zich als ratten konden verbergen, in afgesloten kamers waarvan alle kieren en gaten waren gedicht. Op hun vensters was de letter X gekalkt. Was dat niet het teken dat de twee helden uit *The X-Files* onderling gebruikten om aan te geven dat het verboden was een gebouw binnen te gaan?

Die eerste keer namen de mensen, gealarmeerd door het doordringende gefluit, hun kinderen onder de arm, bedekten hun gezichtjes en sloegen op de vlucht. Ze huilden, baden en bereidden zich voor op een lange reeks van ontberingen, alsof de oorlog alle deuren en vensters had weggenomen en onze wereld was binnengestapt als een onzichtbare demon – een geestverschijning waarvan we alleen de ademhaling konden voelen en de voetstappen konden horen. Omdat het de eerste keer was, was het uiterst realistisch. Omdat het de eerste keer was, was het angstaanjagend en barbaars. Welnu, deze epileptische aanval komt me precies zo voor. Jarenlang, niet slechts maanden, heeft de paniek achter de deur gestaan en nu is de façade met één enkele trap verdwenen. De paniek heeft zijn intrek in mijn huis genomen, waar hij een uiterst onwelkome bezoeker is.

Ernstig en vastberaden heb ik me op dit moment voorbereid. In gedachten stuurde ik mijn voorhoedetroepen het slagveld op en voor mijn geestesoog liet ik beelden van scènes passeren die op mijn ergste nachtmerries leken. Ik reeg alle mogelijkheden aaneen, steeds in verschillende volgorde. Zo heb ik in de loop der jaren heel wat verschillende scenario's opgebouwd. Op die manier dwong ik mezelf om met adequate reacties op mijn mentale scenario's te komen, zodat ik op het moment suprême als overwinnaar uit de strijd kwam. Maar nu het moment daar is, voel ik me zo overweldigd dat ik me niets meer van de opbouw kan herinneren. Alleen mijn instinct tot zelfbehoud beschermt me tegen hun welgemeende, maar mogelijk gevaarlijke opdringerigheid. Zonder dat ze zich ervan bewust zijn treden ze mijn waardigheid met al hun goede bedoelingen met voeten en daardoor ga ik me, zonder het te willen, achter een pantser van afwijzing en zelfverzekerdheid verbergen. Ondertussen probeer ik een groeiend vertrouwen in mijn blik te leggen – of gespeeld vertrouwen, wat maakt het uit – waarachter ik een lichaam verberg dat scheuren begint te vertonen, en daarnaast een verslagen geest en een snel verdwijnend gevoel van veiligheid.

Er is anderhalf uur verstreken. De tweede docent heeft zijn plaats op het scherm al een tijdje geleden ingenomen. Ik moet het nog een half uur zien uit te zingen voordat mijn dag erop zit. De randen van mijn oogleden prikken van de tranen. Steeds verder dringen ze zich op. Ik probeer ze terug te duwen, maar ze blijven opwellen. Wat moet ik doen? Wat doet iemand die in een volledig opgetuigde boot zit waarin gaten vallen, terwijl hij wordt meegevoerd op een koude wind – iemand die zich alleen weet in de heftigste eenzaamheid die hij ooit heeft gekend? Wat moet ik doen, nu ik mijn gezicht niet meer voor de nieuwsgierige blikken kan verbergen, mijn ogen niet meer kan afwenden van al die onopzettelijke vernederingen, nu ik alleen nog ineen kan krimpen onder de scherpe blikken van de anderen? Hoe moet ik tegen de zestig meisjes die samen met mij in de collegezaal zitten, zeggen: 'Het gaat goed met me. Kijk een andere kant op'? Ik ben geen pretpark, geen groep zigeuners, geen circus met een stelletje clowns. Begrijpen jullie niet dat jullie blikken zo slijmerig zijn dat ik er straks nog over uitglijd, waardoor ik geen sprankje trots meer overhoud? Jullie overdreven aandacht heeft een onfrisse geur die me niet bevalt. De manier waarop jullie om me heen dromden had iets van een verstikkende cocon. Ik heb aanvallen die mijn geest kapotmaken, die een ravage teweegbrengen in mijn lichaam, die me elke keer zwakker en zieker maken. Daarbij kan ik jullie medelijden niet verdragen; ik kan niet onder zo'n benauwende deken van barmhartigheid leven.

Ik dacht altijd dat kletsen iets was wat alleen op het platteland gebeurde – dat ze alleen daar, wanneer ze 's ochtends koffiedrinken of 's avonds bij elkaar zitten, de plaatselijke roddels aan elkaar doorvertellen. Ik dacht ook dat onze universiteit een miniatuurweergave van een urbane maatschappij was, waar het beschaafd toeging en waar we ons verre hielden van loos geklets en het spuien van roddelverhalen. Mijn poging om de dingen filosofisch te bekijken lijkt vandaag niet bepaald logisch of realistisch.

Van de collegezaal loop ik rechtstreeks naar mijn kluisje. Dan herinner ik me het artikel en Soendoes. Ik loop naar de zaal waar ze college heeft maar vind haar nergens. Dus loop ik naar de meisjes, om hen te vragen of iemand haar heeft gezien. Ik heb het gevoel dat ze me een beetje wantrouwend bekijken. Er is iets aan de hand, iets wat mijn overgevoelige innerlijke sensoren niet nauwkeurig kunnen lezen. Veel vaker dan anders word ik door blikken gevolgd en wordt me nieuwsgierig gevraagd of het goed met me gaat. De een na de ander biedt me ook nog eens aan om een zitplaats in de bus voor me vrij te houden.

Als ik wil kan ik mijn gezicht zo goed achter een ondoorgrondelijk, neutraal masker verbergen dat anderen alleen een glimp van mijn wezen kunnen opvangen. In een scène van de film *The Man in the Iron Mask* haalt Leo 's nachts, wanneer iedereen slaapt, het ijzeren masker dat ze van zijn gezicht hebben verwijderd tevoorschijn en zet het op. Hij is eraan gewend geraakt om de wereld door zijn masker te bekijken. Het masker is zijn veilige plaats en zijn toevluchtsoord. Op dezelfde manier zet ik een week en zacht masker op en begin ik me, zonder me bloot te geven, van de anderen terug te trekken. Mijn gezicht is dus geen zendertje dat hun op de hoogte brengt van wat er met mij aan de hand is. Ik vermoed dan ook dat iemand anders de taak op zich heeft genomen om het nieuws door te geven en daar moet ik in stilte vreselijk om lachen. Is het soms niet lachwekkend dat ik mijn geheim negen jaar lang zelfs voor mijn beste vriendinnen, meisjes die zo vaak in mijn gezelschap hebben verkeerd, heb weten te bewaren en dat één enkele aanval nu al mijn pogingen tenietdoet?

Mijn epilepsie is altijd een geheim geweest. Heel lang was het thuis een schande om er alleen al over te praten. Dat moest krachtig worden ingedamd. Het was alsof mijn ziekte een onvergeeflijke zonde was, een defect dat voor iedereen verborgen moest worden gehouden, een klein familieschandaal dat de kring van naaste familieleden niet mocht verlaten. Ik begrijp de logica dat ziekte een slechte reputatie oplevert. Niemand wil een slechte reputatie met zich meedragen of een slechte reputatie toevoegen aan zijn stamboom. Ik ben dan ook dankbaar voor de discretie van mijn familie, waardoor mijn leven niet wordt vertroebeld door medelijden en niet wordt vergiftigd door sympathie.

De vragen die me kwellen zijn heel andere. Wat gaat er nu veranderen? Wat is er al daadwerkelijk veranderd? Wat gaat er gebeuren?

Ik ben bang. Ik heb zo veel vragen en op geen daarvan is gemakkelijk een antwoord te vinden.

Nog voordat ze zich over me heen buigt en ‘Mag ik je omhelzen?’ in mijn oor fluistert, weet ik al dat zij het is. Ik heb haar herkend aan de manier waarop haar hakken op het plaveisel tikten. Dai heeft een heel eigen manier van lopen. Stap voor stap, tik voor tik meet ze haar passen af. Dat ze het echt is, wordt nog eens bevestigd door haar parfum, dat in mijn neus dringt wanneer ze zich over me heen buigt. Ik pak de hand die ze op mijn schouder heeft gelegd en draai haar naar me toe. We kijken elkaar aan. Ik zie hoe ze schrikt van mijn bleekheid en van de tranen die zich achter mijn ogen verbergen. Dingen die alleen Dai mag zien. Alleen zij mag lezen wat daar is te zien – in zijn volle omvang.

Ze knielt naast me neer en begint mijn koude vingers warm te wrijven in de hare. Dan legt ze haar hand op mijn voorhoofd. ‘Wat is er met je aan de hand?’

‘Niets.’

‘Weet je het zeker?’

‘Ja.’ Om de loop van het gesprek te veranderen en haar ongerustheid weg te nemen, zeg ik: ‘Vertel eens, hoe is je tentamen gegaan?’

‘Goed, *I guess*.’

‘Je ziet eruit alsof je er niet veel van hebt gemaakt.’

‘En jij, hoe is het met jou gegaan?’

‘Heel goed.’ Ik zeg het met een grote, geruststellende glimlach. Ik pak mijn tas, terwijl ik me met mijn andere hand aan Dais vingers vastklem. Zo lopen we naar buiten. Wanneer we langs de frisdrankautomaat lopen, pak ik twee riyal uit mijn portemonnee en koop twee blikjes Pepsi Cola.

Het ene blikje houd ik tegen mijn wang gedrukt om de roodheid en de hitte te temperen, het andere stop ik in Dais tas. We lopen verder en gaan op een van de witte stenen bankjes zitten, tegenover de glazen wand die zicht biedt op de helft van het binnenplein. Ik overhandig haar mijn artikel en geef haar een stuk papier en een pen, zodat ze het kan overschrijven. Ik vertel haar hoe ik de hele ochtend vergeefs op zoek ben geweest naar Soendoes. 'Ik weet niet waar dat meisje zich verstopt wanneer ik naar haar op zoek ben', zeg ik.

'Ik haat Soendoes', zegt Dai. Ze zegt het op een kinderlijke toon. Dan valt haar oog op mijn handschrift. Ze begint te lachen, wat ik me goed kan voorstellen, want het lijkt op het gekrabbel van een kind. Ik heb het gistermiddag in de bus geschreven. Na elke hobbel schoot mijn pen uit op het papier.

'Niet te geloven', brengt ze met iets van bewondering uit. 'Eén, twee ... Ik tel maar zeven doorgehaalde woorden'.

Ik begin haar te dicteren. Ze schrijft op wat ik zeg. Ondertussen houd ik mijn hand boven haar ogen, zodat ze kan lezen wat ze opschrijft. Af en toe onderbreekt ze me om haar mening te geven. Ik ken al haar argumenten: 'Als je het nu eens zus opschreef in plaats van zo.' 'Als je deze gedachte eens verder uitwerkte en er een nieuw artikel van maakte.' Ik ken Dai, ik ken haar drang om alles op deze wereld voorbeeldig te willen doen, voorbeeldig in de overtreffende trap, ook als het om een artikel van duizend woorden gaat.

We vinden het erger om geen twee lege zitplaatsen naast elkaar te vinden dan om op de drempel van de bus of in het gangpad te moeten zitten, iets wat eigenlijk veel vervelender is. Vanaf mijn plekje voor in de bus kan ik Soendoes niet aan haar profiel of haar houding herkennen, daarom bespaar ik me de moeite van het zoeken en begin haar naam te roepen. Achter in de bus steekt iemand haar hand op. 'Hier ben ik. Hier, kom.'

Ik loop naar haar toe en zeg enigszins verwijtend dat ze me wel erg veel moeite heeft laten doen om haar te vinden. Ze verdedigt zich door te zeggen dat ze niet naar college is geweest en al haar tijd in de bibliotheek heeft doorgebracht, op zoek naar bronnen voor haar scriptie. Ik geef haar het artikel en ze leest de eerste zinnen, dan stopt ze het voorzichtig in haar tas. 'Ik kan me hier niet concentreren', zegt ze.

In een andere situatie zouden we wat over Aqiel hebben gekletst en zouden we hem flink hebben bekritiseerd vanwege de bazige manier waarop hij met ons omgaat, maar hier in de bus, waar elke fluistering wordt opgevangen, moeten we ons inhouden en ons als verstandige meisjes voordoen. Wie zou begrip kunnen opbrengen voor twee meisjes die om de broer van een van hen zitten te lachen? Zoiets kan alleen worden opgevat als een schandalig misdrijf waarvoor we achter gesloten deuren moeten worden berecht, zo ernstig is het.

Soendoes nodigt ons uit om bij haar te komen zitten. Uiteraard geeft het geen pas om te weigeren. Dai knijpt me hard in mijn arm. Om haar terug te pakken begin ik te lachen.

Pas na veertig minuten stapt Soendoes uit. We hebben gepraat over onze afstudeerscripties en de eisen van de docentes, onze beperkte keuzemogelijkheden, het gebrek aan bronnenmateriaal en onze nachtmerrieachtige angst voor de dag waarop onze scripties zullen worden besproken. Ondertussen geeft Dai spottend commentaar. 'Ik ben al bang voor een konijntje en nu zie ik opeens een leeuw voor me opdoemen.'

Gelukkig voor Dai is Soendoes voor de lunch uitgenodigd bij een van haar zussen, anders was ze als laatste uitgestapt. Dai kruipt tegen me aan, legt haar hoofd op mijn schouder en zegt treurig: 'Ik haat je.'

12

‘Wat gebeurt er toch met me als ik bang word?’

‘Simpel gezegd: in mijn bloed springen duizend verschrikte konijntjes op en ik ga ervandoor.’

Ik voel me alsof ik in één klap vanuit de zevende hemel op een marmeren vloer te pletter ben gevallen. Sinds mijn laatste aanval is er geen dag voorbijgegaan waarop ik niet bang ben geweest om naar de universiteit te gaan. ’s Ochtends blijf ik een half uur langer in bed liggen. Aan de ene kant wil ik me aan het laken vastklampen zodat ik niet hoef op te staan, aan de andere kant wil ik mezelf aanvuren, in mijn handen klappen en zeggen: Laat je niet kisten. De ene keer ga ik naar de universiteit, de andere keer blijf ik thuis, afhankelijk van de kant in mij die de overhand krijgt.

Om het lawaai en de ziekelijke woordenstroom in mijn hoofd tot zwijgen te brengen zet ik de videorecorder aan zodra ik mijn ogen heb geopend. Voordat ik naar bed ga stop ik de videoband in de speler en zorg ik ervoor dat de afstandsbediening voor het grijpen ligt. *Genki, the Boy Champ, Conan the Barbarian, Mulan, Anastasia, Se7en, Sweet November, Sleepers, Romeo and Juliet, Meet Joe Black, Fight Club, Notting Hill, American Beauty* ... Het kan me niet schelen wat ik te zien krijg. Het enige wat me interesseert is dat er levendige beelden en kleuren in de duisternis bewegen, zodat ik niet alleen hoef te blijven met mijn gedachten. Verder moeten het bekende gezichten en stemmen zijn. Meestal stel ik de videospeler in op een bepaalde scène en die speel ik steeds opnieuw af, net zo lang tot ik er niets meer bij voel, tot niets meer betekenis heeft en matheid en onverschilligheid bezit van me nemen.

Uiteindelijk word ik gered door de vakantie voor het offerfeest. Ik tel veertien dagen die ik in relatieve rust zal kunnen doorbrengen. Ik zeg relatief, omdat het Ghadierfeest moet worden voorbereid. Dat betekent een paar vergaderingen op de Hoeseiniyya waar ik bij moet zijn.

In boeken en tijdschriften tref je doorgaans de volgende tekst aan: 'De opvattingen die in deze publicatie zijn verwoord, geven alleen het gezichtspunt van de schrijver weer. De uitgever aanvaardt daarvoor geen enkele aansprakelijkheid.' Als er regels worden overtreden, vrijwaren die zinnen de uitgever op geen enkele manier tegen wettelijke aansprakelijkheid. Ze beschermen de uitgever ook niet tegen aanklachten van lezers en twijfels over de gesuggereerde politieke lijn, noch tegen censuur, inbeslagneming of een publicatieverbod. De Hoeseiniyya bevindt zich in een soortgelijke situatie. Hidaya mag nooit te ver gaan. Altijd is er de angst dat anderen haar op religieuze gronden zullen aanklagen, iets wat tot ernstige sociale repercussies kan leiden. Het zal weliswaar niet op moord of de sluiting van de Hoeseiniyya uitlopen, maar het zal de organisatie toch op een of andere manier van de kaart vegen. De schade kan in zo'n geval vele vormen aannemen. Zo kunnen je goede bedoelingen in twijfel worden getrokken, waardoor je betrokken raakt bij conflicten en aanvaringen waaraan je part noch deel hebt. Het is pijnlijk om te moeten constateren dat je niet meer bent dan een graankorreltje in een geheime en over het algemeen vuile oorlog. Zo rechtvaardig ik wat Hidaya doet, al heb ik geen enkele behoefte om haar motieven te begrijpen of te erkennen. Ik doe het alleen om een wijd openstaande deur in mijn leven te sluiten en een ferme punt achter zulke lange zinnen te kunnen zetten.

Terwijl ik naar de Hoeseiniyya loop, begint mijn mobieltje in mijn broekzak te zoemen. Het is een sms'je van Omar: 'Hoe kan ik het goedmaken?'

Twee dagen geleden hebben we ruziegemaakt over iets onnozels. Het ging om zo iets futiels dat ik niet eens durf te beweren dat dat de echte reden was van onze ruzie. Aan het eind heb ik tegen hem gezegd: 'Loop naar de hel, stomme bemoeial.' Daarna heb ik mijn mobieltje uitgezet.

Vroeger droomde ik altijd over mensen zonder hoofd. Verder waren ze compleet. Op hun hals was een gloeilamp geschroefd die onveranderlijk een groene kleur had. Ze liepen rond, praatten, lachten en toonden allerlei emoties, die ik alleen kon waarnemen door de trillingen die door het licht in de lamp werden veroorzaakt. Vandaag heb ik het gevoel dat ik zelf een van die mensen ben. Mijn hoofd is een sterke gloeilamp van duizend watt, gloeiend en heet. Mijn gedachten zijn glashelder en verzadigd van licht, als een zonovergoten, onbewolkte dag. De beslissing die ik twee maanden geleden nog zo slap vond, neem ik nu als een onweerlegbare waarheid aan.

Hidaya noemt wat dingen op die haar zijn opgevallen: kinderen die voetbalsterren en beroemde zangers adoreren, meisjes op de universiteit die zich op officiële rouwdagen van top tot teen opdoffen, roekeloze jongens die onze jaarlijks terugkerende feesten aangrijpen om hun rijkunsten te vertonen door met hun brommers en motoren de straten uit te kammen en met gierende banden op te trekken. Ten slotte komt ze met een voorstel dat als thema voor het feestelijke programma zou kunnen dienen: de sjiitische identiteit. Zoals gewoonlijk vraagt ze of iemand van ons een alternatief voorstel heeft en zoals gewoonlijk laten we de keuze aan haar.

Sinds ongeveer een jaar schrijf ik de teksten voor de

toneelstukken die op zulke feesten worden opgevoerd. Ik heb al een paar ideeën uitgewerkt. Zodra Hidaya me het groene licht geeft, kan ik beginnen met schrijven. Ik kan niet zeggen dat de ideeën aan mijn verbeelding zijn ontsproten, want ze zijn allemaal ontleend aan het echte leven. Mijn rol bestaat eruit om ze zo goed mogelijk weer te geven en via de enscenering een bepaalde gedachte over te brengen. Hidaya heeft zelden iets op mijn enscenering aan te merken. Dat geldt niet voor mijn ideeën – die vormen altijd weer een delicate kwestie.

Eigenlijk is het geen schrijven wat ik doe. Ik stel mijn talent in dienst van een vorm van schrijven die zowel simpel als lastig is. Ik noem het 'populair schrijven', een vorm van schrijven die iedereen kan begrijpen. Waar het om gaat, is dat je je geest laat meegaan in een bepaalde manier van denken. Het is een betaalde vorm van schrijven, al komt het honorarium altijd te laat en is het nooit zeker of je prestatie goed genoeg is om die hemelse beloning of dat beetje sociale prestige, dat je weer verliest wanneer je taboes aansnijdt, te verdienen. Hoe noemen intellectuelen zoiets? *Ideology*? Ideologisch schrijven? Misschien wel.

Het gaat precies zoals ik had verwacht: Hidaya verwerpt twee van de drie ideeën. Haar argument luidt dat ze te provocerend zijn. Het is altijd weer alsof we door een mijnenveld lopen, waar het beter is om je bij niets of niemand aan te sluiten. Het derde idee wordt aanvaard. Ze begint de centrale plot te bespreken en uit haar bedenkingen over de synopsis die ik heb gemaakt en over de manier waarop ik de plot heb aangepakt. Ik heb mijn idee ontleend aan iets wat op een middelbare school is gebeurd. De docente theologie had tegen haar leerlingen gezegd dat ze sletten waren en dat hun moeders zich op elke tiende van de maand moeharram prostitueerden. Het punt is dat het een paar maanden heeft geduurd voordat iemand in beweging kwam en de zaak bij de rectrix aankaartte. De rectrix nam de klacht in ontvangst en deed een paar toezeggingen waar ze niets van meende. Vervolgens werd de betreffende docente voor straf naar een andere school overgeplaatst. Tot hier ziet Hidaya niets verontrustends in het onderwerp. Maar dan begin ik vragen op te werpen als: wat maakt ons toch zo dociel? Hoe kunnen we stil blijven zitten terwijl de geest van onze dochters wordt besmet, zonder dat er iemand in beweging komt? Hoe zit het met onze gezagsdragers, waar blijven de religieuze en sociale leiders? Waarom heeft geen van hen vanaf het begin een actieve rol gespeeld?

Wanneer we bij dit punt zijn aangekomen, waarschuwt Hidaya me dat we voorzichtig en verstandig te werk moeten gaan, omdat zulke kwesties niet kunnen worden behandeld door roekeloos en in het wilde weg beschuldigingen rond te strooien. Ik kijk haar met een brutale glimlach aan en zeg: 'Je kunt er zelf nog wat verder aan werken, of het met de anderen bespreken, zodat we een volledig beeld krijgen. Als het idee je bevalt natuurlijk. Je kunt ook een ander idee nemen. Geen probleem.' Haar gezicht straalt een en al ongelovigheid uit.

Hoewel ik een individualist ben en me op een bijna ziekelijke manier aan mijn individualiteit vastklamp, kan ik niet ontkennen dat onze samenwerking iets schitterends oplevert. In minder dan een uur is het idee tot rijpheid gekomen, heeft het een volstrekt heldere vorm gekregen en is het grootste deel van de dialogen geschreven. Het enige wat nog rest is de finishing touch, die tijdens de repetities zal worden aangebracht. Iedereen kiest een rol, we geven inhoud aan de rollen, er ontstaat beroering, we worden weer rustig, om vervolgens tegengestelde standpunten in te nemen. Uiteindelijk komen we met een bevredigend theaterstuk dat allerlei vragen oproept en een paar overtuigingen aan het wankelen brengt – althans, dat hoop ik. Ik zit stil toe te kijken, zonder me ergens mee te bemoeien. Ik observeer hoe mijn idee voortdurend wordt omgevormd en verpest en glimlach toegeeflijk.

We breken op. Er vormen zich groepjes van twee of drie meisjes. Als ik aanstalten maak om weg te gaan, grijpt Soendoes me bij de arm en trekt me naar de kant. 'Wat is er met je, lieverd?'

'Niets.'

'Ben je moe? Maak je je zorgen? Moet je ongesteld worden?'

'Echt niet. Hoezo?'

'De zusters zeggen dat je niet in je gewone doen bent.'

Ik begin spottend te lachen.

'Wat valt er te lachen?'

'Dat woord, Soendoes.'

'Welk woord?'

'De "zusters", lieverd.'

'Zusters' is een term die wijdverbreid is in onze kringen. Hij maakt deel uit van een gemeenschappelijke taal. Ik weet niet in welke geheime gemeenschap ooit voor die term is gekozen. Ik heb er een hekel aan, niet alleen omdat hij wordt gebruikt om onze individualiteit uit te schakelen en niet alleen vanwege de nadruk waarmee dit woord door iedereen in hoog Arabisch wordt uitgesproken, maar vooral vanwege het snobisme en het gevoel van superioriteit die erin besloten liggen. Iedereen doet alsof deze term deel uitmaakt van een hemelse taal die alleen door pure mensen in de mond mag worden genomen.

'Je moet nu niet van onderwerp veranderen.'

'Nog even, en je zegt "wij" in plaats van "ik".'

Knarsetandend zegt ze: 'Ik vroeg wat er met je aan de hand was.'

'Hoezo?'

'Je bent veel vredelievender dan anders.'

‘Ik geef me over’, zeg ik met een spottende glimlach.

‘Wat bedoel je?’

‘Ik blijf tot de maand moeharram voorbij is, dan vertrek ik.’

Ze is hevig van haar stuk gebracht en bestudeert me nauwlettend. Dan verschijnt er iets van twijfel op haar gezicht. Het is alsof ze zich afvraagt of ze het wel goed heeft begrepen of goed heeft gehoord. Ze perst haar lippen op elkaar en schudt haar hoofd, alsof ze zeggen wil: Zoiets doe jij niet. Jij niet.

Ze sluit haar ogen en slaakt een diepe zucht. Een moment lang houdt ze haar adem in, dan ademt ze weer uit. Ze opent haar ogen en werpt me een glimlach toe. God, wat hou ik van haar glimlach. De vleugels van de poorten naar het paradijs openen zich langzaam om mijn gelaat in het licht te laten baden.

‘Je moet echt boos zijn. Je blijft zo rustig en je praat anders dan anders.’

‘Zie jij boosheid op mijn gezicht?’

‘Je zult me niet in de steek laten. Ik ken je toch.’

Deze keer zal ik je echt in de steek laten, is het enige antwoord dat ik kan bedenken. Het is ook het enige antwoord dat zij niet wil horen. Ik zie af van verder commentaar en trek mijn sokken aan.

‘Wacht, ik ga met je mee.’

Het grootste deel van de weg lopen we zwijgend naast elkaar. We geven alleen wat commentaar op het weer, op de uithangborden van de winkels en op de *razqi*bloem, die haar kopje boven de muren van een huis uitsteekt. Met het intreden van de duisternis trekt het licht zich terug in zichzelf. Om ons heen wordt alles stil, op wat zwermen vogels na die hun nest opzoeken om te bidden. Ja, alles en iedereen is aan het bidden.

We zijn aangekomen bij de kruising waar ik moet afslaan,

terwijl zij rechtdoor moet. Ik pak haar hand. 'Je moet je niet gekwetst voelen, Soendoes.'

'Doe normaal, dan kwets je me ook niet.'

'Je vertelt het aan niemand. Oké?'

'Oké.'

'Het beste.'

'Jij ook het allerbeste.'

Zodra ik de deur van mijn kamer achter me heb dichtgetrokken, begint mijn mobieltje te trillen. De naam 'Dai' verschijnt op het schermpje. 'Ik bel je straks op je thuisnummer. Wel reageren.'

'Oké.'

Ik leg mijn mobieltje neer en pak de hoorn van de haak.

'Trek die blouse vandaag niet nog een keer aan.'

Omdat het groene licht nog steeds in mijn hoofd brandt laat ik me niet verleiden tot een zoveelste ruzie over het aloude onderwerp: mijn blouses en haar rigide regels; deze is te doorschijnend, bij die blouse heb je een blote rug wanneer je je vooroverbuigt, bij die blouse kun je het wiegen van je heupen zien, die andere sluit maar een paar centimeter boven je decolleté ... Die blouse, die blouse, die blouse ... Ik heb haar beloofd om samen met haar naar de markt te gaan, zodat ze mijn blouses op haar voorwaarden kan uitzoeken. Het zal er ongetwijfeld op neerkomen dat we thuiskomen zonder er ook maar één te hebben gekocht, tenzij we de blouse duidelijk kunnen maken dat ik haar alleen voor Dai mag aantrekken. Hoewel ik niets problematisch aan mijn blouse kan ontdekken – hoe zou ik ook in een opvallende blouse naar de Hoeseiniyya kunnen gaan – laat ik haar woorden lijdzaam aan me voorbijgaan. Het is tijd voor de volgende vraag: waarom heb ik me met Soendoes afgezonderd?

Zo langzamerhand begin ik Dais interne plattegrond te leren kennen. Zo kan ik erdoorheen wandelen zonder in een van haar vele labyrinten verdwaald te raken. Ik geef haar een korte uitleg. Haar commentaar luidt simpelweg: 'Wanneer het je meer gemoedsrust oplevert om bij de Hoeseiniyya weg te gaan, dan moet je er geen seconde langer blijven. Zo luidt mijn advies.' Dan vraagt ze: 'Voel je er iets voor om met me uit te gaan?'

Even weet ik niet wat ik moet antwoorden. Dan zeg ik: '*Yes*. Waar gaan we naartoe?'

'Ik ben uitgenodigd in een buitenhuis, de donderdag na het feest.'

'Jij bent uitgenodigd. Ik niet.'

'Jawel, we nemen allemaal onze vriendin mee.'

'Aha.' Uit de toon in haar stem begrijp ik om wat voor afspraak het gaat. Verrukt denk ik aan de heerlijke ervaringen en sensationele avonturen die ik tegemoet ga. Ik krijg iets gulzigs over me, alsof ik mijn lippen aflik en me in de handen wrijf van genot. 'Goed', zeg ik. 'Ik ga met je mee. Maar ik moet eerst toestemming van mama zien te krijgen.'

Ze vertelt me alles wat ze weet over de eigenaar van het buitenhuis en de plek waar het zich bevindt. Ik moet mijn moeder hoe dan ook zien over te halen, zegt ze. Ik stel haar gerust en verzeker haar dat ze zich geen zorgen hoeft te maken. We kletsen meer dan een uur met elkaar, dan begint ze op me te mopperen omdat ik haar heb afgehouden van het gebed. We verbreken het gesprek met een duidelijk hoorbare kus.

Sinds de tentamens zijn begonnen, loop ik achter met het beantwoorden van mijn mailtjes. Voor een deel is het luiheid, maar ik heb het vooral erg druk. Omdat ik vandaag in een serene stemming ben besluit ik om ze allemaal te beantwoorden, al moet ik tot morgenochtend achter mijn computer blijven zitten.

Sommige reacties kan ik kopiëren, waardoor ik met een

paar standaardberichtjes de bedankjes of de instemmende en aanmoedigende mailtjes kan beantwoorden. Voor de bezwaren, de verwijten en de mailtjes die ik onder de noemer 'Sorry, hoor, maar ik begrijp je echt niet' plaats, heb ik meer tijd nodig. De laatste vind ik het ergste. Het valt niet mee om jezelf steeds opnieuw te moeten uitleggen, om steeds weer een stap terug te moeten doen, om je koers opnieuw te schetsen en onder een nog sterkere lamp te zetten. Soms kies je voor een onduidelijk antwoord om aan de autoriteiten of de censuur te ontkomen. Hoe leg je iets uit wat je vanaf het begin nooit hebt willen uitleggen? Hoe zeg je: Ik knipoog nu naar je, in de hoop dat je mijn geheime teken ziet?

Het motto van de serie *The X-Files* luidt: *The truth is out there.* Ik ben nooit 'daarbuiten' geweest om de waarheid waarover zij spreken te leren kennen. Ik was altijd hierbinnen, veilig ingesloten. Je kunt de waarheid niet leren kennen uit boeken, televisieprogramma's en tijdschriften. De waarheid kan niet worden overgebracht door mensen die ouder zijn dan jij, want zij zien het juist als hun missie om jou tegen de waarheid in bescherming te nemen. Daarom heeft de waarheid me nooit eerder angst aangejaagd of geschokt. Ik heb haar immers nooit eerder leren kennen.

Op internet betrad ik het land van de waarheid voor de eerste maal. Internet is nooit 'daarbuiten' geweest. Het heeft ook nooit de volledige waarheid vertegenwoordigd. Nee, het was altijd de enige plek die me de mogelijkheid bood om meer dan één versie, meer dan één kant van een verhaal te zien en daardoor dieper door te dringen tot de waarheid. Sinds ik op internet zit, ben ik enorm gegroeid. Ik ben rijper geworden, ik ben veranderd. Ik ben nergens meer zeker van, ik heb mijn geloof verloren – op een breekbare, fragiele draad na, waaraan ik me vastklamp wanneer ik hard heen en weer word geslingerd.

Ik ga het internet op. Als homepage heb ik de pagina van *Ons Forum* gekozen. Sinds Aqiel, Soendoes en ik het forum hebben overgenomen, noemen we het zo. We hebben het woordje *Ons* aan de oorspronkelijke naam toegevoegd, alsof het ons persoonlijke eigendom is, alsof we het hebben geërfd of er zelf de hand op hebben weten te leggen. Ik ga het forum op en plaats een aankondiging voor enkele festiviteiten die ter ere van het Ghadierfeest door de lokale Hoeseiniyya gemeenschapscentra worden georganiseerd, met bijbehorende plaats en tijd. Later zullen de verschillende organisatoren de details van hun eigen programma's toevoegen. Ik druk op *Enter*. Het is een routineklus, die ik voor elk feest uitvoer. De eerste keer dat ik het deed zat ik een half uur lang als versteend naar de pagina 'Reactie toevoegen' te kijken, wachtend op een openbaring of genoeg inspiratie om me aan het schrijven te zetten. De klus leek mijn krachten ver te boven te gaan en ik had geen idee hoe ik het moest aanpakken. Later, toen mijn aanvankelijke ontzag was afgenomen, begonnen de aankondigingen steeds meer op elkaar te lijken, hoewel ik verwoede pogingen deed om dat niet te laten gebeuren.

Ik keer terug naar de hoofdpagina en zie dat ik een nieuwe boodschap heb. Ik druk op OK. Het is een boodschap van Aqiel: Kom je op MSN?

Dat doe ik.

Om de paar zinnen verander ik mijn naam in Aqiels venster. Ik begin met *Nono* en eindig met ∏. In de tussentijd noem ik mezelf *Requiem for a Dream, Ik wijk uit naar mijn Heer, :/, No Doubt, Ma7da, Ik haat jullie allemaal, niemand uitgezonderd, Yabaab, darkblue, Gratis Leven, T Z, Zonder vingers* en *Ik zonder me af, maar niet van mijn eigen afzondering.* Aqiel daarentegen wijzigt zijn gebruikelijke naam *3aGel* alleen in uitzonderlijke gevallen, zoals op religieuze feestdagen. Maar ik ben veel te gespannen, en daarom blijf ik mijn naam veranderen. Ik ben vastbesloten om Aqiel over mijn beslissing te vertellen, zodat ik wel moet doorzetten en er niet meer op kan terugkomen. Ik heb dit leven zo veel jaren geleid, ik zou niet weten hoe ik het door een ander leven zou moeten vervangen. Ik weet niet eens of er wel een ander leven bestaat.

Ik blijf van de ene naam naar de andere springen, totdat Aqiel me er met zijn gebruikelijke ironie op wijst dat ik behoorlijk gek aan het worden ben of dat mijn namen opraken als ik niet uitkijk. Ik leg hem uit wat er aan de hand is. 'Iets ontglipt me. Ik geloof niet meer in het nut van de dingen die ik doe, in de invloed die ze kunnen hebben, in wat ik er uiteindelijk mee kan bereiken. Je kent het wel, we hebben allemaal zulke fases gehad. Persoonlijk heb ik er al twintig gehad. Maar er is iets veranderd. Laten we zeggen dat ik niet meer hetzelfde meisje ben. Ik heb het gevoel dat ik niet de juiste aarde heb gebruikt om in te zaaien. Ik ben nu vier jaar verder en nog steeds heb ik geen enkel resultaat behaald. Sterker nog, ik kan zonder overdrijving zeggen dat alles er slechter op geworden is. Op het forum kan ik niets schrijven wat afwijkt van wat ik mag opschrijven. En waarom? Omdat ik word ingeperkt door het imago dat ik moet ophouden en door de status die ik vertegenwoordig. Maar ik kan alleen mezelf vertegenwoordigen. Ik wil bij controverses niet de andere kant op kijken, alleen omdat ik anders misschien in een stinkende poel zal vallen en mezelf zal bevuilen. Ik heb toch recht op een eigen stem? Wanneer ik aan de Hoeseiniyya verbonden blijf, krijg ik niet eens de gelegenheid om mijn mening te geven. Ik haat het om te worden gezien als iemand die ergens bij hoort, waardoor alles wat ik vervolgens doe daaraan wordt afgemeten. Het kan toch niet zo zijn dat ik de Hoeseiniyya een slechte naam bezorg vanwege iets wat in mijn optiek strikt persoonlijk is?

Ik kan mijn teksten hier niet publiceren. De mensen zullen zeggen dat ik verdorven ben, dat ik nietsverhullende teksten schrijf waarin ik impliciet oproep tot onbetamelijke dingen. Ik wil me in mijn schrijven gewoonweg niet conformeren aan de literatuur die loyaal is aan het gezag. Liefde is één ding, me in mijn schrijven tot zo'n kader beperken is iets heel anders. Het feit dat ik actief ben op dit gebied beperkt me, want er bestaan vooroordelen over het soort dingen dat ik schrijf. Daarom veroordelen ze mij en alles wat ik schrijf en vinden ze mijn werk idiote onzin, als ze het al niet krankzinnig vinden. Ik wil niet op andere plekken schrijven. Dit is mijn plek, dit kleine plekje op de wereld waar ik een thuis heb gevonden. Daar laat ik me niet zomaar uit verbannen. Als ik al in een zuiver virtuele wereld onder druk wordt gezet, hoe zal het me dan wel niet in de echte wereld vergaan?

Verder maakt het geen enkel verschil of ik in de Hoeseiniyya blijf of wegga, want de meeste ideeën die ik Hidaya dit jaar heb voorgelegd zijn afgewezen of verdraaid. Soms nam ik het beetje ruimte dat ze me gaf om een nieuwe versie te maken, waarin ik dan een paar mijnen verstopte. Het is zo vermoeiend! Het ergste wat me in dit werk kan overkomen – en dat veroorzaak ik ook nog eens zelf – is dat ik mijn krediet verlies. Ik heb echt het gevoel dat ik op dit gebied veel te veel kansen heb verspeeld. Ik ben op een punt aangekomen dat ik me alleen nog schaamteloos en bot kan gedragen. Ik zeg niet dat Hidaya me slecht behandelt. Juist niet, ze is een vrouw die veel respect toont voor anderen. Wat er zo erg aan is, is dat ik weet dat het tot niets zal leiden. Het is beter dat ik nu wegga, voordat het op een onbewaakt ogenblik uit de hand loopt. Zo houd ik nog een paar opties open.

Het lukt me niet meer om de dingen te observeren en te rangschikken onder de kopjes voor of tegen, goed of fout. Twintig jaar lang is mijn geest een fossiel, een massief stuk steen geweest waarin dingen zijn gekerfd die ik niet persoonlijk heb meegemaakt, dingen die ik niet kritisch heb onderzocht, niet zelf heb kunnen vaststellen en aanraken. Leren we niet volgens verschillende stadia van zekerheid: de zekerheid van het oog, de zekerheid van het hart en de zekerheid van het licht? Hoe kan ik dan in een waarheid geloven die nooit voor mijn ogen is verschenen en die ik nooit heb gezien? Ik voel me als iemand die volkomen onverwacht en onvoorbereid een harde klap heeft gekregen. De klap is lang in mijn oren blijven nadreunen en maakt nu dat ik alles om me heen met nieuwe ogen bekijk. Ik wil de tijd hebben om het te onderzoeken, om er dichterbij te komen, om het te beroeren en tastend mijn weg te vinden. Pas dan kan ik een standpunt innemen. Het is een gigantische klap van meneer internet: "Je hebt me veranderd. Ik zat in een bolle fles met een lange hals. Internet heeft me eruit gehaald en heeft me naar een verblindende wereld gebracht. Het heeft het hoornvlies van mijn oog weggebrand. Ik kan nauwelijks iets zien, ik moet eerst wennen aan het schitterende licht!"'

Aqiel stelt me voor om als vrijwilligster te gaan werken voor de liefdadigheidsvereniging waarvoor hij ook werkt, en zitting te nemen in de Culturele Vrouwenraad. Hij zegt dat de werktijden zijn vastgelegd en niet wisselen, zoals in de Hoeseiniyya. Anders dan in de Hoeseiniyya laten ze zich ook niet leiden door de voorschriften of meningen van hun religieuze leiders, of door familienamen of verwantschap. Tot zover kan ik erin meegaan. Dan komen we over de liefdadigheidsvereniging zelf te spreken, en op dat punt verschillen we van mening. Er is immers die lange geschiedenis van diefstallen. Hoewel het vorige bestuur is afgezet en in zijn geheel is vervangen door een nieuw team dat met een schone lei wil beginnen, blijf ik mijn oude argwaan koesteren. Het gaat me niet zozeer om de diefstallen, maar om de rol die geld binnen alle activiteiten en projecten van die organisatie speelt. Op dit punt acht ik de Hoeseiniyya, die niet afhankelijk is van externe financiers en dus ook geen financiële rekenschap hoeft af te leggen, verreweg superieur. Op de rekening van de Hoeseiniyya komt geen geld binnen dat niet afkomstig is van vrijwillige donaties. Het gaat nooit om afgesproken bedragen en de bestemming wordt niet van tevoren vastgelegd. Het geld is afkomstig van mensen die zalen huren voor huwelijksfeesten of rouwplechtigheden. Soms heeft het geld wel een bepaalde bestemming: de reparatie van de airconditioning, nieuwe tapijten of een nieuwe inrichting, de renovatie van de keuken, enzovoorts.

Nu ik bij de financiën ben aangekomen, merk ik dat Aqiel opveert. Hij is namelijk van plan om zitting te nemen in de Financiële Commissie zodra hij zijn studie Financieel Management eind dit jaar heeft afgerond. We blijven nog lang kletsen. Ik beloof hem dat ik me goed zal gedragen. Dan neem ik afscheid.

Haastig had ik al mijn argumenten een voor een in de strijd gegooid, alsof ik in een woordenstrijd was verwikkeld waaruit ik met meer punten dan hij als overwinnaar tevoorschijn wilde komen, hoewel Aqiel in de meeste opzichten nog steeds de Aqiel is die ik ken, wat wil zeggen dat hij me alle rondes laat winnen om alles op alles te zetten in de laatste ronde, die hij nooit verliest. De Aqiel die ik ken begint, zodra ik de witte vlag hijs, enigszins hooghartig te lachen om vervolgens een regel uit de Koran te reciteren: 'Heb ik niet gezegd dat je het met mij niet zou kunnen uithouden?'

Toch is er iets veranderd in Aqiel sinds de laatste klap die hem is toegediend. Hij bekijkt de dingen niet langer vanuit het oogpunt van hemel en hel, voor en tegen, bergen en dalen. Hij had een ijzeren vuist en een verduiveld scherp oog. Nooit stapte hij ergens gemakkelijk of lichtzinnig overheen. Wanneer hij dat wilde, kon hij mensen door elkaar schudden en hun gedachten, theorieën en kennis over waarheid en onwaarheid op losse schroeven zetten. Hij is maar twee jaar ouder dan ik. Toch heb ik hem onwillekeurig altijd als mijn leermeester beschouwd en ik nam de tijd om zijn kennis te absorberen. Stap voor stap volgde ik hem, misschien omdat mijn eerste deeg was gerezen op een gistend mengsel van afwijzingen, tegenstellingen en ondervragingen. Hij zei altijd: 'Waarom zouden we geen fouten mogen maken? Hoe komen we ooit te weten wat juist is als we geen fouten maken?' Enerzijds ergerde ik me aan zijn verwaandheid en zijn dominante gedrag, anderzijds had ik veel ontzag voor hem en respecteerde ik zijn persoonlijke visie. Ik zeg 'respecteerde', in de verleden tijd, want sinds hij die trap in zijn onderbuik moest incasseren, heeft hij zijn mond niet meer opengedaan. Het is alsof hij zich diep in zichzelf heeft begraven en naar buiten toe een hoogmoedig gezicht opzet, terwijl zijn gezicht bezoedeld is geraakt op een manier die niet past bij iemand van zijn niveau.

Net als alle anderen zei ik dat het niet meer dan een klap was die snel vergeten zou worden. Het had niets te betekenen dat de website van het tijdschrift was gehackt en dat er schandelijke dingen waren gepubliceerd. We reageerden allemaal even boos op deze wandaad en op de poging om onze goede naam aan te tasten en een smet op de reputatie van het tijdschrift te werpen. Om de daders te tergen zeiden we luid en eensgezind dat we het werk uiteraard zouden voortzetten. We rekenden op de goede naam van het tijdschrift en van de redacteuren. Toch viel moeilijk uit te maken of we daarmee zo veel laaghartigheid konden trotseren. Het was heel goed mogelijk dat we zouden verliezen, want de mensen zijn belust op schandalen en laster. Ze zouden ons gemakkelijk kunnen uitschakelen, want de kans was groot dat de anderen plezier zouden beleven aan onze ontmaskering – of wat daarvoor moest doorgaan. Men zou ervan genieten dat onze vuile was buiten zou worden gehangen, dat onze mailboxen zouden worden geplunderd en onze privacy zou worden geschonden: het perverse genoegen om ons voor onze zonden te stenigen en te kruisigen. Maar wij hielden stand, gingen door en vervaardigden het vijftigste nummer van het tijdschrift, dat gezegend werd met het hoogste verkoopcijfer ooit. Hoewel het een lafhartige, kleinzielige vernedering was werkte ze in ons voordeel. Was het niet lachwekkend dat we in hun ogen opeens zo'n smakelijk hapje waren geworden? Deze keer werden we niet gelezen om te vieren dat we het vijftigste nummer hadden uitgebracht en ook niet vanwege de kwaliteit van het werk dat we hadden verricht. We werden gelezen omdat er een vraag was gerezen die moeilijk te verteren was. Wie waren die mensen die de schanddaad hadden gepleegd waarvan we allemaal getuige waren geweest?

Uiteraard is het tijdschrift niet alles te boven gekomen. Het was moeilijk om de schande weg te poetsen. Slechte dingen worden herinnerd, terwijl het goede werk wordt vergeten. De mensen wilden graag geloven wat we zeiden, maar sommigen twijfelden eraan omdat ze geen hoge dunk van ons tijdschrift hadden, anderen omdat het niet in hun voordeel was om ons een eerlijke kans te geven, weer anderen omdat ze niet wisten wat het betekent om een waardige vijand te zijn.

Het tijdschrift verloor naast enkele schrijvers en meerdere vaste lezers ook zijn onberispelijke reputatie. Ik kan wel zeggen dat we allemaal de veelzijdige blik waarmee we onze omgeving, onze posities en ons werk bekeken, grotendeels zijn kwijtgeraakt. We hebben niet meer die kinderlijke onschuld en onbevangenheid van vroeger. Ook zijn we het vertrouwen in onze mailboxen, onze zogenaamde vrienden en onze flexibele wereld kwijtgeraakt.

We zijn allemaal verliezers in een oorlog tegen een geestverschijning wiens silhouet en gelaatstrekken we niet kennen. Alleen Aqiel herkende in elke smet, in elke botte opmerking, in iedere leugen en in elk gedachteloos grapje de gezichten van zijn beste vrienden. Ik begrijp niet hoe een meningsverschil kan leiden tot zo'n lage daad en hoe een vriendschap kan ontaarden in een vijandschap waarin het niet uitmaakt hoeveel ribben er worden gebroken en hoeveel lichamen er worden vertrapt, zolang het uiteindelijke doel maar wordt bereikt: Aqiels vernietiging.

Misschien dacht hij dat iemand als hij niet zo diep zou kunnen vallen of vond hij dat hij iets bijzonders moest beschermen, iets waarvan de anderen al afstand hadden gedaan. Misschien kwam het doordat hij respect bleef houden voor een vriendschap die voortijdig was afgebroken of doordat hij zich zo gekwetst voelde dat het moeilijk was om de etterende pus van zijn wond bloot te leggen. Misschien hebben al die redenen er wel toe bijgedragen dat Aqiel consequent weigerde om in te gaan op wat er was gebeurd, om een bepaalde persoon in een kwaad daglicht te stellen of met een beschuldigende vinger naar die persoon te wijzen. Uit het weinige dat hij erover heeft gezegd, maakte ik op dat het gebeurde voor hem niet meer was dan een spelletje.

Nu is het alsof zijn hart plotseling oud is geworden, alsof zijn polsen zijn geketend. Aqiel heeft een beschermend pantser van stilte opgetrokken, zijn elan is verdwenen en hij houdt zijn gezicht zo strak in de plooi dat ik zijn reacties nog maar met moeite kan lezen. Ik kan moeilijk peilen wat er in hem omgaat, ik kan de vinger er niet op leggen. Toch ben ik me er altijd van bewust. Iets in Aqiel is verschrompeld. Maar wat kan ik zeggen? Niemand heeft ooit zo onverholen mijn reputatie op zo'n lafhartige manier geschonden en daarom zal ik wellicht nooit echt begrijpen wat er in hem is veranderd.

Wanneer ik 'tijdschrift' zeg, bedoel ik hetzelfde als wat Aqiel *handmade* noemt. Het is thuiswerk. Handwerk. Alles wordt door individuele personen verzameld, geredigeerd, gedrukt, ingebonden, uitgedeeld en verkocht. Uiteraard zullen we nooit een vergunning voor het tijdschrift krijgen. Eigenlijk heeft het ook nooit een professioneel karakter gehad. Het zijn persoonlijke initiatieven ten behoeve van een experiment waarvan het onbelangrijk is of de doelen al dan niet worden bereikt. Over het geheel genomen luiden de criteria dat het nuttig moet zijn en niets mag kosten, dat het ondanks zijn eenvoud instructief moet zijn: ruw materiaal om te lezen, op een serieuze manier gepresenteerd, met technische tekortkomingen die zichtbaar worden geëtaleerd om te laten zien dat we financieel op geen enkele manier worden ondersteund, sterker nog, dat alles soms zelfs gratis moet gebeuren omdat we weten dat de verkoopprijs niet eens de drukkosten zal dekken.

Aqiel mag dan mild hebben gereageerd, Soendoes is woedend. Ik begrijp haar motieven – dat houd ik mezelf tenminste voor. Ik voel me alsof ik haar heb meegenomen naar een feest waar ik haar alleen heb achtergelaten. Hoewel Aqiel en ik veel meer met elkaar hebben meegemaakt, staat Soendoes nog steeds dichter bij me dan hij.

Pas nadat ik een uur tegen haar heb aangepraat, ben ik in staat om haar verwijten te temperen. Uiteindelijk besluit ik het gesprek met een voorstel waar ik niet onderuit kan: 'Ik zal voor jou bij de Hoeseiniyya blijven als je dat prettig vindt. Maar ik doe het alleen voor jou.'

Uiteraard meen ik het niet serieus. Ik laat de keuze eenvoudigweg aan haar. Zo onttrek ik me aan mijn verantwoordelijkheid, waarmee het haar keuze is geworden. Ik ken Soendoes maar al te goed. Ik weet dat ze zal weigeren en dat ze het voorstel rigoureus zal afwijzen. Dus heb ik mijn doel bereikt, want dan heb ik haar het gevoel gegeven dat ik graag haar instemming wil. Ik geef haar zelfs de mogelijkheid om mijn keuzes te bepalen. Het is een tamelijk verwerpelijke manoeuvre van mijn kant, maar ze is wonderwel geslaagd.

13

Ik word wakker van de ringtone van mijn mobieltje. Omdat ik laat ben gaan slapen en in mijn hoofd nog steeds het angstaanjagende gekwetter van de vogels uit mijn dromen klinkt, lukt het me niet om te bepalen waar het geluid vandaan komt. Ik sla mijn laken terug, beweeg mijn vingers over het nachtkastje en doorzoek de laatjes. Pas wanneer ik de schemerlamp aandoe vind ik mijn mobieltje. Hij ligt onder het bed.

'Over twee minuten ben ik bij je. Doe de deur open.'

'Goed.'

Terwijl ik het laken achter me aan sleep, loop ik naar beneden. Het is de eerste keer dat Dai me aantreft als ik net wakker ben, in een kort nachthemd, met ongekamde haren en mijn lippen op elkaar geperst om niet te laten merken dat mijn tanden niet gepoetst zijn. Ik doe de deur open. Ze kust me op de wang. Het is zo'n lange kus dat mijn zachte, koude wang vochtig en warm wordt – het is zo'n kus die zeggen wil: 'O god, wat hou ik veel van je.' En dat van Dai, die zoiets nog nooit heeft gezegd.

Ik neem haar aan de hand mee naar de keuken en vraag of ze iets wil drinken. Eigenlijk hoef ik dat niet te vragen. Ik weet dat ze mangosap drinkt als ze een *cool* sapje wil, zoals zij het noemt, en dat ze cappuccino drinkt als ze iets warms wil. Daarom wijs ik, nog voordat ze antwoord heeft kunnen geven, naar de bovenste plank van onze keukenkast. Ik kan er niet bij maar zij wel, hoewel ze maar twee centimeter langer is dan ik. Ze gaat voor me staan, rekt zich uit en pakt het blik van de plank. Ze leert me hoe ik water vermengd met cappuccinopoeder in de magnetron kan opwarmen om een dikkere schuimlaag te krijgen, net zoals ze me eerder al eens heeft geleerd dat ik mijn batterijen in het vriesvak moet leggen om de levensduur te verlengen en op deksels van glazen potten moet slaan om ze gemakkelijker te kunnen opendraaien.

Hand in hand lopen we naar mijn kamer. Ik houd mijn vinger op mijn lippen en fluister 'ssst' wanneer Dais ondeugende gelach te hard in de stilte van het huis klinkt. Ik laat haar in de slaapkamer zitten en loop naar de badkamer. Ze gunt me twee minuten de tijd, dan gaat ze achter de gesloten deur van de badkamer staan en begint te kletsen. Ze is net een lastig kind dat geen minuut van de zijde van haar moeder wil wijken. Ik ben niet gewend aan dit soort badkamergesprekken. Zodra ze me hoort bewegen of een geluid op de tegels hoort, begint ze me gejaagd te vragen wat ik aan het doen ben. Ik weet niet wat ik moet antwoorden. Wat doen mensen in de badkamer? Ik zet de deur open en begin mijn tanden te poetsen. Ze leunt met haar rug tegen de deurpost. Wanneer ze de badjas ziet die ik mee naar binnen heb genomen, vraagt ze direct: 'Ga je nu onder de douche?'

Ik begrijp waar ze op uit is. 'Nee, later.'

Ze doet een stap in mijn richting. Ik gebaar dat het laatste wat ik op dit moment verdragen kan, is dat ze me kust terwijl mijn mond gevuld is met de kunstmatige mintgeur van de tandpasta. Ze antwoordt dat ze het heerlijk vindt om me te kussen, zelfs al zou ik een mond vol rotte tanden hebben. Ze doet nog een stap dichterbij. Dan slaat ze haar armen om mijn middel en begint naar mijn spiegelbeeld te staren. Ik doe hetzelfde, dat wil zeggen dat ik naar haar spiegelbeeld staar. Haar ogen zijn beurtelings doorschijnend als honing en diepzwart. Ze doet niets om die tegenstrijdigheid te verhullen en dat maakt me dubbel verward. Ik kan niet doorgronden wat zich achter die veranderlijke, glinsterende ogen schuilhoudt. Ze staart naar mijn spiegelbeeld alsof het iemand anders is die daar staat – iemand die niets met mij te maken heeft en niet op me lijkt, iemand die ze zelfs nooit eerder heeft gezien. Ze doet alsof het een wezen is dat zich in de spiegel bevindt. Het zit gevangen, in afwachting van het moment waarop ik naar hem kijk, zodat hij uit zijn duisternis tevoorschijn kan komen.

'Is er vandaag iets aan je veranderd?'

'Was dat je nog niet opgevallen?'

Gisteren heb ik mijn haar geknipt. Ik had haar niet verteld dat ik het ging doen, anders gezegd: ik heb haar niet om toestemming gevraagd. Ik voorzie dan ook dat me een zware straf boven het hoofd hangt. Ook houd ik er rekening mee dat we in een eindeloze ruzie verwikkeld zullen raken. Ik had het bewust zo gepland. Vandaag neemt ze me mee naar het buitenhuis en daar gaat ze me voorstellen aan haar vriendinnen. Uiteraard wil ze niet het risico lopen dat we een slecht figuur slaan tegenover de anderen of dat een van ons duidelijk geïrriteerd is. Ze zal zich de kans niet laten ontnemen om met mij te pronken: Kijk eens, dit is 'mijn vriendin'.

In de spiegel zie ik hoe twee ogen zich verbijsterd opensperren. Misschien heeft ze er altijd op gegokt dat ik niet de moed zou hebben om de grens van wat ze als haar eigendom beschouwt te overschrijden, dat ik niet over mijn eigen lichaam zou durven te beschikken zonder haar te raadplegen. Nu ziet ze dat ze de weddenschap heeft verloren.

Ze legt haar hand in mijn nek. Terwijl we allebei naar ons spiegelbeeld staren begint haar hand traag te bewegen, zo traag dat ik bijna begin te twijfelen of ze wel beweegt. Ze begint wat druk uit te oefenen met haar vingers en ik voel hoe het bloed in mijn aderen onder haar vingers begint te kloppen. Ik sluit mijn ogen en haal langzaam adem. Ik wil niet dat ze merkt dat ik het benauwd krijg. Ik heb het gevoel dat ze erachter probeert te komen welk plekje in mijn hals geschikt is om door te drukken. Hoe verder haar hand naar boven klimt, hoe groter haar genot lijkt te worden, maar op een verbeten manier. Boven blijft ze lang hangen. Haar hand bedekt mijn hele keel, haar duim en wijsvinger duwen tegen mijn kaak. Dan, met een onverwachte beweging, grijpt ze de korte haren in mijn nek en drukt haar lippen in mijn nek. Ze bedekt mijn huid met zachte, rustige kusjes, die even later in wilde zuigzoenen overgaan. Ze wordt voortgedreven door een grenzeloze gulzigheid, ingegeven door woede en wraakzucht. Ik probeer haar weg te duwen. 'Niet doen, dat laat sporen na.'

'Wil je die dan niet van me hebben?'

'Ophouden, Dai. Het doet pijn.'

'Wie heeft ooit gezegd dat ik je geen pijn wil doen?'

Ik duik weg, maar ik kom niet ver want ze legt haar handen stevig op de rand van de wastafel en omklemt mijn lichaam met haar armen. Ze laat me net genoeg ruimte om half omgedraaid te blijven staan.

'Weet je hoe ze zo'n afdruk noemen?' vraagt ze.

Mijn humeur is nog net niet bedorven. Maar nu ze me gevangenhoudt, nu we hier zo tegenover elkaar staan terwijl zij me provocerende, wraakzuchtige blikken toewerpt, beginnen er vonken van irritatie tussen ons heen en weer te schieten.

'*Love bite*', zegt ze als antwoord op haar eigen vraag.

Ik begin spottend te lachen. 'Een liefdesbeet? Een *hate bite*, zul je bedoelen.'

Ik sta op het punt om mezelf te feliciteren met mijn gevatte opmerking als ik de afkeurende blik in haar ogen zie. Ze trekt me mee naar de slaapkamer en overhandigt me een roodfluwelen doosje. 'Kijk', zegt ze op scherpe toon.

Ik open het doosje. Ik zie een verlovingsring. Ze pakt de ring uit het doosje en laat me onder het licht van de lamp de naam zien die tussen twee hartjes aan de binnenkant is gegraveerd. Ze duwt mijn vingers uit elkaar en laat de ring om mijn linkerringvinger glijden. Dan draait ze mijn hand om en drukt een kus in mijn handpalm.

Het komt me voor als een korte, afgeraffelde scène van een actrice die met glans is gezakt. Het lukt haar niet eens om haar ogen te sluiten terwijl ze me kust. In plaats daarvan fixeert ze me met haar blik om het effect van haar daad te peilen. Nee, het is geen filmscène, het is meer. Dai heeft al haar sluwheid verzameld om een val voor mij te zetten en ik, gemakkelijk prooidier, ben er regelrecht in getrapt. Een verlovingsring met haar naam erin gegraveerd en een handkus – een volmaakte scène om voor haar vriendinnen af te spelen. 'Dit meisje is van mij. Zie je mijn eigendomsbewijs niet om haar vinger?' Haar andere vriendinnen, welteverstaan.

Haar perfect beraamde en even perfect uitgevoerde verraad laat een bittere smaak in mijn mond achter. Wat ben ik voor uilskuiken dat ik zo gemakkelijk in haar val ben getrapt? Het gebeurde te snel, ik was er niet op voorbereid. Ze stond te dicht bij me en daarom kon ik geen rustige overwegingen maken, ik kreeg niet de kans om haar tegen te houden en te vragen: Wat is dit? Wat heeft dit te betekenen? Wat word ik nu geacht te doen? En waarom juist nu?

Het lijkt opeens zo vreemd dat ze ooit een premature poging heeft gedaan om mij aan de kant te zetten. Die poging heeft onze relatie namelijk een enorme impuls gegeven. Alles wat er sindsdien tussen ons is gebeurd, of het nu negatief is of positief, vreselijk slecht of vreselijk goed, duurzaam of duizelingwekkend instabiel, nieuw of een herhaling, heeft een andere impact gekregen, met een donderende echo die maar niet uitgewerkt raakt. Dat afscheidsbriefje heeft me gedwongen om onze relatie opnieuw onder de loep te nemen. Ik heb ontdekt dat het heel goed zo kan zijn dat niets in onze relatie zich ooit zal herhalen. Onze relatie kan elk moment ophouden en in het niets verdwijnen, net zoals ze vanuit het niets is begonnen. En op een of andere manier voel ik haar pijn nu dubbel zo goed, met als gevolg dat het genot dat uit die pijn voortkomt ook verdubbelt.

Ze begint ruzie met me te zoeken. Het maakt me zo wrevelig dat ik opnieuw zin krijg om vijandige manoeuvres te bedenken, om haar tegen te spreken en me onhandelbaar op te stellen tegenover haar koppigheid. Ik vind het altijd het leukst om haar dominantie te overtreffen, om een spanningsveld te creëren waarin ze heen en weer wordt geslingerd tussen afwijzing en acceptatie, onderwerping en macht, smeekbedes en het ontkennen van mijn 'nee's' – niet om haar zover te krijgen dat ze me met geweld neemt, maar om haar tot het randje te drijven. Zij is degene die mij de spelregels heeft geleerd. Ze is ook degene die als slagveld voor mijn manoeuvres wil dienen.

Ze begint haar provocaties op te voeren en ik sta op het punt om het spelletje om te keren wanneer ze plotseling de poort naar de hel wijd openzet: met de hand die ze op mijn dijbeen heeft gelegd, begint ze mijn benen uit elkaar te duwen. Ik haat het wanneer ze dat doet, wanneer ze haar hand zo neerlegt en mijn benen op die manier uit elkaar duwt. Ik wurm me omhoog en trek haar hand onder mijn dijbeen weg. 'Nee!'

'Waarom niet?'

'Het kietelt.' Dat is het eerste leugentje dat in mijn hoofd opkomt. Met dezelfde vindingrijkheid waarmee ik het leugentje heb bedacht, doe ik alsof ik een orgasme heb. Mijn lichaam heeft het contact met Dai volledig verbroken. Hoe is het idee in me opgekomen? En hoe heb ik het in praktijk kunnen brengen? Het is even moeilijk om Dai zover te krijgen dat ze zich terugtrekt als het is om mezelf zover te krijgen dat ik met haar meega in haar hartstocht.

Een leugen kan geen kwaad zolang zij hem slikt, houd ik mezelf voor. Het interesseert me trouwens niet of ze hem slikt of erin stikt.

Een paar uur later, na een tweede vrijpartij, komen we in het buitenhuis aan. Ze stelt me tot drie keer toe aan de aanwezige meisjes voor. Ze wil dat hun namen voor in mijn geheugen zitten, zodat ik geen enkele naam kan vergeten. 'Het meisje dat cornflakes zit te eten heet Jinaan. Die daar, in haar witte blouse, is Ghada. Het meisje dat zojuist naar de keuken is gegaan heet Basima. Die daar, die haar haren zit op te steken, heet Miraal. Die met de platte borsten heet Doha. En zij daar ...'

'Ik weet het ... Ik weet het. Dat is Darein.' Hoe zou ik haar naam kunnen vergeten? En dan heb ik het nog niet eens over haar warme begroeting. Toen ik binnenkwam hebben we een paar steelse blikken en glimlachjes vol ingehouden ondeugendheid uitgewisseld. Ik heb zelden iemand ontmoet die zulke opvallende vraagtekens op mijn voorhoofd projecteerde en zo soepel onder mijn huid wist te kruipen. Dat met Darein was geen handdruk, het was een aanraking van het membraan van mijn ziel. Eigenlijk kan ik het alleen zo zeggen: haar hand daalde diep in mijn binnenste af en bracht mijn hele innerlijke systeem in de war.

Ik had verwacht dat ik me niet gauw op mijn gemak zou voelen bij meisjes die ik niet ken. We hebben immers nooit samen over de markt geslenterd, we hebben niet met elkaar op de middelbare school gezeten en we hebben Oemm Hoessein, mijn onderwijzeres van de koranschool, niet als gemeenschappelijke onderwijzeres gehad. Maar ik vergeet mezelf helemaal. Ik vouw mijn abaya op en leg hem in een hoekje, dan stap ik op het rumoer af dat uit de keuken komt. Ze zijn in de weer met kropsla, tomaten en een rauwkostsnijder. Een van de meisjes draait zich naar me toe. 'Kom je uit Al-Qatif?'

'Dat is Amal', fluistert Dai in mijn oor.

'Ja.'

'Je moeder ook?'

'Ja.'

'Waar studeer je?'

'Hier, in Al-Dammam.'

'Waarom praat je dan zo?'

Ik kijk haar vragend aan. Ze verduidelijkt: 'Je gebruikt zulke vreemde uitdrukkingen. Het lijkt wel Egyptisch of Libanees.'

Dai redt me door zich in het gesprek te mengen. 'Je weet hoe dat gaat met studerende meisjes. Ze komen naar de grote stad en krijgen het hoog in hun bol.'

Amals vragen zijn niet nieuw voor me. Mijn taalgebruik is vaak een beetje afwijkend. Ik praat zelfs anders dan mijn broers en zuster. Ik doe het niet opzettelijk. Ik heb ook niet een bepaald dialect aangenomen, ik merk gewoon dat de woorden makkelijk uit mijn mond komen. Ik neem ze over van de televisie, van vriendinnen, van de mensen met wie ik op internet chat en van de boeken die ik lees. Zonder dat ik er erg in heb meng ik ze door mijn dagelijkse spraakgebruik. Het gaat zelfs zo ver dat ik tijdens het chatten een soort mengtaal gebruik waaruit je niet kunt afleiden tot welke groep ik behoor – of beter gezegd, waar ik vandaan kom. Ik hanteer een combinatie van meerdere dialecten, waarvan de bron niet te achterhalen is.

De tafel wordt gedekt en de ene na de andere schotel wordt neergezet. Ik krijg steeds opnieuw de vraag of ik een bepaald gerecht wil proeven. Dat vragen ze minder vaak aan elkaar. Ik moet de enige vreemde in het gezelschap zijn, de rest van de groep moet elkaar al goed kennen.

Dai is eerder klaar met eten dan ik. Ze staat op om haar handen te wassen en laat me vijf hele minuten alleen. Dat ze zo lang wegblijft is niet alleen pijnlijk, maar ook verdacht.

Wanneer ik ook klaar ben word ik rondgeleid door Hoesna. Ze opent de metalen hordeur van de keuken en laat me zien hoe je in de badkamer, de keuken en de zijkamer komt. Dan wijst ze me het pad dat naar het zwembad leidt, het pad waarlangs ik ben binnengekomen en dat naar de moestuin leidt, de vogelkooien, de omheining voor het vee en een lange rij bomen, waarvan ze de namen een voor een begint op te noemen. Ze haalt herinneringen op aan een vrouw die Oemm Jawaad heet en wilde rozen verkoopt, en mompelt iets over ons voortijdige faillissement en de tijd dat we niet meer dan twee riyal zakgeld kregen. Ik word verblind door de schittering van de zon en kan nauwelijks iets zien. Ze belooft me dat we voor zonsondergang naar buiten zullen gaan om basilicum te plukken en guirlandes te maken voor onze moeders. Dan excuseert ze zich, om me alleen en ontredderd in de chaos van de keuken achter te laten.

De gootsteen staat vol borden en schalen. Het ziet er niet uitnodigend uit, dus ga ik naar de badkamer. Zodra ik de deur opendoe zie ik Dai staan met haar vriendin met de grijze contactlenzen, van wie ik de naam niet heb kunnen onthouden. Ik heb er verder ook niet naar gevraagd. Ze staan op dezelfde manier voor de wastafel als Dai en ik vanochtend. Dai heeft haar armen om de heupen van haar vriendin geslagen. Terwijl ze haar handen onder de kraan wast, staart ze naar hun spiegelbeeld. Haar kin, of beter gezegd haar lippen, rusten op de schouder van haar vriendin. Niets aan dit schouwspel komt me onbekend voor en ik doe snel de deur dicht.

Alles bij elkaar heeft het voorval niet meer dan een halve seconde geduurd maar het heeft zich diep in mijn hersenen gegrift, waar zich nu bijtende groeven en gemene scheldwoorden aan het adres van Dai vormen. Ook krijg ik fantasieën waarvan ik me het einde liever niet wil voorstellen.

Na de lunch duiken we in het zwembad, met de onbezonnenheid van meisjes die zelden iets leuks meemaken. Overal klinkt gelach op. Er wordt met water gespetterd, de andere meisjes halen geintjes uit en raken elkaar vluchtig aan. Ik voel me zo gespannen dat zelfs het water me niet kan kalmeren. Nooit eerder ben ik bij zo'n bijeenkomst geweest. Ik heb dan ook geen idee wat er kan gebeuren. Ik stel me voor alles open maar heb tot nu toe niets anders gezien dan een heimelijke kus, waarvan ik ook nog eens bij toeval getuige was.

Ik heb van tevoren met Dai afgesproken dat ze zich niet door mijn lichaam mag laten opwinden. Niet door me aan te raken, niet door me te kussen – op geen enkele manier. Maar ik kan absoluut niet voor haar instaan en vertrouw er ook niet op dat ze zich aan haar woord zal houden, temeer daar dit haar kans is om met haar talenten te pronken. Ze mag nu eenmaal graag in het middelpunt van de belangstelling staan, terwijl er van alle kanten voor haar wordt geapplaudisseerd. Bovendien koestert ze dubbele wraakgevoelens jegens mij. Ik heb niet alleen zonder toestemming mijn haar afgeknipt, ik ben ook nog eens mijn ring vergeten. Verder heb ik haar wijsgemaakt dat ik de ring heb afgedaan voor de rituele gebedswassing en dat ik hem op de wastafel van mijn badkamer heb laten liggen. Ik weet zeker dat het leugentje haar niet is ontgaan.

Ik voel me bijna ziek van walging wanneer ik aan de badkamerscène terugdenk. Wanneer Dai naar me toe komt ontwaken de duivels in mijn bloed en ik grijp dan ook de eerste de beste gelegenheid aan om van haar weg te zwemmen.

Ik lig op mijn rug in het water. Telkens wanneer ik mijn ogen sluit krijg ik het gevoel dat het dak van het zwembad op me zal neervallen en me binnen een seconde zal verpletteren. Wanneer ik mijn ogen dan weer open en angstig naar boven staar, zie ik het dak hoog boven me en zie mezelf eronder drijven, in mijn eentje, te midden van het rumoer. Ik heb alleen mijn gehoor om mijn koers te bepalen en mijn intuïtie om te raden wanneer ik bij de rand van het zwembad ben aangekomen, zodat ik om moet keren.

Ik sluit mijn ogen. Ik moet vechten tegen het gevoel dat ik steeds kleiner word en in stukjes uiteenval. Ik stel me voor dat ik een korreltje ben dat door de stroom wordt meegevoerd, om dan op te zwellen als een stukje popcorn, waardoor ik de afvoer blokkeer en het water me niet meer kan opslokken.

Opeens pakt iemand mijn hand vast. Het is Dai. 'Waar gaat dit mooie meisje naartoe?'

Eerst al haar kus vanochtend en nu deze lieve woorden. Zachtjes kietelen ze mijn hart. Het gebeurt zo zelden dat Dai dit bij me doet. Ze duwt haar nagel in mijn handpalm en kerft een dunne kras in de huid. Dan wijst ze naar de duidelijk zichtbare rode lijn die ze met haar nagel heeft achtergelaten. 'Kijk. Je huid is helemaal week geworden van het water.'

Ze trekt me mee. We gaan op de rand van het zwembad zitten. Ze drukt zich dicht tegen me aan en legt haar arm om mijn middel. Omdat alle geluiden in het zwembad worden weerkaatst, fluisteren we met elkaar. Ze vraagt of ik het naar mijn zin heb, of de meisjes, de lunch en het zwembad me bevallen. Ik antwoord bevestigend. Opeens schuift ze opzij en gaat zo ver van me af zitten dat ze me in de ogen kan kijken. Ik laat mijn vingers over de kuiltjes van haar wangen glijden, iets wat ik altijd doe wanneer ik naar haar verlang. Ze schuift verder opzij. 'En ik?' vraagt ze.

'Wat bedoel je?'
'Geniet je ook van mij?'
'Altijd.'
'Altijd? Echt altijd?'
'Soms niet.'

Ze schuift wat dichter naar me toe en doet alsof ze mijn oorlelletje tussen haar lippen wil nemen. In plaats daarvan zegt ze iets wat me zo van mijn stuk brengt dat ik het nauwelijks kan bevatten: 'Ik hou van je.'

In de vijf maanden dat ik haar ken, heeft onze relatie zich ontwikkeld tot wat ze nu is. We vormen een hechte eenheid maar maken ook vaak ruzie. Er zijn gepassioneerde hoogtepunten, domme voorvallen en er is gewelddadigheid. Verder kan ze mijn leven totaal op zijn grondvesten laten schudden, om me daarna van de grond af opnieuw op te bouwen en me tot een andere persoon om te vormen. Al die tijd hebben we nooit tegen elkaar gezegd: Ik hou van je. Ik ben bijna gaan geloven dat het zinnetje niet thuishoorde in het leven zoals wij dat voor ons zagen, dat het niet binnen de horizon van onze verwachtingen lag. Het was zo niet-aanwezig, dat ik het zelfs niet op mijn verlanglijstje durfde te zetten. Het was een even simpel als onmogelijk zinnetje, en misschien wilden we het geen van tweeën horen. Het kwam nooit aan de orde wanneer we over onze gevoelens praatten en ik ontdek nu pas hoe weinig we met elkaar hebben gepraat. Zo lang als ik Dai al ken, zo weinig weet ik van haar af – van de mens in haar, van haar dromen, haar ambities, haar angsten, haar gevoelens, haar wensen en haar verleden. Vanaf het begin zijn het onze lichamen geweest die onze relatie hebben voortgestuwd. Ze voerden als enige het werk uit, zonder hulp van andere elementen.

Ik glimlach. Van alle mogelijke reacties op het zinnetje 'Ik hou van je' moet een glimlach wel de meest lachwekkende zijn. De woorden komen als een veel te late beloning. Ik moet een reactie bedenken. Ik trek haar mee naar buiten en duw haar, voordat we een lege kamer voor onszelf hebben kunnen vinden, met haar rug tegen de muur, net zoals zij altijd doet wanneer ik bij haar op bezoek kom en ze mij bij de deur van haar slaapkamer belaagt. Ik zuig haar lip naar binnen en snoer haar de mond. Ik geef haar niet eens de gelegenheid om de zin af te maken die ze is begonnen. We laten ons wegzinken in een duizelingwekkend lange kus.

Ik zeg tegen mezelf: Je hebt de hele ochtend verspild om samen met haar een rode streep te trekken, om haar ervan te overtuigen dat jij zo'n rode streep nodig hebt. Die streep zal heus geen blijvende schade oplopen als je er één keer overheen springt. Eén kus zal niet dodelijk zijn. Bovendien zal het me meer opleveren dan het me zal kosten.

Ik was van plan om haar lichtjes op haar lippen te kussen, maar uit dankbaarheid en omdat ze als warme suiker in mijn mond smelt, ga ik door. Ik los in haar op en keer pas tot de werkelijkheid terug wanneer ik een stroperige stem hoor zeggen: 'O, wat schattig.' De stem hoort bij voetstappen die ons ongemerkt moeten zijn gepasseerd en die nu in de richting van het zwembad verdwijnen. Even later hoor ik gemompel en dan een explosie van gelach.

Mijn gezicht moet knalrood zijn. Tegenover me staat een verstijfde Dai. Mijn inschatting was dus niet helemaal verkeerd. Dai is trots op me, maar dat gaat niet ten koste van mij. Dat maakt enorm veel verschil. Uiteraard ben ik niet blind voor haar eigendunk. Zij is immers degene die me heeft geleerd hoe ik mijn verstand moet gebruiken en hoe ik mijn slimme vondsten kan doorgeven zonder met mijn vingers te knippen, waardoor het effect zou worden tenietgedaan.

Ik haat het om in het openbaar een rol te spelen en er niets voor terug te krijgen. Toen ik Dai kuste, had ik er geen rekening mee gehouden dat dit kon gebeuren. Nu sta ik in de felle zoeklichten van hun nieuwsgierigheid. Het komt niet door de kus, het komt doordat ik voor de anderen een nieuwkomer ben, een buitenstaander – omdat ik nieuw en ongrijpbaar ben. De kus had als een schaamteloze vertoning of een goedkope poging tot aandachttrekkerij kunnen worden opgevat, maar in plaats daarvan zien ze het als het begin van de ontmanteling van mijn zwijgzaamheid en geslotenheid. Ik bedenk dat alles wat Dai over dit wereldje heeft gezegd waarschijnlijk gelogen is. Misschien heb ik, door in de val van die leugens te trappen, ongeschreven grenzen overschreden. Misschien heb ik, zonder dat ik het doorhad, onacceptabele rollen voor mezelf verzonnen.

Darein geeft me van achter de schouder van haar vriendin een knipoog. Dan klimt ze uit het zwembad en vraagt wie haar wil helpen in de keuken. Niemand geeft antwoord, waaruit ik opmaak dat ze mij in een samenzwering wil betrekken. Ik meld me dan ook prompt. Heel even weeg ik de voor- en nadelen tegen elkaar af. Ongetwijfeld zal ik me Dais woede en jaloezie op de hals halen. Daar staat tegenover dat ik Darein een beetje zal leren kennen en een inkijkje in haar gedachtenwereld zal krijgen. Het is het proberen waard. Verder zal ik me even kunnen onttrekken aan hun aandacht, begerigheid of gemaakte gedrag, of misschien zelfs hun afkeer van mijn schaamteloze gedrag.

Als ik opsta en Dai mijn rug toekeer, geeft ze me een kneepje in mijn bil. Ik moet me inhouden om me niet om te draaien en haar een klap te geven. Met één stompzinnig en vulgair gebaar heeft ze alles tenietgedaan wat er net tussen ons is gebeurd. Ze heeft mijn verlangen om van haar te houden kapotgemaakt, ze heeft de pure herinnering opgeblazen aan het moment waarop ze zei: ‘Ik hou van je.’ Ze heeft het moment van totale tevredenheid dat ze me daarnet heeft geschonken, volledig ontkracht. Wat ik voel gaat mijn vermogen om het te verklaren en te begrijpen ver te boven. Het gaat veel verder dan boosheid, rancune, walging, misselijkheid en zelfverachting. Het zet elk negatief gevoel dat ik ooit jegens Dai heb gekoesterd in de schaduw. Daarom draai ik me niet naar haar om. Ik geef haar geen klap, ik bespuug haar niet, ik schop haar niet en duw haar niet onder water tot ze stikt. Ik laat het bij beelden in mijn hoofd.

Ik vraag Darein om me wat tijd te geven, zodat ik me kan afdrogen en andere kleren aan kan trekken. Zij gaat zich ook omkleden. Ik stap een van de kleedkamers binnen die aan het zwembad grenzen, ga op mijn hurken zitten en laat mijn gewicht op mijn voeten rusten. Zo, met mijn armen om mijn benen gevouwen en mijn hoofd rustend op mijn knieën, blijf ik zitten, terwijl mijn lichaam als een pendule naar achteren en naar voren schommelt.

In de film *Se7en* stroopt Kevin Spacey, de man van de zeven zonden, de huid van zijn vingers om zich van zijn vingerafdrukken te ontdoen. Ik weet niet of zoiets pijnlijk is. Toch lijkt het me op dit moment een uiterst passende straf voor Dai. Nee, het is meer dan een straf, het is de enige hel die ze volgens mij verdient. De enige hel: dat ik het vel van de handen stroop die over mijn lichaam zijn gegleden, dat ik haar vingerafdrukken verwijder zodat ze niet op mijn huid blijven kleven om me blijvend te bezoedelen, dat ik Dai iedere mogelijkheid ontneem om nog ooit haar handen over mijn lichaam te laten glijden, wat voor haar gelijk staat aan de essentie van haar bestaan. Als ik dat doe, zal ik haar uitdrijven en zo zal ik me van haar kunnen ontdoen.

Kon ik het maar.

Ik voeg me bij Darein in de keuken. We staan zij aan zij voor het aanrecht. Ik begin de borden af te wassen en zij spoelt ze na met water. Ik weet niet hoe ons gesprek is begonnen. Wat ik wel weet, is dat we veel plezier hebben. Ze praat over de dromen die ze die nacht heeft gehad. Het is een mengeling van fantasiebeelden, mythische beelden en actiefilms. Ze heeft een heerlijk accent, met een driedimensionale 's' en een slepende 'r'. Als ze ergens over moet nadenken, stopt ze een seconde en zegt: 'Ja, o ja', alvorens haar zin af te maken. Wat me opvalt is haar visuele geheugen, waarmee ik bedoel dat het net is of ze de deuren van een bioscoopzaal openzet en een film voor me afspeelt waarvan de beelden zo ver reiken als het oog kan zien. Ze weet mijn blik op haar reusachtige scherm gevangen te houden; dat kan ze zo goed dat ik net zo opgewonden raak van de beelden als zij, terwijl zij degene is die ze echt heeft gezien en ik niet.

We worden wakker, en wanneer ik zeg: we worden wakker, bedoel ik dat letterlijk. We schrikken op uit de verdovende trance van woorden en honingzoete dromen door een elektrische schok die van haar naakte onderarm in de mijne schiet. Zo staan we daar. We slikken en staren elkaar verblind aan, terwijl we tastend naar onze gestolen adem zoeken. Terwijl zij door het raam in de verte kijkt, fluistert ze: 'Ik wil je kussen.' Ik geef geen antwoord. Ze trekt me aan de hand mee naar een deur die naar een halletje achter de keuken leidt en slaat hem achter ons dicht. Koortsachtig beginnen we elkaar te zoenen. Vrijmoedig bewegen onze handen over elkaars lichaam. Onze adem stokt ons in de keel. Ik kan niet ophouden, ik moet haar blijven kussen. Ik daal af naar haar hals en vandaar naar haar borst. Zo bezeten ben ik, dat ik niet zou kunnen zeggen wie de kussen vraagt en wie ze geeft. Ze is willig en zacht en beantwoordt mijn bezetenheid op een zenuwslopend directe manier. Ze is zo verrukkelijk dat ik mijn lippen pas van de hare haal wanneer ik geen lucht meer heb. In vervoering zeg ik: 'Ongelooflijk ... Je maakt me helemaal gek.'

Ze begint te lachen. Haar lach prikkelt me en ontketent

in mijn bloed een overweldigend verlangen naar nog meer waanzin. Maar het moment wordt verpest door rumoer en geschreeuw van buiten. Terwijl Darein naar het lawaai luistert, legt ze haar hand op mijn mond. Ondertussen laat ze haar wang tegen de mijne rusten. In de voorbije vijf minuten had ik geen oog voor mijn omgeving, maar door de geur, het stof en de bijna tastbare stilte krijg ik de indruk dat we in een voorraadkamer staan. Het moet wel, want we hebben weinig ruimte en toen Darein zich op me stortte sneed een ijzeren rek in mijn rug. Ik maak de knopen van haar blouse dicht, trek mijn eigen blouse recht en breng mijn haar in model. In plaats van 'dankjewel' te zeggen geef ik haar een kus.

Ze loopt voor me uit naar buiten. Wanneer ze zich ervan heeft vergewist dat er niemand in de keuken is, roept ze me om ook naar buiten te komen. Ze lacht weer. Daardoor begin ik opnieuw naar haar te verlangen.

'Haifa en Ashwaaq hebben ruzie.'

'Waarover?' vraag ik.

'Ach, zo gaat het altijd. Straks maken ze het weer goed.'

We keren terug naar het aanrecht. Ik zie dat ik een kleine liefdesbeet heb achtergelaten in de buurt van haar borst. Ik gebaar dat ze haar knoopje moet dichtdoen maar ze zegt dat het niet uitmaakt, dat haar vriendin er geen problemen mee heeft. Hun relatie is op sterven na dood. Bovendien hebben ze vanaf het begin een open relatie gehad. Ze heeft daar niet voor gekozen en wilde het ook niet, maar omdat ze er nu eenmaal aan was begonnen moest ze met de consequenties van haar keuzes leren leven. Ze vertelt dat ze het liefst een einde aan hun relatie zou willen maken.

Het is de eerste keer dat ik een uitdrukking hoor als 'open relatie'. Plotseling begrijp ik waarom Dai me altijd behandelt als een kind dat haar lessen nog niet heeft geleerd en waarom zij die taak op zich heeft genomen.

'Dai zal me vermoorden', zeg ik. Er verschijnt een zorgelijke blik op Dareins gezicht. Daarom voeg ik er haastig aan toe: 'Het is jouw schuld niet.'

'Heb je er geen spijt van?'

'Absoluut niet.'

Haar gezicht klaart weer op.

Het geschreeuw neemt geleidelijk af, dan wordt het stil. Verdrietig pakt ze me vast. 'Kom', zegt ze.

Op de punten van onze tenen lopen we naar de zijkamer. Wanneer we ons oor tegen het sleutelgat leggen horen we gehuil, verontschuldigingen en opgewonden gehijg. We keren terug naar de keuken, pakken de koekjes en het gebak en leggen ze op schalen, die we op twee dienbladen naar dezelfde zitkamer brengen als waar we hebben geluncht. Darein gaat de anderen waarschuwen dat het dessert klaarstaat.

We gaan weer bij elkaar zitten. Wanneer Haifa en Ashwaaq binnenkomen, moeten Darein en ik heimelijk lachen. Dai is naast me komen zitten en begint me te ondervragen. Ze wil weten wat ik buiten haar gezichtsveld met Darein heb gedaan. Om haar te misleiden geef ik achteloos antwoord. Ik begin genoeg te krijgen van haar vragen. Het enige waar ze niet naar vraagt is de kleur van de afwasborstel. Daarom vertel ik het haar maar uit mezelf.

Darein onderbreekt ons. Kalm, alsof er niets aan de hand is, vraagt ze me naar mijn telefoonnummer. Terwijl ze doet alsof ze naarstig naar iets op zoek is in haar tas, geef ik haar mijn nummer. Ze richt zich op. 'Ik heb geen papiertje.' Haastig, voordat iemand met een of twee velletjes kan komen aanzetten, schiet ze overeind en gaat ze voor ons op de grond zitten. Terwijl ze op Dais benen leunt, legt ze haar linkerhand in mijn schoot. Ze geeft me een pen, zodat ik mijn nummer rechtstreeks op haar huid kan schrijven. Ik heb het gevoel dat Dai elk moment kan ontploffen van woede, terwijl ik ontplof van leedvermaak en Darein van puur geluk.

Na het avondgebed haalt Hoesna een grote cassetterecorder tevoorschijn. Wanneer ze het apparaat heeft aangesloten, dooft ze de lichten. Ze probeert een paar cassettes uit. Ik kan niet horen welke het zijn, ik heb het gevoel dat ik ze nooit eerder heb gehoord. Bijna iedereen komt overeind om te gaan dansen. Ze deinen heen en weer alsof ze hun heupen willen losmaken en het vuurtje van hun begeerte willen opstoken. Ik heb geen enkele ervaring met dit soort dans. Het moet een ritueel zijn, dat kan niet anders.

De dans, die met enkele onzekere pasjes begint, neemt gaandeweg shockerende vormen aan. Ik moet aan Omar denken, die zou zeggen: ‘Het is heel simpel: laat je geest gaan en laat je lichaam los’, of andersom, daar ben ik niet zeker van. Die gek bedenkt overal een filosofietje voor, waarmee hij alles eenvoudig maakt. Ik weet nooit of hij over zulke vondsten heeft nagedacht of dat het louter mooi geformuleerde woorden zijn. Ik heb ook geen idee of hij ze ter plekke improviseert – afhankelijk van datgene waar het moment om vraagt – of dat iedereen zulke filosofieën kan verzinnen. Kijk naar de allegorieën van Al-Jahiz of de dingen die iedereen op straat tegenkomt. Ik ben de enige die niet op de weg let en er dus ook niet tegenaan loopt.

Dai, die zelfs jaloers is op haar achterdochtige gedachten over mij, die denkt dat de lucht ontelbare handen heeft die me stuk voor stuk willen betasten, die gelooft dat mijn beddenlakens een groot, wellustig lichaam vormen, heeft me een merkwaardig beeld van haar wereld gegeven, alsof ze uit louter krankzinnigen bestaat. Misschien is het een vertekend beeld. Misschien klopt het en is het echt zo lelijk. Mijn vertrouwen in Dai is geschokt en daardoor kan ik niets met zekerheid zeggen. Daarom heb ik ook niet het recht en het vermogen om zulke oordelen te vellen. Toch weet ik dat ze, terwijl ze met haar terughoudendheid en haar onzekerheid of ik zal gaan dansen op de achtergrond blijft, steeds trotser op me zal worden en het liefst zou willen dat ik de geheime delen van mijn lichaam aan de anderen laat zien, zodat ze nog meer met me kan geuren. Juist daarom houdt ze zich ook op de achtergrond: zo kunnen de anderen toekijken hoe ik mijn lichaam onthul en kan zij op haar beurt naar de anderen kijken.

Heen en weer geslingerd tussen haar onuitgesproken verlangens en de geheime lokroep van Darein die in de duisternis als een geestverschijning op me afkomt, besluit ik om te gaan dansen, iets wat ik nog nooit in het openbaar heb gedaan. Ik zou het zelfs niet stiekem doen, tenzij Dai het van me zou eisen.

Ik begin te dansen. Ik wou dat de kleine handtrommel nooit stopte, dat ik nooit hoefde op te houden met dansen en dat er aan de nacht nooit een einde kwam. Ik wou dat ik kon ophouden te bestaan, dat ik kon verdwijnen. Ik word licht en ijl als lucht. Ik wil niet terug naar mijn menselijke vorm, naar mijn stoffelijke lichaam, ik wil niet dat mijn ziel ooit nog door de vensters van mijn lichaam schijnt. Als ik lucht ben, zal niemand me kunnen vastgrijpen of mijn pols kunnen pakken. En dat is precies wat ik wil. Mijn dans is als een ontlading van het genot, iets waaruit je nooit meer zou willen ontwaken. Ik ben helemaal verdwenen, er is niets meer van me over.

Dan verandert de muziek. Dai vouwt haar armen om me heen, scheurt mijn vleugels kapot en brengt me met een klap terug op aarde. Ik zou het liefst willen huilen, om nooit meer op te houden.

Dai en ik rijden terug met Salaam. Ik zit ver van haar af. Ik leun tegen het raampje en houd mijn ogen op de stoffige weg gericht. Dai wil me naar zich toe trekken, maar ik weer haar af. Ze legt haar hand op de mijne en ik trek mijn hand terug, ze komt naast me zitten en ik schuif nog dichter naar het raampje, ze duwt haar hand tussen mijn dijen en ik begin bijna tegen haar te schreeuwen. Ik klem mijn armen om mijn tas, rol me op en verdrijf Dai uit mijn lichaam, uit mij.

14

'Meestal haalde ik voor wiskunde het slechtste cijfer en was ik in de klas degene die er het minst van snapte. Echt, als het om wiskunde gaat is het alsof mijn verstand op tilt slaat. Met een enorme volharding en veel geduld probeerde mijn vader mijn leervermogen te verbeteren of mijn hersens opnieuw te formatteren, zodat ze geschikt werden voor de eisen die de wiskunde aan ze stelde. Het haalde niets uit.

Toevallig studeerde ons buurmeisje wiskunde. Ze zat in het tweede of derde jaar van de universiteit. Mijn moeder sprak met haar af dat ze me in ruil voor een klein bedrag per maand bijles zou geven. Mijn moeder was haar zo erkentelijk dat ze me elke middag na schooltijd naar het huis van de buren dirigeerde, waar Balqies me altijd met open armen ontving. Al snel schoten mijn cijfers omhoog. Ik begon steeds meer uit te zien naar mijn bezoekjes aan het huis van de buren en bracht veel meer tijd met Balqies door dan het uur dat we van tevoren hadden afgesproken; het liep steevast in de richting van twee of drie uur. Mijn ouders waren blij met de resultaten en hadden bewondering voor Balqies' vindingrijkheid en haar verbazingwekkende vermogen om mijn domheid de kop in te drukken.

Balqies zal zo'n tien jaar ouder zijn geweest dan ik. Ik zat in de eerste klas van de onderbouw. Terwijl mijn vriendinnen al een jaar of zelfs langer geleden vrouwelijke kenmerken waren gaan ontwikkelen – hun borsten werden zo vol en rond dat ze ze in beha's moesten verbergen – en ik hen in een taal die was doorspekt met zonderlinge termen hoorde praten over mysterieuze bloedingen, was ik nog maar een kind. Het merendeel van mijn leeftijdsgenootjes groeide op en ik bleef alleen achter in mijn poppenhoekje.

De geur van jongvolwassenen stond me tegen en wekte een ongekende walging en weerzin in me op. Alleen Balqies wist me met haar geur gevangen te houden in een sluier van goedheid en zuiverheid. Ze was een engel die met veerkrachtige passen voortschreed. Wanneer ik groot was wilde ik net zo glimlachen, net zo lopen en net zo praten als zij. Ik wilde dezelfde kleren dragen en naar de universiteit gaan, net als zij. Ik wilde zelfs dezelfde borsten hebben als zij. Natuurlijk dacht ik er in die tijd niet zo gedetailleerd over na. Wat ik in haar zag, was een volmaakte, rijpe vrouw en ik wilde dat God net zo'n vrouw van mij zou maken. Ze was de enige die me niet als een kind behandelde. Tegelijkertijd eiste ze niet van me dat ik groter werd dan ik was. Ze stond op het randje van zowel jeugd als volwassenheid en wist daar als enige, zonder te wankelen, haar evenwicht te bewaren.

Uiteindelijk werd ik ook een groot meisje. Op een drukkend warme zomerdag kreeg ik opeens het gevoel dat ik vloeibaar werd. In de badkamer raakte ik in paniek. Alles wat ik over bloed had geleerd, was dat ik erover moest zwijgen, zo veel had ik begrepen van de zonderlinge termen die mijn vriendinnen gebruikten. Als het iets was waarover je mocht praten, had mijn vader dat zeker gedaan. Zo zat ik te denken. Ik wist niet wat ik anders zou kunnen doen. De relatie met mijn moeder verdroeg zo'n beschamende onthulling niet. We hebben nooit een slechte verstandhouding gehad, maar ze is ook nooit echt goed geweest.

Daar zat ik, op het lesuur bij Balqies, vol kwellende gedachten over de kleine overstroming in mijn ondergoed. Zouden mijn bovenkleren ook vies zijn geworden? Ik was zo bang om het tapijt in haar kamer te bevuilen dat ik op mijn hurken ging zitten. Ongemakkelijk verplaatste ik mijn gewicht van de ene voet naar de andere. Ze bestudeerde me aandachtig. Toen boog ze zich weer over het boek. Ze bestudeerde me nog een keer en boog zich weer over het boek. Toen mijn gezicht samentrok van een scherpe pijn in mijn onderbuik, bestudeerde ze me voor de derde maal. "Wat is er met je aan de hand?" In mijn hulpeloosheid wist ik niet wat ik moest antwoorden.

Ik weet niet hoe ze erachter is gekomen en dankzij welk instinct ze de omvang van mijn probleem inzag: een kind van twaalf dat onverwacht begint te bloeden en niet weet wat ze moet doen. Ze pakte een maandverband uit haar kast en gaf het me. Ik maakte een onnozele opmerking en nam het van haar aan. Wat moest ik ermee? Ook dat wist ik niet. Wanneer ik nu de instructies op een pak maandverband zie, moet ik lachen. Misschien heeft er altijd al een gebruiksaanwijzing op gestaan en was ik op dat moment zo blind dat ik het niet zag. Stel je eens voor dat zoiets kleins en onbeduidends Balqies zou hebben verhinderd om de stap naar mij te zetten!

Ze ging op de rand van haar bed zitten en omhelsde me met haar moederlijke armen. Van alle kanten werd ik omringd door de geur van het paradijs. Ze leerde me hoe ik het verband moest gebruiken. Er speelde een flauwe glimlach om haar mond. "Schaam je niet", zei ze. "Je hoeft je echt nergens voor te schamen. Hier komen de baby's uit. Je zult net zulke mooie en lieve kinderen krijgen als je zelf bent."

Die dag vertelde ze me van alles – niet alleen over het bloed, maar ook over allerlei andere dingen: over okselhaar en schaamhaar, over pijn en over mijn lichaam dat de wolk van de kindertijd van zich zou afwerpen, waarna het een vrouwenlichaam met doorschijnende vleugels zou worden. Overal waar een vrouw heen gaat, zei ze, draagt ze het huis voor haar kinderen mee. Zij heeft ervoor gezorgd dat ik niet bang werd, dat ik mijn bloed dankbaar werd omdat het haar dichter bij me bracht.

Dagen en dagen gingen voorbij. De kralen van het bidsnoer werden rondgedraaid: ik hou van Balqies, ik ben gek op Balqies, Balqies is goed voor me. Mijn wiskundecijfers werden steeds hoger. Toen kwam de dag waarop ik "uitstekend" voor een toets had gehaald. "Sluit je ogen", zei ze. "Ik heb een cadeautje voor je."

Ik was zo opgewonden dat mijn ziel begon te trillen. Ze kuste me. Dat was haar geschenk: een kus op de mond. "Mensen die van elkaar houden," zei ze, "kussen elkaar op de mond. En ik hou van jou." Ze ging verder: "Dit is ons geheimpje en dat moet het altijd blijven." Als ik het aan iemand zou vertellen, als ik van iemand anders zou gaan houden of iemand anders zou kussen, zou ze niet meer van me houden. Ik begreep het niet. "Wil je me niet terugzien?" vroeg ze. "Wil je dat ik nooit meer van je zal houden? Wil je dat ik boos op je word?"

Haar vragen en de argwanende glinstering in haar ogen sneden door mijn hart. Angstig schudde ik mijn hoofd: "Nee, nee, nee!"

Naïef was ik, kinderlijk naïef. Ik liet me niet weerhouden door de dreigende toon in haar stem of door het vage gevoel dat er iets fout zat in de manier waarop alles verliep. Ik had het gevoel dat ze me iets bijzonders schonk, een privilege dat niemand anders mocht delen. Verder erkende ze daarmee dat ik haar waard was en haar verdiende, en daardoor gaf ze me de kans boven mijn kinderlijke minderwaardigheidsgevoel uit te stijgen. Ik hield niet alleen van haar, ik aanbad haar. Vanaf die dag begon ik alles te doen wat ze me opdroeg. Ik deed wat ze wilde, zonder enige discussie.

In de dagen die volgden kwam er geen tweede kus en ze behandelde me alsof er niets was voorgevallen. Ik sloofde me enorm uit en overtrof mezelf, alles in de hoop dat ik nog een cadeautje van haar zou krijgen, maar ze gaf me zelfs geen gewone kus meer. Wanneer ze verdiept was in haar uitleg, een vraagstuk uitschreef of een formule voor me ophelderde, greep ik de gelegenheid aan om secondenlang naar haar lippen te staren. Wanneer haar blik op me viel, fel en roofzuchtig als die van een adelaar, wendde ik mijn ogen onmiddellijk af, maar ze betrapte me steeds weer op heterdaad. Ik hunkerde naar haar, mijn hunkering was zo groot dat ik ervan moest huilen en haar begon te smeken. Ik kon niet meer slapen vanwege een enkele kus. Ik legde mijn hoofd op het kussen, betastte mijn lippen met het puntje van mijn tong om de smaak te proeven, beet erop, sloot mijn ogen en riep, zonder dat ik het ooit moe werd, die halve seconde van die ene kus weer op.

Toen deed ze het opnieuw. Zonder enige inleiding, zonder dat ik een goed cijfer had behaald, zonder me ook maar iets op het hart te drukken, kuste ze me. De kus groeide, werd groter en rijpte. Langzaam en doelbewust groeide hij geleidelijk uit tot een volledig lichaam, bevend, klam en vochtig, waardoor ik losraakte van mezelf. Zo ging het telkens weer: een kus en dan dorst, een kus en dan die hunkering, een kus en dan dorst. Balqies temde me, of moet ik het omgekeerde zeggen? Was ik een meisje en werd ik een wild merrieveulen? Of was ik een meisje en werd ik een wilde kat? Of was ik een meisje en werd ik een monster? Een *monster*.

Op een bepaald moment, toen ik niet meer wist wat ik met mijn verlangen aan moest, vroeg ze me om haar te slaan. Toen ik weigerde, hief ze woedend een hand op en gaf me een klap in mijn gezicht. Ze vroeg het opnieuw, maar ik weigerde weer. Ze sloeg me nog harder. Toen ze het voor de derde keer vroeg en ik in huilen uitbarstte, begon ze me door elkaar te schudden. "Niet huilen", zei ze. "Je bent toch geen kind? Doe je ogen niet de hele tijd dicht. Geef antwoord. Sla me! Neem wraak! Heb ik je soms geen pijn gedaan?" De ene keer gaf ze me een harde klap, de andere keer een zachte. Toen ze bij de vijfde was aangekomen, toen mijn oren gonsden en ik bijna niets meer hoorde, hief ik mijn hand op en gaf haar een klap, met alle kracht die de pijn in mij had opgewekt. Ik werd bevangen door een extase die zo heftig was dat er een huivering door mijn botten ging. Mijn slapen gloeiden van zinnelijk genot, een weldadige almacht, een gevoel van boven alles verheven zijn en van alleenheerschappij – een gevoel dat ik niet meer kan oproepen, hoeveel klappen ik ook uitdeel, hoe vaak ik mijn voorraad boosaardigheid ook aanspreek.

Dat was het rampzalige begin. Zodra er gewenning intrad verhoogde ze de pijndrempel, totdat mijn lichaam er geen bevrediging meer in vond. Wanneer het niet werd gepijnigd, werd het krankzinnig; wanneer het geen uiting mocht geven aan zijn pijn, verloor het zijn gemoedsrust. Pijn werd zijn handelsmerk, zijn weg naar genot. Op een of andere manier bleef mijn lichaam beantwoorden aan zijn menselijke conditie, met zijn beperkte uithoudingsvermogen en de bijzondere eigenschappen van het vlees en de botten. Tegelijkertijd oversteeg het dat alles, om een stadium te bereiken dat zo ver van alles af stond dat ik geen idee meer had wat het was. Mijn zintuigen waren zo verzwakt – of zelfs bijna niet meer werkzaam – dat zelfs de heftigste pijnscheut niet meer in staat was om mijn zenuwsysteem te ontregelen. Ik probeerde steeds verder te gaan, om zo de genadeloze roes van pijn te laten terugkeren in mijn lichaam, maar telkens wanneer ik een nieuwe, nog hogere drempel bereikte raakte mijn lichaam er door de herhaling aan gewend en eiste ik meer, steeds meer. De vraag die me voortdurend bleef kwellen en mijn cellen vernietigde, was: is er meer? Is er achter dit alles nog meer te vinden?

Aanvankelijk was ik een toeschouwster. Ik keek naar wat

ze met me deed en liet het effect op me inwerken, maar na verloop van tijd veranderde ze me in een dader die zelf op ontdekkingsreis ging, experimenteerde en nieuwe dingen uitvond. Mensen raken verslaafd aan alcohol en drugs, ze raken verslaafd aan de televisie, internet of videospelletjes. Ik raakte verslaafd aan het lichaam van Balqies of beter gezegd: aan de dingen die ze met me deed, aan het meedogenloze geweld en de onderworpenheid. Onder haar handen werd ik tot een slavin. Zij was een godin die over leven en dood heerste. Ik leerde ook hoe ik met haar van rol kon wisselen: ik werd pas kalm wanneer ik mijn shot van haar had gekregen en gaf me niet gewonnen voordat zij net zo'n marionet in mijn handen was geworden. Ik zag het gevaar van onze spelletjes in, maar dit besef maakte alleen maar dat het effect nog groter werd. Ik huilde niet meer. Ik werd groot, en grote mensen huilen niet.

(En alle woorden zwijgen op het hoogtepunt van het gesprek.)

De woorden zwegen. Balqies' obsessie met mij werd minder. Haar verlangen naar mij sijpelde geleidelijk weg, tot het volledig was bekoeld. Mijn cijfers voor wiskunde waren zo goed geworden, zei ze verontschuldigend tegen mijn moeder, dat ik haar niet langer nodig had. Drie jaar privéles was lang, het was beter dat ik nu op mezelf begon te vertrouwen.

Zo eindigden mijn lessen bij haar. Eerst zaten er twee dagen tussen onze ontmoetingen, toen drie, toen vier en toen een week. Mijn hart kookte en mijn lichaam brandde, maar Balqies gaf niet thuis. Ze gaf voor dat ze dingen te doen had en zei dat ze het te druk had. Hoewel ik heel goed besefte dat het leugens waren, had ik geen idee wat erachter school. Ik draaide rond in een kringetje van twijfel en jaloezie. Ik bedacht absurde smoesjes om bij haar langs te kunnen gaan – doorzichtige, onlogische smoesjes. Het enige wat ik wilde was de geur van mijn paradijsmaagd inademen en mijn zielerust hervinden.

Ik zag dat ze een nieuwe leerlinge kreeg. Ik zag haar wanneer ze kwam en ging. Ik zag haar nog onvolgroeide borsten. Ik zag ook hoe het meisje zich lichamelijk ontwikkelde. Het lijkt wel alsof mijn opmerkingsgave destijds was uitgeschakeld: veel te laat merkte ik dat haar afkeer voor mij zo groot was geworden dat ze misselijk was geworden; van mij, van mijn lichaam, van mijn vrouwelijkheid die haar voltooiing naderde, van het kinderlichaam dat in recordtijd volwassen werd, van mijn heupen die steeds voller werden en van mijn borsten die steeds ronder werden.

Ze zeggen dat het geheugen, wanneer het niet wordt gescherpt, uit verveling in slaap valt en tussen droom en halfslaap vervliegt. Ik dacht iedere dag aan Balqies. Er ging geen dag voorbij zonder dat ik aan haar dacht, haar omhelsde tot ik haar ribben kneusde, haar kuste totdat ik haar lippen had gestolen. Uit woede over haar afwezigheid sloeg ik haar. Ik sloeg haar ook vanwege het nieuwe kleine poppetje dat ze onder haar lichaam verbrijzelde. Ik sloeg haar, en altijd kreeg ik daarna spijt. Ik hield van Balqies en ik haatte haar. Ik aanbad haar en vervloekte haar. Tientallen keren reconstrueerde ik haar kapotte lichaam, om het vervolgens weer te slopen. Omdat ik niet meer met haar lichaam kon spelen, speelde ik met haar beeld. Mijn hart was een grote pomp die niets anders deed dan waanvoorstellingen produceren en door mijn lichaam pompen, waardoor mijn bloed vervuild raakte.

Vaak dacht ik dat ik, boven op de honger die ik al had, alleen nog maar meer honger zou kunnen krijgen. Balqies zou niet terugkeren en haar pop zou er geen bezwaar tegen hebben om haar nieuwe speeltje te worden, net zomin als ik daar ooit bezwaar tegen had gehad. Ik belandde in een soort van hysterie waarin ik alle deuren afsloot. Ik was een hel met gesloten poorten en als het nog een dag langer zou hebben geduurd, had ik een oorlog met veel bloed en stof tegen Balqies ontketend, in de hoop dat ze naar mij zou terugkeren of in ieder geval aan niemand anders zou toebehoren. Dat het niet gebeurde kwam omdat er een barmhartige hand naar me werd uitgestoken. Gezien de toestand waarin ik me bevond was het een barmhartige hand, hoewel ze tot dezelfde categorie van kwellingen behoorde. Ze zorgde ervoor dat mijn lichaam opnieuw overvloedig werd voorzien van verfrissend water. Zo raakte ik verslaafd aan een eersteklas alternatief, dat ik vervolgens inwisselde voor een ander, en weer een ander en nog een ander. Mijn relaties duurden even lang als de zure smaak van mijn roes. Zodra er gewenning intrad ging ik op zoek naar een ander.

Toen kwam ik jou tegen en werd ik verliefd op jou. Ik hield van je zodra ik je ontmoette. Ik hield van je vanaf onze eerste handdruk in de Hoeseiniyya, toen je verontschuldigend zei dat je geen kousen droeg omdat jullie dienstmeisje het te druk had. Dat was het slechtste excuus dat ik ooit had gehoord. Als je het niet had gezegd, had niemand het waarschijnlijk gemerkt.

Drie jaar lang zag ik je voor me wanneer ik mijn ogen sloot en wanneer ik ze opende. Je was teer en nog niet ontloken. Ik, die haar blaadjes al vroeg had ontvouwd en haar maagdelijkheid ergens onderweg had verloren, snoof in jou nieuwe geuren op: de geur van prilheid en puurheid, van dingen die nog niet bezoedeld zijn geraakt. Ik hield van je en jij deed me Balqies vergeten. Je liet me mijn pijn en mijn jeugd vergeten, die zo wreed was gebroken, maar niet de wildheid van mijn lichaam. Ik hield van je zoals de mannen in het paradijs hun maagdelijke vrouwen beminnen. Nee, ik hield nog meer van je. Ik hield van je en was bang. Ik mocht je niet aanraken. Ik mocht niet bij je in de buurt komen. Ik mocht je niet verontreinigen met mijn aanwezigheid, met mijn krankzinnigheid, met mijn agressieve lichaam. Ik hield van je en nam je tegen mij in bescherming, maar ik kon je etherische vruchtbaarheid niet weerstaan. Ik dacht dat je in staat zou zijn om mij te zuiveren. Ik dacht dat jouw invloed op mij sterker zou zijn dan mijn innerlijke duivels en mijn zwarte vleermuizen, sterker dan mijn duistere ziel. Dus zocht ik toenadering tot je.

Je had een zwarte blouse met drukknopen en een V-hals. Wanneer je die droeg bespiedde ik je heimelijk, om zuchtend een glimp op te kunnen vangen van de geboortevlek vlak onder je hals, op kusafstand van je decolleté. De vlek was zo groot als een rode mier, had dezelfde kleur en dreef op je melkkleurige borst. Ik ging dood! Ik wilde je hebben! Ik wist dat ik je pijn ging doen. Ik hoopte dat ik het niet ging doen. Ik hoopte het zo vurig.

Ik bleef relaties met anderen aangaan. Daarin kon ik mijn agressiviteit en mijn verlangen naar pijn kwijt, want dat was wat mijn lichaam eiste. Maar ik kon het niet. Op een mysterieuze manier weerhield je mij ervan om jou ontrouw te zijn en je belette mijn lichaam om zich helemaal aan een ander te geven. Alle richtingen brachten me terug naar jou, en toch had ik het gevoel dat ik je verried. Je was te fijngevoelig om mij te kunnen kwetsen en ik was ruwer en gewelddadiger dan jij ooit zou kunnen verdragen. Een paar keer faalde ik vanwege jou. Ja, vanwege jou. Je rolde je tussen ons op. Ergens. Ik zag je met gesloten ogen en zou bijna zweren dat je langs was geweest. Omdat ik me schaamde voor wat ik je aandeed, rukte ik mijn begeerte naar anderen bij de wortel uit. Jij werd alles waarnaar ik verlangde. Niet alleen je lichaam, maar jij: jij was alles wat ik van het leven en van de liefde verlangde. Jij was de verlossing waarom ik God had gebeden. En nu, nu je van mij bent, ben ik erachter gekomen dat je geboortevlek iets dichter bij je linkerborst ligt. Ik kan de rode mier aanraken, ik kan de rode mier kussen, ik kan hem likken en op hem slapen. En nu ben ik bang dat je genoeg van me zult krijgen en bij me weggaat.'

Mijn borst, de plek waar ze haar hoofd heeft neergelegd, is veranderd in een grote poel zout water. Uit haar lichaam stijgt de dichte, zware lucht op van een oud, geheim verdriet dat zich onwrikbaar in haar heeft vastgezet en dat ze te lang heeft moeten dragen. Met haar levensverhaal heeft ze een aantal doden opgeroepen die met elkaar vervlochten zijn geraakt. Haar ledematen zijn koud, haar adem brandt in mijn huid. Uitgeput staat ze op en zet de schemerlamp op de laagste stand. Zacht licht verspreidt zich door de kamer. Ze pakt mijn vingers en beweegt ze over haar lichaam: over haar bovenarmen, haar rechteronderarm, haar handpalm, haar duim, haar nagel en de zijkant van haar been. Ik voel kleine littekens die me in het licht nooit eerder zijn opgevallen. Ze vertelt hoe ze zijn ontstaan: 'Deze is van een gloeiend mes dat op de kachel lag toen we kastanjes aten. Deze is van een glas dat ze brak. Zij heeft hier net zo'n litteken als ik. Bij deze bleef de sluiting van mijn beha hangen. Toen ze hem probeerde open te rukken sneed de rand in mijn huid. Hier speelden we een scène uit een buitenlandse film na, waar iets over bloedbroeders en een bijbehorend ritueel in voorkwam.'

Deze, die, die daar ... Het maakt me duizelig. Haar woorden blijven maar in mijn hoofd weergalmen.

Ze legt mijn hand op haar rechterzij. 'Hier. Hier, dit deed erg veel pijn. Ze duwde haar knie altijd in mijn buik. Kijk zelf maar, hoe fijn het is als ik mijn knie plotseling in je buik stoot. Die intuïtieve reactie van je lichaam, de manier waarop je rug zich kromt. Dat is genieten, daar hoef je verder niets voor te doen.'

Ik buig me over haar heen en kus de plekken waar mijn handen net nog lagen. Mijn kussen kunnen op dit moment niet veel doen: ze kunnen niet goedmaken wat er is gebeurd, ze kunnen de sporen niet uitwissen of ze door dezelfde of betere sporen vervangen. Ik kus al haar littekens, een voor een. Ze kreunt op een manier die ik niet van haar gewend ben. Het is het gekreun van een herinnering die wordt opengebroken, opnieuw wordt beleefd en naar de oppervlakte wordt gedreven.

'Je mag geen medelijden met me hebben. Je mag me niet gaan haten.'

'Dat doe ik niet.'

'Ik hou van je. Ik hou van jou, jij schenkt me vergetelheid.'

Na het zevende 'Ik hou van jou' kan ik het niet meer bijhouden, want ik heb niet alleen haar liefdesverklaringen bijgehouden maar ook haar emotionele reacties, haar ogen die zo veel dankbaarheid over me uitstorten, de manier waarop ze zich aan me vastklampt, haar kussen, de ongewone manier waarop ze uiting geeft aan haar verlangen, haar stille huilbuien die ze toeschrijft aan een overmaat aan liefde en genot, en de manier waarop ze tot rust komt op mijn borst.

Als relaties pieken en dalen kennen, net als golven, dan bereiken we deze keer het hoogste punt van de hoogste piek die we ooit zouden kunnen bereiken – het absolute hoogtepunt, de beste keer ooit, zonder pijn en zonder pijnlijk naspel. Ik heb het niet alleen over het lichamelijke. Voor één keer heb ik Dai gezien zonder dat mijn gezichtsveld werd vertroebeld, zonder stevig vergrendelde deuren, zonder geheimen en zonder schuilplaatsen. Ik hou van deze Dai, ik leg dit beeld van haar vast en ik weet heel zeker: wat er verder nog zal gebeuren en wat er tot nu toe is gebeurd – niets zal mijn beeld van haar nog kunnen verstoren. Zo zal ik haar altijd kunnen terugroepen in mijn herinnering: zo naakt en stralend als ze op dit moment voor me zit.

15

Na mijn eigen eerste keer werd ik overvallen door walging en misselijkheid. Ik wist niet dat een kus op de mond zomaar, zo gemakkelijk kon worden gegeven. Ik weerde het meisje af, ik kon het niet aanzien dat ze vanuit haar engelachtige hoogte naar beneden was gevallen. Ze pakte me bij de hand en smeekte me om het te vergeten. 'Laten we weer gewoon vriendinnen worden', zei ze, maar wanneer we elkaar ontmoetten kon ik niet over mijn gevoel van afkeer voor haar heen stappen. Wanneer we ergens alleen zaten, achter een dichte deur, werd ik bang. Langzamerhand werd onze relatie steeds killer, totdat ze aan haar eigen kou ten onder ging.

De tweede keer was anders. Die keer begon ik aan mezelf te twijfelen. Wat maakte dat ik steeds weer tegen dezelfde dingen aan liep? Overkwam iedereen dat? Waarom had niemand me iets geleerd? Had ik me moeten afschermen? Mankeerde er iets aan mij? Kwam het door mijn jongensachtige shirts? Mijn sportschoenen? Mijn korte haren? Was ik te direct in mijn woordkeus? Kwam het doordat ik de vrouwelijke uitgangen wegliet als ik vriendinnen mailde? Of had ik een fundamentele fout in mijn systeem die ik niet kon zien, maar meisjes die uit waren op zulke relaties wel? Uiteraard was ik weer wat ouder geworden en begreep ik dat een kus soms alleen een kus was maar soms ook een relatie inhield, met al haar intieme details. Ik bestookte mijn toenmalige vriendin met vragen, maar dat leverde niets op.

Het ene moment zei ze dat het om iets onschuldigs ging, het volgende moment verzon ze er een onlogische reden voor, zonder verder in details te treden. Ze was niet in staat om uit te leggen wat haar dreef. Ik begreep het niet. Ik onderzocht elke stap die ik zette en bestudeerde mijn lichaam, mijn gedragingen, mijn emoties en de manier waarop ik met vriendinnen omging nauwkeurig, maar vond niets verontrustends.

Toen ik Dai ontmoette, waren er vele jaren voorbijgegaan en waren mijn vragen bijna weggezonken in vergetelheid. Dat gold ook voor mijn kennismaking met haar. Ze liep langs me – ik bedoel, ze liep op de universiteit langs de meisjes uit Al-Qatif, groette ze, kletste wat met hen en richtte zich toen rechtstreeks tot mij. 'Hoe lijkt het je om elkaar ergens te ontmoeten?'

Haar vraag leek me dubbelzinnig. We ontmoetten elkaar toch al nu en dan op de universiteit en in de Hoeseiniyya?

'Ik nodig je uit voor de lunch', ging ze verder. 'Woensdag. Van de universiteit gaan we rechtstreeks naar mijn huis. En geen uitvluchten verzinnen.'

Dat deed ik ook niet.

Vanaf het moment dat we na binnenkomst op haar bed gingen zitten, vanaf het moment waarop ze me vroeg welke jurk ze moest aantrekken, vanaf het moment dat ik met onzekere vingers de rits van haar jurk omhoogtrok, vanaf het moment waarop ze naast me kwam zitten en maar bleef aandringen dat ik de zoetigheid moest proeven, vanaf het moment waarop ze de lepel naar mijn mond bracht om me te voeren, wist ik op een duistere, onverklaarbare manier dat onze relatie mettertijd zou eindigen waar ze zou eindigen. Ik kende nog niet alle details, maar wel de kern van de verhouding en de rol die beide partijen zouden spelen.

En inderdaad: alles wat ik over Dai ontdekte vormde een exacte kopie van wat ik eerder had voorspeld. Maar in plaats van de benen te nemen en mezelf op afstand te houden, bleef ik met haar samenwerken om elke stap zo aantrekkelijk te maken dat ik niets anders meer wilde dan ook de volgende zetten, waardoor ik me later geen leugenaar zou voelen als ik verbijsterd zou zijn over hoever we waren gegaan, maar mezelf ook niet kon vrijpleiten van de verantwoordelijkheid voor het gebeurde.

Nu is er een hele maand verstreken sinds onze relatie haar ritmische hoogtepunt heeft beleefd. Het was een fijne tijd, een heerlijk uitje, fijner dan ik me ooit had durven voorstellen of had durven denken. Ik had nooit gedacht dat het zo tussen ons zou kunnen worden. Het lijkt pure fantasie, of een tijdelijk paradijs waarin ik algauw die vervloekte appel zal moeten eten om vervolgens, zoals altijd, neer te komen op de glibberige, met doornen bezaaide grond. Het genot werkt zo verdovend dat ik geen enkele behoefte voel om nog langer voorzichtig en behoedzaam te zijn of mijn ogen te openen voor een volgende dag die in niets lijkt op de dag van vandaag. Maar hoe goed Dai mij ook kan bespelen, hoe groot haar virtuositeit ook mag worden, er zal een moment komen waarop ze een verkeerde toets aanslaat of waarop haar vinger naar de verkeerde snaar glijdt en een valse noot voortbrengt. En dit is die dag: dit is de dag van haar laatste wanklank, haar fatale fout.

Ze kijkt naar me. In haar ogen ligt de gebruikelijke glinstering van verlangen. Ik voel me niet echt lekker, maar ook niet echt ziek. Daarom komt mijn excuus nogal zwak over. De ziekte is nog niet doorgebroken, maar ik voel al wel de symptomen: draaierigheid, mistige ogen, rubberachtige vingers die slap worden wanneer ze iets aanraken. Verder voel ik een hardnekkige pijn die ik niet kan lokaliseren en heb ik het afwisselend koud en warm. Het zijn allemaal min of meer zichtbare symptomen, zonder concreet ziektebeeld. Daarom duw ik haar beheerst van me af. Het is de eerste keer dat ik haar tegenhoud, afgezien van de keren dat we Tom & Jerry speelden of de gazelle met haar jager, waarbij de een haar begeerte nauwelijks kon onderdrukken terwijl de ander juist weerstand bood.

Ze richt zich nu helemaal op mij. In Dais taal bestaat het woord 'afwijzing' niet. Op ieder 'nee' volgt een 'ja'. En dan begin ik met haar te onderhandelen. 'Goed dan. Een stukje, meer niet.'

Ik kan merken dat het haar gelukkig maakt, maar dat is dan ook ongeveer alles wat ik uit haar reactie kan opmaken. Mijn lichaam beweegt zich tussen twee tegengestelde polen: een vaag soort half bewustzijn waarin het nauwelijks voelt wat Dai met me doet en een versterkt bewustzijn, dat maakt dat ik bijna moet overgeven van iedere kleine aanraking. Ik duw haar vol afkeer van me af. Mijn hand zet ik tegen haar schouder om me te bevrijden van haar gewicht. 'Zo is het genoeg.'

Misschien maakt de scherpe toon in mijn stem haar van streek, of zorgt mijn onverwachte beweging ervoor dat ze verwonderd vraagt: 'Hoezo?'

Geërgerd antwoord ik: 'We hadden toch afgesproken dat we niet verder zouden gaan?' Als door een mist zien mijn ogen de woede op haar gezicht. 'Met wie heb je het ingehaald?' vraagt ze scherp.

Ik heb geen idee waar ze het over heeft. 'Alsjeblieft, Dai. Ik ben moe.'

Geëmotioneerd schudt ze me heen en weer. In haar ogen ligt een duivelse blik. 'Geef antwoord. Wie heeft je aangeraakt? Wie?'

Ik sta op het punt om tegen haar te schreeuwen: 'Ga niet te ver, Dai, vergeet het', maar ik doe het niet. Ik word bevangen door een dringend verlangen om haar grenzen te leren kennen en te zien hoever ze zal gaan.

In mijn herinnering lijken alle details van wat er daarna gebeurde heel onwerkelijk. Ik lag onder haar, mijn handen waren vastgebonden aan de stijl van het bed en ik kon mijn linkerpols niet bewegen. In meerdere lichaamsdelen brandde een hels vuur. Ik voelde vooral mijn schouder, die in botsing moet zijn gekomen met de vloer toen ze me van haar bed sleurde, en mijn onderste rib, waar ze haar knie in had geduwd zodat ik niet kon bewegen. Mijn ademhaling klonk vreemd: enkele snelle, kort op elkaar volgende stoten en dan een hele tijd niets, zodat ik bijna stikte, en daartussen één onderbroken ademteug, met een reeks buikkrampen als gevolg. En er was een schaar, het moet een schaar zijn geweest, dat kon ik opmaken uit het geluid, uit de koude, scherpe punt die in mijn huid drong en uit de beweging van de lucht. Ik durfde mijn ogen niet te openen, althans, zolang ik me er niet van bewust was dat ze iets uit haar nachtkastje pakte en me een blinddoek ombond, waarmee ze mijn blik doofde in een oneindige duisternis. Ik hoorde haar opstaan en naar haar bureau lopen. Al mijn zintuigen hadden zich in mijn oren geconcentreerd. Ik hoorde het gerammel van pennen in een metalen koker. Ze kwam terug en omklemde me met haar benen. Toen begon ze de kleren van mijn lichaam te rukken, in het wilde weg, of beter gezegd, op een kwaadaardige, wraakzuchtige manier. Hoewel ik naakt was, bleef ze mijn naaktheid verkennen. In mijn lichaam zocht ze naar de geur van een ander, naar kleverige sporen van haar vingers, naar het verraad van een kus of een tong, naar het gekreun dat ergens in de leegte van mijn lichaam moest zijn blijven hangen, naar de onvermijdelijke averij die ik moest hebben opgelopen, naar het kleinste draadje, al was het maar een hennakleurige haar. Het was pure roofzucht.

Ik wist dat deze roofzucht haar woede alleen maar groter zou maken. En dat gebeurde ook. Ze sloot haar handen om mijn keel. 'Zeg op, wie is het?'

Ik dook onder in het gezicht van Hasan, in zijn warme ogen, waarin de levendige vonk altijd bleef glinsteren, in het licht en in het halfduister. Hij had me geleerd hoe ik als kampioen uit elke strijd tevoorschijn kon komen. Hij deed aan karate en had me, naast een paar zelfverdedigingstechnieken, een paar trucjes geleerd die straatjongens toepassen wanneer ze worden uitgedaagd. Het was niet meer haar hand maar Hasans hand die mijn keel in een stevige greep hield en het was zijn medelevende stem die me vroeg om mijn nagels in de slagader van zijn pols te zetten, de nagel van mijn duim om precies te zijn, terwijl ik mijn andere vingers om zijn pols moest klemmen zodat die tegen mijn duim zou drukken. Met alle kracht die ik bezat moest ik mijn nagel in de ader duwen, zelfs al moest ik daarvoor alle energie die ik in me had gebruiken. Ik bevond me in een crisissituatie, zei hij, en mijn kansen om eruit te komen waren bepaald niet groot. Elke verslapping zou mijn dood betekenen. Elke vertraagde reactie, elke aarzeling, zou mijn dood tot gevolg hebben. Zulke situaties vereisen geen moed, zoals vaak wordt gedacht. Ze vereisen het instinct waarmee katten hun jongen opeten en kameleons van kleur veranderen. Het is het primitieve deel van de mens dat nog niet door de beschaving is vernietigd.

Als ik snel en zonder aarzeling zou bewegen, als ik mijn vingers bij het polsgewricht in de slagader zou planten, zou ik de bloedtoevoer naar de hele hand afsnijden. De hand zou verdoofd raken en de vingers zouden verslappen en hun greep op mij verliezen. Maar als ik zou aarzelen – al was het maar vijftien seconden, de tijd die mijn lichaam nog had voordat het zou bezwijken – zou ik het benauwd krijgen. Mijn greep zou zo verslappen dat ik tot niets meer in staat zou zijn. Ik zou alleen nog het sprankje lucht voelen dat zich met moeite van onder mijn sleutelbeen naar buiten zou persen. Zonder lucht zouden mijn slapen opzwellen en mijn ogen zouden van benauwdheid uit hun kassen gaan puilen. Ten slotte zou mijn leven uitdoven en ik zou daar elke seconde van voelen.

Ik weet zeker dat ik haar een paar keer iets als 'hoer' heb horen zeggen. Ik weet zeker dat ik haar heb horen huilen. Ik weet ook zeker dat het alles bij elkaar twintig minuten heeft geduurd, maar waar ik volkomen zeker van ben is dat ik nergens zeker van ben. Er is een gebied in mijn hoofd, in mijn geheugen, dat op dat moment begon te haperen en de dingen niet langer registreerde, zodat het op een later tijdstip geen poging zou hoeven ondernemen om alles uit te wissen. Mijn geest glipte in de asgrijze schuilhoeken aan de randen van de vergetelheid waar ik me niets hoefde te herinneren, waar alles me voorkwam als een bijzonder smakeloze grap.

Als een slaapwandelaar die plotseling wakker wordt, hield ze even op. Ze trok zich een stukje terug, zuchtte diep en rolde toen ineens van me af, alsof ze door een insect was gestoken. Ze ging naast me zitten en ik voelde hoe de lucht om haar heen instortte, net zoals zijzelf. Ze was zo van de kaart dat ze helemaal vergat om te ademen. Langzaam maakte ze mijn handen los en haalde ze de blinddoek van mijn ogen.

Ik keek om me heen om te zien of ik iets kon vinden waarmee ik me kon bedekken. Ik trok het bovenlaken van haar bed en wikkelde het om me heen. Ik stond op om naar de badkamer te gaan en deed de deur op slot, vast van plan om daar te blijven totdat ik weer vaste grond onder mijn voeten had. Mijn geest was een angstaanjagend zwart gat en mijn gelaatstrekken waren weggevaagd. Terug in de slaapkamer kwam ik tot de ontdekking dat ze al mijn kleren had verscheurd, zelfs de kledingstukken die niet meer dan twee handen nodig hadden om ze uit te trekken. Ik trok haar kast open en pakte er lukraak iets uit. Het was het laatste wat ik op dat moment wilde: iets aantrekken wat haar lichaam had aangeraakt, maar ik was gedwongen om dat juist vanwege die aanrakingen aan te trekken.

Ik kon niet geloven dat de rode vloeistof die in kleine druppels uit mijn lippen en uit verschillende plekken van mijn lichaam opwelde, werkelijk bloed was. Ik kon ook niet geloven dat vloeistof die zo licht is als water zo veel pijn kon toebrengen aan een lichaam waarvan de huid met kneuzingen was overdekt. Mijn lichaamsdelen leken niets meer met elkaar te maken te hebben, misvormd als ze waren door ontsierende regenbogen in vloekende kleuren, door vlekken die in elkaar overvloeiden. En hoewel ik altijd had gedacht dat ik mijn linkerhand niet nodig had in het dagelijks leven, kwam ik nu tot de ontdekking dat ik bij het aankleden niet zonder kon. Details die me eerder niet waren opgevallen: het dichtritsen van Dais broek, het vastmaken van haar beha, handen die in de mouwen van een blouse gestoken moesten worden.

Ik liep terug naar de slaapkamer. Ik raapte haar kleren bij elkaar en legde ze naast haar neer. Mechanisch begon ik de kamer op te ruimen. Ik legde alles terug op zijn plek en maakte het bed op. Eerst volgde ze me alleen met haar ogen, toen met haar adem en ten slotte met haar hele lichaam. Ze ging op de rand van het bed zitten en greep mijn hand. Vaardig wist ik aan haar te ontkomen, en een tweede keer ook. Toen pakte ik haar kleren weer op en legde ze naast haar neer. Ik stond op het punt om de pijn in mijn pols te verbijten en haar in haar kleren te helpen toen ze haar armen om me heen sloeg, haar hoofd tegen mijn buik legde en begon te huilen. De tranen stroomden uit haar ogen zonder dat ze haar wangen raakten, alsof ze de zwaartekracht hadden overwonnen. Ze sprongen naar voren en drongen in de stof van mijn blouse, waardoor mijn buik vochtig werd. Ik was een zwijgend schilderij, een geheugen zonder inhoud, een zwijgende muur – alles wat maar geen soelaas hoefde te bieden in de vorm van mildheid, troost, begrip, verdriet of zelfs mededogen.

Toen ze zich had aangekleed, ging ik alleen naar buiten via de achtertrap, die ik meestal gebruik om weg te gaan wanneer onze ontmoeting in een ruzie of iets ergers is geëindigd. Ik ging weg en keerde niet weer terug.

Ik blijf drie dagen weg van de universiteit. Het semester loopt ten einde en de presentielijsten worden aan het einde van deze maand weggehaald. Sinds mijn aanval ben ik zo vaak absent geweest, dat het niet meer uitmaakt of ik nog een paar keer spijbel.

Op de universiteit voel ik hoe haar donkere schaduw altijd en overal over mijn schaduw valt en de mijne uitwist. Ik voel haar schroeiende blikken in mijn rug, ik voel hoe ze op een angstaanjagende manier onder mijn huid kruipen. Wanneer ik me omdraai weet ik dat ik het me niet heb ingebeeld: ik zie hoe ze zich half verbergt in een duistere nis; zonder met haar ogen te knipperen staart ze in mijn richting en uit haar ogen straalt een ijzingwekkend, ondraaglijk verdriet.

Een 1-aprilgrap is het. De draden van de leugens zijn in elkaar verknoopt geraakt, waardoor ze te kort zijn geworden en zich hebben verraden. Ooit is ze uit het niets verschenen. Nu open ik een deur in de muur om haar naar datzelfde niets terug te sturen.

Ik ontdoe me van haar. Ik ga niet naar Mohammeds kamer, maar keer terug naar de mijne. Ik ben niet meer bang dat mijn kamer vies wordt. Ik verwijder haar naam uit de contactpersonen in mijn mobieltje en uit alle chatlijsten. Ook haar mailadres verwijder ik en ik verscheur de handgeschreven brieven die ze van tijd tot tijd in mijn kluisje legde. Haar cadeautjes komen in de prullenbak terecht, met uitzondering van het laatste: een kussentje in de vorm van een rood hart waarop in het midden *I LOVE YOU* staat geschreven. Iemand moet dit in mijn gezicht schreeuwen, met grote, dikke letters. Ik heb behoefte aan één geheugendraadje dat sterk blijft en niet afbreekt, ik heb behoefte aan iets alledaags wat me eraan herinnert dat ik nooit de ogen moet sluiten voor mijn eerste indrukken, dat ik de profetische gaven van mijn hart niet mag negeren.

Het vreemde is dat ik ons lichamelijk samenzijn niet mis. Ik herinner me wat ze over honger heeft gezegd, maar heb niet het gevoel dat mijn lichaam hunkert naar wat er ooit is geweest. Ik mis juist de kleine dingen, die nooit opvielen in de warwinkel en de chaos van indrukken: mijn vingers in de kuiltjes van haar wangen, haar glimlach die maakte dat de kuiltjes nog dieper werden, haar verdriet, haar ontdane gezicht wanneer ze verdrietig was. Nooit zullen we weer naast elkaar liggen, ik op mijn rug en zij op haar buik, terwijl we naar elkaar kijken in een wereld waarin wij de enige mensen zijn. Ik mis haar stem. Het meeste mis ik nog haar schorre stem wanneer ze wakker wordt. Ik mis het 'godallemachtig', dat ze zo vol verbijstering kan uitspreken. Ik mis hoe ze al kletsend met de mouw van mijn blouse speelt, ik mis haar wijsvinger in mijn mond, ik mis hoe ze haar neus in mijn elleboog duwt en mijn geur opsnuift. Maar de intimiteit van onze lichamen mis ik niet. Erger nog, ik mis alleen de dingen die we niet samen hebben gedaan, alles wat we hadden kunnen doen en zijn vergeten of hebben uitgesteld. We hebben veel te veel dingen uit onze handen laten glippen en de tijd laten beslissen, en nu heeft de tijd zijn handen van ons afgetrokken.

Een week, tien dagen, twee weken. De tijd heeft geen betekenis meer. Op het moment waarop mijn gekneusde polsen genezen zijn en de donkere plekken op mijn huid zijn verdwenen, bedelf ik haar onder volledige vergetelheid. En mensen die worden vergeten, vergaat het als de doden: ze keren nooit weer terug.

‘No door should be opened before
the previous one has been closed.’

The Others

16

Deze keer luidt mijn profetie anders: ik weet dat ik een deur zal openen die naar de hel leidt en dat ik die pas weer zal sluiten wanneer alle kou uit me is weggetrokken. Mijn dwaasheden zullen hun bedwelmende sporen nalaten en op het ritme van mijn misstappen zal ik wegdoezelen, niet gehinderd door enige vorm van angst. Ik ben zo bang dat ik het nauwelijks kan verdragen. Tegen mijn behoefte aan veiligheid in val ik vaak terug op dezelfde oude persoon, aangezien die me al eerder naar de uiterste grenzen van mijn veerkracht en mijn vermogen om te ontsnappen heeft gedreven. Dit betekent dat ik mezelf behandel met mijn eigen kwaal: ik dompel me onder in datgene waarvoor ik de grootste angst koester. In plaats van weg te vluchten en bescherming te zoeken achter een stevig pantser, om zo de anderen op afstand te houden en alle redenen van hun aanwezigheid in mijn leven te ontzenuwen, doe ik het omgekeerde: ik laat mijn deur op een kier staan in afwachting van wat komen gaat, zonder me erom te bekommeren of het de gloed van het gif is of het pure, frisse water van het paradijs.

Ik krijg een telefoontje van Darein. Het is ons vierde of vijfde telefoongesprek sinds we elkaar in het buitenhuis hebben ontmoet. In totaal hebben we zo'n tien uur met elkaar door de telefoon gepraat. Ik heb laten doorschemeren dat ik haar erg waardeer, maar dat ik me niet wil laten meesleuren in de mallemolen van gedeelde, open en multilaterale relaties, of hoe ze verder ook mogen heten in die wereld van uitdrukkingen die ik me nog steeds niet heb eigen gemaakt. Grootmoedig heeft ze mijn vage suggestie aanvaard om er geen ruzie over te maken maar om de beslissing over te laten aan de tijd.

Nu vraagt ze of we elkaar ergens kunnen ontmoeten. Haar stem klinkt verdacht voorzichtig, alsof ze me wil laten weten dat ze op de hoogte is van wat er onlangs is gebeurd. Ik zeg dat ik het goedvind, als ze er maar niet te veel van verwacht. Ik voel me zo lusteloos en moe, en in mijn hoofd klinkt een onophoudelijk rumoer. Elke nacht droom ik dat ik in een bodemloze diepte val. Mijn stem moet mijn toestand verraden, dat kan bijna niet anders. Wanneer ze zegt dat ze helemaal niets verwacht, geloof ik haar.

Ik ga naar haar toe. Ik word niet gedreven door lichamelijke onrust of nachtelijke verlangens en ik ben ook niet op zoek naar troost of vergetelheid. Die dingen kan ik heel goed zelf oplossen. Ik ben de laatste die weet waarom ik haar bezoek, als er al een reden voor is.

Ik kan niet zeggen dat ze ongewoon discreet is – dat straalt ze altijd uit, voorzover ik haar ken – maar ze gedraagt zich ingehouden. Zodra ze zich naar me toe buigt herstelt ze zich en gaat weer rechtop zitten, en zodra het gesprek een persoonlijke wending neemt dempt ze haar stem. Naar het schijnt hebben de muren van de gastenkamer in haar huis oren en ogen die haar heimelijk in de gaten houden en tot de orde roepen – dat is althans de indruk die haar gedrag bij me wekt.

Twee volle uren praten we met elkaar. We hebben het over van alles en nog wat. Veel belangrijker dan de onderwerpen die we aansnijden is het plezier dat we aan het gesprek beleven. De tijd gaat voorbij zonder dat we er erg in hebben. Ze laat me op de eerste rij van haar bioscoopzaal zitten en trekt met haar woorden een breed scherm voor me op. Haar verhalen zijn fascinerend en betoverend. Ik ben verbluft over het gemak waarmee ze de dingen beschrijft, waarmee ze over onopvallende details praat, hoe ze ze onder een sterke lamp ontleedt. Van de ene film herinnert ze zich de trappen, van de andere twee slotzinnen, van weer een andere de stereotiepe uitdrukkingen van een of andere filmster of een scène die uit niet meer dan enkele voetstappen op een nat trottoir bestaat, en uit een zwarte regenjas.

Ik herinner me hoe ze dieper ingaat op de film *Chocolat*, hoe ze over de inzet van symbolen praat, over de betekenis van chocolade en as in de film, over de rol van de zigeuner in de plot, hoe politiek de religie in haar greep houdt en hoe religie en politiek samen de maatschappij beheersen, in welke bewoordingen de film is ontvangen en op twijfelachtige manieren met andere films is vergeleken. Ik ben iemand die scènes als hapklare brokken doorslikt, het is nooit in me opgekomen dat er betekenissen zouden kunnen bestaan die zich achter de doorschijnende gordijnen van de film verbergen en die, volgens Darein, alleen een hand nodig hebben die de gordijnen opzij schuift, om daarmee alles zichtbaar te maken.

Haar enige probleem – als je het al als een probleem kunt zien – is dat de dingen die ze op haar filmscherm laat zien zo wonderbaarlijk zijn dat je niet eens hoeft te proberen ze over te brengen of ze tot een linguïstisch systeem van woorden en betekenissen te herleiden. Het zou even onmogelijk als dwaas zijn om dat te proberen. Het zou alleen maar een vervorming van het beeld opleveren. Met haar heel eigen manier van praten brengt ze perfecte, volwassen beelden tot leven. Proberen te praten over iets wat perfect en uitgebalanceerd is, is niet meer dan nutteloze tijdverspilling.

Wanneer ik afscheid van haar neem kust ze me op mijn wang. Ondertussen drukt ze een briefje in mijn handen. ‘Zie ik je gauw? Beloof je dat?’ Ze geeft een kneepje in mijn hand.

‘Absoluut’, zeg ik, zonder te weten of het een spontane reactie is die verder geen enkele waarde heeft of dat het een behoefte is die recht uit mijn hart komt.

Op de terugweg vouw ik haar brief open. Ik lees:

Mijn hart kookt over. Ik weet niet wat er is gebeurd. Ik hoef de details ook niet te weten, tenzij jij erop bent gebrand om ze te onthullen, want dan ben ik uiteraard een en al oor. Wat ik wil zeggen is: Ik hou van je.

Ik verlang niet van je dat je mijn liefde zult beantwoorden. En misschien vraag je je af: hoe kon dit zo snel gebeuren? Ik zou het niet kunnen uitleggen.

Blijf bij me, en ik zal je nooit verlaten. Ik zal je niet tot last zijn en je zult altijd voldaan zijn. Ik zal je ook niet binden. Het staat je op ieder moment vrij om weg te gaan. Geef me een kans, dat is alles waar ik om vraag.

Laat gauw iets van je horen. Ik wil dat we bij elkaar zijn. Ik schenk je mijn liefde.

Dat is alles. Ik kan geen beslissing voor je nemen. Hoe je besluit ook zal uitvallen, ik respecteer het bij voorbaat en zal ernaar handelen. Als ik het echter in de hand had, zou ik vanavond nog op de lei van je lotsbestemming die voor elk mens in de hemel wordt bewaard, schrijven dat je contact met me moet opnemen. Dat je ‘ja’ zegt. Of niets, dat mag ook. Ook zonder woorden zal ik je begrijpen.

Ik hou van je.

Twee dagen later ligt ze in mijn slaapkamer. Ik was aan zet om haar te bellen maar ik wist niet in welke bewoordingen ik haar brief moest beantwoorden, dus koos ik ervoor om simpelweg een afspraak met haar te maken, waarbij ik het aan haar liet om het tijdstip te bepalen.

‘Zo gauw mogelijk’, zei ze. ‘Nu, bijvoorbeeld.’

Wanneer we klaar zijn begint ze me lukraak te kussen,

dan legt ze haar hoofd op mijn borst. Haar ademt strijkt langs mijn huid. 'Dank je.'

'Waarvoor?'

'Omdat je me zo teder hebt aangeraakt.'

'Je hoeft me niet te bedanken. Ik geef je alleen terug wat ik krijg.'

Met de toppen van haar vingers sluit ze mijn ogen. Ze leunt over me heen, doet de schemerlamp aan en pakt haar tas die naast het bed staat. Ze begint er iets in te zoeken. Dan komt ze weer naast me liggen, slaat het laken over haar borst en trekt het strak onder haar armen. 'Je mag ze weer opendoen.'

In haar geopende portefeuille zie ik de foto van een meisje. Darein bestudeert haar met iets wat lijkt op onverwerkt verdriet. 'Dit is mijn lammetje, Nadia.'

'Nadia?'

'Ja. Nadia.'

'Vertel wat over haar.'

'In de puberteit werden we vriendinnen. Ik zat niet lekker in mijn vel. Ik had een hekel aan mezelf, mijn familie en de wereld. Zij was de enige die mijn vriendin wilde blijven. Voordat ik haar kende spijbelde ik soms een of twee dagen per week. Omdat ik het daarna geen dag meer zonder haar kon uithouden, bracht ik weer wat discipline in mijn studie en het zag ernaar uit dat ik met een klap bij zinnen was gekomen. Niet dat mijn problemen opeens voorbij waren. Ik was nog steeds gestrest en ik had onverklaarbare huilbuien, maar ze schonk me iets helders, iets wat me waardevol maakte. Ze was mijn enige vriendin en dat bleef ze, en dat terwijl ik met iedereen ruziemaakte, waardoor de anderen afstand van haar namen.'

'Ga door.'

'In die tijd was Nadia de enige vriendin die ik mocht bezoeken wanneer ik wilde. Soms hoefde ik niet eens toestemming te vragen aan mijn ouders. Omdat ze verre familie van ons was en we in dezelfde klas zaten, ging ik bijna elke dag naar haar toe en bracht ik veel tijd met haar door. We maakten ons huiswerk samen, keken samen televisie en speelden op het dak. Haar broer woonde door de week op de campus van de universiteit, waar hij petrochemie en mijnbouw studeerde. In zijn kamer vonden we een plek waar we ons konden vermaken, waar geheimen waren om te ontraadselen en kleine dingen om mee te spelen. Op een dag vonden we een sleutel die hij had verstopt. Het was de reservesleutel van een lade die hij altijd gesloten hield omdat wij zo nieuwsgierig waren. Wat waren we teleurgesteld toen we alleen een paar videobanden zagen liggen. Maar toen we er een bekeken, ontdekten we het geheim. Het waren pornofilms. Vervuld van schaamte kropen we allebei in een hoekje, om met afgewend gezicht naar het scherm te gluren. De opwinding en het verlangen om erachter te komen wat zich op het scherm afspeelde, brachten ons ertoe de banden een voor een te bekijken. Steeds opnieuw werd de voorraad aangevuld met nieuwe banden. Het werd een gewoonte om overdag naar die films te kijken. Zodra Nadia's moeder 's middags het huis verliet wanneer haar vader was gaan slapen, zetten we de videorecorder aan. Om niet te worden betrapt zorgden we ervoor dat de film elke keer werd teruggespoeld naar waar hij stond toen we hem in de videorecorder schoven.'

'Wat gebeurde er toen?'

'Dat hebben we een aantal keren gedaan. Maar toen werden we bang. Stel dat we zouden worden gesnapt? Stel dat haar ouders het verdacht zouden vinden dat we ons opsloten in de kamer van haar broer? Daarom begonnen we voorzorgsmaatregelen te treffen. Ze ontving me in de woonkamer van haar huis, nadat ze eerst een van de films had verstopt. We deden de deur van de woonkamer op slot met de smoes dat haar broers altijd zonder kloppen binnenstormden en dat het niet gepast was dat ze mijn onbedekte gezicht zagen. De laatste keer, ik bedoel in de laatste film die we samen zagen – een film van Bruce Willis – zat een korte scène van twee vrouwen die elkaar kusten. Daarna probeerde de ene vrouw de andere uit te kleden. Dat was alles. Het was een snelle, simpele scène. Er kwam niet eens een volledig naakte vrouw in voor.' Ze draait zich naar me toe. 'Kun je het licht uitdoen?'

Ik doe het licht uit. Ze legt haar hoofd op mijn schouder. De duisternis is nog een gemeenschappelijke factor in al mijn verhalen.

Ze zucht. Dan gaat ze verder: 'Wij kusten elkaar ook. Ik weet niet wie ermee begon. Ik weet ook niet hoe die korte flits ons zo heeft kunnen prikkelen. Zou het echt daardoor zijn gekomen?'

'Voelde je walging?'

'Nee. Geen walging.'

'Voelde je helemaal geen tegenzin?'

'Juist niet. Ik was in de wolken. Mijn hart bonsde als een razende en ik voelde ... Ik heb eigenlijk geen idee wat ik voelde. Misschien iets van duizeligheid. Misschien was het liefde. Misschien had ik het gevoel dat ik ineens een vrouw was geworden. Er gebeurde iets vreemds op dat moment, alsof mijn leven op het punt waar ik was gekomen honderdtachtig graden was gedraaid. Zelfs mijn cellen waren niet meer dezelfde. Het was alsof ik me op die kus had voorbereid, alsof hij altijd al ergens op een geheime plek had gelegen. Alsof ... Alsof ik dit eerder had meegemaakt, in een vorig leven en ...'

'En wat?'

'We wisten niet wat we aanrichtten. Wat betekent zo'n onvoorstelbare explosie in je lichaam? Wat moesten we denken van de onzekere blikken die we op elkaars lichaam wierpen? Wat te denken van onze vingers, die zich steeds meer verstrengelden naarmate we sneller gingen ademen? We hadden geen idee. Maar we gingen steeds verder. In het begin waren we voorzichtig, maar toen haar laatste zus was getrouwd en zij de slaapkamer voor zich alleen had lieten we ons helemaal gaan. Elke stap leidde naar een volgende. Het was het mooiste wat ooit in mijn leven was gebeurd, het mooiste wat ooit zou kunnen gebeuren. Nog steeds ruik ik haar geur wanneer ik mijn ogen sluit. Ik strijk haar bruine haarlokken uit haar ogen en fluister dat ik zo veel van haar hou dat ik voor haar zou willen sterven.'

'Waarom zijn jullie uit elkaar gegaan?'

'Mijn verloving. Aanvankelijk wees ik het aanzoek af. Ik zei tegen Nadia dat ik niemand anders nodig had zolang zij bij me was. "Maar ik kan je geen kinderen schenken", zei ze. "Of wil je geen voetbalelftal?" Zij was het die me overhaalde. "Het leven bestaat uit kansen", zei ze. "Een kans die je laat lopen, komt nooit weer terug." Bovendien stamde mijn aanstaande uit een goede familie en had hij een goed karakter en nog betere manieren. Hij werkte bij een respectabele bank voor een maandsalaris met vier nullen en bracht de zomers door in groene gebieden waar ik nog nooit een voet had gezet. Het was niet niks wat hij me te bieden had, zei ze. Hij kon me zo veel geven. En meer van dat soort woorden. Ik denk weleens dat ik heb ingestemd omdat zij zo aandrong, om haar een plezier te doen, meer niet.

En zo trouwde ik volgens het boekje: met een huwelijkscontract, een bruidsgave, een feest, een jurk, trommels en een grote zaal. En er waren Ali's vingers die de dure ketting om mijn hals vastmaakten, zijn handen die de ring om mijn vingers schoven, zijn handen die een horloge en een serie armbanden om mijn pols schoven, zijn handen die me taart voerden, zijn handen die het vruchtensap naar mijn lippen brachten. Al die kleine dingen hadden iets van een spelletje of een uitstapje naar een pretpark, iets knus waar ooit een einde aan zou komen. Ik voorzag niet wat ik zou moeten doorstaan, in welke val ik op dat moment liep.'

'Hield je van hem?'

'Nee. Hij was een goede man met een groot hart, maar mijn hart was bij Nadia. Nee, dat is niet waar. Ik hield van hem als mens. Het was niet gemakkelijk om helemaal niet van hem te houden. Maar als man? Nee. Vanaf de eerste dag van onze verloving begon Nadia jaloerse trekjes te vertonen. Ze werd gek wanneer hij de nacht in ons huis doorbracht en bestookte me met honderden telefoontjes. Wat was ik onnozel. Het plaatje streelde me: Nadia die van me hield, Nadia die jaloers was. Wat heerlijk! Maar haar jaloezie bond me aan handen en voeten. Haar ogen volgden me overal en ze zocht voortdurend ruzie, want ze was er altijd van overtuigd dat hij met me sliep en dat ik de waarheid voor haar verborgen hield. Mijn problemen met Nadia hadden hun weerslag op mijn relatie met Ali. Misschien wilde ik wraak op hem nemen. Ik heb hem zo getergd! Soms deed ik aardig en teder tegen hem en wilde ik niets liever dan me verontschuldigen voor wat ik hem aandeed. Andere keren kon ik om het kleinste foutje de telefoon op de haak smijten en weigeren hem te ontvangen. Hij heeft alle reden om het me nooit te vergeven.'

'Ben je bij hem weggegaan?'

'Je hoeft niet zo fijngevoelig te doen. Je mag het best hardop zeggen: we zijn gescheiden. Een paar maanden daarna liet Nadia me vallen als een baksteen. Alles had zo ideaal geleken, het was helemaal volgens plan gegaan. We woonden in dezelfde kamer in dezelfde flat, we sliepen onder één laken op twee bedden die we tegen elkaar aan hadden geschoven. We woonden in Riyad. Zij studeerde sociologie en ik kunstzinnige vorming. We waren net aan het vierde jaar begonnen. Thuis klitten we dag en nacht aan elkaar en op de universiteit ontmoetten we elkaar zodra het mogelijk was. Alles was perfect. Maar toen ik eenmaal verloofd was begon ze te veranderen. Wanneer ik haar op de universiteit tegen het lijf liep, beweerde ze dat ze naar het volgende college moest en ging ze er snel vandoor. Wanneer ik haar tussen de colleges door belde deed ze alsof ze het niet hoorde. Thuis ging ze me uit de weg. Op een keer beweerde ze dat ik 's nachts het laken van haar had weggetrokken. Ze kwam met een ander laken aanzetten en na verloop van tijd deelden we ook het bed niet meer. De genadeslag kwam toen ze besloot om van studie te veranderen. Zomaar uit het niets meldde ze zich aan bij de landbouwfaculteit van Al-Malazz. Nooit had ik met zoiets rekening gehouden. Al even onverwacht besloot ze om andere woonruimte te gaan zoeken. Ze klaagde over ons appartement en mopperde dat we in een gevangenis woonden, in een koeienstal, een konijnenhol, een kippenhok. Het was geen plek om in te wonen, zei ze. Ze hield het niet uit, met die ramen die altijd gesloten waren. Als er geen gaten in de houten luiken hadden gezeten, hadden we niet eens geweten dat daarbuiten nog een wereld was – dat de zon scheen en dat er straten en mensen bestonden. Ze had trouwens meer dan genoeg van de scherpe tong van de conciërge en de slechte manieren van de chauffeurs. Dat waren de enige argumenten die ze had. Maar ze kreeg het zoals ze het wilde. Mijn moeder wilde er niet van horen dat ik zou verhuizen naar een plek waar een open regime heerste en waar als enige regel gold dat ik 's avonds tegen elven thuis moest zijn. Hoewel ik officieel verloofd was, was ik nog niet van haar verlost.

Het daaropvolgende semester was Nadia verdwenen, samen met Hanaan, een flatgenote van ons. Ik hoefde niet veel roddels te horen om te weten naar welke flat ze was verhuisd en wie haar kamergenote was. En hoewel ik het uit alle macht ontkende, zelfs voor mezelf, wist ik wat Nadia van Hanaan wilde. De enige reden waarom ze naar Hanaans vakgroep was overgestapt en was verhuisd, was om dichter bij haar te kunnen zijn, dat wist ik zeker.

Ik ontkende niet alleen dat Nadia zich van me aan het losmaken was omdat ze verliefd was geworden op een andere vrouw, maar ik wilde ook niet onder ogen zien dat ze kennelijk afstand had gedaan van haar overtuigingen. Ze had namelijk altijd gezegd dat ze in geen geval de eerste ervaring van een meisje wilde zijn. Eén blik volstond om te weten dat Hanaan volkomen onervaren was, dat ze nog niet eens was begonnen met leven. Maar Nadia was vastbesloten om haar in bed te krijgen. Ik weet niet of ze ooit in haar poging is geslaagd. Wel heb ik me laten vertellen dat ze zich een jaar later bij de landbouwfaculteit heeft laten uitschrijven en naar het Instituut voor Management is overgestapt. Dat zou ze niet hebben gedaan als haar relatie met Hanaan goed was gebleven. Misschien zat ze achter een ander meisje aan en probeerde ze haar op die manier voor zich te winnen. Ik voelde me verraden. Eerst had ze me in deze situatie gebracht, nu liet ze me in de steek. Ik zat vol rancune. Haar vertrek was niet alleen een schok, maar maakte me ook bang. Ik werd depressief en barstte om het minste of geringste in tranen uit. Ali steunde me door dik en dun. Altijd wanneer ik hem nodig had kon ik bij hem terecht. Ik huilde vaak in zijn armen. “Als je niet van me houdt,” zei hij, “als ik je niet beval of als iemand je dwingt om met mij te trouwen, ontsla ik je van elke verplichting. Ik zal je loslaten, als dat is wat jij wilt.” Toen hij dat zei begon ik nog harder te huilen. Ik klemde me aan hem vast. “Ik hou van je”, zei ik. “Ik hou van je, laat me alsjeblieft niet in de steek.”

Ik verzoende me volledig met het idee dat ik met hem zou trouwen. Ik vond het zelfs een goed idee. Ik begon hem liefdevol te behandelen en sloot hem in mijn hart. Kortom, ik begon om hem te geven. In die tijd ontstond ons eerste fysieke contact. We gaven elkaar kleine kusjes. Ik deed mijn ogen dicht, zodat ik de walging niet hoefde te voelen.'

'Wat maakte dat je ging walgen?'

'Ali.'

'Ali?'

'Ja. Misschien denk je dat hij geen goede man was of dat hij lelijk was en niemand anders kon krijgen. Het tegendeel is waar. Elk ander meisje zou ervan dromen om door deze man te worden bemind, om hem haar lichaam en haar leven te kunnen schenken, om al haar dagen te mogen wijden aan de plek waar hij zijn voeten zette. Elk meisje, maar ik niet. Ik was niet geschapen voor een mannenlichaam. Ik walgde ervan. Hij dacht dat ik, wanneer ik mijn ogen sloot, aangaf dat ik genoot van de dingen die hij met me deed. Wanneer ik probeerde mee te gaan in zijn genot en zelf ook te genieten van zijn lichaam, werd mijn misselijkheid alleen maar sterker. Op een keer duwde ik hem vol weerzin van me af. Ik rende naar de badkamer, waar ik bijna moest overgeven. Ik schaamde me voor mezelf maar ook voor hem, omdat ik hem zo had vernederd. Hij verdiende de rotstreken die ik hem had geleverd niet en dus vroeg ik hem om een echtscheiding. Het kan niet anders dan dat ik het prachtige wezen heb verminkt dat voor ons huwelijk in zijn hart had geleefd. Alle hoop die hij op ons huwelijk had gevestigd, heb ik in de knop gebroken. Ik bood hem mijn verontschuldigingen aan. Als ik iets anders had kunnen doen, had ik het gedaan. Ik dacht er zelfs over om hem in te lichten over mijn relatie met Nadia en mijn lichamelijke verlangens, maar ik was bang. Ik wilde het beeld dat hij van me had niet nog meer verstoren dan ik al had gedaan.'

'Zijn jullie zonder problemen uit elkaar gegaan?'

'Mijn familie was ertegen. Zijn familie ook. Ze probeerden ons met elkaar te verzoenen, maar we bleven zwijgen. We hadden afgesproken dat we niemand zouden vertellen wat er tussen ons was gebeurd. Uiteindelijk heeft iedereen zich erbij neergelegd en zijn we gescheiden.'

'Heb je niet geprobeerd Nadia terug te krijgen?'

'Jawel, maar dat leverde niets op. In die tijd kwam ze nog maar één keer per maand naar Al-Qatif. Ze beantwoordde mijn telefoontjes niet. Van vriendinnen hoorde ik hoe het met haar ging en hoe ze was veranderd. Ze was volkomen de weg kwijt. Zodra ze de ene relatie had beëindigd stortte ze zich in de volgende, die nog erger was. Zo dwaas en bandeloos, zo chaotisch – dat was niet de Nadia die ik kende. Ik probeerde onze relatie weer op te pakken en deed mijn best om haar tenminste bewust te maken van waar ze mee bezig was. Ik probeerde haar te laten zien hoe doelloos zo'n leventje was en hoe ze haar leven vergooide, maar ze wees me af en dompelde zich op een weerzinwekkende manier onder in haar liefdesavonturen. Ze was zo hard tegen me dat ik van binnen bevroor. Soms had ik het gevoel dat ik haar haatte. Zij was toch de oorzaak van wat er was gebeurd? Welk recht had ze om nu met me te breken, alsof ik de misdadigster was in het geheel? Ten slotte moest ik wel tot de slotsom komen dat het geen zin had, dat dit het was wat er van onze relatie was geworden.'

'Hebben jullie daarna geen contact meer gehad?'

'We zagen elkaar alleen nog op familiefeestjes, waar ik alleen stiekem naar haar kon kijken of een oppervlakkig gesprekje met haar kon aanknopen. Ik was wanhopiger dan ooit tevoren en voelde me een dwaas omdat ik mezelf voor haar opofferde. In die tijd had ik nog steeds het gevoel dat ik Nadia ontrouw was met elke gedachte aan de aanraking door een ander. Kun je je dan voorstellen dat ik het echt zou doen? Toch wilde ik wraak op haar nemen. Ik wilde het zo graag dat ik tegenover gemeenschappelijke vriendinnen deed alsof ik nieuwe relaties had, zodat ze mijn leugens aan haar zouden doorbrieven en haar jaloezie zou worden gewekt. Op momenten van zwakte en vermoeidheid dacht ik vaak dat ik via mijn lichaam wraak op haar moest nemen, om het haar op die manier dubbel betaald te zetten, en net als zij een ravage in mijn lichaam aan moest richten door de ene relatie na de andere aan te gaan, maar al snel besefte ik dat ik daardoor alleen maar nog dieper zou vallen. Zo ging het een jaar door, of misschien wel langer. Toen zag ik in dat ik verder moest gaan met mijn leven. Het had geen zin om te wachten op dingen die toch niet kwamen.'

'Wat deed je toen?'

'Niets bijzonders. Niets kon me werkelijk boeien. Ik had twee relaties. Nee, drie. Ik kwam altijd bij dezelfde types uit. Ik weet niet hoe ik het moet uitleggen.'

'Probeer het eens.'

'Types die tot op zekere hoogte beschikbaar zijn, die iets te geven hebben, die ruimte hebben in hun leven en hun hart. Ik was vastbesloten om niet verstrikt te raken in een echte relatie of dieper te gaan dan alleen de oppervlakte. Geen consequenties, zelfs geen tijdelijke bezitsdrang. Ik voelde me licht, ik was niemand iets verschuldigd. Maar ik was ook bang. De gedachte dat ik zou terugkeren naar het labyrint van de liefde benauwde me en ik stond doodsangsten uit omdat ze me opnieuw in de steek konden laten, net zoals Nadia had gedaan. Mijn eerste relatie sinds Nadia eindigde al na een paar dagen, omdat ik me zo schuldig voelde. Met de andere relaties was het niet veel beter gesteld. In allerijl doofde ik zelf de brand, voordat er een tegenwind kon opsteken die het vuur zou doven en mij alleen zou achterlaten.'

'Ben ik ook zo iemand die "tot op zekere hoogte beschikbaar" is?'

'Ik weet het niet. Toen ik je zag, wist ik op de een of andere manier dat jij en Dai ...'

'Wat wist je?'

'Ik zag dat je naar haar keek, maar je keek haar niet in

de ogen. Jullie blikken ontmoetten elkaar maar kort. Je ontweek haar op een heel beleefde manier. Het was nauwelijks merkbaar, maar ik ben er goed in om kleine signalen op te vangen en te herkennen. Ik wist dat je niet lang aan haar zou blijven vastzitten. Iets in jou was vrij en ongebonden.'

'Hoe wist je dat ik aan haar vastzat?

'Ik ken Dai. Iedereen kent haar.'

'Als je haar kent, hoe kwam je er die dag dan toe om mij te kussen?'

'Je zou kunnen zeggen dat het een tamelijk achterbakse actie was.'

'Dat begrijp ik niet.'

'Uit de show die ze ervan maakte, uit haar grootspraak, kon ik opmaken dat jij niet uit hetzelfde hout was gesneden als zij. Ik wilde je helpen om je van haar los te maken, al was het maar door je tot ontrouw te verleiden. Ze zou nooit toestaan dat iemand de hand zou leggen op "haar bezit". Het kon twee kanten opgaan: ze zou niet langer in je geïnteresseerd zijn en je verlaten, of ze zou radeloos worden.'

'En dan?'

'Dan zou ze je naar de bodem van haar hel duwen. Je zou niet langer bij haar willen blijven. Is dit te pijnlijk voor je?'

'Dat geeft niet.'

'Ik wil het zeker weten. Ik ben zo dom in dit soort dingen, ik had het je niet moeten vertellen.'

'Het is echt niet belangrijk, geloof me. En jij? Hou jij nog steeds van Nadia?'

'"Houden van" is te zwak uitgedrukt. Om eerlijk te zijn is mijn hart zo van Nadia vervuld dat er geen plaats is voor een ander.'

'Stel dat ze terugkomt?'

'Daar wil ik niet eens aan denken. Dat is te pijnlijk.'

'Zou je haar terugnemen?'

'Tot in mijn laatste gebed zal ik bidden dat ze terugkeert.

Ga je me nu nog vragen of ik haar terug zou nemen?'

'En als ze terugkomt, wat ...'

'Ze komt niet terug!'

Ik heb vaak gedacht dat een talent hebben betekent dat je je leven lang een schat bij je draagt die niemand je kan afpakken. Als volbloed tiener zag ik de wereld zo: als iets wat eeuwig zou blijven bestaan en nooit oud zou worden. Als ik nu naar Darein kijk, denk ik: dat is gewoon weer zo iemand die de dingen niet uit elkaar kan houden, die in de laatjes van haar geheugen zoekt naar een logische gedachtengang, naar een manier om haar kleine geschiedenis te ordenen. Ze blijft zoeken naar een zin die ze in de stilte zou moeten kunnen gooien, maar is er niet sterk genoeg voor. Een gewoon iemand is ze dus, zonder speciale talenten en met een zwak verhaal. Dat iemand getalenteerd is hoeft nog niet te betekenen dat hij ook bijzonder is.

Soms beminnen we om de verkeerde reden. Nu met Darein bemin ik niet, en ook dat is om de verkeerde reden. Echt, Darein is zo iemand die je het gevoel geeft dat ze iedere ademtocht van het leven, elk moment van het bestaan, al Gods weldaden en alle liefde die iemand zou kunnen geven verdient. Maar ik ben nog niet klaar voor de liefde. Ik ben niet in staat om mezelf los te laten, om naar die overweldigende hoogte op te stijgen.

Ik zou het op allerlei manieren kunnen verklaren: liefde is een illusie, liefde is een staat van verstandsverbijstering, liefde is een ononderbroken staat van zijn, liefde is een labyrint zonder uitgang, liefde ... Inderdaad, ik heb tientallen manieren bedacht om niet in de liefde verstrikt te raken. Eigenlijk schuilt er maar één waarheid achter al die redeneringen: angst, dat oude aftreksel van bijtend zuur dat diepe krassen in mijn hart etst. Liefde doet pijn en alle woorden die er een paar mee zouden kunnen vormen, mogen dan evenwijdig aan de liefde lopen, maar ze kruisen haar lijnen nooit: liefde en verlies, liefde en verlating, liefde en afwezigheid, liefde en verdriet ... Wat ik altijd deed was dat ik alleen nog maar meer muren en stalen pantsers om me optrok en nog meer loopgraven begon aan te leggen. Het was dus moeilijk voor de liefde om alleen en ongenood binnen te komen en door het prikkeldraad heen te breken. Nooit heeft iemand me weten te bevredigen en nooit heb ik iemand de ruimte geboden om een dagelijks deel van mijn leven uit te maken. Nooit heb ik genoeg liefgehad. Vogels bezoeken geen velden waar vogelverschrikkers de dienst uitmaken.

Bij Darein heb ik genoeg rust om mijn hart op tafel te kunnen leggen, zonder dat ik bang hoef te zijn dat ze het steelt wanneer ik even niet oplet. Niet omdat ze het niet zou kunnen of willen, maar omdat ze vanaf het begin heeft begrepen dat ik een hulpeloos merrieveulen ben dat een bij voorbaat verloren race loopt, en daarom bespaart ze me veel ellende door niet op mij te wedden.

Bij haar begin ik mijn lichaam opnieuw te ontdekken. Ze verleidt me elke keer weer langzaam. Ze steekt twee kaarsen aan en fluistert zulke schaamteloze dingen in mijn oor dat ik er kippenvel van krijg. Wanneer ik haar als derde partij in de conflicten tussen mij en mijn lichaam wil betrekken, blijft ze onveranderlijk een neutrale positie innemen. Mijn lichaamsdelen krijgen namen, ze benoemt ze een voor een; zelfs mijn meest intieme delen geeft ze namen. Ook onze momenten samen krijgen van haar een eigen naam. Goedkope opmerkingen waarvan ik dacht dat ze niet bij die lieve Darein pasten, bleken me op een obscene manier op te winden. Wie heeft ooit gezegd dat schunnigheden niet opwindend kunnen zijn? Onze lichamelijke relatie is 'seksueel', niet 'je weet wel', zoals ik het tot nu toe eufemistisch heb genoemd.

We praten veel over God, onze zonden en ons libido. Vaak

gooi ik de deuren die Darein achter zich open laat staan snel weer dicht. Daarachter liggen gebieden waarin ik mezelf niet vertrouw, bang als ik ben om te vallen. Maar zij zet ze geluidloos weer open. 'Als God me zo heeft geschapen,' zegt ze, 'wat kan ik er dan aan doen?'

Op mijn beurt vraag ik: 'Hoe heeft God mij geschapen? In welke vorm? Schept God ook dingen die immoreel en ongezond zijn?'

'Er bestaan waarheden, er bestaan feiten en er bestaan vooroordelen', zegt ze vermanend. 'Die mag je niet door elkaar halen.'

Aanvankelijk kan ik haar niet goed volgen, maar dan begint het langzaam tot me door te dringen. De schellen vallen me van de ogen. 'Goed', zeg ik. 'Ik heb seks gehad met een andere vrouw. Maar ik ben niet lesbisch, mijn libido is ...' Ik kijk haar aan. Ik zie hoe ze toegeeflijk glimlacht. 'Ik bedoel niet te zeggen dat het fout is', ga ik verder. 'Als ik zo ben is dat mijn zaak en ben ik degene die een beslissing moet nemen.'

Ze begint te lachen, zie ik. 'Verontschuldig je niet voor wie en wat je bent, en ook niet voor de dingen waarin je gelooft', zegt ze. 'Je hoeft je tegenover niemand te rechtvaardigen.'

'Is het slecht wat ik nu tegen je ga zeggen? Eigenlijk verlang ik in jou naar een man die nooit zal komen.'

'Maak geen misdaad van je verlangens en je behoeftes', luidt haar antwoord.

Meestal is Nadia Dareins favoriete gespreksonderwerp. Wat is er die laatste keer voorgevallen? Waarop is onze relatie stukgelopen? En hoe? Hou ik van haar of niet? Haar uitzonderlijke vermogen om steeds opnieuw dit soort vragen uit te broeden ergert me. Ze weet niet van ophouden, uit iedere vraag ontstaan honderd nieuwe. Haar gezichtsuitdrukkingen en haar vragen suggereren dat ze een goed beeld heeft van wat er werkelijk is gebeurd, maar dat ze dat beeld steeds weer wil aanpassen aan het beeld dat ik haar te bieden heb, hoewel mijn antwoorden niet veranderen en ik haar nieuwsgierigheid met een onvruchtbaar mengsel van weinig woorden en veel obstakels blijf voeden. Ten slotte vraag ik haar op een dag: 'Heb je niet ooit tegen me gezegd dat je niet alle details hoeft te weten?'

'Dat klopt.'

'Zo gedraag je je anders niet.'

'Dat komt doordat jij de deur steeds weer wagenwijd openzet.'

'Ik?'

'Ja, jij. Zeg eens: hebben onze gesprekken over Dai en je relatie met haar je vanaf de eerste vraag die ik je stelde benauwd of niet?'

'Dat kun je wel zeggen.'

'Toch heb je me dat nooit met zo veel woorden gezegd.'

'Ik begrijp je niet.'

'Je begrijpt me best. Je mag niet van anderen verwachten dat ze zich strikt aan jouw grenzen houden als jij dat zelf niet doet.'

Ze komt niet meer op de kwestie terug. Ze moet een kristallen bol hebben die haar precies de juiste antwoorden verschaft op iedere vraag die ik stel, de perfecte zinnen om het gesprek in de richting te sturen die zij wil. Ik weet niet of dit zelfvertrouwen van haar iets is wat ze al vroeg heeft aangeleerd of dat ze zichzelf, net als ik, bij iedere stap die ze zette meer en meer is kwijtgeraakt, om zich na verloop van tijd weer te herstellen. De tijd, de tijd, de tijd. Vervloekt zij de tijd. Ben ik niet degene die vaak zingt: 'De sneeuw komt en gaat. Al twintig keer is de sneeuw gekomen en gegaan'? Hoe ouder en volwassener ik zelf vind dat ik word, des te sterker krijg ik het gevoel dat ik niet meer ben dan een klein meisje in een jurkje dat opbolt in de wind.

Mijn moeder zegt: ‘Het leven is gewoon een weerspiegeling van wie je bent.’

Zou dat kloppen?

Natuurlijk, alles wat mijn moeder zegt klopt. Maar waarom is mijn weerspiegeling dan zo strijdig met wat ik voel? Er is een pijnlijk spiegelbeeld dat mijn gezicht in elke spiegel misvormt. Er is een ander spiegelbeeld in de ogen van Darein. Dan is er nog het spiegelbeeld van een verdwaald kind dat zoekt naar een reddende hand. Ik doe hard mijn best om te denken dat mijn spiegels niet dof zijn en dat mijn weerspiegeling in het water van het leven niet troebel is, dat ze niet is uiteengespat door twintig stenen die in het water van de vijver zijn geworpen.

17

'Geloof me, de enige waarheid op de hele wereld is de waarheid die je zelf beleeft. Mijn waarheid is de afwezigheid van mijn vader – niet zijn glorieuze heldendom of zijn reusachtige toewijding. Ik was een klein meisje met een hart dat werd verscheurd door het overweldigende gevoel dat ze een halve wees was. Voor dat meisje waren het slechts woorden zonder betekenis en sprookjes waarmee ik mezelf in slaap suste, verhalen die mijn grootvader me vertelde terwijl zijn baard nat was van de tranen van een witte dageraad, of dingen die mijn moeder zei als ik haar vermoeide met mijn vragen en mijn gespit naar antwoorden. Ze vertelde me dat ik, toen hij op reis was gegaan, twee dagen en nachten niet had kunnen slapen. Om me tot rust te brengen had ze me in een van zijn kledingstukken gewikkeld, waarin zijn geur nog hing, want ik kon niet ophouden met huilen. Het was alsof ik toen al wist dat zijn reis een duister lot voor mij in petto had. Hij kwam ook niet terug. Acht jaar lang zette hij geen voet over de drempel. Hij was naar Iran gereisd om dingen te regelen en zou ons komen halen, maar toen hij terugkwam werd zijn huis vervangen door een cel met tralies en zijn bed door een oude, versleten deken.

De wereld gistte. Al-Qatif stond in brand, de lucht was doortrokken van de rook van bommen. Wie zou zoiets kunnen geloven? Lege colaflessen, witte repen stof en jerrycans met kerosine veranderden in brandbommen. De opstand stelde weinig voor en dat terwijl iedereen iets groots wilde, iets wat de wereld op zijn kop zou zetten. De Iraanse revolutie had de ogen van de mensen verblind en hun een lichtend voorbeeld gegeven om na te streven. Ik zal nooit begrijpen wat er in die tijd is gebeurd – wat er opborrelde en wat er overkookte, welk bijtend mengsel van factoren het aangezicht van Al-Qatif zo heeft veranderd. Wat ik wel weet, is dat ik een van de ergste nachtmerries van mijn land heb meegemaakt.

En ik had geen vader meer. Vaders wonen niet in foto's of in andermans verhalen. Omdat hij was vertrokken toen ik nog een peuter was, kon ik me niets van hem herinneren. En omdat God in zijn onmetelijke goedheid onze eerste herinneringen uitwist, was mijn vader in mijn geheugen niet meer dan een zwart gat. Toen ik opgroeide kreeg mijn opa medelijden met het vaderloze kind dat ik was. Mijn moeder had niet alleen medelijden met mij maar ook met zichzelf, omdat we zo eenzaam waren en omdat ze niemand had die haar steunde. Ondertussen leek de broer van mijn vader een onuitputtelijke schatkist als het om het onthalen van gasten ging.

Ik zag mijn neefje Zakaria als de enige normale persoon in mijn benauwde wereldje, dat doortrokken was van duistere geheimen. Ik klitte aan hem als een schaduw. Zo ontstonden mijn eerste problemen. We maakten vaak ruzie, maar na een uur of zelfs minder waren we de pijn van de wederzijdse klappen alweer vergeten en maakten we het goed met een spelletje of een raadsel, terwijl onze moeders nog dagenlang ruzie hadden. Ze zeiden geen woord tegen elkaar en wendden hun gezicht af wanneer ze elkaar passeerden. Het was belachelijk dat ze onze onbeduidende ruzietjes overnamen en tot zulke gigantische proporties opbliezen. We waren nog maar kinderen! En iedere keer moest het weer worden uitgepraat.

Gaandeweg belandden wij ook in die vicieuze cirkel: op

elke ruzie volgde straf, daar was geen ontkomen aan. Elk van ons kreeg zijn portie slaag, waarna we het elkaar ook nog eens met de nodige schoppen en trappen betaald zetten. Mijn opa moest steeds opnieuw tussenbeide komen om mijn moeder en de vrouw van mijn vaders broer met elkaar te verzoenen. Terwijl hij hen probeerde te sussen, probeerden zij hem allebei aan hun kant te krijgen. Allebei eisten ze het eigen gelijk op en schoven ze de schuld af op de ander. Mijn oom liet hen geworden en greep niet in.

Zakaria en ik groeiden samen op. Hij was alles voor me. Hij was mijn broer, mijn vader en mijn vriend. Ondanks zijn bravoure en zijn jongensachtige ruwheid was hij ook weleens lief voor me en gaf hij me onverwachte cadeautjes. Zo kwam hij altijd voor me op als zijn vriendjes zich minachtend over me uitlieten omdat ik een meisje was, en meisjes houden in hun eentje nu eenmaal niet lang stand in de wrede jongenswereld. Soms vond ik het fijn, maar het gebeurde ook dat ik me beledigd voelde. Hoe kon hij denken dat ik zijn hulp nodig had? Hij leerde me hoe ik een jongen kon worden. Hij leerde me ruziemaken als een jongen, schelden als een jongen, spugen als een jongen, stelen, de boel beduvelen, duiven fokken, voetballen en onderhandelen over een vergoeding voor elke boodschap die ik voor mijn moeder bij de kruidenier moest halen.

Op school verzon ik een keur aan leugens: mijn vader is op reis, mijn vader is naar het paradijs, mijn vader is piloot, mijn vader ... Ik kon mijn leugens niet bijhouden en ik maakte me ook niet druk om hun consistentie. Het enige wat voor mij telde was dat niemand erachter zou komen dat mijn vader in de gevangenis zat en dus een misdadiger was. Hoe kon ik op mijn zevende ook begrijpen waarom hij gevangengenomen was? Een gevangene stond voor mij gelijk aan een misdadiger, een dief, een moordenaar. Alles was mogelijk, maar een mens kon niet om iets eervols in de gevangenis komen; dan had hij op zijn minst iets schandelijks of slechts moeten doen. En als ik het wel had begrepen, als de woorden van mijn opa niet zo raadselachtig waren geweest, als mijn moeder er niet in zulke bedekte bewoordingen over had gesproken, hoe had ik het dan kunnen uitleggen? Er was daar een revolutie gaande en dat deel van de wereld werd niet meer erkend. Hoewel het verboden was om ernaartoe te reizen, had mijn vader het toch gedaan. Al wat hij wilde was God dienen door te studeren en een tulband te dragen. Hij wilde de mensen aan de hand meevoeren, zodat ze op hun weg naar God de moed niet zouden verliezen. Toen hij terugkwam gooiden ze hem in de gevangenis. Het was allemaal niet zo gemakkelijk en eenduidig. Op zevenjarige leeftijd begrijpen we niets van politiek. Al wat we weten is dat we een overgeërfde haat jegens Amerika koesteren en dat we Israël even hard vervloeken als de duivel.

Wanneer mijn moeder van een buurvrouw of de moeder van een schoolvriendinnetje de leugens hoorde die ik had verteld, gaf ze me een klap op mijn mond, alsof ze zeggen wilde: Je hebt het recht niet om je voor je vader te schamen. In antwoord daarop volhardde ik in mijn leugens, alsof ik wilde zeggen: Die man heeft me in de steek gelaten en nu mag ik met hem doen wat ik wil.

Dat werd een routine en routine doet geen pijn.

Toen kwam hij terug. Mijn opa en mijn moeder probeerden me voor te bereiden op zijn terugkeer. Ik moest lachen, ik dacht dat ze zichzelf iets wijsmaakten, dat de spanning van het wachten hun te veel was geworden. Toen hij niet kwam opdagen, glipte ik weg en liet ik hen tegen zichzelf en elkaar over zijn ophanden zijnde terugkeer praten. Toen hij uiteindelijk echt terugkeerde betekende dat niets voor mij, behalve veel frustratie, angst en een gevoel van ontwrichting. Wat ging er veranderen in ons leven – dat van mij en mijn moeder? Hoe moest het verdergaan nu ik opeens een vader had? Wie was die man? Hoe zou hij met mij omgaan?

Gedurende zeven dagen en nachten veranderde ons huis in een bruiloftszaal met zegenwensen, zoete lekkernijen, wierook en de hoge vreugdekreten van vrouwen. Ik zag alle tantes, nichtjes, buurmeisjes en buurvrouwen, en ook veel andere vrouwen die nog nooit een voet over de drempel van ons huis hadden gezet. Mijn moeder was gelukkig, al kon ze geen tien minuten stil blijven zitten, en mijn tante klaagde over de chaos in haar huis. Ook toen de officiële festiviteiten waren afgelopen, bleven de mensen toestromen om hun vreugde te betuigen. Ik daarentegen bleef leugens verkondigen wanneer mijn vriendinnetjes naar de terugkeer van mijn vader vroegen, wanneer ze wilden weten hoe en waarvandaan hij was teruggekeerd. Mijn moeder ging zo op in alles dat ze dit kleine detail niet opmerkte, laat staan dat ze me strafte. Ondertussen bleven mijn vragen onbeantwoord. Mijn moeder rende heen en weer, mijn grootvader zat in de ontvangstkamer van de mannen en de gasten bleven komen. Dan was er nog mijn vader, die vreemde man met zijn bedeesde gezicht en scherpe trekken, die zo angstwekkend stil en rustig was. Ik was zelfs bang om met hem aan één tafel te zitten. Ik wendde mijn ogen van hem af, zo bang was ik dat hij mijn blikken die op zijn gezicht naar een reden speurden zou opvangen.

Vele dagen gingen op deze manier voorbij. Het enige waar ik me druk om maakte was of ik bij mijn moeder mocht blijven slapen, in haar bed – ons bed – en of ze me elke avond een sprookje bleef vertellen. Mijn moeder moest me haar verhalen blijven vertellen totdat ik in slaap viel, dat was het enige wat me interesseerde. Toen, op een dag, ontdekte ik dat ze me bedroog. Ik was wakker geschrokken uit een nachtmerrie die ik al vaker had gehad, waarin ik werd achtervolgd door de schaduw van een man. Uit zijn mond stroomde bloed. Toen ik in paniek wakker werd, merkte ik dat ze niet naast me lag. Zo kwam ik erachter dat ze weg-ging zodra ik in slaap was gevallen en naar hem toe ging, in de ontvangstkamer van de mannen. Ik was zo woedend dat ik haar niet liet uitpraten toen ze zei dat ze hem alleen het avondeten was gaan brengen. Ze was zelf ook een leugenares. Maar ik gaf haar geen klap op haar mond, zoals zij dat wel bij mij deed.

Terwijl hij bijna op de grond viel van het lachen, zei Zakaria tegen me: 'Ik heb gezien hoe je vader het met je moeder deed. Ik heb hen bezig gezien in de ontvangstkamer van de mannen.'

De ellendeling! Alle duivels uit de hel dansten heen en weer voor mijn gezicht. Ik stortte me op hem en we vielen op de grond. Ik gebruikte alle grepen die ik kende en probeerde alle grepen die ik ter plekke uitvond uit op zijn lichaam, zowel faire als unfaire. Zijn opmerking was voor mij de ergste belediging die twee jongens elkaar konden aandoen. Zijn woorden maakten me dan ook razend. Mijn moeder bedroog me met hem, die vreemde man had haar van me afgepakt en Zakaria was getuige geweest van het einde van mijn gloriedagen. Dat waren drie klappen die ik niet kon verdragen. Mijn tante, die gewend was om van een mug een olifant te maken, schreeuwde hysterisch: 'Die krankzinnige meid vermoordt mijn zoon!'

Ik bleef hem slaan. Hij kon niet ophouden met lachen. Mijn vader moest eraan te pas komen om ons uit elkaar te halen. Ik wierp hem de zin voor de voeten die tot mijn ruzie met Zakaria had geleid. Wat moet ik woedend zijn geweest dat ik zulke woorden in zijn bijzijn uitsprak. Hij zweeg een moment. Toen verhief hij voor het eerst zijn stem tegen me. Hij zei dat ik naar mijn kamer moest gaan. In mijn binnenste schreeuwde een stem: 'Wat geeft je het recht om dat te doen, stomme vent?' In werkelijkheid was ik als de dood voor zijn blikken. Ik had het gevoel dat hij mijn hoofd er met één klap af zou kunnen slaan en daarom gehoorzaamde ik hem onmiddellijk.

Ik moest in mijn kamer blijven en mocht er niet uit komen. Zakaria moest bij me uit de buurt blijven. De situatie tussen mijn vader en mijn oom was uiterst gespannen. Mijn moeder en mijn tante hadden elkaar nog nooit zo gehaat. Alle vier gingen ze gebukt onder een idee dat ze niet durfden uit te spreken. Ik zag het in hun blikken en werd het gewaar in hun stilte. Het werd nog duidelijker wanneer mijn moeder mijn lichaam inspecteerde als ik me waste. Voor haar was ik nog steeds dat kleine meisje van drie dat kon uitglijden in bad of zeep in haar oogjes kon krijgen. Ze moeten allemaal hebben gedacht dat onze relatie verder moet zijn gegaan dan zij hadden gezien. Als Zakaria en ik niet intiem met elkaar waren geweest, had Zakaria zoiets immers nooit tegen me durven zeggen, al helemaal niet in zulke bewoordingen. Ze konden de gedachte niet van zich afzetten dat we een seksuele relatie hadden. Het kan niet anders of ze moeten hebben gedacht aan al die uren die we dagelijks, ver uit hun zicht, met elkaar hadden doorgebracht. Hoever zouden ze met elkaar zijn gegaan? Het was een idiote gedachte, de meest idiote gedachte die ooit in hun hoofd was opgekomen.

Om verdere problemen te voorkomen verhuisden we kort daarna naar een eigen woning. Zakaria was niet meer welkom in ons huis en mijn tante kon het niet verdragen om mij te zien. Uiteindelijk werden we een neef en een nicht die elkaar in het beste geval jaarlijks aan het einde van ramadan feliciteerden. Ik mag mijn moeder dan haar verraad en mijn vader zijn afwezigheid hebben vergeven, ik heb hen nooit vergeven dat ze Zakaria van me hebben afgepakt.

Haar gang naar de ontvangstkamer van de mannen werd een grap voor mij. Steeds wanneer ze een of twee weken achtereen bij hem had geslapen, werd ze zwaarder. Ze werd rusteloos en begon 's ochtends en 's avonds over te geven. De hele dag bleef ze in haar kamer, zonder de lichten aan te doen. Ik weet niet hoe ze het altijd weer voor elkaar kreeg. Ik was twaalf toen de eerste uit een lange schare van broertjes en zusjes werd geboren. Ik had het gevoel dat ik werd ingeruild voor een kuikentje dat kleiner was dan ik, en dan voor het volgende, en het daaropvolgende ... Ik wilde alleen dat ze me één reden zou geven waarom ze zo nodig al die kinderen moest krijgen, één reden waarom zij zich zo moest verlagen terwijl hij de deugdzame echtgenoot uithing. Waarom deed ze dat? Maar ja, zo zijn vrouwen. Ze hebben veel kinderen nodig om te kunnen geloven dat ze het verdienen om in leven te blijven.

Maar wat ik werkelijk verafschuw is hoe ze me vierentwintig uur per dag, elke dag weer, in een soort laboratorium heeft kunnen zetten vanwege die ene verdenking. Bij de eerste fout die ik beging heeft ze me, koelbloedig als een huurmoordenaar, al mijn rechten ontnomen. Het was een eenmalige fout, die je kunt vergelijken met een wegwerpcamera die je één keer gebruikt. Zo'n fout was het. Maar het lijkt erop dat de mens veel gemeen heeft met een cd-rom: hij kan niet overschreven worden, en van ons maagdenvlies bezitten we zelfs geen reservekopie.

Ik was me er op elk moment van de dag van bewust dat ze mij in de gaten hield. Het viel zelfs mijn ooms op. Wanneer ik meer dan vijf minuten later dan afgesproken thuiskwam, belde ze mijn vriendinnen. Ze stond me bij de schooldeur op te wachten en nam me aan de hand mee wanneer ik een schrift in de naburige boekwinkel moest kopen. Er waren tijden dat ik het gevoel had dat ze nog net zo veel van me hield als toen mijn vader er niet was, dat ze me daarom met haar zorgzaamheid verstikte. Maar wantrouwen heeft een onmiskenbare geur.

Het gebeurde in een van die koude nachten waarin het lijkt alsof je van de wereld bent afgesneden. Het was niet meer dan een spelletje, zoals ik zo vaak in mijn leven spelletjes heb gespeeld. Ik toetste een paar cijfers in op de telefoon en hield de hoorn tussen mijn trillende vingers. 'Hallo', zei ik. Ik probeerde de toon te treffen van een meisje dat al vaker inbreuk op andermans privacy heeft gemaakt en ervaring heeft met van die typische, dwaze meisjesdingen. Ik wilde niet overkomen als een groentje dat voor het eerst iets uitprobeert. 'Hallo', zei ik weer. Toen zweeg ik.

Toen ik bleef zwijgen, werd de hoorn aan de andere kant op de haak gegooid. Ik draaide opnieuw een willekeurig nummer en vroeg naar Fatima. In elk huis moet een Fatima wonen, dacht ik. Toen bedacht ik dat de Fatima die ik voor de grap had uitgekozen, weleens in de problemen zou kunnen komen als ik haar op dat tijdstip belde. Het ging er in die tijd heel anders aan toe. Om tien uur ging iedereen naar bed en brandden in Al-Qatif alleen nog de straatlantaarns.

Er was geen Fatima in dat huis. Ik had de persoon aan de andere kant van de lijn ook nog eens wakker gebeld. Zijn geïrriteerde stem bracht me in vervoering en ik belde hem opnieuw. Fel antwoordde hij: 'Ik heb toch gezegd dat je een verkeerd nummer hebt gedraaid?' en gooide de hoorn op de haak.

Ik vond het een heerlijk spelletje en bleef willekeurige nummers intoetsen. Eén keer toetste ik het telefoonnummer van mijn oom in, en toen Hoessein opnam legde ik de hoorn snel weer neer. Ik dacht aan Zakaria. Elke avond dacht ik aan hem. Mijn familie mocht me Zakaria dan fysiek hebben afgenomen, ze zouden mijn gedachten en herinneringen aan hem niet kunnen uitwissen.

Een nauwelijks hoorbaar gerucht. Nog voordat ik me kon omdraaien wist ik al dat het mijn moeder was. Haar devies luidde: elke straf moet in overeenstemming zijn met de zonde. Omdat ik in mijn jeugd vaak andere kinderen beet, beet zij mij ook, in mijn arm, precies zoals ik dat had gedaan. Wanneer ik iets wegnam sloeg ze op mijn hand, wanneer ik loog sloeg ze me op mijn mond, wanneer ik de hoorn van de telefoon pakte sloeg ze me op mijn oor. Zo deed ze dat. Volgens mij hoefde ze niet langer dan vijf minuten na te denken over al die kleine kwellingen die ervoor zorgden dat ik spijt kreeg van mijn fout. Stilaan kreeg ik er genoeg van dat ze me als een hond behandelde en me van al mijn menselijkheid beroofde.

In die tijd was Al-Qatif anders', vervolgt Darein. 'Ze zeggen dat het leven toen simpeler was, maar ik weet zeker dat de stad 's nachts niet rustig sliep. In die tijd had de uitdrukking "de muren hebben oren" nog werkelijk betekenis. Er werden veel complotten gesmeed en er waren veel geheimen. De geheimen wogen zo zwaar dat je je in de schaduw daarvan onmogelijk veilig kon wanen. Alles had een scherpe rand, alles had iets onvoorwaardelijks. Een religieus boek stond gelijk aan een geweer, een cassette stond gelijk aan een pistoolschot en een rouwceremonie voor de martelaar Hoesein stond gelijk aan een hele verzetsgroep. Misschien heeft Al-Qatif in die tijd geleerd om overal op voorbereid te zijn en zich af te sluiten van de wereld. Soms zou ik met jouw ogen of met die van een vreemde naar de stad willen kijken, want alles wat ik in het jaar 1979 met één vinger probeerde te verbergen zie ik nu tussen mijn andere vingers weglekken. Ik heb lang gezocht, maar ik heb over Al-Qatif uit die tijd geen geschiedschrijving kunnen vinden. Misschien zijn er dingen gebeurd waarover we alleen een passend stilzwijgen kunnen bewaren. Toch heeft Al-Qatif een ander gezicht gekregen. Dat merken we dagelijks en daar zullen we mee moeten leren leven. Misschien is ons probleem dat we de details en de achterliggende feiten niet kennen. Misschien is ons probleem dat we te weinig kennis hebben om het te kunnen bevatten. Ik denk weleens dat het komt doordat ik een vrouw ben dat ik niet begrijp wat er is gebeurd. Vrouwen begrijpen de geschiedenis niet omdat ze haar niet zelf hebben opgetekend. De geschiedenis is niet meer dan een corrupte politieagent die met geld en macht kan worden omgekocht.'

Molotovbommen en molotovcocktails alsof het niets was. Ik kan me vaag herinneren dat Hasan me er ooit over heeft verteld, maar zoals gewoonlijk ben ik de weg in de geschiedenis kwijtgeraakt en ben ik alles vergeten. Toen ik die dag thuiskwam tikte ik op internet als zoekvraag 'Al-Qatif/1979' in. De meeste sites waren afgeschermd en uit de paar kleine fragmenten die op de zoekpagina werden geciteerd, kon ik geen details halen die iets opleverden of een woord oppikken dat me naar andere zoekresultaten zou leiden. Uiteindelijk kwam ik terecht bij 'de geschiedenis van Al-Qatif'. Daar las ik over Astarte, de godin van de vruchtbaarheid en de schoonheid, Taroet, de oudste menselijke nederzetting, 'het zeekoninkrijk' waaruit de Chaldeeën, de Assyriërs, de Babyloniërs, de Hittieten en de Phoeniciërs zijn voortgekomen, gevolgd door de Akkadiërs, opnieuw de Babyloniërs, de Kassieten, de Assyriërs, Nebukadnezar, de Perzen, de stammen van Abd-al-Qais en daarna het Islamitische Rijk, de Omayyaden, de Kharidjieten, de Abbasieden, de Karmatiërs, de Uyunieden, de Portugezen en de Ottomaanse Turken, totdat het uiteindelijk de huidige provincie Al-Qatif werd, waar zelfs de beroemde dichter Imru al-Qais vruchten heeft geplukt om ze in een vers te transformeren. Darein wil het niet geloven, maar hij zegt echt: 'Hier, we zijn twee vreemdelingen hier.'

Ik ken Al-Qatif pas sinds deze stad is begonnen de zee in te dammen. Sedertdien draai ik Al-Qatif de rug toe en richt ik me op het water, met achter me een wirwar van straten, wijken en stadsdelen. Ooit heb ik Omar, toen we een keer online waren, gewezen op de kaart die ik bij toeval op de website van een consulaat had gevonden. Ik probeerde voor hem een beeld te schetsen van de stad die hij nooit had bezocht. Op sceptische toon vroeg hij: 'Als ik naar Al-Qatif kom, word ik dan echt de stad uit gejaagd?'

'Ze herkennen je aan de manier waarop je je hoofdkoord draagt en anders wel aan je sikje', antwoordde ik. 'Ze zullen je als een beest de stad uit jagen.' Ik liet mijn antwoord volgen door een lange reeks smileys. Dat hij zich onbehaaglijk voelde bleek wel uit zijn commentaar: 'Doe niet zo idioot! Alleen omdat ik een soenniet ben?!'

Ik kreeg last van een licht, tintelend schuldgevoel omdat ik de spot met hem had gedreven. Dus schreef ik: 'Kom hiernaartoe. Het land mag dan geen plaats voor je hebben, maar onze ogen wel.' Op de kaart wees ik de ene na de andere plek aan. 'Maar waar staat je huis?' onderbrak hij me.

Ik kon mijn huis niet vinden.

Een moment lang voel ik angst. Darein overvalt me met haar stortvloed van vragen. Terwijl zij is vergiftigd door de wereld en zich aan de bewoners van die wereld vastklampt, ben ik bang voor mensen die me een geheugen en een geschiedenis willen geven. Wat me beangstigt is dat ze me iets willen geven dat bij me zal blijven nadat ze zijn vertrokken. Daarom koester ik angst voor felicitatiekaarten, cadeaus, brieven en al die andere kleine dingen waarmee we worden belegerd en waarvan we de uitwerking pas veel later opmerken. Van geschenken kan ik me ontdoen, maar hoe kan ik de harde stemmen van de anderen uit mijn hoofd verwijderen?

Darein praat over Al-Qatif alsof ze met elke ademteug iets ervan inademt. Ik ken van Al-Qatif alleen wat levenloze brokjes geschiedenis en aardrijkskunde. Al-Qatif heeft voor mij geen betekenis, geen echte waarde in de letterlijke zin van het woord. Darein heeft er een virtuele naam aan ontleend waarmee ze de herinnering levend houdt. Darein draagt plaatsen, voorwerpen, stemmen, geuren en de lichtval van Al-Qatif mee in haar ziel en maakt alles, hoe nietig en onbeduidend ook, tot een geleider voor haar sterk ontwikkelde gevoeligheid. Ze maakt me bang. Ik kan het niet verdragen om constant in contact te moeten staan met de wereld, om mijn vingers voortdurend in de fijne sluiers van haar zand te moeten steken.

'Ik haat 1995', gaat ze verder. 'Ik voel me erdoor bedrogen, het heeft me verraden. Waar zijn die vijftien lange jaren van belegering, afwezigheid en duisternis voor nodig geweest? Om uiteindelijk zo'n nederlaag te behalen? Wat heeft het ons opgeleverd? We zijn nog steeds huurders in ons eigen land, terwijl iedereen onvoorwaardelijke trouw aan de grond van ons verwacht. We worden nog steeds op een ongelooflijk onnozele manier bestuurd en als lammeren naar onze eigen slachtbank geleid, en toch zijn we verbijsterd door de enorme weerslag die 11 september op ons heeft gehad. Het is alsof we allemaal, zonder uitzondering, onze armen naar de hemel hebben geopend om te bidden. De engelen waren zo vriendelijk om een net van hellevuur en dood om de wereld te spannen, zodat de winden van verandering over ons konden komen. En wij waren zo stom dat we applaudisseerden omdat we dachten dat de landkaarten nieuwe grenzen zouden tonen. Je hoeft je alleen maar een voorstelling te maken van de dag, die ongetwijfeld zal komen, waarop we buiten de grenzen en buiten de landkaart zullen vallen.'

Ze zwijgt. De stilte is geladen. Dan vervolgt ze: 'Ik wil geen slachtoffer meer zijn, en al helemaal niet het slachtoffer van mijn moeder. Ik haat haar niet en ik hou niet van haar. Maar ik ben haar ook niets verschuldigd. Helemaal niets.'

'Heb je ooit eerder zo gedacht?'

'Altijd! Ik was net een kraan met klachten die maar bleef

stromen. Maar nu heb ik er genoeg van. Ik wil mijn leven weer oppakken. Ik kan de touwtjes heel goed zelf in handen houden.'

'Maar je ouders zijn verantwoordelijk voor wat er is gebeurd. Toch?'

'Absoluut. Ik neem de schuld ook niet op me. Ik pleit hen ook niet vrij. Ik ben trouwens niet vergevingsgezind genoeg om alles wat er is gebeurd achter me te laten. Maar ik ben nu vierentwintig en ik vind dat ik oud genoeg ben om mijn leven zo vorm te geven dat zij daar niet langer de alfa en omega van hoeven te zijn.'

'Wat was je eerste stap?'

'Dat was iets heel kleins en voor mij iets heel vreemds. Ik besefte ineens dat ik de deur van mijn slaapkamer nooit op slot deed. Een tijdje na het gebeurde raakte mijn moeder overtuigd van mijn goede gedrag. Ze vond dat ik de prijs voor mijn fouten had betaald en ik kreeg de rechten terug die ze me had ontnomen, waaronder het recht op een eigen slaapkamersleutel, die ik ook nog mocht gebruiken. Maar ik kon er niet meer mee omgaan. Ze had zich zo diep in mijn onbewuste genesteld dat ik mezelf de hele tijd onwillekeurig aan haar straf bleef onderwerpen. Het was alsof God me toestemming had gegeven om de hel te verlaten maar mijn voeten niet in beweging wilden komen. Op dat moment realiseerde ik me dat ze zich in mijn gedachtenwereld had genesteld. Ik keek voortdurend achterom, deed alles angstvallig nauwgezet en woog zelfs mijn woorden, omdat ik haar overal zag waar ik heen ging. Dat was dus mijn eerste stap, dat ik mijn kamer eigenhandig afsloot.'

Ze lijkt na te denken. Mijn enige rol bestaat erin haar te laten voelen dat ik graag wil horen wat ze te vertellen heeft en haar aanspoor om verder te gaan door af en toe een vraag te stellen. Dat weet ik. Verder moet ik mijn mond houden en wachten tot ze bereid is het gesprek voort te zetten.

'Weet je ...' gaat ze verder.

'Wat?'

'Op een keer, toen we nog bij mijn oom woonden, kreeg ik een klap van mijn moeder. We hadden ruzie gehad. Ik verstopte me in Hoesseins kamer. Ik speelde de cassette die in zijn recorder zat af. Het was muziek van Fairouz. Die dag ben ik bij haar stem in slaap gevallen. Daarom probeer ik altijd te denken: tegenover alles wat slecht was in mijn leven heeft vaak iets wondermooois gestaan. Als ze mij toen niet had geslagen, was ik niet op Fairouz gestuit. Als ik niet was blijven zitten, had Nadia het jaar daarop niet naast me in de klas gezeten. Als niet dit of dat of zus of zo, zouden we nu misschien niet bij elkaar zijn en over al deze dingen zitten praten.'

'Mag ik je iets vragen?'

'Alles, wat je maar wilt.'

'Kun jij je alle details nog herinneren?'

'Ik herinner me zelfs het kleinste detail dat je kunt bedenken.'

'Haar telefoonnummer ook?'

'Uiteraard.'

'Wat is haar telefoonnummer dan?'

Ik pak de telefoon en toets een voor een de cijfers in die zij opnoemt. Ontzet gaan haar ogen van mij naar mijn vingers, die over de toetsen bewegen. Ik geef de telefoon aan haar. Ik weet niet waarom dit juist nu in me opkomt en zou ook niet kunnen navertellen hoe ik zo snel tot actie kon overgaan – ik, die vind dat ik geen enkel recht heb om me met andermans leven te bemoeien en daar altijd en overal strikt de hand aan houd. Darein ziet Nadia overal. Nadia is voor haar een donkere schaduw die haar zelfs in haar diepste dromen achtervolgt. Het heeft dan ook geen zin te proberen aan haar te ontkomen. Ze heeft iemand nodig die haar hart weer heel kan maken, iemand die haar helpt om haar leven terug te krijgen, iemand die onvoorwaardelijk van haar houdt, iemand die haar niet teleurstelt en geen voorschot op de rekening vraagt. Dat zal ik niet zijn. Maar misschien heeft Nadia wel alle juiste antwoorden op Dareins vragen.

'Wat doe je?' vraagt ze verbijsterd. Ze geeft me de telefoon terug. Een stem zegt: 'Hallo ... Ja?'

'Hallo', antwoord ik. 'Is Nadia daar?'

'Een momentje', antwoordt de stem.

'We kunnen nu nog ophangen en doen alsof er niets is gebeurd', zeg ik tegen Darein. 'Je kunt de telefoon ook van me overnemen en eindelijk iets ondernemen. Heb je niet zelf gezegd dat je je leven weer wilt oppakken?'

'Ik weet niet wat ik tegen haar moet zeggen.'

'Zeg zo simpel mogelijk wat je te zeggen hebt. Dat je naar haar hebt verlangd, dat je haar begeert en dat je haar tijd wilt geven om na te denken. Dan bel je haar over twee dagen terug om te horen wat ze te zeggen heeft.'

Aandachtig sla ik haar gade. Zo veel emoties wisselen zich af op haar gezicht dat ik vergeet om te volgen wat ze zegt. Haar stem klinkt verward maar ook gelukkig. Ze klemt haar hand om de mijne. Aan de druk van haar vingers kan ik voelen wanneer ze geëmotioneerd raakt. Pas wanneer het gesprek is afgelopen laat ze mijn hand los. Ze legt de telefoon tegen haar borst, pakt een kussentje van mijn bed en duwt het tegen haar gezicht. Dan werpt ze zich op het bed. 'Bitch', brengt ze uit.

Het is niet grof bedoeld, dat weet ik. Daarom word ik ook niet boos wanneer ze me op die manier uitscheldt. Ik vat het juist op als een compliment wanneer ze de teugels afwerpt en haar verontwaardiging in zulke bewoordingen uit. Wanneer ze iets gaat zeggen waarbij ze geen tegenspraak duldt ben ik haar 'suikerklontje', wanneer ze me kust ben ik haar 'kersje', wanneer ik haar kwaad maak ben ik een 'bitch'. We zijn allebei zo kwetsbaar dat we niet in staat zijn op een ontspannen manier onverwachte geluksmomenten te accepteren. Wanneer ik mijn superioriteit tegenover haar bewijs ben ik haar 'rotmeid'. Voor haar heb ik duizend vormen en duizend koosnaampjes, en daar zitten ook scheldwoorden tussen.

'Kom op met het goede nieuws. Wat zei ze?'

'Dat weet ik niet.'

'Hoezo, dat weet je niet?'

Ze legt mijn hand op haar borst. 'Luister', zegt ze. Haar hart klopt luid. Na een tijdje pakt ze het kussentje van haar gezicht en vraagt bezorgd: 'Had ik het niet beter aan haar kunnen laten om mij terug te bellen op een moment waarop ze dat zelf wil?'

'Nee. Dat zou dom geweest zijn.'

'Waarom?'

'Je moet er altijd voor zorgen dat jij degene bent die de spelregels bepaalt.'

'Ha!'

'Oké. Bekijk het eens van de positieve kant. Nu weet je precies hoelang je nog moet wachten en word je geen willoze gijzelaar die verdwaald raakt in de tijd. Het leidt nergens toe om het initiatief uit handen te geven. Stel dat ze het zou vergeten, dat ze niet zou durven of niet zou weten wat ze tegen je moest zeggen? Het is beter dat jij de situatie de baas blijft zolang je kunt.'

'Denk je dat ze het zal accepteren? Komt ze terug?'

'Dat hoop ik.'

Ze denkt een poosje na. Ondertussen bijt ze op haar lip. 'Ik wil je iets vragen', zegt ze dan. 'Maar je mag niet boos worden.'

'Ik word niet boos.'

'Doe je dit om van mij af te komen?'

'Doe me een lol, Darein.'

'Ik meen het serieus. Je moet me antwoord geven.'

‘Ik doe het omdat ik denk dat dit het beste is wat ik voor jou kan doen.’

‘Ik ga haar uit mijn hoofd zetten.’

Er klopt niets van wat ze zegt, maar tegelijkertijd zit ze niet ver van de waarheid af. Sinds het moment waarop Darein mij heeft leren kennen en onder mijn huid en mijn adem is gekropen, heb ik het gevoel dat ik niet met haar kan doorgaan naar daar waar het waterniveau begint te stijgen en we de ondiepe wateren achter ons laten. Door alle telefoontjes, gesprekken, bezoekjes en door de sterke emotionele band die we hebben opgebouwd, is onze relatie nog steeds niet uitgeput geraakt – integendeel, ze heeft zich diep in mij genesteld.

Bij de deur omhels ik haar stevig. Ik ben erop voorbereid dat dit misschien wel onze laatste ontmoeting is. Ik bestudeer haar gezicht en laat haar praten terwijl ik aandachtig naar haar driedimensionale s’en en slepende r’en luister. ‘Pas goed op jezelf, doe het voor mij’, wil ik tegen haar zeggen, maar uit angst haar ongerust te maken houd ik me in. Zo gelukkig als vandaag heb ik haar nog nooit gezien. Voor het eerst heb ik niet meer het gevoel dat haar ziel half is uitgeblust, terwijl de andere helft zo heet is dat ze ieder moment vlam kan vatten. Ik heb niet meer het gevoel dat ze een wezen is dat zingt omdat ze geen andere keuze heeft.

Ik wil niet dat Darein zich alleen maar blijft bezighouden met de vraag wat ze met onze relatie aan moet. Die vraag rinkelt al een tijdje onophoudelijk in haar hoofd en ze kan er geen antwoord op vinden. Het is niet uit nobelheid dat ik mezelf zijdelings terugtrek en Darein de ruimte geef om Nadia opnieuw voor zich te winnen. Het is geen nobelheid, want het verrichten van een goede daad levert enorm veel bevrediging op. In ruil daarvoor krijg ik minstens zo veel dankbaarheid terug, zelfs zo veel dat ik het er benauwd van zal krijgen. Ik weet nu ook al dat onze telefoongesprekken eronder zullen gaan lijden, want het is een dankbaarheid die de schuld eerder zwaarder maakt dan lichter.

Omdat ik vanaf het begin betrokken was bij een mogelijke terugkeer van Nadia, ben ik vastbesloten om niet op te geven tot ik zeker ben van de uitkomst. Daarna zal ik me voor altijd terugtrekken. Darein voelt zich verward en onzeker en het kost haar moeite om de juiste woorden te vinden. Ze torst in haar binnenste de moeizame gedachte met zich mee dat alles wat ze in deze fase van hun relatie doet evengoed kan slagen als mislukken: het kan zijn dat Nadia bij haar blijft, maar het kan net zo goed zijn dat ze weer weggaat. Daarom heeft ze de teugels vrijwillig uit handen gegeven. En voor mij is het niet moeilijk. Hoe betrokken ik ook ben, ik blijf een buitenstaander.

Laat de tijd beslissen. Vertrouw op Nadia. Vertrouw je eigen hart. Zet haar niet te veel onder druk. Maak haar niet bang. Zet alles wat er is gebeurd uit je hoofd, vergeet jullie verwijdering en geef haar niet het gevoel dat zij de schuldige is, ook al is dat wel zo. Natuurlijk is ze veranderd. In drie jaar tijd wordt iedereen ouder en anders. Gedraag je niet agressief maar ook niet te onderdanig. Dat je van haar houdt is één ding. Dat je haar terugkeer met je liefde probeert te kopen, is heel iets anders ...

We hebben van rol gewisseld. Zij is niet meer het meisje dat een heel jaar ouder is dan ik of zelfs vijfhonderd en drieënzeventig dagen, zoals we op haar rekenmachine hebben uitgerekend. Ze is niet meer het meisje dat de bril van docente opzet en mij uitbranders geeft. Ik ben nu de oudere. Elke dag leer ik haar iets. De lessen die ik haar geef kun je samenvatten als: hoe bouw je in tien dagen een goede en veilige relatie op? Het is niet ongewoon meer om, wanneer ik om twee uur 's middags wakker word, meer dan tien berichtjes op de display van mijn mobieltje te vinden. Ik weet al bij voorbaat dat ze over de afspraak gaan die ze later op de middag met Nadia heeft.

Er is maar één vraag die zo groot is dat ik mijn rol als leermeester niet kan waarmaken. Zo'n vraag waarvan alleen de gedachte aan alle mogelijke uitkomsten je al krankzinnig maakt. Waarom ben ik niet jaloers op Darein? Ik heb een deur voor haar opengezet en haar naar buiten geduwd, in een richting die haar naar mijn vaste overtuiging goed zal doen. Bovendien heb ik het mogelijk gemaakt dat ze heel haar hart en haar lichaam aan die ander blijft schenken, een vreemde, die ik alleen uit Dareins verhalen en haar hartstochtelijke verliefdheid ken. Ik doe dit zonder dat er ook maar één zenuw in mijn lichaam begint te trillen of mijn hart ook maar een beetje sneller begint te kloppen. Ik doe het in vol vertrouwen, vanuit een oprechte zelfverloochening – om de leegste en meest desolate plekken van mijn ziel te beschermen, om de deuren te beschermen die de duisternis die daarachter ligt verborgen houden voor het licht van Darein. Ik blijf er niet bij stilstaan; geen moment denk ik met spijt terug aan al wat is geweest. Er is niet het pijnlijke gevoel dat ik mijn eigen zwartheid overdrijf of een plotseling opduikend, veel te laat besef dat me voorhoudt wat ik allemaal achteloos uit mijn handen heb laten glippen.

Net als zij ben ik op bepaalde dagen gelukkig omdat mijn missie lijkt te slagen en ben ik op andere dagen gespannen omdat de missie op het punt staat van mislukken, of omdat er weer reden is voor een onverwachte teleurstelling. Door de telefoon vang ik haar adem en haar benauwde huilbuien op en ik maan haar tot kalmte: 'Het leven is een dubbele helix. De bovenste punten zijn exacte spiegelbeelden van de onderste. Het leven is niet meer dan een verzameling vergelijkingen die al veel eerder voor ons zijn vastgelegd.'

18

Anders dan Darein vind ik dat ik een of andere vorm van rechtvaardiging schuldig ben – is het niet aan alle passanten in mijn leven, dan tenminste aan mezelf. Een rechtvaardiging die maakt dat ik me minder schuldig hoef te voelen, dat de hel minder benauwend wordt. Passanten, dat is precies wat alle wereldbewoners voor me zijn. Omdat ik niet anders kan, ben ik vastbesloten om de banden met de anderen zo losjes mogelijk te houden. Verder heb ik het vaste voornemen om mijn relaties om me heen te weven als spinnenwebben. Natuurlijk is het zo dat spinnen kleverige draden weven en dat hun vlijmscherpe klauwen gif uitscheiden. Dat zijn kwaliteiten die ik niet bezit en ook niet wil bezitten. Kleverigheid betekent gehechtheid, met gif wil je andere wezens aan je binden. Aan dat soort dingen heb ik geen behoefte.

Lichtheid. Zo noemde Darein het. Dat is wat ik wil. Op mijn tweeëntwintigste ben ik nog steeds niet in staat om in termen van de ondraaglijke lichtheid van die vervloekte Kundera te denken – de lichtheid die het tegenwicht vormt van massa en dezelfde werking heeft, zoals de natuurkunde ons leert. Het effect van honderd graden op een Celsiusschaal is hetzelfde als dat van zijn negatieve tegenhanger. Het is de lichtheid van het nulpunt waarnaar ik op zoek ben. Nul, de enige absolute realiteit, omgeven door objecten die slechts afspiegelingen zijn van diezelfde realiteit.

Op dit moment kan ik amper doorgronden waar het

wezen dat ik ben op aanstuurt. Ik was de afwezigheid van de anderen, ik was het zwarte gat in hun geheugen. Ik was degene die altijd een stap verder ging dan zij. Ik was een vetvlek in hun agenda en ik veroorzaakte angst, juist omdat ik voordat ik vertrok – en ik ben vaak vertrokken – nooit een aannemelijke aanleiding tot angst heb gevormd. Nooit heeft iemand mij verlaten. Zelfs Hasan heeft mij niet verlaten. Tegelijkertijd bestaan degenen die ik heb verlaten uit zo velen dat ze bijna niet meer op de vingers van twee handen zijn te tellen. Vermoedelijk wentelen ze zich nu ergens in vergetelheid. Misschien zijn ze net als ik in het duistere gat van de eindeloze angst gevallen.

Darein heeft een verklaring voor mijn angst. Het is dezelfde verklaring die ze aan al het andere geeft: de nawerking van het jaar 1980. Niet alleen mijn angst, maar ook mijn hardnekkige behoefte aan angst. Ik heb het gevoel dat ze de dingen, door ze aan zulke universele oorzaken toe te schrijven, meer generaliseert dan nodig is.

'Dit is Al-Qatif', zeg ik tegen haar. 'Het is Beiroet niet met zijn burgeroorlog.'

'Angst is angst,' antwoordt ze, 'ook al is de plek veranderd.' Ze zwijgt een moment. 'Hoe dan ook, het is besmettelijk', zegt ze dan. 'Het is een infectie. Worden infecties niet via de navelstreng overgebracht?' Dan vraagt ze: 'Kun jij je de gasmaskers nog herinneren?'

'Wie zou ze kunnen vergeten?'

'Twee jaar na de oorlog was er geen huis meer te vinden waar nog een gasmasker lag. Is dat niet vreemd?'

'Ze waren niet meer nodig. De oorlog had ons nauwelijks bereikt. Bovendien was hij afgelopen.'

'Wat ben jij toch naïef! We voelden ons veilig. En toen werden in één nacht onze dekens afgerukt en bleven we naakt achter. Iedereen ontkende wat er aan de hand was.

Iedereen probeerde het uit alle macht te vergeten. Iedereen wilde zo graag van de oorlog af. Was oorlog eerst iets wat permanente slapeloosheid opleverde, nu werd het iets uit het verleden – te zinloos om weer op te rakelen. Zie je niet hoe onbehaaglijk we ons allemaal voelen wanneer de Koeweitse televisie oproepen uitzendt van familieleden van gevangenen en ons op die manier dag in, dag uit aan hen blijft herinneren? Waarom voelen we ons zo onbehaaglijk, als we niets met die gebeurtenissen te maken hebben? Is het niet omdat ze ons herinneren aan dingen die we het liefst zouden willen begraven? Ga me nu niet vertellen dat de gebeurtenissen geen extra reden voor angst hebben gevormd.'

'Daar kan ik het mee eens zijn.'

'Weet je wat onze nieuwste angst is?'

'Wat dan?'

'Betrokkenheid.'

'Betrokkenheid? Wat bedoel je daarmee?'

'Hiervoor omarmden we elke innovatie. Op alles wat nieuw en anders was reageerden we unaniem en eensgezind. We waren één, alsof we allemaal hetzelfde militaire uniform droegen. Nu is dat anders. Nu gaat het om stromingen, klinkende namen, termen die haast niemand goed kan uitspreken. Het is een warboel geworden. We kunnen niet meer duidelijk maken wat we willen. Waarnaar zijn we op zoek? Welke keuzes hebben we? Welke richting gaan we op? Welk etiket past op ons? Er zijn zo veel vragen, maar er zijn lang niet genoeg antwoorden voor iedereen.'

'Je mag erg graag theoretiseren, Darein.'

'Nee. Ik wil het begrijpen, maar er is niemand die het me gratis wil uitleggen.'

Er is nog iets aan Darein wat me beangstigt. Alles wat ze zegt zou ik zelf kunnen zeggen. Ik zou bijna zweren dat ze elke dag een kopie maakt van mijn geest, om die een volgende keer aan me voor te leggen, wanneer mijn vragen wat minder fel zijn en mijn obsessies wat minder zwaar, zodat ze het vuur nog wat hoger kan opstoken. Het zijn niet alleen de dingen die ze zegt. We houden ook van dezelfde dingen: buitenlandse films zonder ondertiteling, pasta met rode saus, bramenbier, Fairouz, spreien zonder frutsels. Verder hebben we allebei een hekel aan okrabonen, Jim Carey, gele verlichting, het gezoem van de printer en mensen die ons wakker maken. Daarvan krijgen we zelfs hetzelfde rothumeur. Darein lijkt in die zin op me dat je zou kunnen zeggen dat ik een onrijpe versie van haar ben, maar op sommige punten is de gelijkenis zo groot dat ze mijn sprekende evenbeeld, mijn spiegelbeeld is. Het idee dat ik zo geweldig, zo verbazingwekkend ben beangstigt me, net zoals het me beangstigt dat mijn spiegelbeeld me stimuleert om te gaan leven.

Anders dan in onze laatste telefoongesprekken noemt ze Nadia's naam deze keer niet. Ook weegt ze haar woorden niet af en overlaadt ze me niet met bedankjes en excuses bij alles wat ze zegt.

'Ik wil je zien', zegt ze alleen.

'Ik ook', zeg ik. 'Ik heb iets voor je. Iets kleins.'

'Wat is het?'

'Dat is geheim.'

'Wanneer zien we elkaar?'

'Wanneer je wilt', zeg ik. 'Ik sta tot je beschikking.'

'Ik wil dat je bij mij komt.'

'Dat is iets nieuws. Heb je soms slechte bedoelingen met me?'

'Ik heb je al gestolen', zegt ze. 'Ik weet niet of ik meer zal kunnen doen.'

Ze houdt me tegen bij de deur. 'Ik wil het nu hebben. Nu meteen.'

Ik probeer een beetje met haar gretigheid te spelen. 'Dat

zijn heel vieze woorden, die mag je nooit meer zeggen.'

Ik hoop dat ze me met een reeks scheldwoorden gaat overladen, zoals ze altijd doet. In plaats daarvan geeft ze me een dikke kus op mijn wang en voert ze me aan de hand mee naar haar slaapkamer. We zijn nooit eerder samen in haar slaapkamer geweest.

Ze pakt de cd die ik haar geef voorzichtig tussen duim en wijsvinger. 'Wat is het voor muziek?' vraagt ze, terwijl ze de cd bestudeert.

'*In afwachting*. Altijd wanneer ik dit nummer hoor moet ik aan jou denken.'

Er was een tijd dat ik geloofde dat ik door schrijven en muziek zou kunnen overleven, dat ik daarmee in deze wereld een ruimte zou kunnen veroveren die groot genoeg voor me zou zijn. Later heb ik mijn geloof in het schrijven opgegeven. Elk nieuw geschreven stuk werd een strop die zich vaster om mijn nek snoerde en maakte dat ik nog meer het gevoel kreeg dat ik stikte. Ik had meer dan genoeg van mijn deprimerende vermogen om feiten te verdraaien en verdriet mooier te maken dan het was. Ik had er genoeg van dat het schrijven me heen en weer liet slingeren tussen twee herinneringen: de herinnering aan wat er was gebeurd en de herinnering aan wat er was opgeschreven. Ik had genoeg van alle naïeve pogingen mezelf een visie te ontfutselen en spelletjes te spelen met mijn hart. Schrijven bracht me niet meer tot leven. Het had zo veel van me gevergd dat het misschien zelfs tot de dood leidde. Nu had ik alleen nog de muziek.

Er wordt gezegd dat muziek voedsel is voor de ziel. Ik vind dat niet juist uitgedrukt. Muziek is zelf een ziel. Hoe kun je je voeden met een ziel? Hoe kunnen we zelfs maar een begin van houvast vinden als we de ziel niet kennen en geen enkele beschrijving van haar essentie bezitten? De wereld is streng en eist definities die voldoen aan de criteria die ze ons heeft opgelegd, zodat ze zich kan vergewissen van het bestaan van alle dingen en wezens die haar bevolken. Namen zijn voor het geheugen en definities zijn voor woordenboeken, maar muziek kun je niet vastpinnen. Ook al is ze in staat om te vliegen, toch kun je haar vleugels niet met spelden op een stuk kurk vastzetten en haar lichaam niet laten verdrogen.

Op internet typ ik vaak willekeurige woorden in de zoekmachine, om vervolgens pagina na pagina de zoekresultaten te bekijken. Soms vallen de vondsten tegen maar het gebeurt ook dat mijn pogingen vruchtbaar zijn en zulke verbijsterende resultaten opleveren dat ze me de hele nacht bezighouden. Ik heb een keer het woord 'afwachting' ingetypt. Ik had al aangegeven dat ik op zoek was naar beeldmateriaal. Daarna zocht ik verder bij geluidsopnames. Zo'n term móést wel iets opleveren en dat was ook zo.

Het liedje bracht me zo van mijn stuk dat ik niet kon wachten tot Omar zich op het scherm meldde. Ik belde hem op. Samen luisterden we naar de opname. 'Wat vind je ervan?' vroeg ik.

'Ik zou het echt niet kunnen zeggen', zei hij.

Zo gaat dat. De echt mooie dingen beroven ons van taal en dwingen ons tot stilte.

'Het is een Iraaks nummer', zeg ik.

Ze schuift de cd in haar cd-speler.

'Nu niet', zeg ik.

'Wanneer dan?'

'Laten we er vanavond samen naar luisteren.'

'Vannacht om drie uur. Komt dat uit?'

'Dat is nogal laat voor de liefde.'

'Liefde is het enige wat nooit te laat komt.' Ze wijst naar de deur. 'Kijk, de deur zit op slot.'

'Ik heb het gezien. Je bent een heldin.'

'Ik ...'

'Wat wil je zeggen?'

Ze komt naar me toe. In haar ogen ligt een tranceachtige blik alsof ze is betoverd. Ik lig half op haar bed. Ze buigt zich over mijn voeten en kust ze. Deze keer verstar ik niet, heb ik niet het onrustige gevoel dat ik word gekieteld. Ik denk ook niet dat mijn voeten te min zijn om door haar te worden gekust. Verder komt het niet eens in me op dat mijn voeten een spastische beweging zouden kunnen maken, waardoor ik haar per ongeluk een trap zou geven en een bloedneus zou bezorgen. Ik begrijp haar behoefte om het te doen, om haar dankbaarheid zo overduidelijk te tonen. Ik laat haar dan ook geworden.

Dan omhels ik haar. Ze lacht wat. 'Eindelijk', zegt ze. 'Vandaag doet mijn kamer haar eerste ervaring op.'

Ik lach met haar mee. Ze slaat haar armen om me heen. 'Is ze goed voor je?' vraag ik.

'Nadia? Ja, natuurlijk.'

Wanneer ik haar wegduw begint ze ondeugend te lachen. 'Begrijp me nu niet verkeerd. Het was maar een grapje.'

We zwijgen. Met mijn duim trek ik sporen over haar wang. Haar warme glimlach wekt de indruk dat ze het serieus meent. Misschien wilde ze dit al langer vertellen en heeft ze ervoor gekozen om het in de vorm van een grapje te gieten. 'Meen je dat echt?' vraag ik.

'Ja.'

'Waarom?'

'Ik wil niet dat onze relatie louter op lichamelijk contact is gebaseerd.'

Het is een verwarrend moment. Wat is het verleidelijk om nu te zeggen: Goed, je hebt gelijk, of: Nee, ik zal je niet in de steek laten.

Maar gelukkig hoef ik haar geen pijn te doen of om de tuin te leiden, want ze strekt haar hand naar me uit en zegt:

‘Ik wil je mijn geheime schuilplaats laten zien.’

Zodra ze de deur opent ruik ik een sterke verflucht. ‘Kom verder’, zegt ze.

De kamer is ruim en licht. De muren aan de noord- en oostzijde hebben grote ramen van spiegelend glas. Tegen de westelijke wand hangen drie schilderijen. Andere schilderijen staan met de voorkant naar de muur, op een rij van zeven schilderijen na die met de rug naar de muur staan. Naast de deur staat een grote werktafel met veel laden. De tafel ligt vol verfspullen. Verder zie ik nog een sofa en een schildersezel.

‘Ik denk dat deze plek alles heeft wat mijn vader me heeft geschonken.’

Ik ben zo van mijn stuk gebracht dat ik haar zou hebben uitgescholden als ik niet over mijn woorden was gestruikeld: ‘Maar ... Jij ...’

‘Dit is het.’

‘Waarom heb je dit al die tijd geheimgehouden? Waarom heb je mij hier nooit iets over verteld?’

‘Ik vertel het je nu toch? Ik heb gewacht. Ik wilde dat je het met eigen ogen kon zien.’

‘Maar ... Waarom is het geheim?’

‘Je weet wat iedereen graag wil zien: doorkijkjes, luchten, bomen en vogels. Daar kan ik helemaal niets mee. De kleur wit maakt me duizelig. Voor mij vertegenwoordigt die kleur geen verheven ideaal, ik zie wit niet als iets goeds. Ik las ergens dat kunst is gebaseerd op destructie. Destructie van ideeën, symmetrie en voorgekauwde concepten over esthetica. Ik ben van nature erg destructief.’

‘Al die kennis heeft je bedorven, Darein.’

Verbijsterd onderwerp ik haar geheime kamer aan een onderzoek. Ondertussen steek ik mijn bewondering niet onder stoelen of banken. ‘Wat moet God veel van kleuren houden dat hij de wereld er op deze manier mee vult.’

Ze schudt haar wijsvinger heen en weer alsof ze zeggen wil: Wacht even, ik kom er wel op. 'Dat is niet de juiste vertaling', zegt ze dan. 'De oorspronkelijke zin luidt: "*God must be a painter.*" Uit de film *A Beautiful Mind*. Ze stond voor een schilderij en ...'

Ik onderbreek haar. 'Over films hoef je me niets te vertellen. Alleen wanneer je het over de details van een schilderij hebt weet jij er meer van af dan ik.' Ik wijs naar de drie schilderijen die naast elkaar hangen. 'Waarom heb je deze wel opgehangen en de andere niet?'

'Wanneer ik het geloof verlies in wat ik doe, wanneer mijn motivatie het laat afweten en ik niet meer weet waarom ik iets heb gedaan, wanneer ik aan mijn vakmanschap begin te twijfelen, kijk ik naar die schilderijen. Dan zie ik wie ik was en wat ik ben geworden. Dan komt mijn vertrouwen terug. Het zijn de fases waar ik doorheen ben gegaan. Het eerste schilderij heb ik *Woede* genoemd. Rode kleuren, wijd opengesperde, schreeuwende monden en drukke straten vol mensen.'

'Maar daarvan zie ik niets terug.'

'Je mag ook geen letterlijke vertaling verwachten.'

'Dat bedoel ik niet. Ik bedoel ... Dat was dus je embryonale fase, waarin je zogezegd precies op de regels leerde schrijven.'

'In mijn embryonale fase, zoals jij het noemt, zat ik in schetsboeken te tekenen. Toen kende ik het verschil nog niet tussen waterverf en olieverf of tussen abstracte kunst en surrealisme.'

'Ik begrijp het. En de tweede fase?'

'Dat was mijn nihilistische fase. Ik vulde het doek met leegte. In die tijd gebruikte ik op de meeste schilderijen grijzen en zwart. Ik was geobsedeerd door de tegenstelling tussen zwart en wit. Als ik in de jaren zestig van de vorige eeuw zou zijn geboren en niets anders dan zwart-witfilms had kunnen zien, was ik vast niet gelukkig geweest.'

'Geef je graag titels aan je werk?'

Haar glimlach verflauwt. 'Dat is echt een drama', zegt ze. 'In die tijd schilderde ik mijn dromen. Iedere penseelstreek was een droom. Ik was zo verwaand om te denken dat ik altijd voldoende impulsen zou krijgen om te blijven schilderen, dat ik nooit zou hoeven stoppen. Ik realiseerde me niet dat ik vastzat en geen stap verder kwam.'

'En nu?'

'Heb je *Shine* gezien? Als ik me niet vergis, heeft hij een Oscar gewonnen voor de beste acteur. *Shine* gaat over een pianist, David heet hij. In die film komt een zin voor die ik nooit zal vergeten: "*Play as if there is no tomorrow.*" Toen ik David een dag later Rachmaninovs *Derde Pianoconcert* hoorde spelen, moest ik steeds aan die zin terugdenken, helemaal toen hij het stuk niet meer kon spelen omdat zijn vingers hem in de steek lieten. Ik durf nu niet meer te zeggen dat elk schilderij een fase is. Tegenwoordig schilder ik elk doek met het idee dat dit het laatste is wat ik zal maken, mochten ook mijn vingers me daarna in de steek laten.'

'Waarom staan de andere schilderijen met de voorkant naar de muur?'

'Wat voor gevoel krijg je bij je gedichten wanneer je ze later herleest?'

'Ik vind ze verschrikkelijk.'

'Dat heb ik ook.'

'Laat me het schilderij eens zien waar je de grootste hekel aan hebt.'

'Weet je wel wat je van me vraagt?' Ze begint haar schilderijen af te zoeken. Dan haalt ze er een tevoorschijn. 'Ik had je moeten waarschuwen. Op dit schilderij moet je voorbereid zijn.'

Ik strek mijn hand uit. 'Kom hier', zeg ik. Gehoorzaam komt ze voor me staan. Ik zeg dat ze haar ogen moet sluiten.

Ook dat doet ze. Ik pak haar hand en beweeg haar wijsvinger over mijn middelvinger en langs mijn handpalm. Wanneer ze ongeduldig wordt en haar vinger sneller wil bewegen, houd ik haar tegen. We staan zo dicht bij elkaar dat ik de geur van haar shampoo kan ruiken en haar warme adem op mijn huid kan voelen. Ik beweeg haar vinger over het litteken dat als een reliëf in mijn handpalm is gestanst. 'Dit ben ik', zeg ik.

'Ben jij deze verwonding?' vraagt ze bevreemd.

'Natuurlijk niet. Ik ben wat je voelt wanneer ik in je ben. Wanneer mijn aanwezigheid daar geen krassen achterlaat.'

Ze ziet dat ik in de valkuil van de identificatie ben getrapt waaruit ik haar zo kortgeleden nog heb gered en glimlacht.

De oproep voor het middaggebed klinkt. Het is tijd om te gaan.

'Wacht,' zegt ze, 'ik heb ook iets voor jou. Iets kleins.' Op haar beurt draagt ze me op om mijn ogen te sluiten. Het is bijna eng hoe we dezelfde handelingen op elkaar laten volgen. Ik val haar in de rede; zij valt mij in de rede. Ik kus haar hand, zij doet hetzelfde. En altijd wanneer zij begint te schelden doe ik er meteen een schepje bovenop.

Ik hoor hoe ze zich haastig door de kamer beweegt. Dan mag ik mijn ogen opendoen. Voor me staat een doek, wit als een brok sneeuw. Zo moet het paradijs eruitzien. Het komt niet door de kleuren maar door wat erachter verscholen ligt.

'Dit is voor jou.'

'Wat?'

'Je hebt me gehoord.'

'Maar het is jouw schilderij!'

'Ik heb het voor jou gemaakt.'

'Dat kan ik niet aannemen.'

'Waarom niet?'

'Omdat het jouw werk is.'

'Je kunt je beste gedicht aan me opdragen. Dan staan we quitte.'

'Je begrijpt het niet. Een gedicht blijft bij me, ook al geef ik het aan jou of draag ik het aan je op. Een schilderij niet.'

'Neem het mee en hang het boven je bed.'

'Waarom juist boven mijn bed?'

'Omdat jij de enige bent die zo gek is om met haar hoofd aan het voeteneinde te slapen.'

'Dan is het schilderij het eerste wat ik zie wanneer ik wakker word, bedoel je.'

'Ja, en dan zul je dus aan me denken.'

'Je bedoelt: ik zal óver je denken.'

'Nee, je zult áán mij denken', herhaalt ze resoluut.

Wat zou ik graag tegen haar willen zeggen: Verberg me, Darein, hier, op deze geheime plek van je. Verberg me tussen je vingers. Maak een tekening op mijn lichaam, teken rechtstreeks op mijn huid, laat er geen afstand of barrières meer tussen ons bestaan. Schilder met al je kleuren, met al je vingers. Beschilder mijn huid alsof ik je allerlaatste schilderij ben. Je tekening zal alle schade die anderen hebben aangericht tenietdoen. Ik zal niet je beste doek zijn, Darein, maar ik zal beter dan om het even welk ander doek in staat zijn om iets in anderen teweeg te brengen, om iets uit te drukken. Spreekt de manier waarop mijn lichaam zich uitdrukt je niet aan? Omhels me zachtjes, nee, omhels me zachter dan zacht. Ga niet op zoek naar mijn ziel en vraag niet waarom mijn ziel er niet is. Ik heb geen ziel, Darein. De anderen hebben haar verslonden – de passanten en de voorbijgangers die ik dacht lief te hebben en van wie ik dacht dat ze van mij hielden. Ook jij hebt eraan meegedaan, Darein. Of misschien was het Nadia.

Maar ik zeg geen van die dingen. We zwijgen. Verdriet drukt ons terneer. Dan verbreekt ze de stilte. 'Weet je wat ons liedje is?'

'Dat moet het liedje zijn waarbij je het schilderij hebt gemaakt.'

'Ja, dat is ons liedje.'

Ook Darein bezit haar eigen profetische gaven, die ze aan me overbrengt terwijl ze zingt:

'O tijd,

Wie heeft de schaduwen van het gras tot leven gewekt op de muren,

nog voordat de bomen tot volle wasdom zijn gekomen?

Steek de kaarsen aan en kijk uit naar al mijn vrienden.

Ze waren zo snel verdwenen en nu sta ik hier bij de deur – alleen.

Net als de sneeuw zijn jullie vertrokken, en net als de sneeuw weigeren jullie terug te komen.

Huil tegen hen, wolf, huil mee met de winter.

Misschien zullen ze je horen. Misschien, heel misschien.'

Het is alsof ze zegt: Ook als je niet komt zal ik op je wachten. Ik vergeef je je afwezigheid, ook al vind ik het verkeerd.

Als we klaar zijn zorg ik ervoor dat ik niets achterlaat. De wet zegt: er mag niets achterblijven. Er mogen geen onuitgesproken woorden blijven hangen, geen onvertelde verhalen, geen onvervulde verlangens. Hoe vaak gebeurt het niet dat die dingen later toch weer opduiken om de loop der dingen te verstoren?

Ik ben gewend mijn relaties op een nette manier te beëindigen. Je zou het 'een schone dood' kunnen noemen. Van onze laatste dag maak ik de beste dag ooit. Er mag niet de minste twijfel, niet de kleinste zorg blijven bestaan over de vraag of onze relatie alle moeite die we erin hebben gestoken wel waard was. Er mag niets opduiken wat we op een later tijdstip zouden moeten herzien. Op de laatste dag doe ik alles wat er van me wordt verlangd en zeg ik alles wat de ander graag wil horen. Zo weet ik zeker dat ik niet wegga voordat ik alles heb gekregen waarop ik recht heb en mijn schuld heb afgelost.

Maar Darein ...

Haar kan ik niet op zo'n manier voor de gek houden, net zomin als zij dat spelletje met mij zou kunnen spelen. Ik heb het gevoel dat we elkaar ergens kunnen ontmoeten, dat we een manier kunnen vinden om de spanning te verminderen en een lichtvoetiger relatie kunnen opbouwen. Een relatie waarin we niet de vrijheid krijgen om elkaar te verraden, ook al hebben we elkaar nog niet zo vaak ontmoet en al stelden onze ontmoetingen niet veel voor. Het waren ontmoetingen die altijd zijn geëindigd met de zekerheid dat dit de laatste keer was dat we zo intiem waren. We zijn nooit betoverd geraakt door elkaars lichaam, nooit was er sprake van onbedwingbare lust. Maar dit is wat er gebeurt wanneer iets wat vroeger bereikbaar was ineens onbereikbaar is geworden: jaloezie die ontspruit in de gewrichten van een lichaam dat niet meer tot aanraken en kussen in staat is; uitgestelde passie die alleen vlam kan vatten door de kracht van het bestaan van die ander en door het vuur van de afstand. Misschien ontmoeten we elkaar ooit in het paradijs, waar we ons zullen kunnen ontdoen van de last van onze lichamen en ons van het geheugen zullen kunnen bevrijden.

19

Rayyaan was een verhaal van één hoofdstuk. Ik weet niet wie van ons het heeft uitgemaakt. We maakten het uit, en dat was dat.

Algemeen wordt aangenomen dat korte verhalen weinig verdriet veroorzaken. Iedereen gaat ervan uit dat passanten een lichte tred hebben. We worden verondersteld vrienden te blijven en hij wordt verondersteld het licht in zijn venster voor me aan te houden, zodat ik in de meest duistere nachten, wanneer ik door gangen dwaal die nergens naartoe leiden, naar hem kan terugkeren. Maar de dingen gaan niet zoals wij denken dat ze gaan, ze voldoen niet altijd aan onze verwachtingen.

Het ergste aan de dood is dat je langzaam sterft, dat je wegkwijnt en begint te ontbinden, dat je steeds minder adem krijgt. In het ergste geval komt de dood niet snel en definitief. Zo verging het Rayyaan en mij: onze relatie eindigde zo traag dat ik nog steeds geen idee heb op welk moment we daadwerkelijk uit elkaar zijn gegaan. Ik kan het niet nauwkeurig vaststellen, ik zou zelfs niet bij benadering kunnen zeggen hoelang onze relatie heeft geduurd. We maakten er zo langzaam een einde aan dat het ons niet eens is opgevallen.

We ontmoetten elkaar door een ruzie op een internetforum. Ik geef het toe: Rayyaan is een van mijn favoriete schrijvers. Ik was vast van plan ruzie met hem te zoeken. Ik analyseerde een van zijn bijdragen en vond er een marginale fout in, die ik buiten proporties opblies. Later vertelde hij me dat hij het idee had gehad dat ik hem stalkte, naar alle waarschijnlijkheid met verkeerde bedoelingen. Hij was zo woedend dat hij mijn hoofd wel had willen inslaan, zoals hij later zei. Maar het kost tijd en inspanning om een hoofd in te slaan en zo liepen we, zonder dat we het beseften, in een val.

Toen ik tegen Darein zei: 'Eigenlijk verlang ik in jou naar een man die nooit zal komen', fluisterde ze in mijn oor: 'Wat zou ik graag die man willen zijn.'

Met een onvoorstelbare hooghartigheid antwoordde ik: 'Ik zit op niemand te wachten.'

Zonder het te weten had ze me in herinnering gebracht dat er een wezen in mijn leven ontbrak. Nooit was er een man geweest. Een man was wel het laatste waarnaar ik verlangde. Zelfs in mijn zwakste, meest heimelijke gedachten kwam geen man voor. Ik beschouwde de afwezigheid van een man als een uitgemaakte zaak, als iets wat weinig om het lijf had. Zelfs toen de wereld van internet zich met al haar verleidelijke mogelijkheden voor me opende, bleef die afwezigheid een onbetwistbaar gegeven. Omar was een uitzondering – een uitzondering die uitsteeg boven wat normaal was of wat je kon verwachten. Omdat onze relatie zich in een virtuele wereld ontwikkelde, had ik nooit aandacht gehad voor het feit dat hij een man was. Daardoor had ik ook geen aandacht voor zijn fysieke kant. Zo kon hij snel doordringen tot mijn meest gevoelige plekken. Ik kan wel zeggen dat Omar en ik, als de omstandigheden anders waren geweest, niet al bijna twee jaar vrienden zouden zijn geweest.

Altijd wanneer ik op het punt sta om het idee in overweging te nemen dat een of andere man een plekje zou kunnen krijgen in mijn leven, dient zich een mogelijk geschikte kandidaat aan. Maar wanneer ik plaats voor hem inruim in mijn geest, schrik ik terug voor het idee dat zo'n relatie puur seksueel van aard zou kunnen worden. Ik schenk mijn lichaam niet aan vreemden en nodig geen mensen in mijn bed uit die 's ochtends hun kleren aantrekken en opstappen, om niet meer terug te keren. Ik kan mijn lichaam niet scheiden van mijn ziel, ik kan de verlangens van het ene deel niet bevredigen zolang het andere deel honger lijdt. Het maakt veel verschil of je je lichaam laat meevoeren op de stroom van zijn verlangens of dat je goedkoop bent en gemakkelijk te krijgen.

Ze zeggen dat je de liefde herkent wanneer ze voor je opdoemt. Ik weet niet of het met Rayyaan liefde was of iets anders. Ze zeggen ook: de liefde dient zich aan wanneer we er helemaal klaar voor zijn, maar ze komt altijd uit een onverwachte hoek.

Ik beleefde onze relatie alsof het een koord was waarop ik me in evenwicht moest zien te houden, terwijl onder me geen veiligheidsnet was opgehangen. De duisternis onder mijn voeten was diep en pikdonker. Onze relatie ontwikkelde zich tot een vreemd patroon van aanwezigheid en afwezigheid. Wanneer we te vaak contact met elkaar zochten raakten we verveeld, maar wanneer we een tijdje geen contact hadden begonnen we zo naar elkaar te verlangen dat het pijn deed. Als de slinger van een uurwerk bewogen we heen en weer tussen deze twee uitersten, zonder een tussenweg te vinden.

Zonder dat we het van tevoren hadden afgesproken, zorgden we er altijd voor dat we op hetzelfde moment op internet zaten en ons op hetzelfde moment afmeldden. Zo hoefde geen van ons te wachten en hoefde de ander zich niet verwaarloosd te voelen.

Rayyaans afwezigheid was dus geen doorslaggevende factor in onze relatie en als hij er niet was voelde ik niet dat gapende gat achter mijn ribben dat niet door troost kan worden gesloten. Ik voelde niet die leegte die alleen kan worden opgevuld met het slijk van geleden verdriet en het brakke water van ondraaglijke smart.

Ik heb altijd geloofd dat ik nooit zou liefhebben. Niet omdat de liefde niet in staat zou zijn mij aan haar lijst toe te voegen, maar omdat ik niet over genoeg moed beschik om lief te hebben. Inmiddels wil ik toch graag een paar van onze waarheden omvormen of negeren, zodat ik mezelf ervan kan overtuigen dat ik hier één keer doorheen ben gegaan. De wereld mag haar waarheden hebben, ik zoek alleen wat gemoedsrust in mijn wereld van illusies. Vaak, ontelbaar veel keren, heb ik gezegd: 'Ik hou van je' en zei hij: 'Ik hou van je', onze stemmen verstikt door de heftigheid van ons verlangen. Die keren vertrouw ik niet. De woorden die we zeggen terwijl we ons gedragen als twee glazig kijkende zatlappen die via een telefoonlijn spelletjes met hun lichaam spelen, hebben niets te betekenen. Wanneer we ons op de rand van het verdriet bevonden, zei hij vaak: 'Ik wil iemand. Het maakt me niet uit wie.'

Ik vatte het op als: Ik heb niemand. Er is niemand bij me.

Zo vaak al heb ik intuïtief begrepen dat dingen die koortsachtig beginnen lauwwarm eindigen. Alle factoren die bijdragen aan die koorts worden immers vernietigd wanneer het verlangen escaleert. Dat is iets waarop je je niet kunt voorbereiden. We worden niet als pubers en adolescenten geboren, we zijn wezens die zich geleidelijk ontwikkelen. Dat is onze natuur, zo heeft de schepper haar bedoeld. Zo is het ook met de dingen die we doen. Mijn relatie met Rayyaan, die in een gesprek van tien minuten opvlamde tussen de vingers waarmee we onze telefoon vastklemden, moest wel met dezelfde snelheid uitdoven. We geven onze relaties geen enkele kans wanneer we de eerste momenten tot de beste maken; daarna zal er immers niets meer zijn wat de moeite waard is om naar uit te kijken. De mens komt niet in beweging als er niets is waarnaar hij kan uitzien. Misschien beperkten we onze contacten op internet wel, in een halfslachtige poging om de tijd die ons misschien was toebedeeld te rekken of om onszelf respijt te geven, zodat we altijd opnieuw konden beginnen. Maar het was niet gemakkelijk om opnieuw te beginnen, om de wijzer van de klok van onze relatie terug te zetten en opnieuw op nul te beginnen.

Ik wilde zo graag geloven dat het verdriet dat tot het einde van een relatie leidt, in staat was om diezelfde relatie nieuw leven in te blazen. Verdriet verlaat je immers niet. Het landt op je kussen wanneer je wakker wordt en verzegelt je ogen voordat je gaat slapen. Het brengt je de mensen die jou hebben verlaten of de mensen die jij hebt verlaten, die allemaal hun verdriet met zich meetorsen. Het verdriet brengt hen naar ons toe en blijft op hen drukken. Een zware aanwezigheid van dingen die je niet kunt vergeten en waarvoor je je ogen niet kunt sluiten. Sinds Rayyaan denk ik – en dat zal ik mijn hele leven blijven denken – dat degenen die niet komen, zelfs niet wanneer we de zee voor hen in tweeën splijten, een bron van verdriet vormen die niet mag worden onderschat en waar je niet te lichthartig overheen mag stappen. Toch doe ik alsof ik me nergens van bewust ben en beweer ik dat ik er goed mee kan leven.

Tijdens een slappe periode in onze relatie kreeg Rayyaan een ongeluk. Hoewel hij niet gewond was, zei ik tegen hem: 'Ik wil niet dat je sterft. Ik hou niet van mensen die doodgaan.' Ik weet nog dat hij moest lachen. Vanaf dat moment begon ik bij te houden hoe vaak hij en ik ons aanmeldden op internet. Er was niets prettigs of fijns meer aan te ontdekken. Wanneer hij niet op internet verscheen had ik het gevoel dat ik met stenen werd gevuld, waardoor ik steeds dieper wegzonk. Toen hij ten slotte helemaal wegbleef kwam ik terecht in een diepe, duistere afgrond, waar ik niet meer kon ademhalen.

Onze openlijke ruzie duurde slechts een paar berichtjes. Toen begonnen onze eindeloze chatsessies. En ik, die mezelf zo goed immuun kon maken voor vreemden, merkte dat ik voor hem een open boek werd. Toen ik het geluid hoorde waarmee hij online kwam en zijn *nickname* las: 'Je sterft zonder dat iemand het beseft', fluisterde een stemmetje in mijn oor dat ik me veel te veel liet meeslepen door zijn zelfverzekerdheid en dat ik daar op een dag de prijs voor zou moeten betalen. Ik herinner me mijn openingszin nog goed: 'Op 1 september gebeurt er veel.' Ik herinner me ook wat hij antwoordde: 'Het zal niet gebeuren dat ik jouw Zwarte September word!'

Ik dacht: als ik Rayyaan een maand eerder had leren kennen – in augustus, zelfs midden augustus – was het tussen ons op niet meer dan een vakantieliefde uitgelopen. Ik kan lang piekeren over alle zondes die ik uit verveling heb begaan. Ik kan erover piekeren zonder er met noemenswaardige verliezen uit te komen. De zomer is goed voor onverwachte avonturen die snel voorbijgaan. Alles smelt weg in de zomer, niet alleen ijs. Ik kon het verdragen dat het ijsje dat ik met Rayyaan deelde wegsmolt maar ik verdroeg het niet dat ik zijn boom werd en hij mijn herfst, zodat ik naakt en alleen achterbleef.

Toen ik door de telefoon zijn stem hoorde, die zonder aanwijsbare reden gekwetst klonk, kon ik me goed indenken dat mensen die ver weg zijn een aantrekkingskracht bezitten die niet te evenaren is door mensen en dingen die dichtbij en binnen bereik zijn. Ik zei tegen mezelf: Rayyaan vormt een kans op liefde die zich niet opnieuw zal aandienen. Hij is veilig en ver weg. Waar hij is, op vierhonderd kilometer afstand, kan hij me geen pijn doen. Bovendien heeft Riyad, de stad die haar zonen leert hoe ze hard en ongevoelig moeten worden, hem geleerd om afstand te houden van anderen en dus ook van mij.

De grenzen van onze relatie waren al bij voorbaat afgebakend. We hoefden er niet over na te denken. Er viel immers niets aan te veranderen. We zouden elkaar niet ontmoeten en dus zouden we niet verstrikt raken in vragen als: waar voert deze relatie ons heen? Hoever mag het gaan? Er was niets wat zulke vragen vereiste. Er werd niet gevraagd: hoe nu verder? Het was een begin zonder toekomst. Voor mij was het een ideale situatie. Ik ben iemand die weigert me door anderen te laten vastpinnen, omdat ik anders mijn bewegingsvrijheid zou verliezen. Die dag moest hij van mij zijn nickname wijzigen in 'Een veilige plaats voor liefde'.

'Ik ben toch geen plaats?' zei hij. 'Ik ben een mens van vlees en bloed.'

'We zijn allemaal plaatsen', antwoordde ik.

Die gekwetste stem van hem begon op te spelen in mijn hart en zette al mijn gevoelens op hun kop. Het was de ontwrichtende invloed van een man op een vrouw die in haar leven alleen nog maar had getriomfeerd over eentonige dingen, gesloten grenzen en de strikte wetten van haar eigen bestaan. Dat is waar mannen goed in zijn en waarin ze geen rivalen hebben: een vrouw tot vrouw maken, en niets anders.

Rayyaan had een aantrekkingskracht die ik niet kon weerstaan. Hij wist hoe hij zich moest gedragen: hoe hij mooi moest zijn in zijn verdriet, aantrekkelijk in zijn woede en extravagant in zijn gedachten en ideeën. Internet was de plek waar we onze eerste stappen zetten. Hij beschouwde het als het enige platform waar vrouwen romantische afspraakjes konden maken, in een land dat perfect samenzwoer om zijn zonen in woestijnen te veranderen. Toen ik hem vertelde dat zijn persoonlijkheid me goede stof tot schrijven opleverde, antwoordde hij sarcastisch: 'Dus je gaat me vermoorden, zoals Ahlam Mosteghanemi haar hoofdpersonen vermoordt.' Toen vervolgde hij: 'Schrijven schenkt me geen glorie. Dat doen alleen lofzangen en vrouwen.'

Zo is Rayyaan. Hij zegt dingen die hij niet meent, hij blaast zijn woorden op en geeft ze vleugels, terwijl hij zijn echte gedachten diep onder de oppervlakte verborgen houdt. Op mij had zijn dubbelhartigheid een fataal effect: soms vond ik hem dom en banaal, andere keren liet ik me door hem overweldigen.

Toen het schuim dat op zijn oppervlakte dreef eenmaal was verdwenen, werden het de verschillen tussen ons die me naar hem toe trokken. We waren in alles elkaars tegenpolen: Gods nacht en dag, vrouw en man, sjiiet en soenniet, mijn leven in het vruchtbare Al-Qatif en zijn pure bedoeienenbloed – hij droog en ik regenachtig, hij scherp en ik delicaat. Zelfs mijn homoseksuele ervaringen stonden lijnrecht tegenover de zijne, die zo traditioneel waren dat ze in wezen een rechte lijn tussen twee punten vormden, met een afwijking van nul. Ik was voor hem iets nieuws, en dat was hij voor mij ook. Dat bleek ook wel, want vaak doken er dingen op waarover we ons verwonderden. Terwijl we erover praatten, regen de vragen en antwoorden zich aaneen. Over de grootste verschillen bleven we ruziën, tot we ze een figuurlijke schop gaven. Toen hij foto's van me zag, zei hij: 'De inwoners van Al-Qatif moeten oorspronkelijk uit Iran afkomstig zijn. Hoe komen jullie anders zo bleek? Meisje, jij bent zo wit als melk.'

We bereikten steeds hogere niveaus in ons 'wegblijfspelletje', dat we altijd bleven spelen. Wanneer we te ver gingen keerden we snel terug naar ons oude regime van schaarse gesprekken. Ik herinner me dat hij zei: 'Alleen bij jou merk ik hoe gemakkelijk het is om weg te blijven van internet.'

Op welk punt van de weg zijn we bij vergissing het zijpad ingeslagen dat ons regelrecht naar het einde heeft gevoerd? Ons wegblijven was iets geworden wat we vierden, iets waar we met het grootste respect mee omgingen.

Dat vind ik nog het moeilijkste. Ik weet niet wat er verkeerd is gegaan. Waarom is onze relatie geëindigd? Wat was het laatste struikelblok? Het moeilijkste was dat ik naar redenen bleef zoeken maar ze niet kon vinden. Daarom kon ik niet van hem loskomen. Datzelfde gold voor hem. We bleven terugkomen om een of twee uur met elkaar te praten. Ik ben nog steeds bitter gestemd, nog steeds denk ik: zo had het niet hoeven gaan. Wanneer hij zich aanmeldde, kreeg ik altijd weer het gevoel dat ik hem nodig had en verleende ik hem een avond of twee onderdak. Hij deed hetzelfde, ook hij liet zijn deur op een kier staan. Ik ben er nog steeds van overtuigd dat geen van ons een spelletje met de ander speelde wanneer we zo veel stof deden opstuiven dat we er brandende ogen van kregen. We bleven aan elkaar vastzitten en kwamen telkens weer terug. En tegelijkertijd kwamen we niet terug.

In zijn portefeuille bewaarde hij een papiertje dat volgekrabbeld was met notities en observaties. Wanneer hij terugkwam las hij ze aan me voor alsof ze uit een heilig geschrift afkomstig waren, terwijl het alleen om kleine dingen ging: ‘Mijn avondeten bestaat uit een broodje falafel en ik nodig je niet voor de maaltijd uit. Je slechte bloed verhindert je trouwens toch al om mijn uitnodiging aan te nemen.’ ‘Ik kijk naar *The Others*. Ben je daar nog steeds zo gek op?’ ‘Ik ben in een weemoedige stemming en ik mis je.’ ‘Slechte timing om tijdens de examens *Liefde in tijden van cholera* te lezen.’ ‘Ik zou je zo graag willen horen zeggen: Ik kom alleen wanneer je me geen aubergines te eten geeft.’ ‘In plaats van te zeggen: Ik geef je de sleutels van je huis terug, merk ik dat ik denk: wanneer je de straat oversteekt en terugloopt zul je me dood aantreffen.' 'Ik weet dat je een hekel aan Abbadi hebt. Maar luister hier eens naar. Ach, wat maakt het ook uit.' 'Iemand die erg op je lijkt probeert me te verleiden. Gebruik je soms een nieuwe nickname?' 'Hou je nog van me?' 'Het jachtseizoen is nog niet aangebroken. Toch trek ik er dit weekend op uit. Ik schakel mijn telefoon uit. Maak je dus geen zorgen.'

Gewoon kleine berichtjes, sms'jes die hij wilde versturen maar in plaats daarvan opschreef om te verhinderen dat hij ze direct zou sturen. Om zijn bloed te laten afkoelen, zoals hij zei. We genoten van onze kuisheid, terwijl we steeds meer bij elkaar betrokken raakten. We waren verslaafd aan dat genot. Op een keer was ik zo dom om hem een grimmig sms'je te sturen. Het begon zo: 'Heb je echt geen pijn in je hart om mij?'

Daarna stopte ik met het opsparen van de dagelijkse dingen die ik hem wilde vertellen. Ze maakten alleen maar dat ik hem nodig bleef hebben of zelfs nog meer naar hem ging verlangen, waardoor ik steeds in hetzelfde labyrint bleef ronddwalen. Wanneer ik door de ene poort naar buiten ging bracht hij me door een andere poort terug om me te vervullen van nieuw verlangen, dat ik uit alle macht probeerde weg te redeneren. Wanneer we dan toch weer contact hadden, voelde ik zelfmedelijden en verdriet en trok ik me opnieuw terug.

Hij vertelde me dat hij me aan het begin van onze relatie voor een korte periode ontrouw was geweest. Ik moest lachen om het gebruik van de term 'ontrouw'. Zijn vriendin was teruggekomen en hij was zo dronken geworden van verlangen naar haar, zei hij, dat ze de liefde hadden bedreven. Hij probeerde de invloed die het nieuwtje naar zijn verwachting op mij had te verzachten door te zeggen dat het maar twee of drie keer was gebeurd, alsof een beetje ontrouw en veel ontrouw niet hetzelfde waren. Ja, ondertussen zat ik te denken: één keer is genoeg om als ontrouw te worden bestempeld. Toch zag ik het niet werkelijk zo. Onze relatie was zo onduidelijk dat ik zijn daad helemaal niet als ontrouw kon opvatten. Ik hoorde zijn verhaal tot het einde toe aan. In de periode die daarop volgde ondernam ik geen pogingen meer om de lange draden te ontwarren, om ze terug te kunnen volgen naar het begin. In dat geval zou ik een of ander besluit moeten nemen en dat wilde ik niet. Terwijl hij mijn reactie als een gebrek aan belangstelling opvatte, beschouwde ik haar als een poging om immuun te blijven voor nieuwe krassen.

Hij zei altijd dat God hem naar het paradijs moest sturen – was het niet als compensatie voor het feit dat God hem iedere vorm van gemoedsrust had ontzegd, dan wel omdat hij, zij het uit pure angst, boete had gedaan voor al zijn zonden. Wanneer we het over God hadden konden we elkaar nooit begrijpen. We begrepen elkaar ook nooit wanneer ik hem vroeg of hij zijn moeder al eens had bezocht.

'Bedoel je of ik het graf van mijn moeder heb bezocht?' antwoordde hij dan.

Rayyaan ontfermde zich over vele anderen, zonder dat hij iemand het recht gaf om zijn intrek te nemen in zijn hart. Langzaamaan veranderde hij in een pension met vele kamers, waar hij leefde van de gierende wind die door de kieren van de vensters naar binnen drong. 'Gods wegen zijn ondoorgrondelijk', zei hij.

We zijn oorspronkelijk afkomstig uit dezelfde streek in het noorden en behoren zelfs tot dezelfde stam. Dit gegeven kostte Rayyaan twee minuten van verbijstering en een lachbui voordat hij het kon bevatten. Het was zo toevallig dat het mij ook een moment aan het twijfelen bracht over het waarheidsgehalte van de overgeleverde verhalen over de herkomst van mijn familie. Toen ik nog maar een latente mogelijkheid was binnen Gods wilsbeschikking, was een verre voorvader van mij uit het noorden gekomen en had zich in de buurt van de Golf gevestigd, nadat hij zich van het soennisme tot het sjiisme had bekeerd. Ik denk dat hij een geweldig mens moet zijn geweest. Het doet er niet toe waartoe hij zich heeft bekeerd of waarvan hij zich heeft afgekeerd. Hij heeft het gedaan, daar gaat het om. Het is geweldig dat hij met zijn eigen ogen naar God keek, en niet met die van hen. Het is geweldig dat hij zijn oude, mistige gedachten achterliet en opnieuw naar de wereld begon te kijken. Het is niet van belang dat de anderen hem als een wanklank zagen.

Met dat onderscheid tussen ons konden we alleen maar de spot drijven. We dreven zelfs de spot met onszelf en met de dwaasheid waarmee ons verschil tot instrument en oorzaak werd van zo veel ellende, rechten die op de lange baan werden geschoven en halve oorlogen die in het geheim werden uitgevochten. We bleven grappen maken over onze verschillen, zelfs die keer toen we fantaseerden dat we gingen trouwen en kinderen kregen. Zijn woorden gingen bijna verloren in zijn gelach. 'Ik zou mijn ouders nog wel zo ver kunnen krijgen dat ze me met een dienstmeisje laten trouwen, maar met een sjiitisch meisje? Uitgesloten.'

Mijn slapen brandden alsof er een hete windvlaag langs gestreken was. Toch stond ik mezelf niet toe om lang bij zijn woorden stil te blijven staan. Ik was vastbesloten om ze als een smakeloze zet te beschouwen. Daarna kregen we onenigheid over de naam van ons eerste kind. Nadat er heel wat namen heen en weer waren gegaan, besloten we dat het Mohammed moest worden. Het gesprek voerde ons verder en toen hij me naar de religie van onze kinderen vroeg, zei ik: 'Ze zullen hoe dan ook door God zijn aangenomen', waarop hij antwoordde: 'Ik wil niet dat mijn kinderen afvalligen worden.'

'Afvalligen? O, Rayyaan ...'

Ik heb erge dingen gezegd, dingen die ik me niet meer kan herinneren. Ik kan me de dingen die ik in blinde woede zeg later meestal niet meer herinneren.

Als iemand anders zoiets had gezegd, had ik het met een toegeeflijke blik aangehoord, maar van hem kon ik het niet verdragen. Ik voelde me zo verraden, ik voelde me zo gruwelijk vernederd, ik ervoer zo'n gevoel van verlies dat de tranen in mijn ogen sprongen. Later voerde hij als excuus aan dat hij alle vijfentwintig jaren van zijn leven met die kwaadaardige visie was opgegroeid en er niet zomaar van kon loskomen. Wat hij ook zou doen, er zouden altijd kwalijke resten in zijn ziel achterblijven. Ik onderbrak hem. 'Wat je overtuigingen ook mogen zijn, ik ga er niet met je over onderhandelen. Je zult moeten accepteren dat ik anders ben dan jij.'

Wat als het geen verspreking is? vroeg ik me af.

Op dat moment wilde ik wraak nemen. Dat is mijn manier om de dingen recht te zetten. Later kwam ik daarvan terug, omdat ik wist hoe moeilijk het voor hem moest zijn om te begrijpen wat het betekent wanneer je vaderland een visie uitdraagt die jou uitsluit, wanneer je buren tegen je worden opgezet, wanneer je in een afgebakend gebied woont en niet in een land, wanneer je rechten worden betwist en wanneer alles wat je verdient wordt gezien als een gunst, ook al heb je er hard voor gewerkt.

Ik ben iemand die vergeeft maar niet vergeet. Hij is iemand die om vergeving vraagt en ondertussen zijn fouten laat voortbestaan. We waren zo geschrokken dat we niet meer op het gebeurde ingingen. Ook maakten we geen grappen meer over onze respectieve geloofsrichtingen, en we dikten andere grappen niet nog eens extra aan. We ondertekenden onze sms'jes niet meer met 'Een sjiitisch meisje is knapper' of 'Een soenniet, en je houdt van hem'. Wanneer ik hem op vrijdagmiddag belde om hem eraan te herinneren dat hij moest gaan bidden, wanneer ik zei: 'Sta op, ga bidden, dan zal mijn Heer welgevallen in je vinden', antwoordde hij niet meer: 'Ik heb geen behoefte aan de Heer van de sjiieten.' Ook noemde hij me geen 'sektariër' meer wanneer ik hem '*Masaa al-Ridha*', 'een avond van welgevallen' toewenste.

Dat woord gebruikte hij nog niet in het begin. Hij begon het pas te gebruiken toen hij me op een dag naar het geheim achter de 'Twaalver Sjiieten' had gevraagd en ik hem had uitgelegd dat het onze twaalf imams waren. Toen ik ze opnoemde en bij de negende aankwam, imam Ridha, moge vrede op hem rusten, sprong hij erbovenop, alsof hij op een schat was gestoten: 'Dus daarom zeg je altijd *Masaa al-Ridha*, ellendelinge!' De hele kwestie stond als een muur tussen ons in – een muur die een barst in plaats van een venster achter zijn gordijnen verborgen hield.

Ik bleef een tijdje weg. Ik maakte me los van hem en van internet, ons kleine virtuele vaderland. Ik deed dat niet uit wraakzucht of om hem te straffen, maar om hem te vergeten. Toen ik me weer aanmeldde, vertelden een paar vrienden me dat Rayyaan het voor me had opgenomen toen een onbekende gebruiker een stompzinnige poging had gedaan om mij in een kwaad daglicht te stellen. Ik wist wie dat moest zijn geweest. Ik had een tijdje daarvoor in mijn privémailbox een paar mailtjes ontvangen die waren begonnen met een onschuldige groet en vervolgens op expliciete provocaties waren uitgelopen. Indertijd had ik ze volledig genegeerd, omdat ze niet meer verdienden. Ik wist dus hoe het was begonnen, maar wist niet precies hoe het was afgelopen. Ik had alleen gehoord dat het erop was uitgelopen dat het lidmaatschap van de persoon die me in een kwaad daglicht had proberen te stellen, werd opgeschort.

Ik was Rayyaan dankbaar voor zijn solidariteit. Ik stond erop dat hij me de details vertelde, maar hij zei alleen: 'Hun stenen hebben wat rimpels op het water veroorzaakt maar verder dan de oppervlakte zijn ze niet gekomen.'

Ik meldde me op internet alsof er niets was gebeurd. Zelfs fatsoen wordt in de virtuele wereld met een eetlepel afgemeten. Als je voor iemand opkomt en achter hem gaat staan, geef je daarmee aan dat je zijn kant kiest of dat je deel uitmaakt van zijn kringetje. Opkomen voor een vrouw kan niets anders betekenen dan dat je je geluk bij haar wilt beproeven of dat je een echte vijfsterrenvriend bent. Het is een en al elektronische verontreiniging. In de virtuele wereld grijpt iedereen zijn kans om zijn vuilniszakken voor de deur van zijn buurman neer te zetten. Ook is het een ideale plek om je eigen straatje schoon te vegen. De virtuele wereld begint elke dag meer op de echte wereld te lijken. Ze verliest haar oude glans en wordt steeds minder een miniatuurvaderland of een kleine droom. Dat kan ook niet anders, want de virtuele wereld wordt beheerst door dezelfde breinen die ook de echte wereld besturen en haar uiterlijk vormgeven.

Uiteindelijk zei Rayyaan iets waarmee hij onze hele relatie samenvatte. Dat deed hij toen hij zijn naam op het chatscherm wijzigde in 'Je kleeft aan mijn wimpers maar mijn ogen zien je niet.'

'Niets tussen ons is echt', zei hij. 'Voor jou ben ik niet meer dan een zwervend elektron. Niets is echt. Ik kus je, maar ik proef de nectar op je lippen niet. Ik bedrijf de liefde met je, maar ik kan je zijdeachtige huid niet voelen, en ook proef ik je melk en je honing niet. Ik heb ergens je parfum geroken: *Le premier jour*, maar ik zou niet weten wat voor uitwerking die geur op je huid heeft. Ik weet nu dat je pyjama blauw is als de kleur van de hemel, want dat heb je me zelf verteld. Maar hoe kan ik weten wat voor blauw dat is en welke hemel je bedoelt, op welk moment van de dag? "Mijn pyjama lijkt op de hemel van Al-Qatif, zoals hij er op dit moment uitziet", zei je. Ik heb de hemel van Al-Qatif nog nooit gezien. Ik ken Al-Qatif een beetje door jou, net zoals jij

Riyad een beetje door mij kent. Maar je kent Riyad niet echt, net zomin als ik Al-Qatif werkelijk ken. Je hebt mijn foto's, maar je hebt geen idee hoe ik eruitzie zonder dat glanzende papier en zonder die flits. Je kent mijn stem, maar je weet niet hoe mijn stem klinkt wanneer er geen techniek aan te pas komt. We hebben bijna alles, maar eigenlijk hebben we niets. Wat zal er van mij overblijven wanneer ik er niet meer ben? Woorden, veel woorden. Meer bestaat er niet tussen ons. Een berg woorden. Wat zijn dat voor herinneringen die zijn opgebouwd uit woorden? En mijn beeld, het beeld van mij, Rayyaan, waarvan ik zou willen dat het altijd in jou blijft leven, is niet eens een beeld. Het is een vage montage van een onvolledige verschijning in een irreële wereld.'

Zijn woorden, die een diep zwart gat in mijn hart boorden dat nooit meer werd gedicht, leken de ultieme waarheid te zijn, waarmee hij mijn nachten verlichtte. We waren niet meer dan kolommen en rijen van nullen en enen die in een keurige matrix waren geplaatst. We waren telefoondraden met een vermogen van 20 ampère. Dat is Rayyaan: herinneringen bestaande uit woorden – tientallen, honderden woorden. Een foto waarop de gelaatstrekken zijn vervaagd. Steeds opnieuw las ik zijn teksten, in een poging daarin zijn ziel te ontdekken. Maar het had geen zin, mijn beeld werd er alleen maar onvollediger door.

Tijdens een van zijn lange periodes van afwezigheid, en nadat ik zijn foto's van mijn harde schijf had verwijderd, kwam ik er – veel te laat – achter dat ik niet wist hoe zijn gezicht eruitzag. Ik kon hem tot in de details beschrijven, maar achter die beschrijving zat geen samenhangend beeld waarop ik me in mijn koude, eenzame nachten kon verlaten. Er was alleen die gladde massa die ik niet kon beetpakken. Ik realiseerde me dat ik niet hemzelf had gezien maar zijn stem, met de uitdrukkingen die hij gebruikte en de zinspelingen die hij maakte. Ik zag zijn stem zo duidelijk dat ik, zodra ik *Welcome* in het dialoogvenster zag verschijnen, onmiddellijk kon inschatten hoeveel zout of suiker zijn stem deze keer met zich zou meedragen, afhankelijk van de gemoedstoestand waarin hij verkeerde. Het was niet zo dat Rayyaans gezicht verdween, want het was er nooit echt geweest. Het was meer zo dat de details van zijn gelaatstrekken steeds vager werden, hoe langer hij wegbleef. Door de afstand raakte hij steeds verder uit beeld, terwijl zijn woorden in ruime mate aanwezig bleven.

Ergens aan het einde van mijn relatie met Rayyaan, toen ik er volkomen van overtuigd was dat we geen reden meer hadden om bij elkaar te blijven maar ook niet om uit elkaar te gaan – want de keuzes hielden elkaar volledig in evenwicht – schreef ik hem: ‘Sorry dat ik je als een dief in de nacht overval. Dank je voor alles. Vaarwel, Rayyaan.’

Ik vond het vreselijk om zijn wereld zo stiekem binnen te sluipen via het koude display van een mobiele telefoon, in een nacht die meetrilde met de wilde adem van de wind. Wat ik nog erger vond was dat hij veel aardiger was tegen mij dan ik tegen hem. ‘Wil je echt bij me weggaan?’ vroeg hij. ‘Moet ik je helpen om over me heen te komen?’

Maar het ergst van alles vond ik nog mijn eigen branieachtige antwoord: ‘Maak je geen zorgen, ik kan me zelf prima redden.’

Ik, die nooit ‘vaarwel’ zeg omdat ik geloof dat vaarwel een kogel is die het hart tot in zijn diepste kern doorboort, omdat ik geloof dat er vriendelijker manieren zijn om uit iemands leven te verdwijnen, omdat ik geloof dat er geen enkel goed excuus bestaat om schurftige wonden achter te laten, was bij Rayyaan uiteindelijk tot de overtuiging gekomen dat ik de deur altijd voor hem op een kier zou laten staan, als ik haar deze keer niet hard dicht zou slaan en niet goed zou vergrendelen, en als ik de sleutel niet in zee zou gooien.

De herfst daarop, toen we nog geen vrienden waren, zou

ik pas gaan begrijpen wat ik al die keren had bedoeld dat ik, puttend uit een onbekende bron, tegen hem had gezegd: 'Liefhebben is één ding. Verliefd worden is heel iets anders.' En hoewel ik heel goed wist dat een liedje van Talal Maddah 'met zijn verlangende stem', of van Abbadi 'met zijn droevige pen' (dat waren de woorden waarmee Rayyaan ze beschreef), beter op zijn plaats was, stuurde ik hem de stem van Fairouz, die het dialect van de Nejd, het centrale hoogland, niet kent, evenmin als onze Nabatese poëzie, ons jachtseizoen, onze tenten van geitenhaar, onze koranscholen, onze zo vaak bezongen halvemaan, onze openbare rustplaatsen, onze hoogvlakten, onze hoofdstad Riyad met zijn drukke straten en zijn benauwende moraal – allemaal dingen die ik evenmin had gezien. Ik stuurde hem Fairouz, die zong: 'Ik denk aan je wanneer de wolken komen ... Je gezicht doet me denken aan de herfst ... Je brengt me alles terug wat de wereld wil verduisteren ... Als de wind, die zachtjes begint te waaien.' Maar eerst stelde ik hem een vraag, die leek voort te komen uit zijn gekwetste stem en zijn vervaagde gezicht: 'Zijn we nog steeds goede vrienden, Rayyaan?' Ik sloot de boodschap af met de woorden: 'Buurman, hier is een sjiitisch meisje dat van je houdt!'

20

Mijn vermogen om dingen, gebeurtenissen, beelden, plaatsen en geuren in woorden om te zetten is bijna helemaal verdwenen, of eigenlijk moet ik zeggen dat het ontaard is in een geheel eigen, onbedoelde manier van liegen. Het lukt me niet meer om de werkelijkheid en de beelden van diezelfde werkelijkheid met elkaar in overeenstemming te brengen. Er is een duidelijke afstand en ik heb geen idee hoe ik die moet interpreteren. Ik heb niet de intentie om het omgekeerde te beweren van wat de dingen over zichzelf zeggen of om ze een nog valser aureool te geven dan ze al hebben. Toch draait het daar altijd weer op uit. Steeds is er dezelfde afstand, steeds duiken dezelfde vragen op over hoe werkelijk de dingen om me heen zijn en in hoeverre ik in staat ben om de feiten te onderzoeken en hun essentie te doorgronden. Daarom kom ik bij elke bekentenis steeds weer op hetzelfde uit: het afschuwelijke gevoel dat ik een nieuwe wereld heb getekend, dubbelzinnig en duister, die geen enkele verwantschap heeft met de wereld die ik eigenlijk wilde overbrengen.

Omar rechtvaardigt deze pogingen van mij door te zeggen dat ik mijn beeld van de wereld voor mezelf wil bewaren, zodat het intact blijft en door niets wordt verstoord, en niemand er zijn stempel op kan drukken. Diep in mezelf weet ik dat zijn verklaring niet klopt. Ik ben immers zelf degene die de wereld niet toestaat om mij te doorkruisen. Iets doorkruisen betekent iets vertrappen, en ik word liever niet vertrapt.

Waar ik ook spijt van heb is dat ik, die alleen over de dingen praat om ze te kunnen vergeten, ze juist daardoor de kans heb gegeven om in leven te blijven – is het niet in mijn eigen geheugen, dan wel in de geheugens van anderen. Geheugens waarnaar ik draden van mijn eigen zwakheid span, die er vervolgens iets van weven wat meer substantie heeft.

Nu ik alles aan Omar vertel wat ik tot vorig jaar geheim heb gehouden – het enige wat ik voor hem verborgen heb gehouden en wat alleen hij me met zijn luchtige manier van doen heeft weten te ontfutselen – ervaar ik weer hetzelfde gevoel. Ik klets en babbel aan één stuk door, zonder te weten of ik de dingen tastbaar voor hem kan maken en of ik in staat ben om meer te doen dan alleen kennis overdragen. Ook weet ik niet zeker of ik het kan vergeten. Als je het niet probeert lukt het je in ieder geval niet, zeg ik tegen mezelf.

Ik heb net een punt gezet. Hij heeft de hele tijd niets gezegd, op wat gehum na om aan te geven dat hij mijn woorden volgde, en wat vragen en commentaar om me aan te sporen om verder te gaan. Op een bepaald punt stopte hij me na twee seconden, toen duidelijk werd wat ik zou gaan zeggen. Hij onderbrak me midden in een uitleg. 'Ik zal je tot het einde toe aanhoren,' zei hij, 'maar ga alsjeblieft een beetje zuinig om met de lichamelijke details.'

'Dat is precies mijn bedoeling.'

Hij verontschuldigde zich voor zijn lompheid, zoals hij het uitdrukte, en legde me uit dat hij zich er niet prettig bij zou voelen als in zijn geest seksuele fantasieën zouden rondspoken waarin ik een rol speelde. Dat zou net zoiets zijn als wanneer je je voorstelde wat je ouders in bed deden of wanneer hij een liefdesbeet in de hals van zijn zusje zou ontdekken, zei hij.

Ik ben uitgepraat. Tijdens de laatste zinnen begon ik me al ongerust te maken over de stilte die op mijn woorden zou volgen en die geen van ons zou weten te verbreken. Met een enthousiasme dat mijn angst moet verhullen, zeg ik: 'Zeg iets.'

'Moet dat echt?'

'Natuurlijk.'

'Die neutrale houding van je bevalt me totaal niet.'

'Mijn neutrale houding?'

'Je bent toch een deel van het geheel? Je kunt niet altijd maar neutraal blijven en met zo'n kille stem over je eigen leven praten. Dat is niet terecht.'

'Maar het is ook niet terecht om er zo in verstrikt te raken dat ik verblind word en de waarheid niet meer zie.'

'Je bent in het water gesprongen en je bent nat geworden. Je kunt me niet overtuigen van het tegendeel.'

'Ik probeer op te drogen.'

'Hou je van Dai?'

'Je hoeft niet zo'n toon aan te slaan. Ik ben niet lesbisch.'

'Heb je een hekel aan haar?'

'Absoluut niet.'

'En zij? Houdt zij van jou?'

'Ik geloof van niet.'

'Waarom blijf je de liefde toch zo hardnekkig ontkennen?'

'Wat heeft het voor zin? Met of zonder liefde, het resultaat is hetzelfde.'

'Weet je wat jouw probleem is?'

'Ik ben een en al oor.'

'Je gelooft zo sterk in jezelf dat je niemand anders meer gelooft.'

'Ik geloof in jou.'

'Ik ben de enige uitzondering. Uitzonderingen bevestigen de regel.'

'Weet je wat? Een tijdje geleden sprak ik met Soendoes. Ik zei tegen haar dat ik niet in staat ben om iets vast te houden.

Vriendschappen sijpelen als water tussen mijn vingers weg, zei ik. Schrijven is niet langer een remedie tegen mijn gekte. De muren van mijn kamer komen op me af. Weet je wat ze zei? "Met uitzondering van God is alles vals." Ze bedoelt dat alle dingen die ik doe en waarmee ik God niet behaag, zich tegen me zullen keren. Dat is toch waanzin? God speelt toch geen schaakspel met ons leven volgens een aantal vastgestelde regels, bijvoorbeeld dat elke zet in dienst moet staan van hem, en als dat niet zo is, dat hij ons spel dan zal verpesten?'

'Wat zij gelooft, is dat God overal de hand in heeft. Dat geloof mag je haar niet ontnemen.'

'Dan kan ik net zo goed zeggen dat God mijn levenspad heeft uitgezet. Het is toch niet eerlijk dat ik de gevolgen in mijn eentje moet dragen?'

'Het is een discussie die tegen jouw geloof ingaat, dat weet je best.'

'Denk je dat God me genadig zal zijn?'

'Ik ben ervan overtuigd dat hij veel beter is dan alles wat we over hem hebben gehoord. Heel wat beter.'

'Ook als ik niets verkeerds zie in wat er is gebeurd?'

'Dat moet je eerst aan hem vragen.'

'Zijn antwoord zal erg lang op zich laten wachten.'

'Het zal wel een definitief antwoord zijn.'

'Je hebt nog niet gezegd hoe je me nu ziet.'

'Er is helemaal niets veranderd.'

Er gebeurt niets, er komt niemand.

Samuel Beckett

21

Mijn lichaam heeft me verraden. Het is pijnlijk om door een lichaam te worden verraden dat ik altijd als neutraal heb ervaren, zelfs op mijn allerslechtste momenten. Het was zo neutraal en zo licht dat ik me niet kan herinneren dat ik het ooit als te zwaar heb beleefd of dat ik erover ben gestruikeld nadat ik het van me had afgeworpen. Het is lang blijven zwijgen terwijl ik maar doorpraatte, en knikte alleen begrijpend. Het heeft lange tijd een innerlijke harmonie gekend tussen honger en verzadiging, tussen een warme omhelzing en ijskoude afkeer. Ik heb het altijd serieus genomen omdat het was zoals het was – omdat het goed voor me was en me rechtvaardig behandelde.

Mijn lichaam doet pijn. De pijn is van het soort dat niet door Panadol kan worden weggenomen of kan worden bestreden door de pijn te negeren. Ze voelt zwaar aan, alsof mijn voeten door een moeras waden waarin kleverige groene wezens wonen. De pijn spoort me aan om het hele idee van een leven op te geven. Het is een complexe, bedrieglijke pijn. Mijn hele hoofd is een kogelgat. Langs de randen zoemen stemmen en giert de wind. Pijnscheuten galopperen als wilde paarden door mijn hoofd, als indianen die een begrafenisritueel uitvoeren. Wanneer de pijn er is bestaat er niets anders en wanneer ze wegebt verzwelgt de terugtrekkende zee van pijn al mijn oesterschelpen en vissersboten, met hun netten en hun vangst.

Wanneer ik me omdraai naar het nachtkastje moet ik

lachen. Ik lach alsof dat het enige is wat ik nog kan. De enige keer dat ik eerder zo heb gelachen, was toen ik een paar jaar geleden de operatiekamer werd binnengereden. Ik had mijn arm gebroken en de breuk moest door middel van een metalen pen worden gefixeerd, zodat het bot kon helen. Ik lag in een grote, koele kamer. De kamer was erg wit, met nog wittere lampen. Er kwamen veel witte jassen aan mijn bed. Hun handen trokken de gordijnen open en schoven ze weer dicht. Het was een herhaalde beweging die nooit monotoon werd. Ik dacht: misschien zal mijn doodskleed minder wit zijn dan deze kamer. Ik begon te lachen en ik bleef lachen, het was alsof iemand me zonder ophouden kietelde. Nu lees ik het getal 400 op mijn doosje medicijnen, geschreven in rode inkt, en moet ik weer lachen.

Sinds mijn epileptische aanval in zaal 24 van gebouw 1 is de brug van vertrouwen tussen mij en mijn ziekte ingestort. Ik blijf de angst op de gezichten zien, ik kan de nieuwsgierigheid en het medelijden niet meer uit mijn hoofd zetten. De ziekte was zo vriendelijk me de rest van het jaar met rust te laten; ik had geen noemenswaardige aanvallen meer. Toch was mijn vertrouwen gereduceerd tot het doorschijnende negatief van een momentopname. Het is moeilijk om vertrouwen te herwinnen. Vertrouwen is iets wat je eenmalig verwerft. Als je het kwijtraakt kun je het alleen door een wonder terugkrijgen. Ik zit niet op een wonder te wachten; ik ben nog niet zover heen dat ik me daarop wil verlaten.

Op 1 juni, toen ik mijn bul kreeg, brandde de zon. De vochtigheid had nog geen kans gekregen om de zomerhitte te verzachten. De dame achter de balie pakte mijn collegekaart van me aan, knipte hem doormidden en gooide hem in een grote, vale bak waar al stapels halve kaarten met namen, afstudeerrichtingen, vakgroepen en jaren van inschrijving in lagen. Onverschillig gooide ze mijn kaart in de bak. Toen gaf ze me mijn bul. 'Gefeliciteerd', zei ze glimlachend.

Ik liep naar buiten. Er zat een brok in mijn keel die mijn luchtpijp in werd geduwd. Buiten ging ik op een houten bankje zitten. Salma zwaaide naar me. Het was tijd om vrolijk te doen en gelukwensen uit te delen. Ze prees God, die haar eindelijk weer in genade had aangenomen.

Had hij dat maar niet gedaan, zei ik tegen mezelf. Dit was geen genade, dit was een weerzinwekkende manier om iemand uit het leven te verdrijven. Wat moest ik nu gaan doen? Waar moest ik mijn dagen doorbrengen als er geen plekken waren waar ik ze nuttig kon besteden, wanneer het niet langer schatten waren die je kon bewaren?

Ik solliciteerde bij de kleuterschool van de liefdadigheidsvereniging, als vrijwilligster en afgestudeerd natuurwetenschapster. Uiteraard wist ik best dat je voor zo'n functie alleen een diploma van de middelbare school nodig had. Ik wist ook dat ik, omdat ik al een aantal jaren vrijwilligerswerk had gedaan, zonder meer zou worden aangenomen. Ik had echter aangenomen dat ik kantoorwerk zou moeten doen, niet dat ik vierentwintig kinderen onder mijn hoede zou krijgen die alleen maar mijn verlangen naar het moederschap zouden voeden. Daar, op de kleuterschool, begon mijn ziekte zich echt te manifesteren en was er geen ontkomen aan zijn tirannie, die zo onverbiddelijk was dat ze zelfs niet door de hemel kon worden gestopt.

Ik hield van mijn vierentwintig kinderen, ik hield stuk voor stuk van ze. Hoewel ik regelmatig namen door elkaar haal en vaak de verkeerde antwoorden geef, kende ik vanaf de eerste week alle namen uit mijn hoofd. Ik werd zwaar op de proef gesteld toen ik Manaaf ervan moest overtuigen dat hij zijn tanden niet als een nagelknipper mocht gebruiken, Wilaya dat ze haar nagels niet als wapens mocht gebruiken, Ali dat hij zijn scherpe tong niet als zweep mocht gebruiken en Ilaaf dat ze niet om zich heen mocht slaan. Het was een opeenvolging van misdragingen, de ene leidde tot de andere, er kwam geen einde aan. Ik zag me gedwongen om de kinderen om te kopen, een oogje dicht te knijpen en de gebruikelijke tactieken toe te passen, zoals het afspelen van een film. Bij hen begon ik te geloven dat een deel van mij voor een dergelijke rol, een dergelijk bestaan en dergelijke inspanningen was geschapen. De kinderen hielpen me om mijn geestelijke rust terug te vinden. Door hen werd ik steeds sterker. Ik vertrouwde erop dat ze mijn humeur zouden verbeteren en het verloop van mijn dagen een betere richting zouden geven. Ik vertrouwde erop dat ze een beter mens van me zouden maken, volgens andere criteria dan die van de mensen en de engelen.

Ik was verrast over hun reacties op het leven. De kleinste details vervulden me met verbazing: hoe hun oogjes dichtvielen, hoe ze hun vingers bewogen, de blik op hun gezichtjes wanneer ze aangaven dat ze naar de wc wilden, het lawaai dat ze bij het ontbijt maakten en de grimassen die ze trokken wanneer ze een glas vruchtensap dronken. Tijdens het dagelijkse voorleesuurtje keek ik met verwondering toe hoe ze om me heen kropen, hoe ze de afloop van het verhaal probeerden te raden, hoe ze het verhalenboek met zijn kleuren, zigzaggende lijnen en de bloemen op de kaft aanraakten, hoe ze, wanneer het verhaal uit was, de scènes die ze het mooist vonden opnieuw begonnen uit te beelden. Verwonderd keek ik toe wanneer iemand voor zichzelf klapte omdat hij de goede oplossing wist, en al even verwonderd keek ik naar hun teleurgestelde blikken en ontevreden mondjes wanneer ik de snoeptrommel vergat. Ze vormden mijn kleine paradijs, een hemel die elke dag een nog groter wonder voor de dag daarna in zich verborgen hield.

Mij, een nachtmens bij uitstek, toverden ze om in een persoon die de ochtenden vanaf de eerste zonnestralen indronk. Elke dag werd ik wakker wanneer de oproep voor het ochtendgebed klonk. Ik stapte onder de douche, kleedde me aan en wachtte met mijn babbelende moeder op de bus, die om half zeven kwam aanrijden. De chauffeur drukte op de claxon, waarna ik naar buiten liep en de twee treden van de bus beklom. Zodra ik mijn handen op de stang legde pakte Hawraa ze vast. Wanneer ik op de een na laatste rij ging zitten greep Yoesif me bij mijn spijkerrok – altijd een spijkerrok. Zoals altijd hield hij de rok stevig vast.

Er leek geen einde aan te zullen komen. Toch gebeurde dat op een dag. Mijn ziekte, die van een afstand spelletjes was blijven spelen, nam er geen genoegen meer mee om door de kier van een deur of de luiken van een raam naar me te gluren; ze moest zich voor eens en voor altijd op een overtuigende manier laten gelden. Het ging me niet om de omvang van de beschadigde plek in de hersenen, want die werd niet groter. Wat voor mij telde was of mijn ziekte zich al dan niet manifesteerde, of de aanvallen zich herhaalden en hoe krachtig ze waren. Nu zond mijn ziekte een boodschap uit die ik maar al te goed begreep: dat ze hier was en nooit meer zou verdwijnen. Ik moest maatregelen treffen.

Was het een voorzorgsmaatregel van mijn kant om de kleuterschool te verlaten? Alleen God weet dat. Het enige wat ik weet en waar ik zeker van ben, is dat ik niet het risico wilde lopen dat mijn vierentwintig kinderen met zoiets angstaanjagends als een epilepsieaanval zouden worden geconfronteerd. Het leven zou hun al genoeg angst aanjagen en ik had niet het recht om hun jonge harten nog meer te belasten. Ik verzon een excuus en stapte naar Najat, oftewel Oemm Hashim, onze directrice. Mijn excuus luidde dat ik verder wilde studeren aan de King Saud University en dat ik daarvoor een intensieve cursus Engels moest gaan volgen om het TOEFL-examen te kunnen afleggen. Het was meer een uitvlucht dan een leugen. De resultaten werden namelijk pas een paar maanden na het examen bekendgemaakt en mijn Engels was niet zo slecht dat ik er al mijn tijd aan zou moeten besteden. Aan het eind van het academische jaar zou bekend worden of je was toegelaten en daarvoor hoefde je het TOEFL-examen niet eens te hebben afgelegd. Mijn naam stond trouwens ook niet op de lijst.

Oemm Hashim reageerde met haar gebruikelijke vriendelijkheid en vroeg me alleen om het semester af te maken, zodat het schoolleven van mijn kinderen niet te erg zou worden ontwricht door de komst van een nieuwe onderwijzeres. Ze probeerde mijn woordenstroom in te dammen en wilde niet dat ik me verontschuldigde. Onder het oppervlak van haar levendige gezicht schemerde medelijden, vermengd met liefde. Het was hetzelfde medelijden dat ik op de gezichten van de andere onderwijzeressen en van de schoonmaaksters had gezien.

Ik wist dat het verhaal snel de ronde zou doen en dat mijn aanvallen algauw het gesprek van de dag zouden vormen. Ik kon nu op elk moment van de dag een toeval krijgen. Ik kreeg ze in de toiletten, in de docentenkamer, en had er zelfs een gehad tijdens de enige vergadering van de vrouwenraad van de liefdadigheidsvereniging die ik had bijgewoond. Soms was hij zo licht dat ik er nauwelijks iets van merkte en voelde hij aan als een brok in de keel of een koude windvlaag. Tranen sprongen in mijn ogen en mijn keel vulde zich met speeksel. Soms kwam er een nieuwe aanval en tekende zich een scherpe lijn af tussen het einde van de ene aanval en het begin van de volgende. Andere keren was hij zo heftig en intens dat ik het bewustzijn verloor en me er na afloop niets van kon herinneren. Tot dan toe had ik nooit geheugenproblemen gehad. Het maakte me bang, het maakte me bang om niet te weten wat er was gebeurd, om geen enkel idee te hebben van hoe het was gebeurd, om geen enkel detail te kennen.

Ik sloot het semester af met een afscheidsfeestje en het gehuil van Yasmien, dat een vlek op mijn spijkerrok achterliet. Er waren kleine cadeautjes: een gummetje in de vorm van Winnie de Poeh, een oud nummer van het kindertijdschrift *Madjid*, een haarband en suikervrije kauwgom.

Ik bel Mohammed. 'Ik ben zo moe', breng ik uit.

'Moet ik je naar het ziekenhuis brengen?'

'Ik heb een extra pil genomen. Het kunnen er ook twee zijn.'

'Blijf aan de lijn. Sta op en doe de deur open. Nu.'

Met moeite sta ik op. Ik ben nog steeds in staat om afstanden te schatten, maar meer dan eens heb ik het gevoel dat ik tegen de muur zal botsen en dat de aarde zich onder mijn voeten zal openen om me te verzwelgen. Om halverwege niet te verdwalen en niets te vergeten moet ik mezelf de hele tijd herinneren aan wat ik ook alweer aan het doen ben. Het duurt even voordat ik de sleutel heb omgedraaid. Mijn gezichtsvermogen is vertroebeld, een mist van vermoeidheid heeft me van mijn zintuigen beroofd. Ik loop terug en breng de telefoon naar mijn oor. Voordat ik iets kan zeggen, zegt Mohammed: 'Mama komt zo.'

Hij eist dat ik blijf praten. Ik heb het gevoel dat ik genoeg heb geraaskald – losse, half afgebroken woorden, zinnen zonder enige betekenis.

Eindelijk kan mijn moeder weer tevreden zijn. Het maakt niet uit of mijn aanvallen elkaar zo snel opvolgen als mijn beschadigde hersenen willen. Waar het om gaat, is dat mijn moeder er als een tevreden mens uit tevoorschijn kan komen en de draad van ons gesprek, die zo lang verbroken is geweest, weer kan oppakken. Dan hoeft ze eindelijk niet meer naar me te kijken alsof ik er niet ben en hoeft ze zich niet langer met allerlei onbelangrijke dingen bezig te houden zodra we ons op dezelfde plek bevinden. Dan kan ze ophouden via Edna met mij te communiceren, me door Edna te laten wekken en me door Edna te laten voeden.

De laatste tijd werd er vaker dan anders gefluisterd in ons huis. Het aantal heimelijke gesprekken nam ook toe. Verder wekten de herhaalde bezoekjes van Fatima mijn achterdocht. Wanneer ik ergens binnenkwam waar ze samen waren, mijn moeder en Fatima, stopten ze met fluisteren en begonnen ze aan een nieuw gespreksonderwerp, tot ik weer wegging. Ik wist dat er iets gaande was. 'Je tante komt donderdag op bezoek', zei mijn moeder. O ja? dacht ik bij mezelf. Is dat iets nieuws? Mijn tante bezoekt ons elke dag.

'Je nichtjes komen ook mee', voegde ze eraan toe.

Oef, dacht ik. Weer zo'n familiebijeenkomst om de verveling te verdrijven.

'En je hoeft geen smoesje te verzinnen, zoals je anders altijd doet', ging ze verder. 'Schande!'

Uiteraard. Schande! Schande! Schande!

Die donderdagnacht kon ik de slaap niet vatten. Een verloving met Hamza. Dat moest een grapje zijn. Waarom zou hij met mij willen trouwen? Ik, een ziek meisje met allerlei gebreken, dat niet overweg kon met de wereld en niet kon omgaan met de verwachtingen die aan haar werden gesteld als verstandige, welgemanierde dochter. Een meisje dat zichzelf niet eens voor de trein kon werpen omdat ze veel te bang was om hem te missen. Een meisje dat door het schrijven, de vele uren op internet en het gezelschap van jonge mannen was verpest. Zo zag mijn tante het, en ze was erin geslaagd mijn moeder zo ver te krijgen dat ze er ook zo over ging denken. Om te voorkomen dat de rotte appel haar dochters zou aantasten, had ze altijd strikte grenzen aan onze omgang gesteld. Bovendien waren Hamza en ik samen niet meer dan een verzameling slechte genen. Wilde hij soms dat we beschadigde kinderen kregen, die hun leven lang van de ene naar de andere ziekenhuiskamer hopten? Of dacht hij dat God ons de vloek van het bloed zou besparen? Wat als we echt gingen trouwen en hij op ons allerintiemste moment, als ik overweldigd door passie naakt tegen zijn ontblote lichaam aan lag, zou zien hoe ik plotseling veranderde in een schokkend lichaam, in iemand die zich nergens meer bewust van was? Wat als we gingen trouwen en ik een kind kreeg, of misschien wel meer? Hoe kon ik ze zonder angst in bad doen, hoe kon ik mijn kind oppakken en zonder angst de trap af dragen, hoe kon ik het de borst geven wanneer mijn aanvallen maar bleven komen? Hoe kon ik het tegen mijn borst drukken om het in slaap te wiegen? Hoe kon ik dat alles doen wanneer dit lichaam zich niet altijd en overal aan mijn wil zou onderwerpen? Als dit een grap was, begreep ik niet wat er te lachen viel. En als ze het serieus meenden, was ik de enige die geestelijk gezond was, dat kon niet anders.

Mijn tante, die me uiterst welwillend haar zoon aanbood alsof hij een persoonlijk offer was, en mijn moeder, die geloofde dat ze haar doel in het leven zou bereiken door voor mij het eeuwige geluk met Hamza veilig te stellen, waren het over één ding eens: dat ik 'ja' zou zeggen. En waarom ook niet? Ik had geen enkele reden om hem af te wijzen. Dagenlang hadden ze samen plannen voor ons zitten maken. Ze hadden ons huis ingericht, een huwelijkszaal uitgezocht en de huwelijksdatum vastgesteld. Ze hadden namen bedacht voor onze kinderen, het aantal vastgesteld en besloten wat de gewenste leeftijdsverschillen moesten worden. Daarom kon mijn moeder onmogelijk geloven dat ik de waarheid sprak, toen ik met luide stem 'nee' zei.

Misschien geef ik mijn ziekte nu echt de kans om mijn leven te verwoesten. Toch denk ik dat dit de enige manier is om mijn ziekte te overwinnen. Ik zal niet toestaan dat ze op mijn kinderen wordt overgedragen. Ik wil geen doorgeefluik worden en wil ook het leven van mijn moeder niet overdoen. Na elke aanval die elektrische schokken door mijn lichaam jaagt blijkt ze weer even machteloos, net zo machteloos als toen ze met Hasans dood werd geconfronteerd. Het lukt haar niet om een oplossing te vinden voor haar schuldgevoel. Ik ben God dankbaar voor deze mooie kans, maar ik trap hem heus niet in zijn gezicht als ik 'nee' zeg. Onder andere omstandigheden zou ik Hamza misschien hebben beschouwd als een unieke kans op geluk. Hij zou een goede, levenslange kameraad zijn. Maar ik leef nu, ik zit vast in dit lichaam met zijn beperkte mogelijkheden en ik heb niet het recht om toekomstige levens op het spel te zetten, louter en alleen om hier en nu een prettig leven te kunnen leiden.

Wanneer ik mijn moeders voetstappen op de trap hoor, draai ik mijn gezicht naar de muur. Ik heb niet de kracht om haar verdriet te ondergaan.

Ze drukt zich tegen me aan en begint mijn hoofdhuid te masseren. Ze huilt uit onmacht en omdat er zo weinig is wat ze kan doen. De aanvallen komen en gaan volgens een vast ritme. Ik heb het gevoel dat de schokken me naakt achterlaten – zo naakt dat ik niet meer in staat ben om mijn ziel te bedekken en het geen zin meer heeft om de deken over me heen te trekken of me vast te klampen aan mijn kleren. Naakt ben ik: onbeschermd, hulpbehoevend en zwak. Hoewel ik haar gesnik hoor moet ik veel moeite doen om het waar te nemen, want mijn aanval omgeeft me als een verstikkend omhulsel en voert me ver weg, naar een verlaten plek. Ik ben zo leeg dat ik zelfs niet meer de behoefte heb om een einde aan de aanval te maken. Ik heb het punt bereikt waarop alles me om het even is. Mijn hoofd is leeg en mijn ziel is volkomen uitgeblust.

Ik ben zo moe dat ik mijn speeksel op het kussen laat lopen. Het steeds luider wordende gesnik van mijn moeder en mijn eigen gerochel wisselen elkaar af, als stemmen in een koor. Ik zie en hoor mezelf van binnenuit. De echo's slaan tegen mijn borstkas en kaatsen terug. Nog lang galmen ze in de diepte na, en iedere aanval laat meer sporen achter.

Mohammed, die van iedere gebeurtenis iets gezelligs weet te maken en altijd grappen verzint waarmee hij me aan het lachen maakt, verbergt zijn ongerustheid deze keer achter een masker van kalmte. De hele weg vuurt hij vragen op me af. 'Wat heb je gegeten?' 'Wanneer ben je wakker geworden?' 'Wanneer ben je in slaap gevallen?' 'Wat heb je vandaag gedaan?'

Hij probeert me erbij te houden, maar ik ben zo ver weg dat ik alleen onsamenhangende antwoorden weet te geven. De paar woorden die ik kan uitbrengen verzinken in het speeksel dat door mijn aanval wordt aangemaakt, waardoor de lettergrepen zo vervormd uit mijn mond komen dat ze niet meer te begrijpen zijn. Mijn hoofd is loodzwaar en door de slaperigheid ga ik hallucineren. De ene keer probeer ik antwoord te geven op vragen die allang gesteld zijn en allang door andere zijn gevolgd, de andere keer geef ik twee keer achter elkaar antwoord op dezelfde vraag. Wanneer ik niets meer kan zeggen omdat de woorden alleen nog borrelende geluiden produceren in mijn mond of wanneer ik te moe ben om me te bewegen of geluid te maken, strekt hij zijn hand naar me uit en zegt: 'Knijpen.' Meestal ben ik te zwak of te trots om te doen wat hij zegt.

Hoelang heb ik niet geloofd dat ik – dat mijn ziekte en ik – tegenover elkaar op de rand van een gevaarlijke afgrond stonden en dat we, als we vielen, samen zouden vallen? Ik geloofde dat het donderende geraas waarmee we zouden neerstorten nog lang zou blijven nadreunen in mijn oren. Dan pas zou ik zeker weten dat we waren gevallen. Maar toen we echt vielen, werd ik door mijn zintuigen en het krakende geluid van mijn botten bedrogen. Als gevolg daarvan heb ik het diepe duister dat me in de kratermond verzwolg ingewisseld voor een doodgewone dagelijkse duisternis, die ik tegemoet treed door te zwijgen en te doen alsof er niets is gebeurd, en dat terwijl deze duisternis me elke dag beetje bij beetje levend begraaft. Nu we werkelijk zijn gevallen, heb ik een nieuw geloof: dat zich achter iedere val een nog steilere, een nog diepere val verbergt. Er staat mij meer te wachten.

Toen ik elf jaar was en in de zesde klas zat, dienden de eerste tekenen van mijn ziekte zich aan in de vorm van kleine schokken tijdens mijn slaap, die een nachtelijke paniekaanval of een nachtmerrie veroorzaakten. Kleine schokken, het gevoel dat ik stikte om vervolgens verward te ontwaken, meer was het niet. Mijn moeder, die de ziekte in haar genen draagt en altijd even achterdochtig reageerde op alles wat ons overkwam, hoe klein het ook was – mijn moeder, die we niet naar een medisch televisieprogramma mochten laten kijken omdat er anders een nieuwe ziekte aan haar toch al rijke woordenschat zou worden toegevoegd, waardoor elk symptoom dat zich in ons lichaam manifesteerde haar achterdocht nog groter zou maken, weigerde toen ze mijn nachtelijke aanvallen zag te geloven dat ik iets mankeerde. Het kon niet bestaan dat haar lieve kleine dochtertje ziek was. Het was angst, meer was het niet, en door angst mocht je je er niet onder laten krijgen. Maar drie jaar later, toen ze machteloos moest toezien hoe mijn stuiptrekkingen zo heftig werden dat ik de controle over mijn lichaam verloor, kon ze het niet langer ontkennen. Ook mijn hersenscan wees het onomstotelijk uit.

Ik herinner me nog goed haar gezicht toen ze voor me zat, terwijl er een MRI-scan van me werd gemaakt. Daar in die enorme cilinder, die grote witte doodskist, kon ik haar zien via het spiegeltje dat voor mijn gezicht hing. Haar lippen bewogen terwijl ze koranverzen prevelde en het kostte haar moeite om haar tranen te bedwingen. Ik herinner me hoe ze met de arts in discussie ging toen hij een recept voor me uitschreef en zei dat ik, wanneer ik me aan de medicatie zou houden, de aanvallen goed onder controle zou kunnen krijgen en de ziekte zou kunnen indammen. Ze protesteerde, want ze wilde niet dat hij me volstopte met kalmerende middelen waardoor ik zou veranderen in een meisje waar geen leven meer in zat. Ondertussen kon ik mijn lachen niet inhouden. Epilepsie. Wat een gekke artsen, om namen voor hun ziektes te verzinnen die zo grappig klonken als je ze uitsprak!

Mijn moeder voerde een aantal veranderingen door die, zo dacht ze, de mogelijkheid dat ik schade zou oplopen zouden verminderen. Ze kocht een nieuw bed met lage randen zonder spijlen, dat ze volstouwde met kussens. Omdat het tijdens een aanval vaak voorkwam dat ik uit bed viel, liet ze een zacht ondertapijt op de vloer van mijn kamer leggen. Wanneer ik was gevallen vroeg ze altijd hoe het met mijn hoofd was. En hoewel zelfs mijn botten bij zo'n val geen schade opliepen, was ze bij elk nieuw onderzoek weer bang dat er een zwelling in mijn hersenen zou worden gevonden. Er waren een paar regels waaraan ik me moest houden: ik mocht niet in het ligbad, ik mocht niet alleen de grote weg oversteken en ik mocht de deur van mijn kamer niet op slot doen. Sommige regels waren onlogisch. Verder waren er een paar waarvan ik niet van plan was om me eraan te houden.

We hadden nooit onenigheid over mijn ziekte, totdat ik van de middelbare school af kwam en besloot om me bij de King Saud University in te schrijven. Mijn moeder voelde zich al onzeker over mijn ziekte wanneer ik bij haar was. Hoe moest ze zich voelen wanneer ik weg was? Ik had veel argumenten nodig om me teweer te stellen tegen haar angst en haar vastgeroeste ideeën. Toen ik haar vroeg om me niets in de weg te leggen en me het leven te laten leiden dat ik verkoos, wilde ze daar niets van weten. Zo begon ik aan een vierjarige studie in een onbetekenende studierichting aan een stompzinnige universiteit, zonder mogelijkheden om met mijn diploma ook maar iets te bereiken. Ik studeerde omdat het moest en slaagde omdat iedereen dat deed.

Ik weet dat mijn aanvallen, die al tien uur zonder ophouden door mijn lichaam razen en geen pauzes van langer dan vijf minuten kennen, zullen stoppen zodra ik over de drempel van het ziekenhuis stap. Ik weet ook wat ze daar tegen me zullen zeggen. Het is één aanval, één en dezelfde aanval. Uiteraard. Daar hoeft niemand me aan te herinneren. Het enige wat ik wil, is dat ze mijn lichaam één dag bij zich houden om het gedurende drie of vier aanvallen te onderzoeken. Dan pas zal ik ze vrijlaten in het kiezen van hun termen, hun benamingen en hun verdere gezwets.

Wat ik al voorspelde gebeurt. De aanvallen houden inderdaad op. De dienstdoende arts komt naar me toe. Nog voordat ze iets heeft kunnen zeggen, sta ik al klaar om haar zo vijandig mogelijk tegemoet te treden. Dat is het enige wat ik nog heb om voor mijn lichaam op te komen, om me te verdedigen tegen het gevoel dat er inbreuk op mijn lichaam en mijn privacy wordt gemaakt. Ze vraagt me wat er aan de hand is. 'Ik heb één pilletje meer genomen dan de maximale dosis', antwoord ik.

Mohammed staat op het punt om haar te vertellen dat het er misschien ook wel twee zijn geweest, maar hij ziet ervan af wanneer ik hem een paar woedende blikken toewerp. Terwijl ik haar antwoord geef probeer ik een logisch verhaal te bedenken. Tegretol, het oranje pilletje, zoals mijn moeder het noemt, krijg ik in doses van 200 milligram. Daarvan neem ik er dagelijks twee. Mijn arts heeft er één tablet van gemaakt en dat was ik vergeten. Toen mijn aanval niet overging dacht ik dat mijn toestand misschien zou verbeteren als ik nog een pilletje nam. De maximumdosis is acht pillen, dat wil zeggen 1600 milligram. Misschien heb ik vijf pilletjes van 400 milligram ingenomen, wat zou neerkomen op een totaal van 2000 milligram.

Het kost me al mijn energie om haar deze gedetailleerde uitleg te verschaffen. Haar koele, sceptische reactie vervult me met kille achterdocht. 'Sinds je hier bent, heb je geen enkele aanval gehad.'

De vragen die volgen bevestigen mijn achterdocht. Heb ik ruzie met iemand gemaakt? Heb ik problemen met mijn familie of wordt er thuis druk op me uitgeoefend? Is dit de eerste keer dat ik de aangegeven dosis heb overschreden? Heb ik met andere medicijnen gerommeld? Ben ik onder behandeling van een psychiater? Af en toe controleert ze mijn antwoorden bij Mohammed, met wie ze Engels praat alsof ik een idioot ben die niets begrijpt, alsof zelfs een blinde niet aan haar gezicht kan zien wat ze bedoelt.

Ik houd mijn mond en bijt op mijn lip om mijn boosheid te verbergen. Maar wanneer ze blijft doorgaan, ontplof ik. 'Schrijf maar in je rapport dat het een mislukte zelfmoordpoging is. Wat kan het mij schelen?'

Ze zet het onderzoek in stilte voort. De sfeer is gespannen. Waar ik echt een hekel aan heb, is dat hamertje dat ze gebruiken om de reflexen te testen door ermee op mijn knie en mijn elleboog te tikken en ermee langs mijn voetzool te strijken. Tijdens het eerste onderzoek heeft de arts me ook nog eens gevraagd of mijn aanvallen onvrijwillig urineverlies veroorzaken. Afschuwelijk! Maar ik kon er niet onderuit. Ondanks mijn weerzin reageerde mijn been, ondanks mijn weerzin moest ik 'nee' zeggen. Mijn antwoord klonk zacht maar gedecideerd.

Ze geeft de verpleegkundige opdracht om bloed af te

nemen. Dan roept ze Mohammed bij zich en zegt dat ze voor de zekerheid op de uitslag van het bloedonderzoek willen wachten. Het is meer dan een kwestie van een nacht in het ziekenhuis, al is de overdosis niet groot en zijn er een paar uur verstreken sinds ik de pillen heb ingenomen, waardoor mijn lichaam de kans heeft gekregen om ze uit te scheiden, waarschijnlijk zonder dat er schade is aangericht.

O, wat is het hier ondraaglijk wit! Ik grijp Mohammeds hand. 'Ga niet weg. Alsjeblieft, ik ga dood als je weggaat. Je moet hier blijven.'

Het eerste wat hij morgen zal doen is naar mij toekomen, zegt hij. Alsof ik een kind ben, belooft hij me dat hij een doos chocolaatjes en een echt Baskin-Robbins-ijsje mee zal brengen. Het ontbreekt er nog aan dat hij me een blonde pop belooft die 'Morgen wordt het beter' zingt.

Mohammed is van mening dat hij als eerstgeborene het exclusieve recht had horen te krijgen op mijn zieke hersencellen en Hasans door hemofilie aangetaste bloed. Net als mijn moeder voelt hij zich schuldig dat hij niet ziek is geworden. Als alles bij hem was terechtgekomen, zouden alle familieschulden in één keer, met één persoon, zijn afbetaald en zouden de lasten niet op zo'n onrechtvaardige manier onder ons zijn verdeeld.

O, wat is het hier ondraaglijk wit! Toch leg ik me bij Mohammeds wens neer. Ik trek een wit nachthemd aan dat nauwelijks iets van mijn lichaam bedekt en ga slapen in een bed met witte lakens in een kamer met witte muren, witte gordijnen en witte deuren. Alles hier is zo wit dat het me misselijk en bang maakt en donkere nachtmerries opwekt. Dat wit kan niets anders betekenen dan de dood. In een van deze witte kamers heeft Hasan twee vleugels gekregen, waarmee hij is weggevlogen. Daardoor hoefde hij niet langer de last te dragen van zijn bloed. Hij werd niet langer beheerst door zijn lichaam, hij vond bevrijding en veranderde in een lichtgevende ziel. Die dag werden mijn ogen verwond door een vallende ster. De ster viel te snel om haar met mijn hand te kunnen afschermen, te snel om een wens te doen – bijvoorbeeld dat ze zou terugkeren zodat ik haar aan de hemel zou kunnen vastmaken met een lang koord, waarvan het begin in Gods hand zou liggen.

Mijn moeder zegt altijd: 'Aan goede mensen heeft de wereld geen behoefte.' Mijn moeder is er erg goed in om filosofietjes te bedenken die haar ervan moeten overtuigen dat God haar rechtvaardig behandelt. Ze geeft nooit af op zijn oordeel, ze spreekt niet afkeurend over de bezoekingen waarmee hij de mensen treft en ze heeft hem in haar hele leven nog nooit vervloekt. Hij zal haar dan ook, zo overtuig ik mezelf, het paradijs schenken, dat volgens de Koran 'de beste verblijfplaats en de mooiste rustplaats' is.

Ik ben niet zo goed dat de wereld me zal verschoppen, maar ik ben moe genoeg om te willen sterven. Ik zou de dood omarmen als hij eruit zou zien als Joe Black, als hij hetzelfde mooie figuur zou hebben en ook van pindakaas zou houden. Ik zal niet met de dood onderhandelen over een paar extra dagen. Als hij de rest van mijn leven met mij wil delen, zal ik hem alles geven. Ik ben bereid in elk sprookje te geloven dat me naar een gemakkelijke dood leidt: dat van muntjes die op mijn ogen worden gelegd, dat van de zondenvreter die mijn zonden zal opeten en me weer rein en blank zal maken of dat van de veerman, die onder alle omstandigheden voor een veilige overtocht naar de andere oever zorgt. Ik verlang naar de dood. Was ik maar niet zo bang voor hoe de wereld er aan de andere kant uitziet. Was ik maar niet zo bang dat niemand zal opendoen als ik op de poort klop. Was ik maar niet zo bang dat er, als ik verder loop en de poort achter me wordt gesloten, niets anders blijkt te zijn dan duisternis en eenzaamheid, terwijl er steeds weer nieuwe mensen binnenkomen van wie ik de gezichten niet ken en er geen einde komt aan de tijd. Ik wil dat de dood een beetje goed voor me is, dat hij me meeneemt zonder me pijn te doen, teder en licht. Ik wil dat hij me meeneemt, maar ik wil niet dat hij me in een ruimte propt die kleiner is dan mijn lichaam. Ik wil dat hij me meeneemt met al mijn vuil, mijn blauwe plekken en het slijk van mijn ziel – dat hij me meeneemt op zijn vleugels, zodat ik zal uitstijgen boven mijn lichaam, boven de wereld en boven de plek waar God zich bevindt. Ik wil weg uit mijn lichaam, maar alleen door de dood zal ik dit lichaam kunnen verlaten.

Ik voeg een asterisk met nummer 27 toe aan de lijst met nachten die ik in witte kamers heb doorgebracht. Toch ben ik er nog steeds niet aan gewend geraakt. Er hangt een onaangename lucht van ontsmettingsmiddelen in de kamer. De gezichten, die allemaal dezelfde domme, apathische blik hebben, wekken mijn spotlust op. Bijna alle witte nachten lijken op elkaar, iets waar ik me van bewust werd toen ik oud genoeg was om te begrijpen wat er om me heen gebeurde. Het merendeel van die witte nachten lig ik te zingen, wat pelikanen ook doen voordat ze wegtrekken. Het zingen dat ik in Hasans ogen zag tijdens zijn laatste ziekte. Toen ik dat zag wist ik dat hij beter zou worden, dat hij zou genezen zoals hij had beloofd. Zijn lichaam zou hem niet langer laten lijden, zijn bloed zou hem niet langer in de steek laten. En hij deed zijn belofte gestand, hij genas op de enige manier die hij in zijn macht had: door te sterven.

Vannacht neurie ik oude liedjes, waarvan ik me met moeite een hele regel kan herinneren. Ach, als die stem die zich in mijn geheugen heeft genesteld en daar in cirkels blijft ronddraaien, me maar niet zo veel pijn zou bezorgen ... Het lied gaat over een groot meisje in een grote wereld, dat niet meer bang is om te verdwijnen. Toch zal ze, dat kan niet anders, door heimwee worden geteisterd.

O, wat is het hier ondraaglijk wit! Mijn kamer thuis moet

zich vannacht net zo verlaten voelen als ik. Mijn telefoon huilt en niemand drukt hem tegen zich aan. Al mijn spulletjes krijsen het uit in een poging iemands aandacht te trekken, maar niemand gunt ze een blik waardig. Ik ben alleen met mijn liedjes in het isolement van mijn zachte gehuil. De lichtjes achter het venster prikken in mijn ogen. Elk uur komt de verpleegster langs. Door haar onhandige geklungel met mij of in de ruimte rond mijn bed kan ik niet slapen. Ik slaap toch al zo moeilijk in vreemde kamers.

De volgende middag om vijf uur mag ik weg uit die sinistere witte wereld. Elk uur dat ik daar heb doorgebracht, betekende de komst van een nieuwe persoon die het nieuws met al zijn details te horen kreeg, om daaruit iets te distilleren wat bij mijn toestand en ziektegeschiedenis paste. Iemand met stinkende kleren en een gezicht vol vrome wensen die maar niet wilden opstijgen naar de hemel, die mijn ziel vertrapte en er in het voorbijgaan een stuk van afsneed. Het enige wat ik nog had was een deur die ik keer op keer dichtgooide, terwijl ik riep dat ik niemand wilde zien. En een computerscherm natuurlijk, waarop in rode letters het woord 'overdosis' stond geschreven.

22

Mijn eindbalans[1]

Er is maar één reden[2] die rechtvaardigt dat ik de balans ga opmaken van dit jaar, dat bijna voorbij is. Eén reden, maar wel een heel belangrijke volgens mij: ik heb het vermoeden – waarvoor ik geen enkel bewijs heb – dat elk volgend jaar een exacte kopie zal zijn van het vorige, met hier en daar een kleine, onbetekenende wijziging in de marge. De enige reden waarom ik deze eindbalans opmaak is dan ook dat ik altijd zeker zal weten dat ik dit jaar heb meegemaakt. De belangrijkste wendingen zal ik uiteraard niet vergeten. Toch weet ik niet zeker of er wel kamers in mijn geheugen zijn die dit jaar gastvrij zullen ontvangen. Ik wil mezelf ervan overtuigen dat ik het afgelopen jaar zo goed mogelijk heb geleefd, zonder gevoelens van spijt over de mogelijkheden om het anders te doen die ik door mijn vingers heb laten glippen.

Nog een paar uur, dan zal de kaars van mijn tweeëntwintigste levensjaar uitdoven. Het is niet mijn bedoeling om

1 Je zult deze tekst over een paar uur op het forum lezen. Zet de emoticons op de juiste plaats en lees mijn bijdrage in dat licht. Zoals je weet hou ik niet van de emoticons van Hotmail.

2 Het zit zo: ik werd me van deze vragen bewust toen jij me vroeg wat ik het afgelopen jaar had meegemaakt en wat er aan mij was veranderd.

deze inventarisatie in een eindeloze klaagzang te veranderen. Ik weet hoe graag we ons de dingen in een geïdealiseerde vorm herinneren. Alleen al het feit dat ze voorbij zijn maakt dat we met meer welwillendheid terugkijken, onder het motto: over de doden niets dan goeds. Of het omgekeerde: dat we alleen aandacht hebben voor de krassen in het tafelblad. Ik zal mijn best doen om niet in die valkuilen te trappen.

Mijn eerste indruk van dit jaar is dat weinig dingen een warm gevoel in me hebben opgewekt. Dat kan ook niet anders als je ze negeert. Ik kan goed begrijpen hoe ingewikkeld het is om met mij om te gaan. Daarom zal ik niet klagen. Een paar dingen hebben me dit jaar weten te raken: gedichten, liedjes, liedjes in de dop en mijn vissen Yaza en Nala, met hun goudgele en oranje tinten. Maar ze zijn snel vervaagd en er is geen spoor van overgebleven; ze zijn verdwenen voordat ik mijn vingers om hun schaduwen kon sluiten. De liedjes raakten uitgeput omdat ze te vaak werden gedraaid, de gedichten konden me niet meer verrassen en op een dag dreven mijn vissen op het water, terwijl ik nooit was vergeten hun water te verversen en ze één keer per dag voerde.

Het overheersende kenmerk van dit jaar: dat ik het druk had, dat ik weinig tijd had. Er waren veel uitgestelde projecten en ik deed alles op het laatste moment: mijn bachelorscriptie, de voorbereiding op de examens, het ophalen van mijn bachelorbul, mijn sollicitatie voor een functie en mijn zelf genomen ontslag. Ik leefde onder hoogspanning en mijn ritme lag zo hoog dat ik, toen ik eindelijk stopte, niet meer wist wat mensen met hun dagen doen wanneer ze er de brui aan geven.

De twee kilo's die ik met dank aan de zakken M&M's en de lange uren op internet was aangekomen, ben ik in de tweede helft van het jaar weer kwijtgeraakt door slaapproblemen, een prikkelbaar humeur en niet te vergeten het feit dat ik niemand had die om twee uur 's nachts een maaltijd van toast met gebakken eieren en kaas met me wilde delen. De meeste verliezen hadden dezelfde oorzaak: een slecht humeur en een verstoord slaapritme, met veel gemiste telefoongesprekken en boze vrienden.

Later dit jaar had ik een goede verstandhouding met de slaap, en ook met het wakker worden. Dat leidde tot een verbetering van mijn ochtendhumeur, waardoor de kans op drie woorden en een halve glimlach voor het tandenpoetsen groter werd. Ten slotte werd ik ook nog verlost van het tikken van de wekker, omdat ik geen afspraken meer had die zo belangrijk waren dat ik op een bepaalde tijd wakker moest worden. Het nieuwe was dat mijn dromen zich, zodra ik in slaap viel, als ijzeren klemmen aan mijn oogleden haakten die er tot na het wakker worden bleven zitten. Voor iemand die nooit zijn dromen onthoudt, is het niet erg aangenaam om als gewoonte te ontwikkelen dat je ze je opeens wel herinnert.

Ik heb nog steeds de hardnekkige gewoonte om vaker 'nee' te zeggen dan 'ja', een woordje dat ik schoorvoetend gebruik. Toch komt het nu vaker over mijn lippen. Soms. Ik heb het idee dat ik volgens een plan leef dat ik zelf niet begrijp. Ik ben spontaner en speelser geworden, maar ook eenzamer en banger. Ik merk dat ik vaker toegeef aan verlangens die ik vroeger door mijn laksheid nooit in daden wist om te zetten. Dit jaar was ik meegaander dan vroeger, in die zin dat ik uit opgedrongen rollen stapte en in een muur voor andermans graffiti veranderde. Er was nogal wat onbegrijpelijke graffiti maar er waren ook goede pieces, waarvan sommige op beeldhouwwerken leken. Verder was er veel obscene taal, vermengd met scheldwoorden.

Ik wil me niet verontschuldigen voor wat ik was, en ook

niet voor wat ik niet was. Dit jaar ben ik erg volwassen geworden. Ik ben meer dan driehonderdvijfenzestig dagen ouder geworden. Ik heb mijn kwetsbare plekken geaccepteerd, heb me over mijn teleurstellingen heen gezet en heb me volledig verzoend met mijn gevoeligheid voor tegenslagen en mijn neiging tot mislukken. Ik ben anders uit het jaar gekomen dan ik erin ben gegaan. Ik turf mijn fouten niet langer, ik wacht niet langer angstvallig op tegenvallers en ben opgehouden de vogelverschrikkers op de velden van mijn angst te onthoofden. Ik heb geen enkele behoefte meer aan direct succes, ik wil niet langer in het centrum van de aandacht staan en ben niet meer op zoek naar nieuwe vrienden. Geen kalender waarop dagen staan om naar uit te kijken, geen wonderen die me zekerder moeten maken, geen overwinningen om aan mijn palmares toe te voegen. Ik ben volwassen geworden, net als ieder ander. En ook al komt de erkenning rijkelijk laat: dit was het jaar van mijn zwakte, het jaar van mijn verwoeste oogst, het jaar van puin ruimen, het jaar van een gestrande ziel en van gangreen die aan de randen van het hart vreet.

Dit was het jaar van die ene grote fout, van de open gordijnen en van de paar ruzietjes met mijn moeder. Het jaar van de donkerblauwe inkt, de zoektocht naar boeken en het gezoem van de printer. Het jaar van Herbal Essences-shampoo, reclame voor Close Up-tandpasta en Galaxy-chocola. Het jaar van internet (verdiend, uiteraard), van MSN en van de imaginaire wereld van user-id. Het jaar van gebakken aardappelen en bonen in blik, van broodkruimels tussen de toetsen van mijn toetsenbord. Het jaar van slechte verlangens, het jaar waarin ik niet tot besluiten kon komen, het jaar van de foute hypotheses. Op dit moment heb ik de volgende hypothese: als ik in een moeilijk jaar als 1979 in staat was om een goede stoel voor mezelf te reserveren, moet het niet onmogelijk zijn om in de komende jaren nog betere stoelen, met een gerieflijke zitting en een voetenbankje, te bemachtigen.

Het afgelopen jaar hield ik van Grenouille. Ik hield zo veel van hem dat zijn misdaden me op geen enkele manier schandalig voorkwamen. Het enige misdrijf dat me woedend maakte was zijn dood, die veel minder bruut was dan ik had verwacht. Met een brute dood bedoel ik de dood zoals een echte meester die verdient – niet die met hondengevechten en hakmessen; waarmee ik niet wil zeggen dat ik niet begrijp waarom Patrick Süskind Grenouille een minder glorieus einde schonk, en geen einde dat hem tot een legende zou hebben gemaakt. Ik hield ook van Kundera. Ik zou het Kundera nooit hebben vergeven als hij niet had besloten om de troosteloosheid van deze wereld minder te maken door zijn 'ondraaglijke lichtheid'. Waar ik vooral van hield, was zijn buitengewone vermogen om de wereld bij me te introduceren, om me te dwingen al mijn vragen op tafel te leggen. Ik hield van Nietzsche door een citaat dat ik van hem las, waarin hij zegt: 'Dubbel lijden is gemakkelijker te verdragen dan enkelvoudig lijden.'

Ik hield van het huilen van de kleine jongen in *Almost famous* – een lange, stille huilbui, veroorzaakt door de overweldigende en afschrikwekkende kloof tussen zijn voorstelling van de wereld en de werkelijkheid. Ik hield van de clip van *Blue Jean Baby*. Ik hield van de genialiteit en de aardse ziel van Michael Nyman in de soundtrack van *Gattaca*. Ik hield van Tom Cruise in *Vanilla Sky*, hoewel iedereen met wie ik erover praatte zowel op Tom als op de film schold. Ik hield van hem in zijn rol in *Magnolia*. Ik hield van de fragmentarische structuur van de film en van zijn ingenieuze talent om mij ervan te overtuigen dat hij niet uit het doek stapte maar uit echte huizen, straten en cafés, uit coulissen en gangen, uit de ogen en de vermoeide harten van degenen die de film bevolkten. Ik hield van de man die zei: 'Ik heb veel liefde, maar ik heb niemand om mijn liefde aan te schenken.' Ik hield van hem en ik haatte de kikkerregen. Ik hield van Westlife, vanwege hun liedje 'Soledad' – omdat ze er niet was en de straten leeg waren zonder haar, vanwege het gevoel dat de mensen die we missen niet vervangen kunnen worden. Ik hield ook van hen als ze zongen: '*Where the sky is blue, where the fields are green, to see you once again.*'

Ik had een vriend[3], een echte vriend, iemand die geen voorwaarden stelt, een vriend voor moeilijke tijden en voor de eenzame uren aan het einde van de nacht, een vriend die geen problemen met korte gesprekjes heeft. Een vriend om boter, kaas en eieren mee te spelen, dichtregels door te krassen en blut mee te raken voordat de maand halverwege is. Een vriend bij wie je moeilijke vragen op afstand kunt houden, met wie je de tijd kunt doden en scheldwoorden kunt uitwisselen. Een vriend voor de momenten dat je de slaap niet kunt vatten, een vriend om bij te klagen, iemand met wie je het sportnieuws op de achterpagina van de krant kunt uitwisselen. Een vriend die aardig blijft, hoe je hem ook kwetst, hoe vulgair en slechtgemanierd je je ook gedraagt. Een vriend die over verre plaatsen vertelt en zegt: 'Op een dag zullen wij daar ook zijn, vriendinnetje.' Een vriend die op dit moment waarschijnlijk zijn hoofd schudt en zich afvraagt waarom ik uit dankbaarheid en met de overdrijving die eigen is aan schrijvers, zo graag een held van hem wil maken. Dat is hij ook, dat zweer ik.

Wat ik voor het komende jaar wens?

Om antwoord te kunnen geven op die vraag moet ik even stilstaan bij het liedje waaraan ik dit jaar verslingerd ben geraakt. Waarschijnlijk luisteren de meeste mensen niet naar countrymuziek. Toch kan het geen kwaad om iets over 'I

3 Ik hoef je toch niet te vertellen wie dat is? Of wel?

hope you dance' van een prachtige vrouw met de naam Lee Ann Womack te vertellen. Als de links iets zouden opleveren, zou ik ze naar je mailen. Het liedje gaat erover dat je je altijd moet blijven verwonderen, altijd hongerig moet blijven en niets als vanzelfsprekend moet aannemen. '*Whenever one door closes, I hope one more opens*', zingt ze. '*Lovin' might be a mistake but it's worth making. Promise me you'll give faith a fighting chance.*' Laten we het geloof de kans geven om steeds opnieuw te bewijzen dat het de moeite waard is om je aan vast te houden. En dan het refrein: '*And when you get the choice to sit it out or dance, I hope you dance.*'

Wat ik voor het komende jaar wens?

Ik kan met makkelijke wensen gaan strooien: Frans leren, naar Italië reizen en ondertussen instant-Indomie eten, zodat ik niet omkom van de honger. Ik heb drie echte wensen: dat mijn angst niet een rotsblok blijft die ik net als Sisyphus steeds opnieuw de heuvel op moet rollen, waardoor ik zo verzwakt raak dat ik er uiteindelijk door word verpletterd. Dat mijn levenslust niet wegsmelt en ik blijf experimenteren, hoe hoog de prijs ook is die ik ervoor moet betalen, en dat mijn naam niet wordt toegevoegd aan de lijst van ongelukkige, gefrustreerde mensen van wie er al te veel zijn op deze aarde. Ook wens ik dat ik nooit een doodzonde zal begaan. Voor het overige kan ik omgaan met de dood, al gaat het me de ene keer beter af dan de andere. Maar ik sta machteloos wanneer het om de grote lotsbestemmingen gaat, die voor mij ondoorgrondelijk zijn en die ik niet kan keren. Ik hoef ook niet te proberen ze tegen te werken, zelfs al lijkt de weg ernaartoe begaanbaar.

Op dit moment koester ik het overweldigende verlangen om te dansen – om te blijven dansen.

23

Meestal klamp ik me koppig vast aan de gedachte dat morgen beter zal zijn dan vandaag, onverschillig hoe de dag is verlopen. En hoewel ik vaak word teleurgesteld omdat de volgende dag in niets verschilt van de vorige, blijf ik halsstarrig vasthouden aan de enige zekerheid die ik heb. Hoewel ik de enige ben die mag bepalen hoe alle details eruitzien, weet ik niet hoe de dagen hun vorm krijgen. Hoe worden de dagen gekneed? Hoe wordt het deeg gebakken? En waar komt die eetlepel gist vandaan?

Al mijn dagen verlopen volgens een vast patroon. Elke dag ga ik voor het avondgebed naar buiten. Wanneer ik door leegte en onvrede word overvallen, zijn de straten mijn enige toevluchtsoord. Elke dag hebben ze een andere geur. Er zijn steeds weer andere kinderen die andere spelletjes spelen, vrouwenstemmen die ik nooit heb gehoord, vogels die, wanneer de dag uitdooft, met hun gezang de horizon in vuur en vlam zetten. En hoewel ik geen enkele behoefte voel om mijn oude verlangen op te rakelen, merk ik dat ik door de straten loop waar Dai me de vorige winter doorheen heeft geloodst. Ik loop door hetzelfde gangetje en kom langs het raam van haar slaapkamer, zonder er een blik op te werpen.

Vandaag ben ik al vroeg op pad gegaan. Nu sta ik, zonder dat ik het van plan was, als vastgenageld voor de deur van haar huis. Mijn vinger drukt op de bel en een van de kleine duivels, zoals zij haar broertjes noemt, doet de deur open en brengt me naar haar kamer. Daar zit ik vijf lastige, verwarrende minuten op haar te wachten terwijl ik naar haar stem in de badkamer luister en haar bewegingen volg: ze poetst haar tanden, wast haar gezicht, houdt haar vingers onder de kraan en haalt ze door haar haren. Ze droogt haar handen, steekt een arm in de lucht, snuffelt aan haar oksel en inspecteert haar pyjama. Dan draait ze de sleutel om en stapt naar buiten. Na twee passen blijft ze weifelend bij de deur van haar kamer staan en staart haar onaangekondigde bezoekster aan. Ik bedenk tientallen dingen die ik zou kunnen zeggen, er schieten allerlei ideeën door mijn hoofd: 'Ik had niet zo bij je binnen moeten vallen.' 'Vind je het vervelend dat ik hier ben?' 'Ik had je beter eerst kunnen bellen.' 'Ik ben hier omdat ... Ik heb je nodig. Ik bedoel, ik heb je gemist.' 'Wijs me niet af!' 'Ik hoop dat mijn timing niet al te slecht is. Misschien heb je andere verplichtingen.'

Maar wanneer ze voor me staat weet ik niets te zeggen. Alles wat ik aan taal bezit, is verloren gegaan. Ik ben niet meer in staat om een standpunt in te nemen. Ik ben er niet klaar voor, ik heb me niet voorbereid. Het is louter behoefte die me hiernaartoe heeft gedreven, en die kan ik niet altijd onder controle houden.

Ik ben op het ergste voorbereid. Misschien zal ze me op een elegante manier de deur wijzen. Misschien zal ze zich gereserveerd opstellen. Misschien zal ze harde dingen tegen me zeggen. Misschien zal ze me verwijten maken, misschien zal ze al haar rancune over me uitstorten. Maar dat gebeurt niet. Ze glimlacht alsof een van de wonderen waarop ze heeft gehoopt is uitgekomen. Ze pakt mijn hand. We gaan op haar bed zitten. Ze kijkt me strak aan, ze lijkt te denken dat ik wil wegvluchten, dat ik zal verdwijnen en in stukjes uiteen zal vallen – sterker nog, dat ik niet echt ben en dat ze hersenschimmen ziet. Ik volg al haar bewegingen alsof ze er niet is. Een deel van mij begint zich terug te trekken en kruipt in zijn schulp. Ik probeer me uit alle macht aan dat deel vast te houden.

Ze blijft me glimlachend aanstaren. Ze zegt niets. Ik zeg ook niets. Wanneer ik genoeg heb van het gevoel dat de afstand tussen ons groter is dan ooit tevoren, fluister ik in haar oor: 'Doe iets.'

'Het is jouw beurt om het wachtwoord te zeggen.'

Wachtwoord? Welk wachtwoord? Als ze bezig is mijn geheugen te testen, heb ik het eerste deel blijkbaar goed doorstaan. 'Omhels me', fluister ik.

'Ik hoor je niet.'

Ze stelt me op de proef; ze wil weten hoe sterk ik naar haar verlang. Kwel me niet zo, Dai. 'Omhels me', zeg ik weer. Ik sta op het punt om te zeggen: Hou me alsjeblieft heel stevig vast, of: Omhels me zo hard als je kunt, maar in plaats daarvan laat ik haar mijn ribben, mijn schouderbladen, mijn nek, mijn hals, mijn kaak en mijn voorhoofd betasten. In haar ogen zie ik die ene grote vraag: Ben je werkelijk hier bij mij?

Al ze er klaar voor is om me te omhelzen zal ze dat doen, denk ik. Op hetzelfde moment omhelst ze me alsof ze nooit anders heeft gedaan – op haar eigen complexe manier, alsof ze zeggen wil: Ik wil dat je in mijn armen smelt.

'Je bent niets veranderd', zeg ik.

'Jij wel.'

'Ben ik veranderd?'

'Je bent volwassener geworden.'

'Wat is er gebeurd sinds ik weg ben?'

'Zo goed als niets.'

'Wil je me niet omhelzen?'

'Jawel.' Ze duwt haar hand onder mijn blouse.

'Waarom kwel je me zo?'

'Ik ben toch bij je?'

'Ik ben niet gekomen om met je te vrijen.'

Ze zwaait met haar handen voor mijn gezicht alsof ze wil vragen: Zie je niet dat ik ongewapend ben?

'Dat weet ik. Ik wil je alleen zien. Ik wil je aanraken.'

Het lijkt een eeuwigheid geleden sinds ik me samen met haar heb uitgekleed. Onder de felle lampen verlies ik opnieuw mijn ongedwongenheid, waarmee ik niet wil beweren dat ik mezelf vroeger ooit op mijn gemak heb gevoeld als ik me voor haar uitkleedde. Ze staat op en trekt haar kleren uit, met de rust die ik zo goed van haar ken. Dai, die geen problemen met haar naaktheid heeft, die zich nooit twee keer zal laten zeggen: Jij eerst.

Ik zie dat ze naar me toe wil komen. Ik loop van haar weg. Met mijn duim wrijf ik over een afbladderend stukje pleisterwerk op de muur. 'Doe het licht uit en geef me een sigaret', zeg ik.

Ze doet het licht uit. Even later is ze weer terug. Ze wil de sigaret voor me aansteken. Het vlammetje van de aansteker werpt schaduwen over haar gezicht en verleent een scherpte aan haar trekken die ik alleen ken van momenten waarop ze woedend was. Ik pak de aansteker uit haar hand en beweeg hem heen en weer totdat ik de beste belichting heb gevonden. Haar wimpers lijken langer, haar ogen lijken op parels.

'Probeer je me bang te maken?' vraagt ze.

'Jij bent toch nooit bang?'

'Ik zei toch dat je veranderd bent?'

Ik glimlach. Ik kan niet anders dan minachting voor haar voelen.

'Kus me, voordat de sigaretten de smaak van je mond bederven', zegt ze plotseling.

Ze kust me, maar de kus dooft snel uit. Ik kan aan niets anders denken dan aan mijn hunkering naar een sigaret, aan de kokende hitte in mijn hoofd en het pulseren van mijn aderen. Ze schuift van me weg. Ze is duidelijk teleurgesteld.

ze uit haar ongenoegen door met lichte spot te zeggen: 'Het lijkt wel alsof we eieren staan te koken.'

Ik laat haar achter en loop naar de badkamer, waar ik haar kus uitspuug in de wastafel. Geërgerd vraag ik me af wat me hiernaartoe heeft gebracht. Wat wilde ik bereiken? Ik loop terug naar haar slaapkamer. Mijn hoofd bonst als een razende, alsof er een besluit aan het ontstaan is. Ik doe het licht aan en trek de gordijnen van het raam dat uitkijkt op het westen open. Er is niets veranderd. Het is alsof ik hier gisteren of eergisteren nog ben geweest. Ik ga op de vloer bij het bed zitten en strek mijn hand naar haar uit. 'Kom.'

Ze komt naar me toe met de meegaandheid van iemand die de rol die hem in een scenario is toebedeeld niet begrijpt en speurt mijn gezicht af naar een aannemelijk antwoord. Ik wrijf over mijn gestrekte benen. 'Ga zitten.' Ze gaat zitten. Ik neem een lange trek van mijn sigaret. Daarna neem ik een slok uit het flesje Pepsi. Al mijn handelingen zijn weloverwogen. Ik wil een manier vinden om te ontsnappen aan haar kussen. Ik laat de sigaret in het flesje vallen en zet het flesje onder Dais bed, uit het zicht. Ik hou er niet van mijn peuken te zien liggen. Ze herinneren me eraan dat ik hun ziel helemaal heb opgezogen, dat ik hun laatste sprankje vuur heb opgebrand en dat ik ze, wanneer ik klaar ben, achterlaat: vergeeld papier en aan elkaar koekende asresten – als iemand die wegkwijnt en zichzelf omhelst omdat er niemand is om de lege ruimte tussen zijn armen met hem te delen.

Nieuwsgierig bestudeer ik haar lichaam. Ze is werkelijk niets veranderd. Ik kijk haar aan en haal mijn schouders op. Ze begint mijn knoopjes van onderen naar boven los te maken. Ik laat mijn hoofd op haar schouder rusten, ik kan haar brandende blikken op mijn lichaam niet langer verdragen. Ik kan er niet tegen dat de lucht van de ventilator moeite heeft met mijn aanwezigheid. Ik kan er niet tegen dat ze een kleine vinger wordt die mijn lichaam millimeter voor millimeter aftast.

'Ga liggen.'

'Ik lig toch?'

Wat heb ik het altijd verafschuwd als ze bij mijn onderlichaam aankwam, waar ze niet anders kon dan het nog verder ontbloten en nog meer nieuwe wegen banen, terwijl mijn medewerking een al bij voorbaat uitgemaakte zaak leek – iets waar ze alleen maar om hoefde te vragen of zelfs alleen maar op hoefde te zinspelen. Wat heb ik het vaak verafschuwd dat ik, uitgerekend wanneer we dat punt hadden bereikt, ontdekte dat ik naakt was; alsof het, gezien het verloop van de gebeurtenissen, op iets anders had kunnen uitlopen.

Hoe gaan mensen met hun lichaam om? Hoe zien ze hun lichaam in de spiegel? Hoe bewaken ze hun grenzen in het openbaar vervoer? Hoe gaan ze ongewenste aanrakingen uit de weg? Hoe staan ze tegenover hun naaktheid? Hoe overwinnen ze dat moeizame gevoel dat ze naakt zijn? Ik weet alleen dat mijn naakte lichaam, zolang het nog zo onrijp is, nooit mooi en sensueel zal worden. Ik zal er altijd van doordrongen blijven dat mijn lichaam niet voor deze onverbloemde rol geschapen is. Steeds opnieuw heb ik dit moment beleefd en ik blijf het gevoel houden dat mijn lichaam van mij is, dat het alleen aan mij toebehoort en dat ik het niet in alle openheid kan laten zien en het met niemand kan delen, zelfs niet met één ander wezen. Ik ervaar het nog steeds als een ongekend genot om mijn lichaam te bewaren als een heilig geheim. Tot vijf jaar geleden hield ik mijn ondergoed aan wanneer ik onder de douche ging. Misschien heeft dat gemaakt dat ik niet meer in staat ben om iemand in mijn geheim te laten delen en daar zelf ook van te genieten.

'Wil je de kastdeuren voor me openzetten?' vraag ik.

Elke muur, iedere hoek van haar kamer kan verhalen over

mij vertellen, maar de spiegels in haar kast kennen er maar één: hoe het is begonnen.

Dai staat op en zet de deuren open. Opeens zie ik mijn lichaam overal in haar kamer weerkaatst, over de hele lengte van de kast, over de lengte van vier van de zes deuren, op driekwart van de muur waar de kast tegenaan staat. Ik werp een blik in de spiegels, waarin mijn lichaam zich vermenigvuldigt, en denk: stel dat ik een steen zou pakken en die naar de spiegel zou gooien waardoor mijn lichaam zou versplinteren, zouden we dan last hebben van de splinters? Ik moet lachen. Splinters? Hoeveel pijn wil ik mezelf nog meer berokkenen? Dan schiet er een gedachte door me heen: misschien kan mijn oude ziel, die sinds de dag dat Dai me heeft aangeraakt gevangen is blijven zitten in de spiegel, nu eindelijk ontsnappen.

'Heb ik gehuild?' vraag ik.

De herinnering aan onze eerste keer is in mijn hoofd met rode lak verzegeld. Het is een geheime herinnering en er is geen enkele reden om op haar deuren te kloppen of haar door het sleutelgat of van onder de deur te bespieden. Toen de spiegeldeuren opengingen werd ik verblind door het licht, maar nu ik aan het licht gewend ben kan ik het me opeens weer voor de geest halen. Opeens komen de beelden terug in mijn hoofd en word ik erdoor overspoeld. Ik kan me alles herinneren. Hoe ze mijn gezicht en mijn ogen likte, hoe ik huilend tegen haar zei: 'Ik ga dood. Ik ga dood.'

'Alles komt goed', zei ze. 'Je hoeft niet bang te zijn.'

Nu denk ik: misschien is mijn geheugen in de war, misschien haal ik de dingen door elkaar. Ik kan niet hebben gehuild. Mijn geheugen moet me bedriegen, dat kan niet anders.

Vragend kijkt ze naar me op. Ik knik in de richting van de spiegel. 'Heb ik die dag gehuild?'

'Ja. Je huilde', antwoordt ze.

Ik had erop gerekend dat ze zou zeggen dat ik het me verkeerd herinnerde. Ik huil bij niemand. Eigenlijk huil ik nooit, bedenk ik. En als ik het al had gedaan, zou ik Dai daar niet voor hebben uitgekozen.

Maar als ik me niet herinner dat ik heb gehuild, was het misschien geen keuze.

'Echt?' vraag ik.

'Ja. Echt.'

'Hoe ging dat?'

'Ik trok je kleren uit.'

'En toen?'

'Ik raakte je aan.'

'En toen?'

'Toen raakte ik je weer aan.'

'En toen?'

'Wat wil je met al die vragen?'

'Ben ik klaargekomen?'

Dan begin ik pas te beseffen dat alles er heel anders uitzag dan ik al die tijd had gedacht. Beelden die ik nooit eerder heb gezien, vullen mijn hoofd.

'Nee', antwoordt ze.

'Wat nee?'

'Nee. Je bent niet klaargekomen.'

Steeds groter worden de kringen van verbazing in mijn hoofd, tot er opeens duizenden uitroeptekens staan. Nee, ik ben niet klaargekomen! Waar was ik toen zij zich diep in mijn lichaam drong?! Waarom heb ik mezelf de hele nacht gewassen?! Telkens wanneer ik me waste begon ik te bidden, maar ik kon het niet, ik voelde me te schuldig! Ik kan me ook nog goed herinneren dat ik er zelfs in de dagen daarna niet in slaagde te bidden!

'Je was nauwelijks bij bewustzijn', gaat ze verder. 'Zo gaat dat meestal, de eerste keer.'

Ik lach vol weerzin om die woorden: 'de eerste keer'.

Ze lijkt perplex. 'Was het zo onbelangrijk dat je het bent vergeten?' Wanneer ik begin te lachen stelt ze me de grote, onvermijdelijke vraag: 'Of was ik niet de eerste die je heeft aangeraakt? Antwoord me. Je mag me niet zo in onzekerheid laten. Je mag me jouw persoonlijke waarheid niet ontzeggen.'

Het is duidelijk dat ze deze vragen nauwelijks durft te stellen. Daarom neem ik niet de moeite om haar te antwoorden. Ik strek mijn handen naar haar uit en kruis mijn polsen. 'Bind me vast.'

'Dat is niet nodig.'

'Doe wat ik zeg.'

'Maar ...'

'Spreek me niet tegen.'

Ze probeert me van het idee af te brengen door bij hoog en bij laag te beweren dat ze niets heeft wat als touw kan dienen. Zenuwachtig opent ze haar lades en zuchtend begint ze alles overhoop te halen. Ze voelt zich duidelijk in het nauw gedreven en haar ogen smeken me om haar uit deze situatie te bevrijden.

'Wat is je taillemaat?' vraag ik.

'Wat?'

'Pak de centimeter.'

Ik ken Dais obsessie met de maten van haar lichaam, haar gewicht en haar diëten. Ze is altijd koortsachtig in de weer met alles wat met haar lichaam en getallen te maken heeft. Ze past allerlei moeilijke, zo niet onmogelijke wiskundige vergelijkingen op haar lichaam toe en houdt zo strak de hand aan haar diëten dat ze niet meer is dan een hoopje uitstekende botten. Het zou me niet verbazen als de centimeter zorgvuldig opgevouwen onder haar kussen lag.

Ze loopt naar haar kast en pakt de centimeter. Hij hangt over de houten roede, naast haar blouses, broeken en jurken.

'Bind me vast.'

Ze blijft aarzelend staan. Nu houd ik mijn gekruiste polsen direct voor haar gezicht, eerder smekend dan openlijk provocerend of als een bevel dat geen tegenspraak duldt. 'Bind me vast.'

Ik ben niet in staat om tegen haar te zeggen: Geef me mijn vertrouwen terug. Geef me mijn geloof, mijn zekerheid en mijn puurheid terug – al zou juist zij die woorden, als ik ze had gezegd, beter dan wie ook hebben begrepen. Maar ik ben tot de conclusie gekomen dat het nooit meer beter kan worden dan het is geweest.

Ze begint mijn polsen vast te binden. Het huilen staat haar nader dan het lachen. Wanneer ik mijn ogen sluit hoor ik haar onderdrukte gesnik. Ik fixeer mijn blik op de schaarse duisternis onder haar bed, waar ik bescherming zoek tegen het schelle licht van haar kamer. Ze gaat liefdevol met me om; niet alsof ze mijn lichaam opnieuw aan het ontdekken is, maar met de trieste tederheid die we soms ervaren wanneer dingen die ooit zijn geweest en die ons zijn ontnomen, zich plotseling opnieuw aandienen – dingen die we niet in de hand hadden en die we zelf niet terug konden vinden. Naarmate haar vingers meer met mijn gevoelige plekjes en de gebieden waar mijn genot zich schuilhoudt versmelten trek ik me verder terug, maar ik voel alleen de harde vloer en mijn botten, die bijna worden verpletterd.

Nu huil ik ook, of beter gezegd: ik laat mijn lichaam huilen, ik laat het plaats inruimen voor zijn verdriet. Samen zitten we op de trap te huilen, mijn lichaam en ik. Mijn lichaam heeft zo veel te vertellen wanneer zij het aanraakt. Het is nog niet in extase, maar schrikt ook niet terug voor de zonde; het is heel ver weg, op een plek waar niets anders meer is dan zijn smerige, bezoedelde geheugen, onder een inferieure hemel die zijn wolken vroegtijdig aborteert zodat er nooit genoeg regendruppels neerkomen om zich te kunnen reinigen. Mijn lichaam huilt, terwijl zijn verdriet zich ophoopt en elke nieuwe opwelling van verdriet om water roept, om de dorst van zijn eenzaamheid, zijn angst en zijn twijfels te lessen. Mijn lichaam schreeuwt het uit. Het zijn complete woorden, maar de klanken gaan verloren in zijn mond en zijn tranen, waardoor ik ze niet kan verstaan. Ik durf mijn lichaam niet op zijn schouders te kloppen om het te laten ophouden met huilen. Ik wil niet hebben dat het huilen ophoudt voordat zijn verdriet is opgedroogd en ik wil ook niet dat het zich troost met goedkope woorden en nog goedkopere excuses. Ik wil maar één ding: dat het geneest.

'Waarom adem je niet?'

'Nergens om.'

'Je maakt me bang.'

'Dat hoeft niet.'

Verstrooid wacht ik tot ze de gele plastic centimeter, waarop aan de ene zijde centimeters en aan de andere zijde inches staan, losmaakt. Ze begint mijn polsen te kussen. Haar speeksel en haar trillende lippen maken mijn huid vochtig.

'Je had me hier niet toe mogen dwingen.'

'Ik wilde het toch zelf?'

'Jij ziet niet wat ik zie.'

'Wat zie je dan?'

Ze brengt mijn hand naar mijn gezicht. 'Dit.'

'Dat is gewoon een afdruk. Die zal heus wel weer verdwijnen.'

Ze staart me aan alsof ze wil zeggen: Je begrijpt er niets van. Je begrijpt er helemaal niets van.

'Maak jezelf geen verwijten. Dat is nergens voor nodig, zo veel is er niet gebeurd.'

Haar opstandige houding bezorgt me een ongemakkelijk gevoel. Ik pak een zakdoekje en veeg haar kleverige speeksel van mijn lichaam. Nooit eerder heeft ze me toegestaan om zoiets te doen. Wanneer ze zich over me heen buigt om me te kussen, schuif ik een stukje naar achteren. 'Eerst je mond wassen.'

Ik ben van plan om haar grenzeloos te vernederen, ook al zijn de nederigheid en de onderworpenheid in haar blik nu al grenzeloos. Ik ga op haar bed liggen, trek haar laken over me heen en wikkel me erin, zodat ze er niet onder kan komen liggen en tegen me aan kan kruipen. Ik laat mijn schouders onbedekt en laat mijn armen op het laken rusten. Dat doe ik met opzet. Ik zou me ook kunnen aankleden en weggaan, maar dat doe ik niet, ik wil dat ze mijn lichaam in haar bed ziet, naakt en dichtbij, zonder dat ze er iets mee kan aanvangen. Ze moet weten dat ze mij niet waard is. Ik negeer haar, zet de kleine radio aan die altijd naast haar bed staat en begin de stations af te zoeken. Verslagen staat ze op en loopt naar de badkamer.

Wanneer ze terugkomt gaat ze naast me liggen en begint aandachtig het laken te bekijken dat over me heen ligt. Dan legt ze haar hoofd op mijn borst en begint te huilen. Ik zou liever zien dat ze haar huilbui tot na mijn vertrek uitstelde. Ik verdraag deze altijd weerkerende rol niet langer, maar ik weet niet hoe ik moet uitleggen dat de rol van hoedster van andermans tranen me steeds zwaarder begint te vallen. Het is niet gemakkelijk om alleen te zijn met het gehuil van echo's of om jezelf tot een zakdoek te maken waarmee anderen hun verdriet kunnen afdrogen, terwijl de echo's van hun gesnik in je hart achterblijven. Ze vullen je duisternis met hun complexe stemmen en bedekken je vingers met zout.

Ik kan niet onverschillig blijven onder de pijn die achter haar tranen ligt verborgen, maar ik kan ook niet veinzen dat ik echt met haar te doen heb. Het is gewoon die kant van mij die niet lang kan blijven zwijgen wanneer ik ergens bij betrokken raak, en haar tranen raken me tot in mijn merg. Ik trek de deken over haar trillende lichaam en veeg haar bezwete voorhoofd en betraande wangen af. Ze klampt zich aan me vast alsof ik alles ben wat ze heeft, alsof ik het laatste ben wat ze heeft. Ik kan me niet losmaken uit haar omhelzing. De doos met zakdoekjes staat buiten mijn bereik en ik moet haar tranen wel met mijn vingers afvegen. Ik vind het afschuwelijk om Dai zo zwak te zien. Ze heeft niet het recht om zwak te zijn, ze heeft niet het recht om een gewoon mens te zijn, om bezoedeld te raken door dingen die gewone mensen bezoedelen. Gewone mensen worden zwak, raken gedemoraliseerd, lijden pijn en barsten in tranen uit, maar zij niet. Zij is Dai, die over mijn engelen en over mijn demonen heerst. Ze heeft niet het recht om iets anders te zijn.

'Wat is er met je aan de hand? Waarom huil je?'

'Omdat ik zo veel van je hou. En omdat jij helemaal niet van mij houdt. Ik heb altijd geweten dat je bij me weg zou gaan. Waarom heb je daar zo lang mee gewacht? Waarom ben je zo lang gebleven?'

Ik kan nog steeds niet goed zeggen wat me ertoe heeft gebracht om naar haar toe te gaan. Wat ik wel weet, is dat ik niet ben gekomen om nog meer deuren te openen. Als ik mijn emoties op dit moment de kans zou geven om te ontsnappen, zou ik ongetwijfeld veel vuil achterlaten op de wanden van haar hart en veel chaos in haar hoofd veroorzaken. Ik onderdruk mijn woede en haast onbedwingbare verlangen om tegen haar te schreeuwen: Ik hield zo veel van je dat mijn botten er pijn van gingen doen. Ik was bereid voor je te sterven. Ik lag aan je voeten, zo veel hield ik van je. Wat heb je met me gedaan, Dai? Je hebt mijn hart gebroken.

In plaats daarvan tover ik een flauwe glimlach op mijn gezicht. 'Een paar maanden is toch niet zo lang?'

'Maar je betekent zo veel voor mij, ook al waren het maar een paar maanden.'

Ze tilt haar hoofd op. Het vele huilen heeft haar duizelig

gemaakt. Dan begint ze te lachen. Ik vind het al niet prettig als ze te hard huilt, maar ik vind het nog veel minder prettig als ze daarna ineens gaat lachen. Waarom doet ze dat? Waarom berokkent ze zichzelf nog meer pijn? Ik heb al genoeg redenen om haar te kleineren. Waarom zou zij het dan ook nog doen?

Zoals gewoonlijk steekt ze de draak met haar tranen en maakt ze een grapje waar ik niet naar luister. Ze begint zenuwachtig te grinniken.

Ik voel de behoefte om iets te doen waarmee ik mijn goede humeur kan terugkrijgen. 'Laten we iets doen', zeg ik. 'Iets wat we nooit eerder hebben gedaan.'

'Trouw met me.'

'Wat?'

'Trouw met me.'

'Je maakt een grapje.'

'Helemaal niet. Trouw met me. Ik zal je niet kwetsen, ik zal je niet ontrouw zijn. Ik zal alles precies doen zoals jij het wilt. Je hoeft alleen maar met me te trouwen.'

Hoe kan ik onder dat hysterische verzoek van haar uitkomen?

'Zeg iets redelijks.'

'Zoals wat? Dat ik de overtollige haartjes op je benen wil weghalen?'

'Ik heb niet eens haartjes op mijn benen.'

'Trouw met me.'

'In het paradijs.'

Toen ik vanochtend wakker werd, was het niet mijn bedoeling om de dag anders te laten verlopen, om de routine te doorbreken van de dagen die zo op elkaar lijken dat ze bijna kopieën van elkaar zijn. Ik was vroeg wakker geworden en was prikkelbaar omdat mijn humeur niet deed wat ik wilde. Maar ik maakte me er niet druk om en liet het aan mijn humeur over om zichzelf te genezen.

Nu, terwijl ik met dit humeur Dais wang kus, haar armen wegtrek die ze om me heen heeft geslagen, mijn vinger in het kuiltje in haar wang duw om haar een glimlach te ontlokken en haar vertel dat ik nog steeds de kleren moet terugbrengen waarin ik de laatste keer, vijftien maanden geleden, naar buiten ben gelopen, kan ik mezelf er niet toe brengen om uit te leggen dat mijn bezoek van vandaag geen terugkeer betekent – dat ik haar alleen gebruik om mezelf van haar te genezen, om te herstellen van alle pijn die ze in mijn geheugen en mijn wezen heeft achtergelaten, dat ik haar voor de allerlaatste keer uittest zodat ik zeker weet dat ik haar niet meer terug wil.

Bevreemd kijk ik toe hoe ze volledig in beslag wordt genomen door mijn polsen. Heb ik dit meisje ooit echt gekend? Hoe kan ze zo delicaat en toch zo genadeloos zijn?

Ze schuift twee zwarte armbanden om mijn polsen, die meer op linten van stof lijken.

'Doe ze niet om bij vreemden.'

'Waarom niet?'

'Anders denken ze nog dat je je polsen hebt doorgesneden.'

Bij de deur werd mijn greep losser en de hare steviger. Terwijl mijn vingers probeerden te ontsnappen aan de omklemming van haar hand, bleven haar vingers de mijne zoeken. Ze zei veel dingen die ik me niet meer kan herinneren, woorden als 'tot ziens' en 'sorry'. Ik herinner me dat ze er prachtig uitzag – prachtig, ondanks haar verdriet. Een sneeuwwitte razqibloem hing naast haar gezicht. Met haar vingertoppen streek ze over de blaadjes, toen plukte ze de bloem en bood me haar aan als afscheidscadeau.

24

‘Omar, ik wil dat je me nu kust.’
‘Waarom nu?’
‘Ik vraag het niet nog een keer.’
‘Weet je het zeker?’
‘Dat ik wil dat je me kust of dat ik het niet opnieuw ga vragen?’
‘Allebei.’
‘Ja.’
‘En als het onze vriendschap kapotmaakt?’
‘Dat zal op de een of andere manier wel moeten. Maar we zijn toch oud en wijs genoeg om de schade daarna te herstellen?’
‘En als het een bevlieging is? Stel dat je er later spijt van krijgt?’
‘Ik krijg geen spijt van dingen waar we samen bij betrokken zijn. Het is trouwens geen bevlieging.’
‘Stel dat ik mijn hoofd verlies en meer wil dan alleen een kus?’
‘Niets zegt dat ik niet hetzelfde wil.’
‘En als ik niet aan je verwachtingen voldoe?’
‘Dat zul je heus wel doen.’
‘Misschien ben ik geen *good kisser*.’
‘Ik zal je leren hoe je dat wordt. Kus me, nu.’
‘En als ik het niet doe?’
‘Laat ik het zo zeggen: als ik niet binnen een paar seconden een kus van je krijg, kom ik hem zelf halen.’

Gisteren hebben we elkaar ook ontmoet. Hij belde me om te vertellen dat hij op het punt stond om aan boord van het vliegtuig te gaan. Daarna belde hij om te zeggen dat hij veilig was geland. Tot slot liet hij me weten dat hij een kamer had gevonden in het hotel naast het mijne. Het lag een straat verder, op gezichtsafstand. Het briesje dat langs mijn raam waaide ging regelrecht naar zijn raam. Ik was nu net zo zeker van het feit dat ik hem dezelfde dag nog zou zien als ik er twee weken geleden nog aan had getwijfeld of we elkaar ooit zouden ontmoeten. Toen ik die avond tegen hem had gezegd dat hij moest komen werd ik, nadat ik de telefoon had neergelegd, overweldigd door schuldgevoel omdat ik hem zo veel moeite liet doen. Dus belde ik hem opnieuw. 'Ik trek mijn aanbod in. Ik wil je niet, je mag niet komen.' Maar een paar dagen later annuleerde hij in zijn onbezonnenheid zijn zomercolleges en vertrok hij naar Libanon om een concert op het Beiteddine Festival bij te wonen. 'De wereld blijft heus wel overeind als ik het volgende semester een wat voller schema heb en ik niet alle vakken even goed en consciëntieus ga volgen als anders', zei hij. 'Bovendien is er niets wat opweegt tegen *West Side Story* en de violen van Bond, zelfs niet de tweehonderd dollar die ik ervoor moet neertellen.'

En zo kwam het dat we hier, in Beiroet, een afspraak met elkaar hadden. Ik zei tegen mijn moeder dat ik een tandenborstel moest kopen. 'Blijf niet te lang weg', zei ze.

In het winkelcentrum waar het altijd druk en rumoerig is ontmoetten we elkaar. Al wat ik van hem zag was zijn rug en al wat ik te midden van het chaotische gedrang hoorde was het nerveuze ritme van mijn voetstappen op de tegels, dat niet helemaal gelijk opging met het ritme van mijn pols. Ik had het gevoel dat mijn hart ieder moment kon stoppen. Naast me zag ik een etalage boordevol kleurige spullen, parfumflesjes en glaswerk. Veel glaswerk. Ik weet niet hoe ik de twintig passen naar het Donut House heb afgelegd zonder ook maar één blik op de donkergroene voorgevel van de Bodyshop te werpen. Ik stond recht achter hem en drukte mijn vingers in zijn handpalm, zijn warme handpalm, alsof we oude vrienden waren of geliefden, alsof ik het al een miljoen maal eerder had gedaan. Een moment lang was hij sprakeloos – dat denk ik althans. Toen zei hij: 'Ik wist niet welke donuts je lekker vindt. Kies er zelf maar een uit.' Ik wees zomaar iets aan. Ik had het gevoel dat iedereen ons aanstaarde, dat iedereen wist dat we een afspraakje hadden. Hij pakte zijn portefeuille uit de zak van zijn olijfgroene broek, betaalde en duwde de glazen deur die op de straat uitkwam open om me voor te laten gaan. De zachte bries trof me recht in mijn hart, en iets maakte dat ik nog meer van hem ging houden. Ik weet niet waarom die zinnetjes me ineens te binnen schoten die hij zo vaak tegen me had gezegd: 'Ik zal altijd voor je blijven zorgen. Ik zal er ook voor zorgen dat je nooit pijn hoeft te lijden.'

We liepen naar buiten en gingen op de rand van de fontein zitten. Ik moest lachen, omdat we eigenlijk geen van tweeën donuts aten en omdat we de plek waar we zaten niet hadden schoongemaakt, zodat er nu vast een enorme grijze vlek op zijn broek en mijn abaya zou zitten. Een paar meter verderop stond een politieagent naast een bordje waarop stond dat het verboden was om te roken. Naast ons nam een Iraans gezin foto's van de fontein, de tegels en de muren van de tombe. Even had ik het idee dat ik in een van *Ally McBeal*'s meest krankzinnige en hysterische scènes was beland.

Omar leek precies op de foto's die ik van hem had gezien. In niets verschilde hij van de man die ik, de paar keer dat hij toevallig in een internetcafé had gezeten, op de webcam had gezien. Hij had dezelfde gezichtsuitdrukking, zijn handen maakten dezelfde gebaren en hij had dezelfde scherpe blik.

Dezelfde gelaatstrekken, met die dunne, lange neus die uitliep in een puntje, dat alleen een wijsvinger nodig had om er speels op te duwen. Dezelfde bruine huid, dezelfde lichtbruine ogen en hetzelfde zwarte haar, dat speelde in de wind. Dezelfde lange vingers, altijd gereed om alles wat hij wilde zeggen uit te beelden in de lucht. Dezelfde behoedzame glimlach, die wachtte totdat zijn gezicht de andere kant op draaide om helemaal volmaakt te worden. Dezelfde lach, klaterend als het water uit de fontein achter ons, hetzelfde gewelfde voorhoofd, dat een rijke belofte in zich leek te bergen voor eenieder die een compleet leven zocht om zich in onder te dompelen. Dezelfde geur, vermengd met CK-aftershave – die geur, die God alleen aan hem had voorbehouden. En dan de warmte van zijn lichaam, die geen airconditioner zou kunnen verdrijven ...

Mijn hele bestaan had zich al een tijd geleden teruggetrokken binnen de grenzen van de virtuele wereld, waar al wat ik was werd belichaamd door avatars, waarin mijn stem een antwoordbox was, waarin mijn kamer een chatruimte was, waar tijd en ruimte wegvielen. Mijn vrienden, mijn kleine thuisplekken, de man van wie ik dacht te houden, mijn mailboxen, de cafés waar we elkaar ontmoetten – het was allemaal virtueel. Zelfs onze namen waren virtueel. De naam van mijn nichtje was niet meer dezelfde als twintig jaar geleden, want nu heette ze Hiba. Ook Soendoes en Aqiel hadden ooit andere namen gehad, maar omdat ze bij het tijdschrift al vóór de komst van internet met pseudoniemen werkten, kende ik hen alleen als Soendoes en Aqiel. Dan was er nog Darein, die zich de eerste keer met haar internetnaam aan me voorstelde en me vervolgens met een verontschuldigende glimlach de naam gaf die op haar geboorteakte stond. Ze hield zo veel van Al-Qatif, zei ze, dat ze de naam Qitaaf had aangenomen om aan te geven dat haar lichaam, net als Al-Qatif, met het water was verbonden. 'Ik wilde een naam hebben die de herinnering aan mijn twee vaderlanden in zich bergt: Al-Qatif en Nadia', zei ze. Rayyaan koos de naam die zijn moeder altijd gebruikte om hem te roepen.

Het lijkt erop dat ik het meeste geluk heb gehad met de letter 'r'. Dai zei dat haar oog bij toeval op het woord 'Dai' was gevallen toen ze zich wilde aanmelden. 'Er schoot me geen enkele andere naam te binnen.'

Alleen Omar was echt, daar kon noch de virtuele werkelijkheid noch de afstand noch mijn angst iets aan veranderen.

Ik had geen moment verwacht dat ik hem zo gauw zou ontmoeten, en ook niet dat er zo snel een tweede ontmoeting zou volgen. Duizelig ging ik terug naar het hotel, zoekend naar een uitweg. Omar zou niet meer dan vijf dagen blijven. Ik moest een paar overtuigende smoezen verzinnen, zodat we elkaar twee of drie keer konden ontmoeten zonder dat mijn moeder achterdochtig werd. Mijn moeder, die zelfs aan haar eigen twijfels twijfelde en weinig logica aanbracht in haar regels, wilde zelfs niet hebben dat Salaam me naar de faculteit buiten Al-Qatif bracht. Buiten Al-Qatif konden alleen vreemde steden liggen. Zelfs deze stad, waarvan de plattegrond in mijn handpalm was getekend, die ik misschien wel tien zomers achtereen had bezocht en die elke zomer in een tweede Al-Qatif veranderde zodat ik, waar ik ook keek, altijd wel ergens iemand zag die ik kende – bleef voor mijn moeder een vreemde stad, en niemand kon een vreemde stad vertrouwen.

Mijn enige uitweg was Salma. God moest wel van me houden, dacht ik, dat hij me Salma had gezonden. Ik belde haar op en vertelde haar een dubbel leugentje. Ik vroeg haar om tegenover mijn moeder te doen alsof ze me voor de lunch had uitgenodigd en zei tegen haar dat ik Nauf, een internetvriendin, wilde ontmoeten, dat onze beide moeders daar bezwaar tegen zouden maken en dat we geen andere manier konden vinden om elkaar te zien. Die laatste leugen was eigenlijk een halve leugen, want Nauf en ik waren werkelijk van plan om ergens af te spreken. We zochten alleen nog een manier waarop we elkaar heimelijk konden ontmoeten zonder ruzie met onze moeders te krijgen, die ongetwijfeld bezwaren zouden opwerpen of misschien zelfs onze hele vriendschap zouden afkeuren. Om niet de indruk te wekken dat we de afspraak van tevoren hadden geregeld, belde Salma me even later terug. Ik sprak een paar minuten met haar, toen gaf ik mijn mobieltje aan mijn moeder. Ik wist hoever Salma zou gaan om haar doel te bereiken. Daardoor wist ik ook dat mijn moeder zich zo in het nauw gedreven zou voelen dat ze onmiddellijk zou instemmen. Ik kreeg wat ik voor ogen had, al gaf mijn moeder me niet meer dan drie uur. Dat was geen probleem, ik wist hoe ik haar meer tijd kon aftroggelen.

Ik kon niet slapen. Ik zat rechtop in bed en staarde uit het raam, naar de glazen wand van het andere hotel. Achter een van die vensters sliep Omar. De volgende ochtend was nog ver weg en leek rustig de tijd te nemen om aan te breken. Het is pas twee uur, dacht ik. Misschien slaapt hij nog niet. Hij moet heel moe zijn, hij zal ongetwijfeld weer in slaap vallen als ik hem wakker maak. Dus belde ik hem op. Gelukkig sliep hij nog niet. Hoewel ik wist dat het naïef klonk, vertelde ik hem dat ik graag wilde weten achter welk raam hij sliep. Hij deed het licht een aantal keren aan en uit totdat mijn ogen de weg naar zijn raam wisten te vinden. Ik herinnerde hem eraan dat hij de volgende dag geen aftershave mocht gebruiken, zodat mijn moeder zijn geur niet in mijn kleren zou ruiken. Ik wenste hem een goede nacht toe, met schone lakens en een kussen dat hem geen pijn in zijn nek zou bezorgen. Toen hing ik op.

Die nacht verscheen Hasan in mijn droom. Ik had niet

meer dan twee uur geslapen. Hij had me nooit eerder in mijn dromen bezocht. Zijn gezicht was bedekt met een stukje witte stof. Wanneer ik het wegtrok lag het even later weer op zijn gezicht. Elke keer dat ik het wegtrok werd het groter, groter en groter, tot het van een zakdoek in een mannenhoofddoek veranderde, toen in een laken en daarna in een doodskleed. Uiteindelijk was het zo groot dat het zijn hele lichaam bedekte. 'Ben je me vergeten, Hasan?' vroeg ik. 'Waarom kom je niet? Kom je met me mee? Sta op uit de dood.' Hij glimlachte alleen. Het was een lange, serene glimlach, niet het soort glimlach waarmee de doden blijk geven van hun hulpeloosheid om het feit dat ze gevangen zitten in hun doodskleed. Voordat de droom uitdoofde, zei hij tegen me: 'Dit is niet een recht dat de doden over de levenden hebben.'

'Wat bedoel je, Hasan? Wat bedoel je daarmee? Wat bedoel je? Wat?' Ik voelde hoe ik viel, eerst in een mistige waaktoestand en daarna in de kamer.

Tegen twaalf uur 's middags, toen ik alleen in de lift stapte, belde ik Omar om te zeggen dat hij de deur voor me moest opendoen. Toen ik de deur van kamer nummer 1407 binnenging stak hij zijn rechterhand naar me uit. Mannen schudden handen, wij meisjes kussen elkaar. Soms omhelzen we elkaar. Omdat mijn rechterhand bezet was, stak ik mijn linkerhand naar hem uit. Hij pakte de twee plastic tasjes van me aan en ik liep naar het raam om hem het mijne aan te wijzen, op de negende verdieping. Het stond open. 'Ik lig vijf verdiepingen onder je', zei ik tegen hem. Hij moest lachen. Hij moet altijd lachen wanneer ik me een seksuele toespeling laat ontvallen. En zoals we een dag eerder naast elkaar hadden gezeten op de rand van de fontein, waar zijn broek en mijn abaya vies waren geworden, zo zaten we nu naast elkaar op een bank die de kleur had van aarde, onder het gele licht van de schemerlampen.

Hij tilde een van de plastic tasjes op. 'Een blik bier en aardbeienkauwgum. Waarom ben je zo laat?'

'Twee minuten is niet laat, tenzij je volgens Greenwich Time rekent.' Ik zeg vaak zomaar iets wanneer hij me in een hoek drijft en ik geen woorden kan vinden om de zin verder af te maken.

In het tweede tasje zat een verzegeld blikje Π voor mannen. 'Waarom juist Π?' vroeg hij.

'Van een man die Π gebruikt kan ik altijd houden', antwoordde ik. Weer zo'n zin die ik er zomaar uitflapte.

In bed vraagt hij: 'Hou je van me?'

'Sinds wanneer gebruik je de liefde als manier om iets anders te bereiken?'

'Doe niet zo betweterig. Geef gewoon antwoord.'

Ik zing iets over het wachten op kansen die altijd te laat komen, over dingen die maken dat het niet goed met je gaat, over je behoefte aan een kompas dat niet kapot is, aan een engel die neerdaalt om je mee te nemen uit je koude, donkere kamer, een engel die je aderen ontdoet van herinneringen en je licht maakt, die je uit je depressie haalt en de angst wegneemt voor de dingen die voorbijgaan – een engel die hoog met je door de lucht vliegt, naar waar je veilig bent.

'Ben ik je engel?'

'Meer dan dat, Omar. Herinner je je die zin uit *City of Angels*? De engel in die film zei iets als: "*That he rather one breath, one touch, one kiss than eternity ...*" Als ik een engel was, zou ik, omwille van zijn menselijkheid, voor jou vrijwillig afstand doen van mijn eeuwige engelschap.'

Hij glimlacht. We hebben het licht niet uitgedaan en ik zie hoe hij glimlacht.

'Ik hou van je, Omar. Ik hou heel veel van je. Ik hou van je, bij de Heer der Hemelen.'

En hoewel ik al eerder 'Ik hou van je, Omar' tegen hem

heb gezegd – al in tientallen situaties heb ik het gezegd – ben ik nooit eerder in een situatie als deze geweest. Ik heb het nooit eerder gezegd als een jonge vrouw die bereid is om gepassioneerd lief te hebben, als een jonge vrouw die rust vindt bij een man en zich over alle kleine kenmerken van zijn man-zijn verwondert: zijn baard, zijn bakkebaarden, zijn borsthaar, de proporties van zijn lichaam die zo anders zijn dan de mijne en zijn zware geur – als een jonge vrouw die altijd naar oplossingen is blijven zoeken en nu tot de ontdekking komt dat alle mogelijke oplossingen onder handbereik liggen, zonder dat ze er oog voor had.

Hij vraagt of ik bang ben. 'Nee', antwoord ik. Hij lacht, omdat de fonkeling in mijn ogen een heel ander verhaal vertelt. Ik krabbel een beetje terug en zeg: 'Toegegeven, ik ben wat gespannen.'

De vraag kruipt naar het puntje van mijn tong als Omar mijn tong tussen zijn lippen neemt. Ga je van me walgen als ik een aanval krijg terwijl ik in je armen lig? Ik weet dat hij mijn mond met een vastberaden hand zal sluiten en op nog vastberadener toon zal zeggen: Zoiets mag je niet zeggen. Je mag het niet eens denken. Heb je dat begrepen? Of misschien zal hij zachtjes op de bovenkant van mijn duim bijten, zoals hij dat ook bij Jaud doet, zijn jongste zusje, wanneer ze een onbehoorlijk woord heeft geleerd dat ze steeds weer blijft gebruiken zonder te begrijpen wat ze zegt.

Terwijl hij me kust legt hij zijn handen op mijn lichaam en begint me uit te kleden. Langzaam ontkleedt hij me, nadat ik zijn overhemd heb losgeknoopt. Bij elk nieuw deel van mijn lichaam dat hij ontbloot groeit mijn opwinding. Wanneer ik mezelf in zijn ogen zie weerspiegeld word ik bevangen door een schroeiend, hartstochtelijk verlangen. Nooit eerder heb ik mezelf op deze manier weerspiegeld gezien in de ogen van een ander. Telkens weer glijden zijn vingers van boven naar beneden – Omar die, zo heb ik altijd gedacht, als een wervelende zandstorm over mijn lichaam zou trekken, beweegt in werkelijkheid als de steeds terugkerende getijden van eb en vloed.

Hij probeert het kettinkje om mijn hals los te maken, maar dat wil ik niet hebben. Ik draag het al vijf jaar en al die tijd heb ik het niet afgedaan. Afgelopen moeharram is het vijf jaar geleden, en ik kan het niet afdoen. Het zou zijn alsof ik Hasans handen van me af duwde – Hasan die me, toen hij het vastmaakte om mijn hals, zei dat de engelen me zouden beschermen zolang ik het bleef dragen. Hasan, die nooit ook maar één dag in de beschermende werking van amuletten en het aanroepen van engelen heeft geloofd.

Ik duw zijn handen weg. Met niet al te veel overtuiging mompelt hij: ‘Dan niet.’

Wanneer ik zijn hand onder mijn dij wegtrek en zeg dat hij mijn benen niet op die manier mag aanraken, haalt hij diep adem en schuift dichter naar me toe. ‘Vertrouw je me?’

‘Dat hoef je niet te vragen. Je kent mijn antwoord.’

‘Ik wil dat je me nu nog meer vertrouwt, nog veel meer dan ooit tevoren.’

Ik bijt op mijn nagel. Hij haalt mijn vinger uit mijn mond.

‘Ik wil een sigaret.’

‘Nee. Nee, je wilt geen sigaret.’

‘Dan moet ik naar de wc.’

Zo snel ik kan sta ik op. Ik glip weg onder zijn handen, ga de badkamer binnen en doe de deur achter me op slot. Dan draai ik de kraan open. Ik sta voor de spiegel. Ik heb het gevoel dat ik het moment verpest en ik kan niet begrijpen waarom ik dat doe, waarom ik juist nu het gevoel heb dat mijn herinneringen me neerdrukken, dat ik door alles en iedereen uit mijn verleden word achtervolgd. Alles doet me pijn: het oude gemurmel en gefluister van de duisternis, warme adem op mijn gezicht, mijn slipje dat om mijn voet zat gedraaid of achteloos naast het bed was neergegooid, natte, plakkerige panty's met hun verstikkende geur, een hand die cirkels trok over mijn dijen terwijl ik mijn angst onderdrukte en de tranen inhield, die geen geluid mochten maken.

Ik kan niets zien en dus gebeurt er niets, herhaal ik in mezelf. Ik kan niets zien en dus gebeurt er niets. Ik kan niets zien en dus gebeurt er niets. Ik kan niets zien en dus gebeurt er niets.

Ik hoor Omars voetstappen. Hij moet aan de badkamerdeur hebben staan luisteren.

'Omar, ga weg.'

'Wat doe je daarbinnen?'

'*I have to pee.*'

'Waar schaam je je voor?'

'*It's all about dirty words.*'

'We zullen toch wel vaker dit soort woorden gebruiken, misschien zelfs nog erger?'

'Ja, maar wel *in English*. Nu moet je weggaan.'

Ik heb genoeg van mijn oude uiterlijk. Ik wil het wegwassen, ik wil een schoon geheugen en een lichaam zonder sporen van andere passanten. Een lichaam zonder onderdrukte snikken, stevig verankerd in vergetelheid. Ik begin mijn gezicht te wassen. Ik was het een paar keer, dan stap ik naar buiten. Ik loop naar Omar, die op de rand van het bed zit en ga tussen zijn benen staan. Hij sluit zijn armen om mijn middel. Ik maak zijn rechterhand los en leg het kettinkje in zijn handpalm. Dan vouw ik zijn vingers eromheen. 'Neem me, Omar. Neem alles van me.'

En dat doet hij. Hij neemt me, maar niet zoals Dai, met al ons gekibbel in bed, en niet op de lichtvoetige manier waarop Darein met me is omgegaan. Ik voel ook niet de angst en de schaamte die ik jarenlang heb gevoeld als er een naaldhak in mijn lichaam werd gezet. Af en toe verlang ik zo hevig naar hem en voel ik zo veel liefde voor hem dat ik op het punt sta om te zeggen: Je moet helemaal in me komen. Onthoud me je kinderen niet.

Maar ik hou me in, bang dat zulke grote woorden hem zullen afschrikken.

Sinds de dag waarop die vrouw naar ons huis kwam, heeft mijn maagdelijkheid nooit meer iets voor me betekend. Ik had mijn blauwe schooluniform nog aan en had nog geen kans gezien om mijn moeder het witte slabbetje dat de onderwijzeres om mijn hals had gehangen te laten zien. Er hing een vreemde geur om mijn moeders gedrag. Ze probeerde me naar iets angstaanjagends en verschrikkelijks te lokken, dat voelde ik intuïtief aan, ook al wist ik niet wat het was. Het lokken veranderde in een jacht en toen ze me hadden vastgegrepen, hielp de vreemde vrouw mijn moeder om me te ontbloten, mijn benen uit elkaar te duwen en me te verminken met haar nagelschaartje. Ze propte een stuk van mijn lichaam in een zakdoek en gooide het in de vuilnisbak in de badkamer. Ik had nooit gemenstrueerd, maar nu zag ik de eerste tekenen van bloed. Op dat moment begreep ik dat alles wat mijn moeder over fatsoen, het bedekken van je lichaam en zijn geheime delen had gezegd, betekenisloos was. Ze had me zo vaak gewaarschuwd: 'Laat niemand een hand op je lichaam leggen', dat ik zelfs mijn eigen handen niet op mijn lichaam durfde te leggen. Dat alles had zijn betekenis verloren. Sindsdien heb ik in mijn koortsachtige en roekeloze spel geen aandacht meer aan mijn maagdelijkheid geschonken, behalve binnen de nauw afgebakende grenzen waar ik te allen tijde verzegeld moest blijven.

Nu, de eerste keer met Omar, wil ik tegen hem zeggen: Neem het. Ik wil het niet meer hebben, neem het.

Hij kust me. 'Hou je van me?' vraagt hij.

'Meer dan je je kunt voorstellen, Omar', antwoord ik. Ik zou tegen hem willen zeggen: Ik wil dat je je kinderen naar hun huis brengt. Kom in me, doe het. Kom.

Maar ik weet dat hij dat niet kan doen.

Na afloop valt hij onmiddellijk in slaap op mijn buik. Ik had nooit kunnen denken dat Omar in slaap zou vallen zodra zijn lust was bevredigd. Ik weet niet waarom, ik kan het gewoonweg niet geloven – al heb ik inmiddels zo veel bizarre verhalen gehoord dat het idee van een slapende Omar daarbij vergeleken tamelijk normaal is. Hij eet tenminste geen appels na afloop en hij is ook niet verslaafd aan yoghurt.

Hij slaapt. Zijn ademhaling is rustig. Om zijn slaap niet te verstoren houd ik mijn adem in. Zijn gelaatstrekken zijn heel kalm. Er ligt geen enkele emotie op zijn gezicht en hij vertoont geen tekenen van vermoeidheid. Kon ik maar in zijn hoofd kijken, kon ik zijn dromen maar binnendringen om de kleuren, geuren en plaatsen te veranderen. Kon ik maar in zijn ogen leven. Dat zou genoeg zijn.

Langzaam opent hij zijn ogen. Terwijl zijn ogen het licht in zich opnemen, neem ik zijn gezicht in me op. Hij glimlacht. Zijn glimlach heeft een dodelijke uitwerking op me en dat weet hij.

'Je mist hier heel wat wanneer je ligt te slapen.'

'Je bent me toch niet ontrouw geweest? Dan is me niets ontgaan.'

'Hoe weet je dat?'

'Je kunt me niet ontrouw zijn wanneer ik op je lig te slapen.'

Er schiet me een tekst te binnen: Kom op me liggen, ga slapen en laat het aan God om niet met een nieuwe dag te komen. Ik weet niet van welke website ik deze zin nu weer heb geplukt. Ik heb er zo veel bekeken. Hoewel ik zeker weet dat mijn gebed niet zal worden verhoord, zal ik het toch blijven proberen – maar met één verschil: het is niet de dág die ik liever niet zie komen, maar de nacht.

'Vertel eens, wat heb ik gemist?'

'Jezelf te zien slapen.'

'Mijn wenkbrauwen zo en mijn mond zo?' Hij buigt zijn vingers boven zijn ogen en trekt zijn lippen uit elkaar.

Ik moet lachen. '*You are too good to be true.*'

'Vond je het fijn met mij?'

'Ik zou je wel tot morgenochtend kunnen blijven prijzen. Maar waarom zou ik? Jij laat je eigenwaarde toch niet van mijn oordeel afhangen?'

'Ga nu niet weer op die betweterige toer, alsjeblieft.'

'Je weet best dat ik het fijn met je vind.'

'Hou je nog van me?'

'Ik hou nog meer van je.'

'Wat vond je niet fijn? Je hoeft me niet voor de gek te houden, je hoeft niet te zeggen: Niets. Dat geloof ik niet.'

'Je zult me het nog een keer moeten laten proberen, dan kan ik beter oordelen.'

Nog een keer! Ik dacht: Misschien zien we elkaar nooit weer, Omar. Misschien ontmoeten we elkaar niet opnieuw, Omar. Misschien zie ik je ogen nooit meer, Omar. Misschien glimlach je nooit weer naar me, Omar. Misschien kan ik me nooit meer aan je vastklampen en zeggen: Maak me vrij. Misschien ...

'Omar?'

'Ja?'

'Ik hou van je.'

'Ik heb het gevoel dat er een "maar" gaat volgen.'

Als op een avond vol vuurwerk flitsen de dingen die ik ooit samen met Omar heb gelezen door mijn hoofd. Daar doven ze al snel uit, om in mijn hart een mengeling van rook en de angst om alles te verliezen achter te laten. Het zijn dingen als: 'Met mijn handen open ik de gordijnen van je bestaan.'

'Ik hou van je tot ik niet meer kan.' 'Iemand die op me leek groette me, liep verder en liet me met een gebroken hart alleen op deze aarde achter.' 'Nog even en dan verschijnt de vollemaan. Dan zal eenieder van ons worden beroofd van de kans om alleen achter te blijven, zoals eenieder ook van zijn behoefte aan spijt zal worden beroofd.' 'Was liefde maar een kwestie van woorden. Nu ik zo dicht bij je lichaam ben wordt er een nieuwe taal geboren.' 'De ramen zullen een voor een naar beneden vallen. Wat overblijft, is een gebouw van wind met duizend verdiepingen.'

Ten slotte herinner ik me een gedicht dat ik ooit aan Omar heb voorgelezen. Hij had zich, toen ik het aan hem voorlas, voorgesteld dat achter de lege ruimte van mijn stem een verhaal verborgen lag, getiteld: 'Iedereen van wie ik hou verandert.'

Ik druk me stevig tegen hem aan. 'Ga niet bij me weg, Omar. En ga ook niet ...'

'Dat doe ik niet. Je kunt me vertrouwen.'

'Je mag ook niet doodgaan. Ik hou niet van mensen die doodgaan. Zeg dat je nooit, nooit doodgaat.'

April 2005